СТРАНИЦЫ МИЛЛБУРНСКОГО КЛУБА, 6

The Annals of the Millburn Club, 6
Slava Brodsky (ed.)

Под общей редакцией
Славы Бродского

Manhattan Academia

Страницы Миллбурнского клуба, 6
Слава Бродский, ред.
Анастасия Мандель, рисунок на титульном листе

The Annals of the Millburn Club, 6
Slava Brodsky (ed.)
Stacy Mandel, drawing on the title page

Manhattan Academia, 2016
www.manhattanacademia.com
mail@manhattanacademia.com
ISBN: 978-1-936581-15-3
Copyright © 2016 by Manhattan Academia

В сборнике представлены произведения членов Миллбурнского литературного клуба. Его авторы – Слава Бродский, Борис Гулько, Игорь Ефимов, Дмитрий Злотский, Петр Ильинский, Зиновий Кане, Яна Кане, Мир Каргер, Анна Мазурова, Игорь Мандель, Юрий Окунев, Зоя Полевая, Наталья Резник, Юрий Солодкин, Аркадий Шпильский и Бен-Эф.

This collection features works by members of the Millburn Literary Club: Slava Brodsky, Igor Efimov, Ben-Eph, Boris Gulko, Pyotr Ilyinskii, Zinovy Kane, Yana Kane-Esrig, Mir Karger, Igor Mandel, Anna Mazurova, Yuri Okunev, Zoya Polevaya, Natalya Reznik, Arkady Shpilsky, Yuri Solodkin, and Dmitry Zlotsky.

Содержание

Предисловие редактора

Шестой выпуск сборника «Страницы Миллбурнского клуба» выходит сразу после юбилейного, пятидесятого заседания клуба. Оно состоялось 6 ноября, всего за два дня до выборов, которые внесли довольно много напряжения в нашу жизнь. Однако на нашей юбилейной встрече о них вспоминали редко. А когда все-таки вспоминали, становилось ясно, что отношение членов клуба к этому процессу неоднозначно. В одном все были единодушны: в том, что результаты выборов никаких сомнений не вызывают. Наверное, по этой причине наше собрание прошло довольно мирно, и я бы сказал, весело.

Ознаменовалось заседание рекордными цифрами. В этот день под крышей нашего небольшого дома собралось 70 человек. Было 20 выступающих.

В самом начале я имел удовольствие отметить наиболее активных членов нашего клуба. Я сделал это от имени Манхэттенской Академии (Manhattan Academia), которая является спонсором нашего клуба и в издательстве которой, в частности, публикуется ежегодный сборник «Страницы Миллбурнского клуба». Я, как президент Манхэттенской Академии, по согласованию с консультативной группой клуба присвоил звание академика тем, кто много лет успешно работал в клубе, участвовал в организации его заседаний, неоднократно выступал с докладами и публиковался на страницах сборника клуба. Звания академика Манхэттенской Академии удостоились Ирина Акс, Александр Астрахан, Наташа Декстер, Игорь Ефимов, Наталья Зарембская, Петр Ильинский, Зиновий Кане, Яна Кане, Ёся Коган, Евгений Любин, Михаил Малютов, Игорь Мандель, Рашель Миневич, Юрий Окунев, Зоя Полевая, Элиэзер Рабинович, Раиса Сильвер, Юрий Солодкин, Владимир Шнейдер и я тоже.

Четыре человека – Вера Бергельсон, Александр Бродский, Ада Кане и Юрий Магаршак – были награждены книжным призом Ефимова. Игорь Ефимов и Марина Рачко на этот раз в заседании участвовать не смогли, но прислали три ящика книг знаменитого издательства «Эрмитаж», основанного Игорем, которое активно существовало почти 30 лет и выпустило около 250 книг. Вот из этого фонда и были выданы призы. Кроме того, по одной-две книги издательства получили в подарок многие члены клуба.

Выступающие на юбилейном заседании вспоминали, что было сделано за 12 лет существования клуба, читали свои новые произведения и, конечно, много шутили. Так что прошло заседание, на мой взгляд, удачно.

А теперь о нынешнем сборнике.

В этот раз свои творения представили шестнадцать авторов. Большинство из них уже участвовали в предыдущих выпусках. Но есть и новые имена - это Борис Гулько, Дмитрий Злотский, Наталья Резник и Аркадий Шпильский.

Сборник этого года в основном сохраняет направленность предыдущих выпусков. На мой призыв писать об уникальном опыте жизни в стране, которую мы покинули, откликнулся, как и раньше, Мир Каргер. Эта тема звучит также в работах других авторов: в воспоминании Бориса Гулько, в стихах Натальи Резник и Бен-Эфа (Ёси Когана), в рассказе Аркадия Шпильского, в моем арт-воспоминании и в какой-то мере – в эссе Дмитрия Злотского. И мне это кажется важным.

Большинство участников сборника представили свои произведения в прозе. Их авторы - Борис Гулько, Игорь Ефимов, Дмитрий Злотский, Петр Ильинский, Зиновий Кане, Яна Кане, Мир Каргер, Анна Мазурова, Игорь Мандель, Юрий Окунев, Наталья Резник, Юрий Солодкин и Аркадий Шпильский.

В сборник включены подборки стихов Зои Полевой и Бен-Эфа, а также наших дебютантов – Натальи Резник и Аркадия Шпильского.

Кто-то недавно обратил мое внимание на то, что объем всех предыдущих сборников был 304 страницы. Меня спросили, случайно ли так получилось, есть ли какая-то магическая сила в числе 304. И я ответил, что сам удивляюсь, почему все наши сборники располагаются на 304 страницах. Тогда мне стали говорить, что я, наверное, шучу. Когда же я стал упорствовать, меня спросили, могу ли я подтвердить сказанное под присягой. На это я сказал, что в наше время, когда, мне кажется, ослабли требования к тому, что можно или нельзя говорить под присягой, такой строгий допрос представляется мне просто смешным. Удивительно, что в нынешнем сборнике тоже 304 страницы. И я только не знаю, говорит ли это в мою пользу или в пользу моих оппонентов.

На мой взгляд, настоящий сборник, который выходит в год нашего юбилейного заседания, получился вполне удачным, и я надеюсь, что он будет принят читателями благосклонно.

Считаю своим приятным долгом поблагодарить Рашель Миневич за большую помощь, которую она оказала мне в процессе подготовки сборника к публикации. Ее неформальное участие и профессионализм отмечают также и авторы «Страниц Миллбурнского клуба».

Слава Бродский

Миллбурн, Нью-Джерси

19 октября – 6 ноября 2016 года

Слава Бродский – выпускник Московского университета (математического отделения мехмата). Автор многочисленных работ в области прикладной математической статистики. С 1991 года живет в Соединенных Штатах. Свою трудовую деятельность в Америке начал в небольшой компьютерной фирме штата Нью-Джерси, выполняющей заказы компаний Уолл-стрита. Через два года перешел в *Chase Manhattan Bank*. С тех пор работал в крупнейших финансовых компаниях Манхэттена. В 2004 году он начал свою писательскую карьеру. Тогда была опубликована его первая повесть «Бредовый суп». Затем вышли и другие его книги. Он работает также в различных стилевых направлениях изобразительного искусства. Значительная часть таких работ относится к керамике, над которой он трудится в керамической мастерской своего дома в Миллбурне (Нью-Джерси). Его вебсайт – *www.slavabrodsky.com*.

Недавно вышел каталог моих арт-работ. Предисловие к нему (с небольшими изменениями) я публикую в этом сборнике.*

В пространстве двух с половиной измерений

Первые мои живописные работы появились в самом конце пятидесятых годов прошлого века. Это был период возникновения нонконформистского направления в искусстве в советской России. Думаю, что в какой-то мере толчком к такому развитию событий послужил 6-й Всемирный фестиваль молодежи и студентов, который проводился в Москве летом 1957 года. Он проходил под девизом «За мир и дружбу» и имел, безусловно, пропагандистский характер, отвечающий целям коммунистических режимов. Но несмотря на это, принес с собой массу положительных моментов. Советские исполнительные органы, растерявшиеся немного от противоречивых движений в верхнем эшелоне власти, дали слабину на этом фестивале. И в течение двух летних недель в Москве царило необычное оживление. То, что еще пару месяцев назад казалось абсолютно невозможным, стало действительностью московских улиц. Простые советские люди могли встретиться с иностранцами и свободно поговорить с ними (на языке жестов, конечно). И никто их за это не преследовал. «Голубь мира» Пикассо, хоть и созданный им по другому поводу, стал символом фестиваля. А имя Пикассо стало известно более

* Слава Бродский. Арт-каталог. В пространстве двух с половиной измерений. *Manhattan Academia*, 2016.

широкому кругу людей. В рамках фестиваля проводились выставки зарубежных художников. На них москвичи могли посмотреть абстрактные картины. А для московских живописцев это стало импульсом к созданию своих нефигуративных работ, техника которых разительно отличалась от господствующего тогда стиля социалистического реализма.

Я жил в Москве. И так получилось, что все летние каникулы 57-го провел в городе. Борьба за мир – в том ключе, как она трактовалось коммунистами, – была основой фестиваля. Но я не обращал на это много внимания. Тем более что истерия этой борьбы была тогда, по правде говоря, не такой уж сильной. И все это дело борьбы за мир педалировалось Советами не в полную мощность. Они были способны на большее. А в тот момент слегка расслабились. По этой причине на меня, как и на многих других, фестиваль со всеми его выставками и духом относительной свободы оказал положительное влияние.

Был ли я одним из нонконформистов, когда начал писать свои картины? Если пытаться ответить на этот вопрос, рассматривая только стиль живописи, то меня можно было бы причислить к нонконформистам того периода. Но думаю, что ограничиться здесь рассмотрением одного лишь стиля живописи недостаточно. Здесь важен, во-первых, уклад твоей жизни, а во-вторых, имеет принципиальное значение характер взаимоотношений с советскими властями. То есть, чтобы считаться нонконформистом, нужно было, во-первых, принадлежать к местной богеме или хотя бы обладать какими-то ее существенными свойствами; при этом живопись должна была быть, в общем-то, самым главным занятием в жизни. А во-вторых, надо было находиться с властями пусть в небольшом, но перманентном и, что мне кажется особенно важным, умышленном и открытом конфликте.

А за мной всего этого тогда не числилось. С середины 50-х я все больше и больше стал увлекаться математикой и в 59-м был уже студентом механико-математического факультета Московского университета. Ничего беспорядочного в моей жизни не было – напротив, я уже довольно точно представлял себе, чем и как хотел бы заниматься в будущем. И кроме обычной научной и служебной карьеры, мало думал о чем-то другом. А следовательно, безусловно, не принадлежал к местной богеме.

Конечно, я находился в постоянном несогласии с существующими порядками. Но об этом знали кроме меня только близкие мне люди. Бороться с основами строя ни у кого из нас не было ни умения, ни желания. Борьба эта представлялась нам абсолютно бесполезной или по крайней мере заведомо не приводящей к какой-либо цели в обозримом будущем, а также чрезвычайно опасной. Поэтому для такой борьбы нужно было обладать особым мужеством. Ни я, ни мои близкие друзья подобным мужеством не обладали. Кроме того, создавалось впечатление, что существующие порядки (особенно, если их еще немного подправить) вполне устраивали большинство населения страны. А в такой ситуации я думал только о том, каким образом можно было бы из этой страны удрать.

Мое единственное открытое несогласие с советскими порядками заключалось в том, что я все время улыбался. А в советской России действовало неписаное правило: улыбаться нельзя. Если ты улыбался, это вызывало раздражение у простого советского человека. В школе меня непрерывно корили за то, что мне «всегда весело». Окрик в свой адрес – «что тут смешного?!» – я слышал постоянно. А директор нашей школы как-то сказал, смотря прямо на меня, что «некоторые уже просто потеряли человеческий облик, потому что им все время смешно». Примерно то же самое потом повторялось и в университете, и вообще в течение всей моей жизни в советской России.

В выпускном классе школы Москва. 1959

Однажды, когда я еще учился в средней школе, дело приняло для меня совсем скверный оборот. Как-то я сел в трамвай с группой моих товарищей. Ну и, естественно, я улыбался. Это разозлило кондукторшу трамвая. Она, видимо, подумала, что раз я улыбаюсь, то не собираюсь брать билет. Хотя я всегда брал билет за проезд. И как только я поднялся на пару трамвайных ступенек, она стукнула меня по голове веником. Двери трамваев в те времена не закрывались. И моя школьная фуражка от удара упала и укатилась на мостовую. На следующей остановке я вышел из трамвая и побрел обратно – искать свою фуражку. В это время я увидел, что навстречу мне идет милиционер с моей фуражкой в руках. Я рассказал милиционеру, что случилось со мной в трамвае. А он сказал, что за такое мое хулиганское поведение отведет меня в школу и попросит, чтобы меня там как-то наказали. Он действительно отвел меня в школу. Так получилось, что там он попал на тех учителей, которые не терпели улыбок. Они очень обрадовались такому повороту событий. И сказали, что я скоро докачусь до того, что меня надо будет отправить в колонию для малолетних преступников.

То, что с моего лица не сходила улыбка, было, конечно, не таким уж большим преступлением против основ общества, в котором я тогда жил. А самое главное, что это не было результатом умышленного деяния. Просто у меня, видимо, форма лица была как-то особенно приспособлена для улыбки.

По всему по этому я, конечно же, нонконформистом – в полном смысле этого слова – не был. Хотя какие-то признаки нонконформизма во мне определенно были. И теперь, оглядываясь назад, я посчитал бы, что был нонконформистом примерно на одну треть.

В декабре 62-го у московских художников-авангардистов случилась большая беда. В Манеже проходила выставка, приуроченная к 30-летию Московского отделения союза художников (МОСХ). Там же Элий Белютин организовал экспозицию авангардной живописи. Экспозиция эта была начисто разгромлена кукурузником – советским партийным боссом. Он был настолько раздражен увиденным, что кричал на художников, угрожая депортировать их из страны. «Все это не нужно советскому народу» – было самое мягкое из того, что он сказал Белютину.

То, что представлялось в то время большой бедой, впоследствии оказалось большой удачей. Но тогда об этом еще никто не знал. И все художники-авангардисты переживали случившееся. Они решили не сдаваться. И стали выставлять свои картины у себя дома. В выходные дни приглашали к себе всех желающих. При этом они продолжали мечтать о более широких и открытых выставках.

Вскоре после декабрьской выставки 1962 года нашу немногочисленную университетскую компанию, к которой я тогда принадлежал, привела к Белютину на небольшой выпивон мама моего университетского друга Леши Поманского – Екатерина Поманская. Она была членом МОСХ'а. Хотя была в каком-то смысле в оппозиции по отношению к этой организации. За что всегда и страдала. Она знала весь московский авангард. Знала хорошо и Белютина. Вот так мы к нему и попали. Было это, если не ошибаюсь, где-то в районе Маяковки.

На этой вечеринке было много веселья. И, конечно же, много рассказов очевидцев о том, как именно советский кукурузник воевал в Манеже. Тогда впервые для меня прозвучали и слово «пидорасы», и все шутки и анекдоты, которые потом я слышал несметное количество раз. Одна из таких шуток – «все члены МОСХ'а не стоят одного члена Босха» – тогда мне казалась очень смешной и направленной точно в цель. Да и сейчас, когда я о ней вспоминаю, она всегда вызывает у меня улыбку.

Сам Белютин много рассказывал обо всем, что случилось на выставке. Одна из историй была о матери Леши Поманского. В какой-то момент, когда кукурузник все больше и больше распалялся в Манеже, масла в огонь подлил Дмитрий Полянский, который был тогда большой шишкой в советском руководстве. Он сказал, что его дочери недавно подарили картину Екатерины Поманской, которая называлась «Лимоны». И Полянский сказал, что на самом деле на картине были изображены не лимоны, а какие-то какашки. Естественно, его замечание не прошло даром для Поманской. У нее были потом большие проблемы с руководством МОСХ'а.

Никто не чувствовал себя подавленным на Белютинской вечеринке. Все были возбуждены приятной компанией и вообще всей обстановкой. А где-то ближе к концу Белютин поднял руку со сжатым кулаком и сказал: «Мы еще устроим им бенц!»

Кому «им» собирался устроить «бенц» Белютин, было более-менее ясно. Но вот какого рода этот «бенц» должен был быть, никто, по-моему, тогда не знал. Не уверен, что и Белютин ясно отдавал себе в этом отчет. А вот советские официозники представляли себе более ясно, когда, кому и какие «бенцы» они будут раздавать. И раздавать они их стали достаточно щедро.

Но в конце концов Белютин все-таки оказался прав. «Бенц» у советского авангарда получился. Причем «бенц» получился такой силы, о которой, думаю, ни Белютин, ни кто-либо еще в то время и мечтать не мог. Картины лидеров советского авангарда сейчас экспонируются во всех музеях мира, и цены на них установились вполне астрономические.

В середине лета 66-го я со своими друзьями провел несколько недель на Украине, в Крыму. Мы жили в Гурзуфе, в Доме творчества и отдыха им. Коровина. Устроил нам это отчим Леши Поманского, Гриша Цейтлин. Он тоже был художником, членом МОСХ'а. Но в отличие от Екатерины Поманской, был «послушным» его членом, а потому – благополучным. Я видел его мельком всего пару раз. С мамой Леши я встречался чаще. Она была замечательным живописцем и необычайно привлекательным человеком.

Знакомству с Лешей и его мамой я обязан всем своим художественным образованием. Леша, кажется, сам ничего никогда не писал. Но я получил от него массу практических советов. От него я узнал о разных техниках живописи. Узнал, где можно достать холст, как его надо грунтовать и натягивать на подрамник. Узнал, как делать подрамник, чтобы он не скособочился со временем. Леша обратил мое внимание на то, что краски нельзя смешивать как попало, без учета их состава. В противном случае краски могут пожухнуть. И еще много всякого полезного я узнал от Леши. Например, что среди московских живописцев существовало два резко различающихся направления. К одному принадлежала его мама, к другому – отчим. В соответствии с одним направлением, кисти по окончании живописных работ очищали от краски газетой. А в соответствии с другим – мыли с мылом под горячей водой.

Я взял все лучшее, что было в московской школе изобразительного искусства. Я сначала вытирал кисти газетой, а потом мыл их с мылом под горячей водой. Сейчас, полвека спустя, я усовершенствовал эту технологию, заменив газету бумажным полотенцем.

Крыша гурзуфского Дома творчества была под навесом. Днем там располагались художники со своими мольбертами. И когда я первый раз попал туда, то тоже захотел к ним присоединиться. Однако с собой в Крым я взял в основном только купальные принадлежности. В этом была некоторая проблема. По счастью, в Доме творчества работала маленькая художественная лавка. Это было очень кстати. Я закупил там грунтованный и негрунтованный картон, краски, пинен (разбавитель # 4) и даже китайские колонковые кисти. Со всем этим я тоже расположился на крыше. Рядом с художниками, которые писали с натуры. На их картинах были море, скалы, лодки. Короче, это были настоящие художники. Я соорудил импровизированный мольберт и тоже стал писать с натуры. Ну, естественно, как я эту натуру видел. Картины у меня были в значительной степени абстрактными.

Время от времени кто-то подходил посмотреть, что я там творил. А я немного подыгрывал сам себе. Переводил несколько раз взгляд со своей картины на море и с моря на картину. И подправлял что-то кистью. Все это шокировало местную публику необычайно.

Я вернулся в Москву со всем своим богатством, закупленным в художественной лавке Дома творчества. Продолжал писать картины.

Знакомился с художниками московского андеграунда.

«Котенок»
С крыши Дома творчества художников
Гурзуф (Украина, Крым), 1966

По советам Лешиной мамы ездил в выходные дни по квартирам московских художников. А там все было довольно просто. Если ты каким-то образом узнавал о выставке картин хотя бы в одном месте, то потом в каждом очередном месте ты находил объявление с адресом следующей квартирной выставки.

Продолжая знакомиться с московскими художниками, я внимательно следил за тем, как работает Екатерина Поманская. Однажды я узнал, что она делает линогравюры. Возможно, какое-то влияние на нее оказали линогравюры Пикассо. Лимонные «какашки», о которых шла речь в Манеже, на самом деле тоже были линогравюрой. Все эти работы Поманской мне очень нравились. А когда я узнал от Леши, как они делаются, то тоже решил попробовать себя в этой технике. Достал линолеум, резцы по дереву. Смастерил простейший печатный станок. Другими необходимыми элементами были типографская краска (которую Леша для меня где-то нашел) и фотографический резиновый валик, который мы все использовали тогда для глянцевания фотографий. Леша меня, правда, предупредил, что его мама не очень-то доверяет валику и прорабатывает детали линогравюры с помощью обыкновенной столовой ложки.

Екатерина Поманская
Линогравюра «Гранат»

И вот я изготовил несколько линогравюр. Я сделал также несколько монотипий – тоже по подсказке Леши, который узнал об этой технике от мамы. Она и я за ней вместо медной доски использовали обыкновенное стекло. К сожалению, ни линогравюры, ни монотипии у меня не сохранились. Все они затерялись где-то во время переезда из России в Америку.

Не так давно Леша Поманский подарил мне две линогравюры его мамы. Сейчас они висят в моем Миллбурнском доме. Одна из них – «Гранат», которая когда-то особенно мне понравилась.

Через четыре года после декабрьской манежной выставки состоялась первая из этапных выставка картин московских художников-нонконформистов. В выставке приняли участие двенадцать художников. Восемь из них принадлежали к так называемой Лианозовской группе: Евгений Кропивницкий (наставник группы), Оскар Рабин, Владимир Немухин, Лидия Мастеркова, Николай Вечтомов, Ольга Потапова (жена Евгения Кропивницкого), Лев Кропивницкий (сын Евгения Кропивницкого и Ольги Потаповой), Валентина Кропивницкая (жена Оскара Рабина, дочь Евгения Кропивницкого и Ольги Потаповой). Кроме Лианозовской группы в выставке участвовали Дмитрий Плавинский, Анатолий Зверев, Эдуард Штейнберг и Валентин Воробьев.

Выставка проводилась в клубе «Дружба», который принадлежал организации, где я тогда работал. Называлась эта организация «Почтовый ящик 702». Такое название означало, что организация наша была засекречена. Эти организации-ящики покрывали тогда всю страну, хотя реальных технологических секретов, думаю, почти нигде не было. Секретными Советы хотели сохранить либо профиль организации, либо то, на каком низком уровне там ведутся работы, либо то, какие технологические секреты, «заимствованные» у Запада, там используются. Наша организация отвечала своеобразной комбинации всех трех типов секретов.

«Выставкой двенадцати» со стороны нашего ящика занималась молодежь. И я, естественно, принял в этом участие. Со стороны художников организатором был Оскар Рабин. А между ним и ящиком был Александр Глезер. Он был знаком с нашими комсомольцами. Откуда они его знали, я сейчас уже не помню, но знакомы они с ним были очень близко. Не исключаю, что Глезер одно время работал у нас или в родственном ящике. Он фактически и организовал «выставку двенадцати».

Глезер вышел на кого-то из наших комсомольцев, которые знать не знали ни про каких авангардистов. Комсомольцы пошли ко мне. А я пользовался у молодежи нашего ящика непререкаемым авторитетом по части живописи. И когда я узнал, что речь идет о работах Рабина и его единомышленников, дал свое немедленное «добро» на проведение выставки. Единственное, что я утаил от наших комсомольцев, – какому риску они себя подвергают, ввязываясь в это дело. А они были в этом смысле совершенно наивными. И все, что произошло потом, было для них как гром с безоблачных небес.

Открытие выставки состоялось в воскресенье, 22 января 1967 года. Планировалось, что выставка продлится какое-то время. Однако я совсем не был уверен в этом. И допускал, что она будет закрыта в тот же день. Поэтому решил не ждать понедельника, а ехать туда в воскресенье. Я вызвался представлять наш ящик на открытии и был там единственным в этом роде. Все остальные, кто хотел побывать на выставке, решили, что не стоит тратить на это выходной день, когда можно спокойно походить по залам в рабочее время.

В воскресенье я уже был уверен на все сто процентов в том, что выставка будет немедленно закрыта, причем с большим скандалом. Думал я так потому, что около нашего сверхсекретного ящика в тот воскресный январский день удобно припарковались в большом количестве машины с вычурными иностранными очертаниями. И я ожидал, что гэбэшники должны были действовать тогда решительно и жестко.

Выставка просуществовала всего несколько часов и была разогнана гэбэшниками в тот же день. Но я уехал домой чуть раньше этого момента. И узнал о разгоне только утром следующего дня, в понедельник. Я зашел в клуб «Дружба» перед началом работы. И увидел абсолютно пустые залы с печально свисающими концами обрезанных веревок вдоль всех стен.

Наш ящик оказался под сильнейшим обстрелом Московского гэбэшно-партийного аппарата. Про молодежь при этом почему-то забыли. Под прицел попала начальница наших институтских партийцев Злата Владимировна Преображенская (Злата – как мы все тогда звали ее за глаза). Александр Глезер в своей книге «Современное русское искусство» подробно говорит обо всей этой истории с выставкой. И впечатление его от общения со Златой там, в этой книге, окрашено в негативно-серые тона. Я далек от того, чтобы сомневаться в правдивости описываемых Глезером перипетий этого события. Они все даны очень правдоподобно. Так оно, конечно, все и было. Но вот Злата заслуживает, на мой взгляд, более светлых тонов. Почему я так считаю? Ну, например, в то время, сразу после «выставки двенадцати», я ожидал от нее по крайней мере нареканий в свой адрес. Но таковых не последовало. Напротив, мне казалось, что при случайных встречах Злата стала здороваться со мной с явно выраженной симпатией. Как-то у нас произошел короткий разговор на тему, слишком далекую от моего повествования, чтобы его здесь воспроизводить. В какой-то момент я зашел в своем несогласии с ней немного дальше, чем ей этого хотелось. У меня с языка готова была слететь какая-то крамола (с точки зрения той идеологии, которую она исповедовала). И тут с легкой улыбкой она сказала, смотря мне прямо в глаза: «Стоп! Я знаю вас. Вы, по-моему, можете сейчас сказать мне что-то не то. Я не хочу этого слышать». И разговор был закончен. Для тех, кто плохо представляет себе тогдашнюю обстановку, скажу, что для того поста, который Злата занимала, было бы нормальным (а на самом деле даже вполне обязательным) выслушать меня и передать содержание нашего разговора вверх, по гэбэшным инстанциям.

Несмотря на то, что и Глезер, и я были на «выставке двенадцати», нам не пришлось познакомиться с ним тогда. Не встречал я его и позднее, даже когда он перевел основанный им Музей современного русского искусства из Франции в Джерси-Сити (Нью-Джерси). Я познакомился с теми, кто возглавлял этот музей уже после того, как Глезер его покинул.

После разгона «выставки двенадцати» московские художники-нонконформисты приуныли, но не сдались. Они жили в полуподполье, продолжали писать свои картины и могли даже время от времени их продавать. Многие из них умудрялись на это жить. Хотя продавали они свои картины, как мне кажется сейчас, за бесценок. Думаю я так потому, что знаю, сколько стоили тогда картины признанных русских мастеров. Одно время я был невольно вовлечен в историю с продажами таких картин. Моя знакомая (ее звали Кира) неожиданно получила большое наследство. Умер ее дядя. А он был хорошим врачом. Более того, он имел доступ к ограниченным государственным медицинским ресурсам. А такие врачи тогда были довольно состоятельными людьми. Их в сильной степени нелегальная деятельность негласно охранялась высокопоставленными чиновниками. Дядя оставил Кире большое количество ювелирных украшений и картины русских мастеров.

Я жил тогда в 1-м Неопалимовском переулке. А Кира жила рядом, в старых домах. Она говорила мне, что в стенах ее комнаты есть такие большие дыры, что сквозь них она может видеть улицу. Держать бриллианты, сапфиры и картины в таком доме было бы просто сумасшествием. Поэтому она попросилась к нам. Я развесил все ее картины по стенам. Там были работы Репина, Кустодиева, Николая Рериха, Маневича, Петрова-Водкина, Коровина.

Кира в тот момент жила одна, тихо и незаметно. Но тут вдруг все резко изменилось. Она стала нравиться мужчинам с достатком. И в наш дом начали приходить приличные люди. Они заводили умные беседы, рассказывали, что такое кальвадос и из чего и как его надо пить, и прицениваясь к бриллиантам и картинам. Небольшая работа Репина быстро ушла за 500 рублей. Большая картина Кустодиева – букет цветов – со временем была продана за 800 рублей. Кире советовали продавать Рериха не менее чем за пять тысяч. Но таких покупателей не оказалось. За Рериха ей предлагали только две тысячи. Поэтому, наверное, эта картина провисела у нас дольше других.

Это было послереформенное время. Я зарабатывал тогда около ста рублей в месяц. А бутылка водки стоила 2 рубля 87 копеек.

Кира стала знакомиться с людьми из галерей. Однажды ее пригласили побывать в запасниках Третьяковки. И она взяла меня с собой. Это было где-то совсем рядом с нами, на Крымском Валу. Там было несколько больших комнат, плотно заставленных стеллажами. На полках стояли картины тех русских художников, которые, по мнению управителей страны, были «не нужны советскому народу». Картины стояли тесно друг к другу, без всякого порядка. Какие-то были в рамах, а какие-то стояли просто так, на подрамниках. В комнатах сильно пахло пылью. Посмотреть картину можно было, только достав ее со стеллажа и поставив где-то рядом на пол, прислонив к стене.

В верхнем ряду одного из стеллажей стояла здоровенная картина. Я стал тащить ее оттуда. Даже в поперечнике она была около полутора метров. Поэтому мне трудно было тащить ее за подрамник, не дотрагиваясь до холста руками. И когда она стала валиться на меня, мне все-таки пришлось попридержать ее за холст. Я поставил картину на пол и прислонил ее к стенке. Художник и его жена летели над родным Витебском.

Незадолго до этого я имел возможность посмотреть альбом Марка Шагала. И догадывался, что какие-то его работы могут быть в России. Но мне трудно было поверить, что его картина «Над городом» находится в 10 минутах ходьбы от того места, где я тогда жил.

Во всех разбойничьих действиях советских властей меня раньше всегда удивляла крайняя непоследовательность (сейчас я понимаю, что удивляться этому не следует). Картины русских авангардистов Советы считали мусором. Но когда дело доходило до вывоза этого «мусора» за рубеж, все оказывалось совсем не таким уж легким мероприятием для тех, кто эти картины хотел вывезти. «Мусор» рассматривали наравне с другими произведениями искусства. И тогда уже получение разрешения на вывоз превращалась в сложную процедуру. Чаще всего для положительного решения вопроса надо было дать взятку. А для этого требовалось найти подходы к нужным людям, чтобы взятка, предложенная на одном конце сделки, была благополучно принята на другом конце. Предложение взятки, как правило, сопровождалось почти безграничной (и искренней!) благодарностью. А получение – глубоким удовлетворением и от самого результата, и от осознания сделанного доброго дела.

В 1989-м уезжал из России мой друг тех лет и коллега по работе Гена Иоффе. Уезжал он, как тогда казалось, навсегда. Он был женат на дочери Дмитрия Плавинского, Анюте. Они везли с собой какое-то количество живописных работ. Заблаговременно получили разрешение на их вывоз. Вместе с этими работами Гена взял с собой мой подарок – коллаж «Баба с сережками».

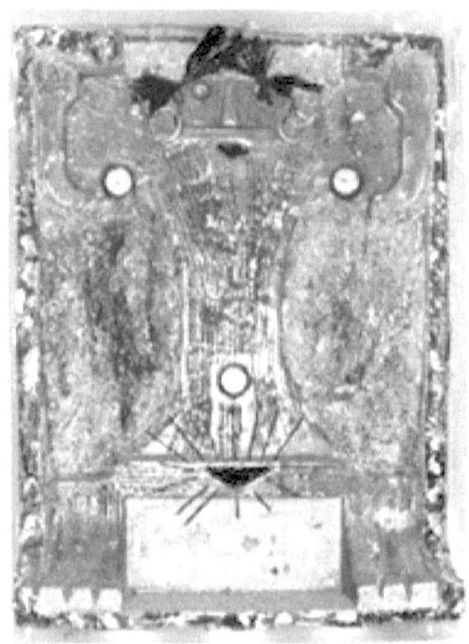

«Баба с сережками»

Я провожал Гену в аэропорту и наблюдал, как таможенник проверял все картины и соответствующие бумаги на вывоз. Все было в полном порядке. И вот дошла очередь до моего коллажа. Когда Гена попытался присоединить его к остальным работам, таможенник остановил его и попросил предъявить соответствующую бумагу. На что Гена сказал, что на эту картину разрешения не надо, потому что это работа его приятеля. И он махнул головой в мою сторону. Таможенник посмотрел на меня оценивающим взглядом и сказал, что, мол, да, на эту картину разрешения не надо.

«Баба» была одной из последних моих работ, сотворенных до отъезда в Америку. В ней я попробовал работать в технике, отличной от живописной.

А более чем за десять лет до этого я пытался что-то слепить из глины. Это было в 70-м. Однажды я возвращался откуда-то домой под дождем. Шел по лужам. Ботинки тонули в какой-то грязной жиже. И посреди этой жижи я увидел какие-то беловатые просветы. Я заметил место, по которому шел. Когда дождь закончился и все вокруг немного подсохло, я вернулся туда. И там мне удалось накопать нечто такое, что было похоже на белую глину. Конечно, глина эта вся была смешана с грязью. Но я знал, как с этим бороться. Начал обстукивать свой глиняный ком о бетонные ступеньки дома. (Меня этому научили мальчишки из Большого Балканского переулка, где я жил свои первые семнадцать лет.) Грязь постепенно уходила. Вскоре в моих руках оказался приличный кусок довольно чистой белой глины.

Я слепил тарелку и оставил ее сохнуть на пару недель. Потом поставил ее в обычную газовую плиту на несколько часов. Тарелка моя, по счастью, не треснула. Конечно, она оставалась еще совсем хрупкой. И хотя никаких структурных изменений, как мне кажется, в ней не произошло, но все-таки это была уже не просто высохшая глина. Я раскрасил свою тарелку масляной краской. Получилось довольно хреново.

Тогда я взял обычное керамическое блюдце и нанес на него некоторое изображение. Вместо глазури я использовал масляную краску, смешанную с эпоксидным клеем. Эта тарелка понравилась мне немного больше, чем первая. На фотографии конца 70-го я разглядываю ее. Выгляжу я не очень-то солидно. А мне здесь 28 лет. И у меня в тот момент было уже трое детей.

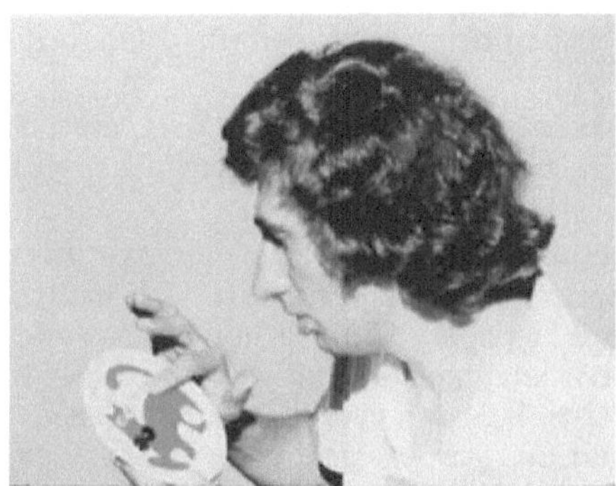

«Эпоксидная керамика»
Москва, 1970

Прошло десять лет. Вторая моя попытка сделать что-то в керамике была более обстоятельной. В то время мы с друзьями основали пчеловодческое товарищество. В свободное от работы на пасеке время мы собирались заниматься чем-то еще – для души. Одним таким делом «для души» была керамика.

План был такой. Купить дом в деревне. Во дворе дома вырыть большую яму. Обложить ее изнутри кирпичом. (Это, как предполагалось, будет печь для обжига керамики.) Далее мы планировали поехать на какой-то карьер и накопать там глину. Из этой глины в нашей печи мы собирались делать японскую керамику.

Дом мы купили в первый же год в деревне Борисоглебского района Воронежской области. Деревня наша называлась Богана. И вот во дворе нашего дома мы и собирались реализовать наш керамический проект. Детали его мне тогда не были вполне ясны. Да, наверное, не только мне. Отчего вдруг и как могла получиться японская керамика в глухой Воронежской деревне в простой яме, обложенной обыкновенным кирпичом и топимой березовыми дровами? Чем мы собирались покрывать японскую керамику? В каком карьере мы собирались добыть компоненты для глазури? Думаю, что никто из наших не знал, что такое глазурь, поскольку это слово, помнится, тогда так ни разу и не прозвучало.

Одна из проблем с реализацией нашего проекта заключалась вот в чем. Дом в Богане мы рассматривали как нашу базу. Своих пчел мы держали там только во внесезонное время: осенью, зимой и ранней весной. Приезжали мы на базу вне сезона ненадолго. В середине весны мы перевозили наших пчел до конца августа к источнику взятка, который находился более чем в 100 километрах от базы. В это время практически никто из нас в Богане не появлялся. Еще одна проблема состояла в том, что у нашего проекта было много исполнителей. У каждого из них были свои мысли по поводу того, что, как и в каком порядке надо делать. Поэтому все это двигалось очень медленно и бестолково. Хотя вырыть яму оказалось не таким уж и сложным делом: к концу второго года она была готова. Еще через какое-то время мы закупили кирпич. Но он пошел в ход не сразу, а еще через пару лет. К тому времени стало ясно, что проект не будет закончен никогда. Но это никого особенно не огорчало, поскольку приоритет нашего керамического проекта с самого начала был очень низок. А еще через какое-то время наша яма, обложенная кирпичом, была использована, наконец, с толком. На ее основе был построен хороший омшаник – место для зимовки пчел.

Так и не пришлось мне в России заняться керамикой. Хотя, сколько себя помню, я всегда об этом думал. Но в России моим мечтам трудно было сбыться.

Следующая попытка освоения керамического дела была предпринята мной значительно позже, уже после отъезда из России. Я прилетел в Америку осенью 91-го и первое время не мог думать ни о чем другом, как о том, чтобы найти хоть какую-нибудь работу. «Хоть какую-нибудь работу» я нашел в 92-м. В 94-м я уже работал в «Чейзе» – крупнейшем тогда банке Америки. А в 96-м решил, что могу уже думать не только о том, как зарабатывать деньги. Я стал посещать керамические классы в соседнем городе – Саммите. Место это называлось *Visual Arts Center of New Jersey*. Я ходил туда на протяжении нескольких лет. Там я изучал технику работы с керамикой под руководством моего единственного учителя – Кэрол Чесек.

Кэрол Чесек
Storm King Art Center, 1998

Все шло своим путем в *Visual Arts Center* и было во всех отношениях замечательно. Единственной проблемой было то, что я лепил свои тарелки очень быстро. Я посылал их на обжиг одну за другой. И люди, ответственные за обжиг, стали потихоньку роптать. Они говорили, что на меня приходится очень большая доля того, что обжигалось в студии. И стали вводить всякие ограничения, которых до этого никогда не было. Кэрол была на моей стороне в моей небольшой конфронтации с работниками студии. И до поры до времени меня все там устраивало.

Однажды, правда, произошло нечто труднообъяснимое. Вся порция моих тарелок не вернулась ко мне после обжига. Я пожаловался на это Кэрол. Она сказала, что, может быть, мои тарелки попали в следующую загрузку. И посоветовала подождать несколько дней. Но тарелки мои так никогда и ниоткуда не всплыли. Кэрол сказала, что представить себе не может, как такое могло произойти, и хотя в студию может зайти любой посторонний человек, тем не менее за все время ее существования никогда еще ничего не пропадало. И уж если действительно такое произошло с моими тарелками, то, как она считает, я должен этим гордиться.

В какой-то момент, когда Кэрол увидела, что ограничения *Visual Arts Center* стали мешать мне все больше и больше, она посоветовала мне организовать домашнюю керамическую мастерскую. Тут я вспомнил боганскую историю. И поначалу это не вселило в меня большого энтузиазма. Но потом я понял, что мне не надо рыть яму во дворе моего дома и не надо ехать ни на какой карьер, чтобы накопать глину. Я все могу купить в магазине, который находится в двадцати минутах езды от меня. Кроме того, я подумал, что если я все буду делать сам, тогда никакой неразберихи и бестолковщины в этом деле уже не должно быть. А думал я так вот почему.

Еще в России мне повезло прочитать книгу Фреда Брукса о проектах при разработках программного обеспечения. Центральной идеей книги было то, что привнесение в проект новых сил для того, чтобы закончить его в срок, может лишь отодвинуть срок окончания проекта. Эта идея стала известна под названием «закон Брукса». С тех пор мне случалось размышлять на эту тему. Эти размышления привели меня к новой закономерности. Я заметил, что если ты можешь все сделать сам, то тебе лучше все и с самого начала делать одному. Это пришло ко мне из опыта работы в России в пчеловодческом товариществе и из опыта работы в финансовой области, уже в Америке.

Когда с проектом тебе кто-то помогает, то, конечно, можно распределить всю работу и пытаться на этом выиграть время. Но, к сожалению, в команде тратятся колоссальные временные и материальные ресурсы на введение всех участников в курс дела, на согласование работы между ними и просто на поддержание их жизнеобеспечения. Тут есть еще и такой подводный камень: одни члены команды могут работать в десятки раз медленнее, чем другие.

Так что когда я оценил, что все, связанное с керамикой, смогу делать сам, то я и решил все делать сам. Хотя знал, что уважающий себя художник так поступать не будет. Миро не отливал свои бронзовые изделия сам. Его фигуры отливались в литейных мастерских Барселоны и Парижа. А Пикассо пользовался большой технической помощью профессиональных керамистов, когда работал над керамикой в студии *Madoura* на юге Франции в городе *Vallauris*.

Один мой добрый знакомый (назову его здесь условно Джейком) рассказывал мне, как он работал с одним скульптором. Скульптор этот, кстати, имел мировое имя. Он снабжал Джейка только самыми общими соображениями по поводу того, как должна выглядеть его скульптура. И Джейк приступал к работе. После того, как Джейк делал первоначальную лепку из пластилина, скульптор со своей женой посещал его. И вот тут Джейк получал уже более конкретные указания, как надо что-то подправить или изменить. Скажем, «вот здесь руку надо немного приподнять» или «здесь ремешок сделать немного шире». Причем сам скульптор не просил ничего менять. Ему вполне нравилось то, что делал Джейк. Указания об изменениях Джейк получал от жены скульптора. Затем одна за другой проводились стандартные операции, к которым ни скульптор, ни Джейк уже не имели вообще никакого касательства. В результате получались симпатичные бронзовые фигуры, которые я потом видел в галереях (разумеется, под именем знаменитого скульптора).

Итак, я решил, что все буду делать сам. Устройство керамической мастерской в моем доме в Миллбурне я начал, естественно, с печи, которую приобрел по рекомендации Кэрол. Кроме примерно 300 квадратных футов гаражного помещения я выделил для мастерской около 500 квадратных футов в подвале дома. Постепенно я заполнил оба этих помещения большим количеством открытых полок и столов. Обжиг я организовал в гараже. Там у меня разместились две печки, вся фурнитура для них и прочее необходимое оборудование и инструменты. Мой гараж не примыкает к дому. Это было бы не очень удобно, если бы я держал там свои машины. Но для моих целей это оказалось как нельзя кстати. Дело в том, что когда идет обжиг, выделяются вредные для здоровья вещества. Поэтому помещения, где работает печь, должны вентилироваться. И то, что гараж не примыкает к дому, не создает никаких дополнительных проблем с вытяжкой вредных газов. Что же касается моих машин, то ни одна из них ни разу в гараж так и не попала.

Все другие операции, не связанные с обжигом, я организовал в подвале дома. Там у меня разместилась большая часть керамической мастерской. И как-то само собой получилось, что одна из комнат подвала превратилась в выставочный зал, где собралось большое количество моих работ.

Правда, я не могу сказать, что там представлены мои лучшие работы. Лучшие работы разбросаны по стенам моих основных помещений или находятся у тех, кому я подарил свои творения.

Выставочный зал. Правое крыло. Миллбурн (Нью-Джерси)

Выставочный зал. Левое крыло. Миллбурн (Нью-Джерси)

В воскресенье 18 августа 2002 года мы собрались у нас в Миллбурне на барбекю по случаю официального открытия моей гаражной мастерской. Все было очень торжественно. Моя жена Наташа на правах хозяйки дома разрезала красную ленточку. Потом пили много шампанского и долго осматривали гараж. И съедено было в тот день тоже немало. Так что открытие мастерской прошло удачно.

Открытие мастерской в моем гараже
Миллбурн (Нью-Джерси), Август 2002

Я никогда не собирался лепить много горшков, тем не менее у меня, конечно, есть гончарный круг. И я все время использую его для своей работы. Однако есть еще одно обстоятельство, не позволяющее обходиться без него. Дело в том, что ко мне часто приходят гости. Они хотят посмотреть мою мастерскую. И первое, о чем спрашивает тот, кто спускается вниз, в подвал, – о гончарном круге. Вернее, народ не произносит таких слов, как гончарный круг, поскольку далеко не все знают, как эта штука называется. Ну и они начинают морщить лоб и крутить рукой, пока я не помогу им с подсказкой. В такой ситуации не иметь гончарный круг было бы, конечно, тактически неверно.

Я обжигаю все в электрической печи. Пока мне везло и у меня не было никаких катастроф с печкой. У меня даже никогда и ничего не взрывалось при обжиге. Думаю, что мне удавалось избежать таких взрывов, поскольку я, во-первых, не делаю толстостенные предметы и, во-вторых, сушу все около двух или трех недель, прежде чем загружаю печь для первого обжига.

Правда, я никогда не ставил мою керамику на ночь на сушку в

печь, как советуют делать многие. Я считаю это излишней предосторожностью. Вместо этого я держу низкую температуру в печи с приоткрытой крышкой и со всеми открытыми глазками пару часов перед первым обжигом. И собираюсь придерживаться такой стратегии до первого взрыва в моей печи, который, надеюсь, никогда не произойдет. Я обжигаю свои предметы дважды: первый раз – на кон 06, второй – как правило, на кон 6. Так что почти вся моя керамика – это *stoneware*.

Работа на гончарном круге
Миллбурн (Нью-Джерси) , 2015

Я не составляю глину сам, а покупаю ее, готовую к употреблению, в керамических магазинах. Сначала я остановился на пластичной глине. Она хороша для многих целей, в том числе идеальна на гончарном кругу. Беда состоит только в том, что плоские предметы из пластичной глины (а в моем случае это тарелки) могут коробиться. Сначала я не обращал на это особого внимания. Но потом стал бороться с этой проблемой. Пару лет я боролся с ней самостоятельно. Делал тарелки тонкими. Но они продолжали коробиться. Стал делать их толще. Потом еще толще. Видимого успеха не было. Я попытался пожаловаться на свою беду в Саммитской студии. И мне посоветовали лепить только из цельного куска глины. Оказалось, что всяческие вставки порождают неоднородность и приводят к короблению. Такое очевидное соображение не приходило мне раньше в голову. И я стал брать в работу только цельные куски глины.

Загрузка печи
Миллбурн (Нью-Джерси), 2015

Еще пару лет я экспериментировал с цельными кусками. И понял, что однородная глина тоже коробится. Тут мне посоветовали купить глину с шамотной крошкой. Тарелки перестали коробиться. Зато стали чаще трескаться. Особенно часто трескались большие тарелки. Когда я на это пожаловался кому-то, мне дали совет попробовать пластичную глину. Круг замкнулся. Но я все-таки каким-то образом решил эту проблему. И тарелки мои перестали коробиться.

Необожженные тарелки
Миллбурн (Нью-Джерси)

Примерно половину всех используемых мною глазурей я составляю сам, из химикатов, которые закупаю в керамических магазинах. Я следую рецептам, основанным на тех, с которыми начинал работать еще в классах Саммита. Было бы, наверное, неправильно ездить в магазин каждый раз, когда тебе понадобится тот или иной компонент. С другой стороны, потенциальных химикатов – громадное количество. Поэтому я стал держать дома набор наиболее ходовых химикатов. При этом я решил ограничить себя размером шкафа в моем подвале. «Ходовых» химикатов оказалось около семидесяти. Это дает мне возможность составить около пятидесяти различных глазурей. Помимо глазурей домашнего приготовления я использую еще примерно столько же готовых к употреблению коммерческих глазурей. К ним я иногда добавляю химикаты, чтобы немного изменить их в нужную для меня сторону.

Когда я готовлю глазурь сам, то сталкиваюсь с одной проблемой. Время от времени я обнаруживаю, что керамический магазин не продает тот продукт, который нужен по рецепту. Потом, правда, может оказаться, что то, что мне нужно, все-таки продается, но под альтернативным названием. А иногда бывает, что нужный мне химикат больше не выпускается. Это может произойти по разным причинам: из-за пожара на шахте, из-за нерентабельности добычи вследствие истощения ресурсов и пр. В этом случае часто продается какой-то заменитель. Однако я далеко не всегда знаю, как различить эти две ситуации: продажу продукта под альтернативным названием и продажу заменителя. Что же касается второй ситуации, то я не обладаю

Полки с глазурями
Миллбурн (Нью-Джерси), 2015

достаточными знаниями и опытом, чтобы понять, как небольшое различие в химическом составе будет влиять на результат и как можно избежать это влияние или уменьшить его.

Скажем, считается, что *F4 Feldspar* – то же самое, что *Sodium Feldspar, Kona Feldspar, Kona F4, F4 Spar, NC-4 Feldspar*. Возможно, так оно и есть, по крайней мере в практическом смысле. Но я знаю, например, что *NC-4 Feldspar* имеет небольшие отличия от *F4 Feldspar* почти во всех восьми составляющих их компонентах. И хотя у меня в какой-то момент были и *F4 Feldspar*, и *NC-4 Feldspar*, я был далек от того, чтобы начать тестировать их. У меня попросту никогда не было времени для такого рода экспериментов. Поэтому я просто переключился с одного на другой. И когда не почувствовал существенных изменений, перестал расстраиваться по этому поводу. То же самое я могу сказать по поводу таких названий, как *Zircopax, Zirconium Silicate, Zircon, Zircopax Plus, Superpax, Zircocil, Excelopax, Ultrox*. В какой-то момент я перестал волноваться, пытаясь различить, что есть что, и стал считать, что все они практически одинаково мне подходят.

В остальном же (если преодолеть проблему альтернативных продуктов) приготовление смесей представляет собой довольно простую операцию. Надо только иметь точные весы. Даже очень небольшая погрешность при взвешивании может привести к плохим результатам.

Часто я обращаюсь к такой технике, как *slip-casting*, – в основном для создания тех или иных элементов моих керамических произведений. Используемые при этом гипсовые формы я изготовляю, как правило, сам. Это довольно трудоемкий процесс, особенно если формы имеют сложную составную конструкцию. Для того чтобы изготовлять такие формы, нужно иметь, помимо всего прочего, хорошее стереометрическое воображение.

«Да будут у вас весы верные, гири верные, ефа верная и гин верный»
(Левит, 19:36)
Миллбурн (Нью-Джерси), 2015

Многие из тех, кому для работы нужны гипсовые формы, с самого начала отбрасывают идею производства их своими силами. Они поступают так в основном из-за отсутствия стереометрического воображения. Кто-то рассказывал мне об одном молодом человеке, у которого стереометрическое воображение отсутствовало совсем и который решил, что будет делать гипсовые формы на заказ. Однако формы на заказ – очень дорогое удовольствие. Поэтому молодому человеку пришлось даже взять дополнительную работу, чтобы позволить себе такую роскошь. Он стал преподавать математику в колледже. То, что одним из разделов там была стереометрия, его нисколько не смущало. И он был, я полагаю, прав. Уметь преподавать что-то и использовать это знание – две абсолютно разные вещи. Один мой приятель – который, кстати, имел светлую голову, но был, может быть, излишне самокритичен – сказал мне однажды: «Я ничего не умею делать в этой жизни. Так что мне остается только учить других».

Мои гипсовые формы, хоть и получаются с виду неказистыми, вполне выполняют свое функциональное назначение. Но одним негативным моментом кустарного изготовления является то, что формы получаются иногда довольно громоздкими. А когда они наполнены жидкой глиной, то оказываются очень тяжелыми. Их не так-то легко поднимать, переворачивать и держать какое-то время на весу, когда надо вылить из них глину. Поэтому для наиболее тяжелых форм мне пришлось смонтировать в моей основной мастерской подъемное устройство. Я прикрепил крюк к потолку. А на крюк повесил цепной подъемник. Это позволило мне поднимать, опускать и переворачивать громадные формы, наполненные жидкой глиной, одному, без посторонней помощи.

Работа с подъемным устройством
Миллбурн (Нью-Джерси), 2015

Иногда вместо *slip-casting* я применяю другую технологию – *press-molding*: вдавливаю глину в гипсовую форму, чтобы получить какие-то детали для моих работ. Но я делаю это довольно редко и только для мелких деталей.

Я всегда стремился к тому, чтобы подготовительный процесс – сами идеи, эскизы – не занимал годы, как это иногда бывает у настоящих мастеров искусства. И леплю я не с той внимательностью к деталям, которую я наблюдал, скажем, у моих коллег по студии. Эти девушки лепили на кругу кружку и ставили ее под пленку, чтобы она не высохла до следующего раза. Через неделю они приделывали к кружке ручку. Потом опять ставили ее под пленку и еще через неделю приделывали к ней какой-нибудь цветочек. Потом еще через неделю – еще один цветочек. Меня это все раздражало. Мне хотелось все делать быстрее – за один раз.

Однажды я даже не внял советам своей учительницы, которая предложила мне тестировать глазурь, прежде чем использовать ее на чем-то конкретном. «Жизнь слишком коротка для этого», – сказал я ей. За что тут же получил удар ладошкой по лбу. Правда, через десять лет после этого эпизода я все-таки понял, что был неправ тогда. И изготовил два планшета с тестовыми пластинками – один с холодными, а другой с теплыми цветами. Каждая пластинка имеет два, а иногда три и даже четыре оттенка цветов. Иметь такие планшеты оказалось необыкновенно полезно. И сейчас я даже не понимаю, как раньше мог обходиться без них.

Меня часто спрашивают, откуда я беру сюжеты для моих керамических работ и живописи. Иногда еще спрашивают, откуда я беру цвета. Подобные вопросы мне иногда задают о моих литературных произведениях. Меня спрашивают, откуда я беру сюжеты для них. И я всегда отвечаю на такие вопросы открыто. Естественно, я не придумываю их сам. Все мои литературные сюжеты я беру у Пушкина. Но это, конечно, относится только к тем книгам, которые я написал на русском языке. Вот одна из моих книг недавно была переведена на английский. Ну и сюжет для нее я взял, естественно, у Шекспира. Что я могу сказать о сюжетах и цветах для моих керамических работ и живописи? Их я, конечно, тоже не придумываю сам. Все до одного я беру их у Леонардо да Винчи. И эти мои ответы, как мне кажется, должны звучать естественно для тех, кто задает мне такие вопросы.

Если же говорить об этом серьезно, то я бы назвал два источника, которые вдохновили меня на создание двух серий работ. Первым источником являются вариации Пикассо на картину Веласкеса "*Las Meninas*". Как только я увидел несколько репродукций на эту тему, я тоже решил создать вариации. И очень скоро после этого появилась моя работа "*Boy on a cube. After Picasso*", выполненная маслом. Это было в 1960 году. Потом я надолго забыл об этой идее и вспомнил только, когда начал заниматься керамикой. Так появилась серия из четырех керамических тарелок "*Requiem for Guernica. After Picasso*", "*The Cow with the Subtle Udder. After Dubuffet*", "*Construction Workers – Adam and Eve. After Léger*" и "*Military Violinist. After Chagall*". Вторым источником вдохновения послужили для меня наскальные рисунки индейцев. У меня есть серия тарелок, которые я делал, находясь под влиянием этих рисунков. Это влияние я ощущаю и до сих пор.

Когда еще в России я занимался живописью, то всегда чувствовал, что ее двухмерные ограничения слишком тесны для меня. И я надеялся, что с керамикой у меня будут очень хорошие шансы эти ограничения разорвать. Однако получилось так, что даже мои скульптурные керамические работы кажутся менее чем трехмерными. Хотя мои тарелки, которые вроде бы должны быть плоскими, кажутся более чем двухмерными. Так что, в конце концов, я стал считать себя двух с половиной мерным керамистом.

Еще одна серия моих работ связана с созданием коллажей. Дело в том, что в какой-то момент из всех крепких алкогольных напитков мне стали все больше и больше нравиться *Scotch Whisky*. А среди них со временем я стал оказывать определенное предпочтение *Single Malt Whisky*. При этом стоимость этих драгоценных напитков оказалась намного ниже ожидаемой мною. Особенно если сравнивать их с другими напитками. В ознаменование этой несомненной жизненной удачи я стал создавать серию коллажей под общим названием *Single Malt Art*. Каждый коллаж имеет свой параллельный сюжет, как-то связанный с другими моими занятиями.

"Single Malt Violin"

Самым первым параллельным сюжетом была скрипка. Я начал делать такой коллаж еще в 1991-м, сразу после приезда в Америку. И несмотря на то, что окончательные формы он приобрел несколько позднее, я все-таки датирую его 91-м годом. В следующих моих коллажах тоже есть параллельные сюжеты, связанные с музыкой, а также много других сюжетов. Но больше всего у меня параллельных сюжетов, связанных с керамикой.

Меня часто спрашивают, каким образом я получаю такие замечательные сплющенные бутылки на моих коллажах. Я знаю, что отвечать на этот вопрос не обязательно. Достаточно просто посмотреть на спрашивающего и немного помолчать. И где-то через несколько секунд он сам отвечает, что раз я занимаюсь керамикой, то у меня должна быть печка, и тогда, мол, становится ясным, где я сплющиваю свои бутылки.

Иногда кто-то может спросить, а как же этикетка на бутылке не сгорает в печке. И тут тоже не надо торопиться с ответом. Потому что обязательно найдется кто-то рядом, кто подскажет, что, мол, этикетку ведь можно отклеить, а потом наклеить снова.

"Single Malt Ceramics"

Но почему-то никто и никогда меня не спросил, а как же пробка от бутылки не сгорает в печке. И если я ее вынимаю, а потом вставляю обратно, то как же горлышко бутылки не сплющивается вместе с самой бутылкой и почему пробка влезает свободно обратно на свое место? А поскольку меня об этом никто никогда не спрашивал, то и не было никого, кто помог бы мне с ответом. Поэтому я и сам сейчас не знаю, как это все так удачно получается.

Со временем я стал осознавать, что самое дефицитное в доме художника - это стены. И когда со стенами в Миллбурне стало совсем плохо, я стал постепенно переводить экспозицию серии работ *Single Malt Art* к себе в Делрей-Бич (Флорида).

Мои «южные» коллажи. Делрей-Бич (Флорида), апрель 2015

Но потом я стал все больше и больше работать над моими коллажами в Гулдсборо (Пенсильвания). И так получилось, что там у меня сконцентрировалось основное количество коллажей *Single Malt Art*. Экспозиция моих работ в Гулдсборо предваряется тремя пугалами. Два из них - «Василиса Васильевна» и «Мариванна» - смонтированы на нашем полуострове. А еще одно - «Борис Борисыч» - находится на пляже.

«Мариванна»
Гулдсборо (Пенсильвания)

«Василиса Васильевна»
Гулдсборо (Пенсильвания)

«Борис Борисыч». Гулдсборо (Пенсильвания)

К сожалению, мои коллажи *Single Malt Art* не прошли художественный совет дома для размещения их в основных помещениях наравне с моей керамикой. Поэтому мне пришлось их все развесить в бильярдной комнате.

"Single Malt Pool"
Гулдсборо (Пенсильвания), сентябрь 2015

В какой-то момент я почувствовал, что мне хочется вернуться к моим занятиям живописью. И я, конечно, решил начать с масла на холсте. Но при первой же попытке мне не понравилось качество грунтованного холста, который я приобрел в *Art Supplies*. Тогда я решил, что буду грунтовать холст сам. Так, как меня когда-то учил Леша Поманский с подсказки его мамы. Я купил отличного качества негрунтованный холст в том же *Art Supplies.* И стал искать компоненты для его грунтовки. Основой такого грунта в России был детский зубной порошок. Стал искать его. Но почему-то нигде не мог найти. Возможно, я искал его в неправильных местах. Возможно, я нашел бы его или что-то другое, что обладало такими же свойствами, но в это время приехала из России сестра моей жены и привезла пару коробок отличного зубного порошка. Воодушевленный этой удачей, я стал искать второй компонент грунта – рыбий клей. Это оказалось гораздо более легкой задачей. Рыбий клей свободно продавался везде, что избавляло меня от необходимости готовить его самому из мембран плавательных пузырей рыб. Но тут мои друзья стали так осторожно меня спрашивать – почему, мол, я хочу купить обязательно рыбий клей, а не хочу купить специальный клей для грунта. И когда я начал было с ними соглашаться, они пошли еще дальше и начали спрашивать, а нельзя ли и детский зубной порошок заменить чем-то специальным. Например, порошком мела. И когда я уже почти согласился и с этим, они стали мне говорить, что думают и даже почти уверены, что я смог бы легко купить уже готовую к употреблению грунтовку и, по всей видимости, даже загрунтованный холст. Я согласился и с этим и добавил, что знаю, что можно купить грунтованный холст, уже натянутый на подрамник любого размера. И даже можно его купить с уже нарисованной на нем картиной и даже вставленным в подходящую раму.

В конце концов я справился с проблемой грунтовки холстов. Но много масляных работ я не написал. И стал время от времени делать акварельные портреты. Я начал писать такие портреты еще в России. Но у меня сохранилась малая часть работ того периода. В Америке одним из первых акварельных портретов был портрет моего литературного наставника Надежды Брагинской.

Я подарил Брагинской ее портрет 19 октября 2005 года, в день Лицея, который в нашем узком литературном кругу считался чуть ли не главным событием года. Работа моя Надежде поначалу не понравилась. Она спросила, почему там такие маленькие руки и что я этим хотел сказать. А когда я не знал, что ей на это ответить, она попросила показать ей портрет моей дочери Ани, работу 80-го года. Надежда видела этот портрет много раз. Но тут решила посмотреть на него внимательней. А когда посмотрела, сказала: «Ну ладно. Пусть будет так». Это уже относилось к ее портрету. И велела

Чайник «Троеженец»

повесить его на стену своей квартиры на Рузвельт-Айленд.

Последняя серия моих работ – это чайники. Иногда чайники появляются у меня также и в параллельных сюжетах в *Single Malt Art*. А особенно их много в моих керамических работах. Но я не могу ответить на вопрос, почему они появляются у меня так часто. Видно, все-таки в их очертаниях есть что-то такое, что меня задевает и привлекает. Это и привело к тому, что возникла моя серия чайников в металле.

Самовар «Многоженец»

Естественно, я с самого начала был далек от мысли производства металлических чайников как таковых. Я собирался только доводить уже готовые чайники, которые мне попадались под руку, до той кондиции, которая меня устраивала.

Когда-то в России я чинил свою машину, наваривая новое днище взамен проржавевшего. Делал я это под присмотром профессионального сварщика. Но паяние чайников оказалось гораздо более тонким делом. И здесь мне пришлось полностью переучиваться. Я прослушал небольшую лекцию нашего контрактора по дому. Потом я закупил по его советам простейшее оборудование и материалы. И в конце концов все оказалось не таким уж и сложным мероприятием.

С самым первым чайником из тех, которые я сотворил, мне пришлось все-таки повозиться. Но получился он довольно красивым. Во всяком случае, он мне таковым казался. По какой-то причине носик этого чайника всегда вызывал скептическую улыбку на мужских лицах. А вот у девушек при виде этого чайника лица были всегда радостные и даже восторженные. Почему? Никто на этот вопрос ответить не может.

Тестирование моего чайника Миллбурн (Нью-Джерси), 2000

Этот первый мой чайник был вполне функциональным. И мы даже устроили с друзьями его торжественное тестирование на чаепитии у нас на деке в Миллбурне. Потом, правда, функциональность чайников отошла на второй план. И мысль об их тестировании у меня больше никогда не возникала. Когда с их размещением стало туго, я перешел на производство только заварочных чайников. Но места в Миллбурне у меня от этого не прибавилось, и мне пришлось перенести мои эксперименты с чайниками к себе во Флориду. Там они все сейчас и проживают.

Мои чайники
Бойнтон-Бич (Флорида)

Я никогда и нигде не выставлял свои работы, кроме своих домов и интернета. Исключением является керамическая тарелка, подаренная мною Музею русского искусства в Джерси-Сити уже в «послеглезерское» время. И еще один раз, давным-давно, где-то в 60-х, я принес какие-то свои работы на квартиру Екатерины Поманской. (Это было на Верхней Масловке, где жили в то время многие московские художники.) Она предложила мне повесить у нее мои работы, чтобы кто-то из ее друзей-художников смог их посмотреть. Кто их тогда видел, я не знаю. И сейчас не помню, знал ли раньше. Но в тот день, когда я со своими друзьями был у Поманской, к ней зашли члены Лианозовской группы Генрих Сапгир и Игорь Холин. И они сказали что-то позитивно-вежливое о моих работах.

Конечно, я веду учет того, что делаю. С этой целью я поддерживаю самую простую базу данных. Там я храню всю информацию о своих работах. Для керамики это включает все технические моменты – состав глины, тип используемых глазурей, способ их нанесения и остальные даже самые мелкие детали. Все, что сделано мною, я выставляю на своем вебсайте *www.slavabrodsky.com*. У меня есть простое оборудование для пересъемки моих творений, которое позволяет мне поддерживать адекватную цветопередачу. После того, как я заканчиваю очередную фотосъемку, я обрабатываю фото-файлы специальными процедурами для того, чтобы они отвечали требованиям моего вебсайта. Остальные, вспомогательные, файлы я не готовлю вручную. Их слишком много.

Ведь одних только керамических предметов у меня около тысячи. Поэтому я написал программные процедуры, позволяющие получать такие файлы автоматически непосредственно из базы данных. Код для вебсайта я написал до предела простой. Однако он служит своей цели и позволяет мне легко поддерживать мое хозяйство без посторонней помощи.

Зачем и почему я тружусь в своих мастерских над всеми этими чайниками, коллажами, картинами, керамикой? Ответить на этот вопрос так же трудно, как ответить на вопрос о смысле жизни. Мы не знаем, кто мы, зачем мы и куда мы идем. Ну и я не знаю, для чего я все это делаю.

Все мои работы вместе с их атрибутами, такими как жанр произведения, его форма, размеры и даже улавливаемые намеки на источник вдохновения, служат только средством показать мое уникальное эстетическое видение всего того, что нас окружает, но не несут в себе никакой идеи и не выражают моего отношения к нашему замечательному загадочно непостижимому и непредсказуемому миру.

Борис Гулько – по профессии психолог, шахматный гроссмейстер. Чемпион СССР 1977 года, Чемпион США 1994 и 1999 годов. В 1979-м вместе с женой Анной (тоже чемпионкой СССР и США по шахматам) решил покинуть Советский Союз. После этого семь лет числился в «отказниках». Возможность эмигрировать из СССР завоевал после трех голодовок и месяца ежедневных демонстраций с ежедневными арестами. Его рассказ об этих событиях входит в сборник «КГБ играет в шахматы», опубликованный в России, а также (в переводах) в Германии, США, Эстонии. Гулько – автор многочисленных эссе на темы современной политики, культуры, религии, истории, еврейской философии.

Эссе и рассказ

Прощай, любовь

Все движется любовью.
О.Мандельштам

Иудаизм – это религия любви. В самом обычном смысле – между мужчиной и женщиной. Еще до других заповедей было сказано: «оставит мужчина отца и мать, и прилепится к жене своей, и станут они единой плотью» (Брейшит 2:24). Восхитительна история любви нашего патриарха: «когда увидел Яков Рахель... подступил и отвалил камень от устья колодца» (который не могли сдвинуть дюжие пастухи вместе) (29:10). «И служил Яков за Рахель семь лет, которые показались ему как несколько дней – так он любил ее» (29:20).

В ТАНАХ включена «Песнь песней». А.Куприн, переоформив ее, создал прелестную любовную новеллу «Суламифь», а Раши, за восемьсот лет до Куприна, трактовал «Песнь» как историю любви еврейского народа и Творца. Молодой раввин, с которым я занимаюсь дважды в неделю, предложил идею, которая примирила бы трактовки «Песни» Раши и Куприна. Способность к половой любви дарована людям для воспитания, считает раввин, чтобы мы научились этому чувству и смогли любить Творца. Для размножения, как показывает животный мир, любовь не требуется, достаточно инстинкта. А отношения Творца с евреями часто описываются пророками как отношения мужа и жены.

У греков, шедших параллельным с евреями курсом, в их мифах вместо любви обычно выступала страсть. Инцест, скотоложство, Зевс, проникавший к Данае золотым дождем, а в Леду – лебедем, вокруг какие-то кентавры скачут, и тоже пытаются. Эдип, Федра, Медея – всё странные истории. Недаром Платон в «идеальном государстве» предложил упростить дело, обобществив женщин. Так удобнее удовлетворять инстинкт, если любовь не существует.

Христианство разнесло по миру еврейскую идею любви. В культуре христианского мира любовь стала главной темой. А бунт против христианской идеологии вновь приводил мыслителей к идее обобществления женщин – и в «Городе Солнца» Т. Кампанеллы, и в снах Веры Павловны у Чернышевского. Набоков едко отметил, что «светлое будущее» Чернышевского до обидного напоминает публичный дом.

Культ Прекрасной дамы у рыцарства, поэзия, живопись, – все в христианской цивилизации со времен Ренессанса воспевало любовь. Против идеи ее всесилия восстало главное произведение русской культуры. В ключевой сцене «Евгения Онегина» Татьяна, кажется, противопоставляет любви долг: «Я вас люблю (к чему лукавить?),\ Но я другому отдана,\ Я буду век ему верна».

Этот посыл несколько ослабляет предыдущая часть монолога Татьяны – обида за былое: «стынет кровь,\ Как только вспомню взгляд холодный\ И эту проповедь...». Казалось бы, радоваться надо: тогда Онегин ее не любил, так хоть сейчас полюбил... Так нет же, она шпыняет бедного влюбленного: «Как с вашим сердцем и умом\ Быть чувства мелкого рабом?» Особенно странен упрек Татьяны: «Онегин, я тогда моложе,\ Я лучше, кажется, была». Здесь Татьяне, наверное, 20 или 21 год. С какой стати в 16 она была лучше? Кажется, она ищет, чем бы еще уколоть Онегина.

Что побеждает в Татьяне ее любовь: чувство долга или непроходящая обида? Вопрос открытый.

Возможно, чтобы компенсировать воспетую им побежденную обидой или чувством долга любовь, Пушкин одновременно с Онегиным создал в «Цыганах» образ Земфиры – анти-Татьяны. Та поет своему мужу Алеко довольно противную песнь: «Ненавижу тебя, Презираю тебя; Я другого люблю...». Не мудрено, что дело там кончается плохо. Кончается плохо, среди тех же проблем, и жизнь самого Пушкина.

Казалось бы, главное противоречие, как его изобразил Пушкин – любовь или верность, – разрешили в России революция и крах христианской морали. Тут появились и семьи втроем (их имели З. Гиппиус, А. Коллонтай, Л. Брик и прочие львицы той поры), и теория «стакана воды», которому тогдашние девицы уподобляли легкость короткой связи. Неожиданно любовь вернула себе подобающее ей место во мраке советской жизни. Как изобразил Булгаков в «Мастере и Маргарите», любовный союз мужчины и женщины оказывался единственным убежищем от беспросветности сталинщины. Мы знаем о подвиге вдов Мандельштама и Бухарина, пронесших через годы лишений и спасших, одна – гениальные стихи своего мужа, другая – свидетельство ничтожности своего, послание Бухарина «Будущему поколению руководителей партии».

В сегодняшнем, свободном, либеральном мире неожиданно мы замечаем – любовь исчезает. Статистика: огромное число детей рождаются вне брака – любящие зачинатели ребенка поженились бы. Я читал в газете о семье из дочки, мамы и бабушки, всех трех – беременных одновременно от одного мужика. Не возникает вопроса, которую из троих он любит.

Большинство браков кончается разводами. Отмирает и сам институт брака, люди предпочитают жить одинокими – наступает безлюбовное «постсемейное общество».

Нет, секс не исчезает. Но он не ведет к деторождению. Ибо, как заметил когда-то польский острослов Станислав Ежи Лец: «Дети – это побочный продукт любви». Нет любви – нет детей. В США, по статистике, на каждого ребенка до 18 лет приходится больше четырех домашних животных. Такая вот сублимация любви. В либеральном обществе исчезает религиозность – не научившись половой любви, не любят и Творца.

Из современного искусства тема любви также исчезает. Секс, правда, остается. Сегодняшняя версия «Страданий юного Вертера», тоже с письмами: колумнистка парижской «Либерасьон» Марсела Якуб, составив план будущего бестселлера, вступила в связь с бывшим председателем МВФ, героем нью-йоркского секс-скандала Д. Стросс-Каном, и завершила ее недавней публикацией книги об этой связи с говорящим названием «Красавица и животное». В электронном письме Стросс-Кану, опубликованном во Франции, автор призналась, что вся «любовь» была затеяна ею ради написания книги. История, по-моему, похлеще, чем «Мадам Бовари». Как это у А. Вознесенского? – «Но есть порнография духа».

О многообразных причинах такого глобального явления, как уход любви из либерального общества, можно писать тома. Наверняка, уже пишутся.

Но что значит сказанное в эпиграфе – «все движется любовью»? Нет любви – ничего не движется. Наступает смерть. Демографическая. Европа в этом значительно впереди США.

Праздник Пурим в этом году мы с женой провели в Маале Адумим под Иерусалимом, в религиозной общине евреев – «вязаных кип» родом из СССР. Детей я там не считал – вроде, это не принято. Да и непросто было бы – потому что их там много. Религиозные люди умеют любить. Ведь иудаизм – это религия любви.

Март 2013

Неотразимые еврейки

В годы моего начального образования раз в несколько месяцев мы получали очередной том из 12-томного «полного собрания сочинений А. П. Чехова». Прочитанный мной том вскоре ставился на полку. Недавно я узнал, что в собрании отсутствовал рассказ «Тина». Рассказ довольно неожиданный, посвященный образу, сыгравшему огромную роль в жизни современной России, да и всей западной цивилизации, – образу еврейки.

Отношение внутри христианской культуры к евреям и к еврейкам различно. Если еврей в литературе – это старый бездушный ростовщик вроде Соломона в «Скупом рыцаре» Пушкина, скупец Гобсек Бальзака или прощелыга Фейгин из «Оливера Твиста» Диккенса, то еврейка – это прекрасная Ребекка из «Айвенго» Вальтера Скотта или красавица Эстер у того же Бальзака. В Библии, на которой построена христианская культура, немало неотразимых евреек: Яэль, Бат-Шева, Эстер, Юдифь. Из-за них теряли голову (в случае Яэль и Юдифь – буквально) могучие правители. Да и привлекательность прародительницы Сары была такой, что ее в старом возрасте пытались умыкнуть в свои гаремы фараон и авимелех. Занятно, что еврейские тексты о Юдифи и красавице Сусанне канонизированы христианами, но отсутствуют в еврейской Библии. На красоте и эротичности образов этих евреек зиждется мировая живопись.

И в средние века власть имущие впадали в страсть к прекрасным еврейкам. О любви короля Кастилии Альфонсо X к Рахели из Толедо (XIII век) – роман Фейхтвангера «Испанская баллада». Польский король Казимир III (XIV век) из-за любви к дочке портного Эстерке, родившей ему четверых детей, облагодетельствовал евреев. Благодаря изданным Казимиром законам евреи безбедно жили в Польше до ее раздела в XVIII веке. Любовь Казимира и Эстерки воспета во многих произведениях на идиш, польском, русском и немецком.

Тем более удивителен подчеркнутый антисемитизм рассказа Чехова о еврейке. Он создает впечатление сведения счетов. После прочтения хочется воскликнуть: «Юпитер, ты сердишься – значит, ты неправ».

В 60-е годы прошлого века удалось восстановить купюры в письмах Чехова и понять раздражение автора «Тины», написанной в октябре 1886 года. В январе-феврале того года у 25-летнего писателя случился роман с дочерью богатого московского адвоката Дуней Эфрос. Состоялась помолвка. Расстроена она была, видимо, потому, что брак с христианином требовал от Дуни крещения. 28 февраля Чехов писал другу: «С невестой разошелся окончательно. То есть она со мной разошлась». Видимо, шок от разрыва для Чехова был велик, он надолго остался холостым. Лишь за три года до смерти, уже неизлечимо больным, Чехов женится на актрисе Ольге Книппер.

Через год после разрыва с Эфрос Чехов написал пьесу «Иванов», в которой, похоже, пытался представить, как сложилась бы жизнь, если бы Дуня приняла крещение и стала его женой. Удивительно, в пьесе Чехов обменивается с Дуней судьбами: Анна, крещенная из Сарры жена Иванова, умирает от чахотки. Иванов тяжело переживает подозрение в том, что он женился на богатой из-за денег (его возглас «Замолчи, жидовка!..» на упрек в этом жены). Мотив этот присутствовал и в отношениях Чехова с Эфрос («Хватит мужества у богатой жидовочки принять православие со всеми последствиями – ладно, не хватит – и не нужно...» – из письма в феврале 1886 года. «С невестой разошелся... Вчера пожаловался ей на безденежье, а она лишь посмеялась...» – из мартовского письма). Тоска и депрессия, появившиеся в творчестве Чехова начиная с «Иванова», как считают некоторые исследователи, – следствие разрыва с Дуней Эфрос.

В рассказе «Тина» героиня вульгарна, распутна, не очень умна. Затертый антисемитский штамп – ее жадность и нечестность. Раздражение автора вызывает даже внешность героини: «к черным кудряшкам и густым бровям хозяйки очень не шло белое лицо, своею белизною напоминавшее... почему-то приторный жасминный запах». Что плохого в белом лице и жасминном запахе? Похоже это на самопародию – в записных книжках Чехова есть смешная фраза: «Ивану не нравится Софья, потому что от нее пахнет яблоками». Героиня легко соблазняет прекраснодушных, но слабохарактерных русских мужчин. В ее доме – очевидно, из соблазненных ею мужчин – образуется то, что в старину называлось «салон».

Я думаю, рассказ имел кроме Дуни еще два прототипа. Это две великие актрисы, французские еврейки Рашель («Так – негодующая Федра – стояла некогда Рашель» – у Мандельштама в стихе об Ахматовой) и Сара Бернар. Обе гастролировали в России, а у Сары Бернар молодой Чехов даже брал интервью. Бурная личная жизнь обеих великих актрис активно обсуждалась в чеховские времена. Еще незадолго до того в «Фаусте» Гете рождение незамужней Маргаритой ребенка было скандалом. Рашель и Сара Бернар рожали детей своим любовникам. Салон Рашель в Париже был центром светской жизни.

Так в чем же причина антисемитизма Чехова в изображении еврейки в «Тине» и неодобрения антисемитизма в «Иванове»? Очевидно, эмансипированные, образованные, активные, сексуально притягательные еврейки одновременно привлекали и пугали Чехова.

Дуня Эфрос после разрыва с Чеховым вышла замуж за еврея, после революции эмигрировала во Францию. Конец жизни Дуни был вполне еврейским: в 1943 году ее, 82-летнюю, депортировали из парижского дома для престарелых в Треблинку. Иная судьба – у эмансипированных российских евреек, во времена написания «Тины» увлекшихся марксизмом и устремившихся в революцию. Многие большевистские лидеры были женаты на таких еврейках и в значительной степени обязаны своими карьерами уму, образованности и партийной убежденности своих жен. Ничтожный Ворошилов – Голде Горбман, Молотов, прозванный Лениным «Каменный зад», – Перл Карповской, Куйбышев – Евгении Коган. Последняя, в отличие от прочих старых большевиков, на допросах 37-го года, несмотря на пытки, виновной себя не признала и кляла энкавэдэшников «фашистами». Удивителен подвиг третьей жены Бухарина, Анны Лурье (Лариной). Пройдя через лагеря и неимоверные страдания, она сумела донести «будущим руководителям партии» заученное ею наизусть послание Бухарина, в котором он сообщал, что «ничего не затевал против Сталина»... Стоил ли того подвиг?

Январь 2012

Поэтесса и тиран

Остап Бендер сообщил нам, что «всю контрабанду делают в Одессе на Малой Арнаутской улице». Мы знаем больше: из округи той улицы вышла почти вся советская культура.

В начале XX века в России произросло множество замечательных поэтов. Но, пожалуй, стихи лишь двоих люди стали петь, превратив их в народные песни.

Есенинские «Отговорила роща золотая», «Не жалею, не зову, не плачу», «Клен ты мой опавший» сначала превратились в романсы, а затем, запомнив слова, их запел народ. Не так – с песнями, родившимися из творчества одесситки Веры Инбер. У этих народ стал реальным соавтором.

Из стихов Инбер тоже рождались авторские романсы. Инбер пел Александр Вертинский. Но две песни, пережившие время их создания, стали по-настоящему коллективным народным творчеством.

Однажды в гостях у пожилой поэтессы оказался родоначальник советской бардовской песни Михаил Анчаров. Понятно, был он при гитаре. Бард очень удивился, когда Инбер стала поправлять его, исполнявшего «от Москвы до Шаньси». «Это мои стихи» – удивила она Анчарова.

Много загадочного в этой песне. Стихотворение было напечатано в 1914 году, но шесть лет спустя оно неожиданно превратилось в прощальную песню для белой эмиграции. Может быть, по этой причине пункт назначения в разных версиях песни варьирует: «от Москвы до Янцзы», «... до Читы», даже как-то умещалось «до Берлина». Анчаров пел «до Чунцин». Но это, наверное, из-за географических соображений. Анчаров, переводчик с китайского, наверняка знал, что нет такого города – Шаньси, что это – название провинции. Но звучит красиво. Строго говоря, в разных вариантах песни, звучащих с интернета, нет ни единой строчки, общей для всех. Даже финальная "*punch line*", как говорят американцы, – щемящее «за кордоном Россия, за кордоном любовь» – у Анчарова смазано. Самой близкой к стиху Инбер представляется версия, которую пел Юрий Визбор.

Похожа судьба другой народной песни Веры Инбер – про девушку из Нагасаки, – родившейся из стиха середины десятых годов и к концу десятых ставшей популярной. Эта песня развивалась в русле блатной и дворовой традиций. В чем-то народ улучшил текст поэтессы. У Инбер – «Он юнга, его родина – Марсель», что не очень вяжется с дорогими подарками: «Янтарь, кораллы, алые как кровь, И шелковую юбку цвета хаки», которые «везет он девушке из Нагасаки». Поэтому народ произвел юнгу в капитаны.

Добавил народ строчки: «У ней такая маленькая грудь, На ней татуированные знаки...», которые во всю мощь своих легких хрипел Высоцкий, исполняя «девушку из Нагасаки». Тут чувствуется блатная традиция. Если я правильно представляю себе воззрения одесской публики относительно женской привлекательности, почерпнутые из Бабеля, – такое не могло родиться у одесситки.

Традиция дворовой песни видна в добавленной народом детали «у ней следы проказы на руках», антиэротичность которой не перебивает даже продолжение – в той же традиции – «а губы, губы алые как маки», а также в изменении авторского «пьет английский эль» на «крепчайший эль». Знали ли соавторы Инбер, что эль – это всего лишь пиво?

В блатную и дворовую эстетику легко и естественно легло завершение стиха Инбер – про то, «что господин во фраке, Сегодня ночью, накурившись гашиша, Зарезал девушку из Нагасаки». Хотя поэтессе такое завершение вполне могло быть навеяно представлением «Чио-Чио-сан» в знаменитом Одесском оперном театре.

Судя по фотографиям, юная Инбер была хороша собой. Ее «глазки» и «лоб» воспел в крайне неприличном стишке Маяковский. Жизнь Инбер сделало исключительной, однако, другое обстоятельство. Вера была то ли племянницей, то ли двоюродной сестрой – зависит от источника информации – Льва Троцкого. Она, конечно, гордилась такой связью и в начале двадцатых воспевала родственника. Она увидела, как в его кабинете:

> … точно пушки на скале,
> Четыре грозных телефона
> Блестят на письменном столе…

Эти «четыре телефона», лучше бы «черных», а не «грозных», напоминают мне «четыре черненьких чумазеньких чертенка» из популярной в те годы тавтограммы.

После высылки Троцкого факт родства с ним превратился, в буднях советской жизни, в приговор пострашнее, чем рак поджелудочной железы в последней стадии. В списке родственников бывшего предреввоенсовета, оставшихся в Советской России, обычно значится «бесследно исчез». Если есть дата расстрела, то это почти повезло. Чтобы уничтожить сына Троцкого, Льва Седова, ГПУ организовало в Париже специальную больницу, в которую Седова в 1938 году заманили с помощью внедренного агента. В ядерном реакторе ненависти, который являла собой душа Сталина, для Троцкого и всего, с ним связанного, производилась особая энергия. Но было исключение.

Почему Сталин сохранил Веру Инбер? Я вижу две версии объяснения.

Первая – Сталин был поэтом. В хрестоматии для грузинских школ присутствовали некоторые его стихи. Наверное, присутствуют и сейчас.

В первой половине восьмидесятых годов я имел удовольствие общаться с одним из лучших советских переводчиков, поэтом и мемуаристом Семеном Израилевичем Липкиным. Он рассказывал, как в конце тридцатых была создана группа переводчиков во главе с Николаем Тихоновым, призванная перевести на русский и подготовить к печати сборник из, кажется, девяти стихотворений Сталина. Тихонов, наиболее одаренный в той группе политическим чутьем, повел дело так, что ни одно стихотворение переведено не было. В конце концов, группу распустили. Никого не расстреляли.

– Какими были стихи Сталина? – спросил я Липкина.

– Стихи как стихи, – пожал плечами С. И.

Сталин считал себя экспертом в поэзии. Это он определил: «Маяковский – лучший, талантливейший поэт нашей советской эпохи».

Единственный раз Сталин в себе усомнился. Это когда он решал уничтожить Мандельштама. Сталин, наверное, опасался лишиться лучшего поэта страны и решил справиться у другого кандидата в «лучшие» – по версии главного умника среди большевиков, Бухарина. Разговор Сталина с Пастернаком известен в разных версиях. В версии Анны Ахматовой Сталин допытывался: «Но ведь он же мастер, мастер?». Пастернак ответил: «Это не имеет значения». Допускаю, что другой ответ мог бы Мандельштама спасти. Вроде, Пастернак очень убивался по поводу той беседы и тщетно добивался новой.

Так вот, Сталин мог испытывать почтение к Инбер как к коллеге по цеху поэтов. Допускаю, что в его блатной душе строчка Инбер: «зарезал девушку из Нагасаки» вызывала теплые эротические чувства.

Вообще, Сталин был литературным человеком. Он прочитывал, по оценкам исследователей, примерно по 400 страниц ежедневно. Известны два случая – с романами «В окопах Сталинграда» В. Некрасова и «Буря» И. Эренбурга, – когда гибельная для авторов травля прерывалась присуждением книгам Сталинской премии. Бывали и обратные случаи.

Версия вторая. Сталин – как и одна из наиболее близких ему исторических фигур, Нерон, испустивший дух с заготовленной загодя фразой: «Какой великий актер погибает!» – был человеком театральным. Это чудовище легко располагало к себе, вызывало симпатию и любовь у западных интеллектуалов вроде Бернарда Шоу, Герберта Уэллса, Ромена Роллана, даже у Ф. Д. Рузвельта. Лион Фейхтвангер, побывавший на Московских процессах 1937 года, отмечал их замечательную режиссуру.

В феврале 1937 года на пленуме коммунисты кончали Бухарина. Один за другим выступавшие клеймили главного теоретика партии. Бухарин просил защиты у Сталина: «Коба, что же это?» Сталин встревал: «Мы не должны так говорить о любимце партии». Но это не помогало. Атака продолжалась. Какая драматургия!

Нравилось Сталину режиссировать постановки с женщинами. Сноха Максима Горького Н. А. Пешкова, по прилипшему к ней прозвищу «Тимоша», была женщиной незаурядной. Она рано овдовела – муж по пьянке уснул зимой на улице. Ходили слухи о ее связях с тестем, с маршалом Тухачевским. Нарком Ягода волновался о ней в камере смертников, А. Н. Толстой готов был из-за нее оставить семью. Но Сталину Тимоша отказала.

Месть тирана была изощренной. Тимошу не посадили. Но стоило ей сблизиться с каким-либо мужчиной, того немедленно арестовывали. Это длилось много лет подряд. Такая вот шекспировщина.

Родственница Троцкого вполне годилась для пьесы кремлевского автора. Вере Инбер отводилась роль самого Троцкого. Тот, унижавший Сталина в жизни и в своих писаниях, в облике своей племянницы перековывался и принимал менторство грузина.

В 1939 году Сталин распространил такую легенду: проверяя имена представляемых к наградам, он спрашивает:

– А почему в списке нет товарища Веры Инбер? Разве она плохой поэт? И не заслуживает ордена?

Сталину напомнили, что Вера Инбер – двоюродная сестра Троцкого.

– И все-таки я думаю, – произносит главный герой пьесы, – мы должны наградить товарища Веру Инбер. Она никак не связана со своим братом – врагом народа. И стоит на правильной позиции. И в жизни, и в творчестве.

Поэтесса получила тогда орден «Знак Почета». Позже Инбер награждали Сталинской премией второй степени, двумя орденами Трудового Красного Знамени.

Инбер старательно подыгрывала Сталину, изображая свирепую коммунистическую стерву. Она перековалась в соцреалисты, воспела рабский труд копателей Беломорско-Балтийского канала, травила хорошего поэта Мартынова, заседала в правлении Союза Советских писателей, в редколлегии журнала «Знамя». После смерти тирана, когда можно было уже несколько расслабиться, Инбер в 1958 году была агрессивна в травле Пастернака за его «Доктора Живаго». Побочное следствие той игры – душа, как отмечали критики, покинула ее стихи.

В культуре России Вера Инбер осталась двумя песнями, в которые народ превратил два ее ранних стихотворения.

Август 2014

Еда и мы

Книгу «В поисках грустного Бэби» Василий Аксенов начал словами: «Первое очарование Америки – это еда». Согласен, еда в Америке неплоха. Но я уверен, написано это было до того, как Аксенов в первый раз посетил Израиль. Проведя в Израиле недавно восемь дней, я еще раз убедился: самая вкусная в мире еда – там. В Иерусалиме я спросил местную жительницу: что здесь стоит посмотреть? Я хотел узнать, не пропустили ли мы что-то интересное. В ответ девушка стала перечислять места, где кормят особенно вкусно. Удивительно: те же овощи и фрукты, те же творог и селедка в Израиле куда вкуснее, чем в диаспоре.

Европейские гурманы спорят: какой город является кулинарной столицей мира – Париж или Брюссель. Глупцы, поезжайте в Израиль, и вы поймете, какой! Я едал в разных концах Израиля, в ресторанах и кафе, в гостиницах при киббуцах и в гостях, и всегда еда там была праздником. Для такого явления должны быть мистические причины.

В старину у разных народов существовали разные формы богослужения: одни приносили детей в жертву Молоху, другие испражнялись перед Баалом, в храмах Астарты присутствовали для богослужения проститутки – женщины и мужчины. У евреев одной из основных форм богослужения всегда была трапеза. «И будешь ты есть, и насыщаться, и благословлять будешь Бога, всесильного твоего, за страну хорошую, которую он дал тебе» (Дварим 8:10), – передал Моше евреям обещание Бога. И «страна хорошая» доставляет пищу, достойную благословения.

Умение есть вкусную еду было среди первых вещей, которым Всевышний учил евреев. Сорок лет странствования по пустыне питались мы маном. Мидраш рассказывает, что ман принимал вкус той пищи, которую вкушающий воображал. Чем лучше у тебя воображение, тем вкуснее обед. Трапеза была одновременно уроком медитации. А привыкнув есть вкусно, эту традицию мы уже обязаны хранить.

О связи вкусной еды с еврейством ярко пишет Гейне в стихе «Диспут». В нем раввины в средневековой Испании дискутируют с капуцинами: чья вера правильней. Францисканец, доказывая свою истину, увещевает евреев:

Иудеи! Вы – вампиры,
Носороги, крокодилы,
Кабаны, гиппопотамы,
Павианы и гориллы!

Доводы реб Иуды из Наварры весьма отличны от этого, они связаны с достоинствами яств на пиру, который устроит для евреев, приготовив Левиафана, Всевышний:

В белом соусе чесночном
Редька плавает в приправу.
Я уверен, патер Хозе,
Что наешься ты на славу.

Но и винную подливку
Непременно ты попробуй,
Если ты, мой патер Хозе,
Ублажишь свою утробу.

Бог наш знает в кухне толк,
Так не будь же ты болваном:
Распрощайся с крайней плотью,
Насладись Левиафаном!

Ту же мысль, но в прозе – в рассказе «Детство. У бабушки» – высказывает Бабель: «На обед была холодная фаршированная рыба с хреном (блюдо, ради которого стоит принять иудейство)...» Хорошая ирония должна иметь солидное основание.

Чтобы показать, что вкусная еда – подарок нам свыше, припомню еду в атеистической стране. Из всех начинаний коммунистов борьба с едой оказалась самым успешным. В обычных местах общепита есть можно было только то, к чему не прикасалась рука повара, например – вареные яйца. В 1985 году занесло меня на шахматный турнир в Барнаул. Ввиду важности общесоюзного мероприятия в гостиничном ресторане готовили участникам ежедневно 16 съедобных порций. Но однажды там был объявлен санитарный день (почему нет «санитарных дней» в ресторанах Запада?), ресторан закрыли, и я пошел обедать в «Пиццерию». Выяснилось, что название это прибыло в СССР раньше самого блюда. Под видом пиццы мне подали ломоть хлеба с поднявшим на нем – в знак капитуляции – четыре угла, засохшим куском сыра.

В те же годы, оказавшись в Павлодаре, зашел я из любопытства в местный гастроном. В мясном отделе я обнаружил лишь один «продукт» – чистые кости без единого намека на присутствовавшее на них когда-то мясо. Продукт этот назывался «кости пищевые». Приготовить из них обед, думаю, было чудом почище рассечения Красного моря. Почему-то в романе Булгакова дьявол завершает посещение советской столицы, города «рыбы второй свежести», поджогом ресторана «У Грибоедова», в котором вкусно кормили. Этакая метка покинутости.

Наши мудрецы обсуждают место в Торе: «И взошли Моше и Аарон, Надав и Авиһу, и семьдесят старейшин Израиля (на гору Синай). И увидели они Всесильного Бога Израиля; ... и видели они Всесильного, и ели, и пили» (Шмот 24:9-11).

Достойно ли отмечать такую аудиенцию пиром? Духовный лидер города Эфрата в Израиле, рав Шломо Рискин, вслед за Таргумом считает, что достойно. «Бог – это чистый дух, но люди – не бестелесные интеллект и душа. Так как мы созданы с телами, так мы должны праздновать дары Бога нашими телами, – пишет он. – Трудно трансформировать еду и питье в религиозный опыт благодарения Богу. Но я верю, что это умение – великий вклад, который иудаизм вносит в религиозную практику». Рав иллюстрирует эту мысль: «Мы освящаем наш шаббатный стол вином и хлебом, повторяя алтарь Бога в Святом Храме».

Становится понятным совершенство израильской еды: благословение перед трапезой и благодарение после нее делают трапезу общением со Всевышним, и еда должна быть достойной такого общения.

Март 2012

Сказка и быль
1. Через века и страны

Сказки сопровождают нас с рождения. Они обозначают четыре рубежа в нашей жизни: когда сказки читают нам, когда мы читаем их нашим детям, потом внукам, и если повезет и здоровье позволит, – правнукам. Основное пространство популярных сказок, читаемых детям, составлено западноевропейскими авторами братьями Гримм и Шарлем Перро. Похоже, главная цель некоторых из них – воспитать из детей неврастеников и мизантропов.

Родители решают отвести Мальчика-с-пальчика, его братишек и сестренок в темный лес. «Пусть их там съедят дикие звери» – постановляют родители. Благодаря находчивости Мальчика-с-пальчика дети возвращаются домой. Родители поначалу этому даже рады, но потом организуют своим деткам другую такую же экскурсию в лес. А вот иная сказка: братья выбрасывают мальчика-сироту на улицу, вручив тому кота. Кот, к тому времени уже «Кот в сапогах», выгодно женит своего хозяина, мальчика-сироту, – обманом, выдав его за другого. Вообще, выгодная женитьба, отнюдь не по любви, – основной счастливый конец этих сказок.

Впрочем, против «выгодной женитьбы» предостерегает жутковатая сказка о «Маркизе – Синяя борода». Некоторые впечатлительные девочки после такой сказки могут навсегда утратить интерес к институту замужества.

Необычайно популярна дурацкая сказка про Красную Шапочку. В детстве я недоумевал – почему в истории, где кульминационным был вопрос Волку: «Почему у тебя такие большие зубы?», Красная Шапочка и ее Бабушка оказывались в животе Волка непережеванными?

Совсем иная стихия – глубокие сказки Г.Х.Андерсена. История о «ткачах» и Голом короле – гениальная метафора всей политики с начала XX века, от «прекрасных нарядов», скроенных Лениным, Гитлером, до выдающегося продавца своих несуществующих «нарядов» президента Обамы. Сейчас мало кто вспомнит, какими такими его «нарядами» восхищались народ и Нобелевский комитет три года назад.

А на роль «мальчика», произносящего «А король-то голый», годится блестящий полемист Ньют Гингрич. Так, он недавно обличил лживых «ткачей», продающих несуществующий «наряд»: «Никакого палестинского народа нет. Это выдумка. Речь идет об обычных арабах».

Русские сказки не столь жестоки, как западные. Образ Бабы-Яги, любившей полакомиться детишками, – скорее показатель отношения к старым женщинам. Возможно, оно связано с поразительной метаморфозой – превращением прекраснейшего из земных творений, красавицы, в свою противоположность. Вот и у Пушкина в «Руслане и Людмиле» состарившаяся красавица Наина – ведьма. Возможно, проходящая красота, сменяемая уродством, действительно пагубно влияет на характер некоторых женщин. В наше время медикаменты, косметика, пластическая хирургия и аэробика позволяют отсрочить, а то и отменить такую катастрофу.

В русских сказках озадачивает отношение к воровству. В сказке про Жар-птицу (в пересказе А.Н.Толстого) Иван Царевич постоянно проваливает одно и то же испытание, вроде: своровать коня, но не красть уздечку, или своровать Жар-птицу, но не красть золотую клетку. Не удерживается и ворует. Все же в конце Серый Волк выручает воришку и выгодно женит. Не случайно, видно, появилась формула историка Н.Карамзина: «Если б захотеть одним словом выразить, что делается в России, то следует сказать: воруют!» Даже в сказках.

Еще удручает в русских сказках культ глупости. И если Иван-Дурак – не всегда дурак, то убогий Емеля, не желающий слезать с печи и, как положено в сказке, выгодно женящийся «по щучьему велению», – многозначительный образ.

Авторская сказка советских времен оставила образцы сатиры, во взрослой литературе той поры немыслимые. Сквозной образ сказок К. Чуковского «Тараканище» был широко узнаваемым в узких кругах изображением рыжего коротышки («полтора метра с кепкой» – Войнович), Сталина:

Страшный великан,
Рыжий и усатый
Та-ра-кан!
Он рычит, и кричит,
И усами шевелит.

Вот и у Мандельштама про Сталина сказано: «Тараканьи смеются усища». И далее: «А вокруг него сброд тонкошеих вождей». В сказке Чуковского повадки этого «сброда»: «Волки от испуга скушали друг друга».

Сатирой не только на советскую действительность, но и на американских либералов, был «Мистер Твистер» С.Маршака. На уговоры Твистера по поводу намечавшегося путешествия – «поедем к датчанам и шведам» – либералка Дочка отвечает сумасбродным: «хочу в Ленинград». Но, наверное, ее либеральные иллюзии относительно СССР после кошмара их поездки должны были развеяться. Неосторожно отказавшись от заказанного в гостинице номера, семейка Твистера неожиданно выяснила, что найти другой невозможно. Предложение Дочки: «Может быть, купим какой-нибудь дом» Твистер встретил ставшей крылатой фразой: «Ты не в Чикаго, моя дорогая». Даже за деньги в стране постоянного дефицита ничего «достать» невозможно.

Я думаю, описывая злоключения американцев в СССР, Маршак даже сгустил краски. Конечно, власти выкинули бы на улицу какого-нибудь несчастного советского командировочного и освободили бы гостиничный номер для знатного иностранца.

2. *Еврейская сказка*

Самуил Маршак в юности был сионистом и в 1911 году совершил путешествие в Святую Землю. В старом журнале я когда-то читал его посвященное этому путешествию стихотворение «Иерусалим». После переворота 17-го года Маршак, как и Чуковский, нашел прибежище в детской литературе.

В его сказке 1922 года «Кошкин дом» Кошка сильно напоминает эмансипированную еврейку. Она неплохо образованна – объясняет своим гостям: «Вот это – стул, на нем сидят. Вот это – стол, за ним едят». При этом говорит с хорошо различимым еврейским акцентом: «Гости дорогие, кушайте варенье. Или вам не нравится наше угощение?»* Любой, имевший еврейскую тетушку с Украины, распознает его.

В начале 20-х годов многие обитатели местечек стремились отринуть свое еврейство и влиться в новую жизнь. Вот и Кошка страстно стремится ассимилироваться. Она гонит прочь кошачью родню, а привечает пролетариев из коренной нации. Ее гости, Свинья и Козел, образованностью и хорошими манерами не отличаются. Свинья:

---

* Уже после опубликования эссе мне указали, что это слова Мухи-цокотухи из сказки Чуковского. «Похоже, и Муха-цокотуха была еврейкой», – пришлось согласиться мне.

«Вот это стол – на нем сидят». Козел: «Вот это стул. Его едят». Но они существа, с которыми Кошка хочет быть близка.

Увы, когда настали плохие времена, новые друзья Кошку гонят, а приютили ее бедные родственники, ранее отвергнутые Кошкой.

После написания «Кошкиного дома» прошло 20 лет, и наступивший Холокост превратил незамысловатую сказку Маршака в притчу. Когда запылал еврейский «кошкин дом» в Европе, новые друзья евреев, «Свинья» и «Козел», – сытая Америка и гордящаяся своими свободами Англия, для которых евреи сделали так много, – не пустили к себе погорельцев. Только нищая еврейская община в Земле Израиля была готова стать для них прибежищем. И когда пепелище еврейского дома еще дотлевало в Европе, она приняла спасшихся родственников, несмотря на яростное сопротивление этому «друга евреев», Англии.

Декабрь 2011

Рука судьбы, или как это делалось в Одессе

Весной 1971 года закончилось мое образование на факультете психологии Московского Университета. Закончилось оно неожиданными трудностями при распределении. Неожиданными – потому что психология в ту пору входила в моду, и каждому начальнику хотелось иметь в своей конторе психолога.

В день распределения ко мне подошла белобрысая девочка из параллельной группы. Она делала дипломную работу в лаборатории медицинской психологии, устроилась туда и теперь пришла помочь своей начальнице.

– К нам в лабораторию хотят принять одного человека, – сообщила она. – И они хотят непременно мужчину. Только... ты кто по паспорту?

– По паспорту тоже, – подтвердил я.

– Жаль, – вздохнула девочка, – нам как раз нужен мужчина.

– Однако мои еврейские недостатки перевешивают мои мужские достоинства, – удивился я неожиданному сальдо.

Еще две возможности не материализовались, несмотря на то, что им решительно был «нужен мужчина». Меня эти потери не огорчали. Я определенно не хотел идти работать туда, куда не принимают евреев.

Честно говоря, я вообще не очень-то хотел идти работать. Весь день распределения в голове крутился анекдот про двух пожарных, загорающих на крыше родной пожарной части: «А хорошо бы найти работу, чтобы совсем ничего не делать, – говорит один. – И охота тебе рот раскрывать, – отзывается второй». Нет, я был не столь ленив. Но я хотел играть в шахматы, а не ходить на работу.

Все же какое-то распределение я должен был подписать. И я распределился на электроламповый завод. Это было безобразно далеко от дома, где-то за Андрониковым монастырем. Я поехал посмотреть на кота в мешке, которого себе подписал.

В цеху, в который меня привели, пахло мокрой глиной. «Наверное, это запах силикона для полупроводников» – подумал я. Начальница чего-то, которая была на распределении и наняла меня, смущенно объясняла: «Две автоматические линии, которые мы купили у французов, стоят. Испортились из-за нашего сырья». Я хотел посоветовать им попробовать силикон вместо мокрой глины. Но не был уверен: может быть, это одно и то же? И зачем им нужен психолог? Исследовать национальную психологию и примирить «острый галльский смысл» с тем, что «умом не понять и аршином не измерить?».

Я пошел к занимавшейся распределением на нашем факультете Анне Григорьевне искать что-нибудь другое. Она симпатизировала мне и, видимо, сама не чужда была проблем, перевешивавших мои мужские достоинства.

– Появилась заявка с биофака, – сообщила она, – работа по договору.

Это означало, что я не становлюсь штатным работником Университета и не испорчу ему показатели национального состава.

Ленинские в ту пору (а до и после – Воробьевы) горы были одним из моих любимых мест в Москве, несмотря на слащавую песню, в годы моего раннего детства часто лившуюся из радиоприемника: «Друзья, люблю-ю я Ленинские го-оры...» Биофак, располагавшийся там, был окружен садами кафедр растениеводства и ботаники. По прохладным сумеречным коридорам четвертого этажа, на котором находилась кафедра «Физиологии высшей нервной деятельности», бесшумно проплывали аспирантки в драных халатах и пробегали удравшие от эксперимента крысы с вживленными в их головы болтающимися электродами. Я как-то связывал дыры в халатах с агрессивным характером крыс. Типичный пример неправильной логики. Дыры наверняка происходили от жизни, то есть от старости халатов. Но, конечно, никак не аспиранток.

Особенно понравилась мне на кафедре Физиологии ВНД комната №24, из которой пришла заявка. Комната эта была постоянно заперта. Но так как заявка из нее пришла, какие-то люди с ней должны были быть связаны. Я провел расспросы в соседних комнатах. Да, в комнате №24 иногда кто-то бывает. А так как в ней сейчас никого нет, люди эти находятся в другом месте, и скорее всего – дома!

Я не мог упустить такую работу и несколько дней провел в дозоре в коридоре перед комнатой №24. Я стал узнавать всех аспиранток в драных халатах и, кажется, даже некоторых крыс с болтающимися электродами.

Наконец, в ту комнату пришел человек. С лысым черепом и встревоженными глазами, начальник группы, кандидат наук Константин Иорданис. Позже оказалось, что несмотря на свою фамилию, он никакой не иорданец, а грек, участник войны.

Беседа наша была предельно короткой.

– У вас есть возможность доставать приборы? – спросил меня Иорданис. Комната №24 и впрямь была вся заставлена приборами.

– Нет, – в растерянности ответил я. «Получится ли у меня участвовать в работе, требующей такого количества сложной техники?» – пронеслась тревожная мысль. Несмотря на мою частичную профнепригодность – по части доставания приборов – Иорданис меня принял. На электроламповый завод ушло письмо с факультета, что я к ним не приду.

Вскоре выяснилось, что я зря тревожился по поводу приборов: когда прибывал очередной прибор, Иорданис, поигравшись с ним денек, отправлял его на верх пирамиды уже пылившихся в комнате №24 и забывал о нем.

Писать об Иорданисе плохо я не могу. Он – фигура трагическая. Где-то через год после нашей беседы о приборах – предчувствовал, видно, их роль в своей судьбе – Иорданис полетел в командировку в Харьков. При подлете приборы забарахлили, и самолет разбился. Среди погибших пассажиров оказалось много известных людей и даже какие-то иностранцы. Небывалая вещь в то время – о катастрофе сообщили газеты. В моих ощущениях это событие отметило начало заката. И моей карьеры как младшего научного сотрудника, и моей жизни в СССР, да и самого СССР. Кульминацию этого заката отметила другая катастрофа – Чернобыльская. Начало процесса полураспада в окружающую среду ядерного горючего Чернобыльской АЭС, да и распада СССР, совпало по времени с моей эмиграцией.

* * *

После ухода Иорданиса из этого мира работа нашей группы, тем не менее, продолжалась столь же безмятежно, как и при нем. Я научился проводить исследования, которые требовались Заказчику. Первый шаг: вы должны понять, что вашему Заказчику требуется доказать. Второй шаг: вы строите эксперимент, из которого вытекает нужный вам вывод. Если вам потребуется доказать обратное доказанному, эксперимент нужно будет строить по-иному. Навык такой научной работы у меня сохранился. И сейчас, когда я читаю о сенсационных открытиях – например: люди, спящие меньше, живут дольше, – я вижу, как построить исследование, чтобы доказать это. И, естественно, – как доказать обратное. Что толку с такого умения? Немного. По крайней мере, меня не завораживает фраза «Наука установила...»

Время от времени я ездил в командировки к Заказчику в Жуковский под Москвой. А заказчиком нашим был Летно-Испытательный институт, тот самый, который запускал космические корабли. Моей самой несерьезной формы допуска к секретам хватало на то, чтобы позвонить из проходной дававшему нам заказы Тяпченко и потом погулять с ним по парку, примыкавшему с внешней стороны к забору института.

Как-то Тяпченко сказал мне:

– Ваша группа опережает по количеству внедренных исследований два института инженерной психологии, которые мы содержим. У вас таких исследований два, у них – на два меньше.

После такой похвалы я решил не предупреждать своих

сотрудников, когда собрался уезжать на очередной турнир. Я надеялся, что мое отсутствие не будет замечено – время сдачи очередного исследования было не близко. Но когда через три недели я появился в комнате №24 загорелый и довольный, последовало замечание:

– Что-то в день зарплаты тебя не было видно.

Упомянутая зарплата у меня была невелика – 87 рублей после изъятия налогов, по курсу черного рынка того времени – около 22 долларов. Если, как я, жить с родителями и быть неженатым – еще не так плохо. А учитывая сказанное о моей работе – кому было нужно, чтобы младшие научные сотрудники женились и размножались?

* * *

Турниром, ради которого я почти незамеченным покинул биофак, было первенство спортивного общества «Буревестник». Проходило оно в сентябре 1972 года под Одессой, в Черноморке, в объединенном доме отдыха Одесской обувной фабрики и Львовской консерватории. Возможно, за давностью лет я перепутал, и консерватория была Одесской, а обувная фабрика – Львовской. Для моего повествования это не важно.

Нас, московских участников, встречал в аэропорту организатор турнира, одесский кандидат в мастера Миша Малер, у которого была прямая корысть организовать этот турнир – он планировал выполнить в нем норму мастера.

В ту пору для шахматистов звание мастера имело – наверное, из-за трудности его достижения тогда – несказанную привлекательность. Иные стремились к этому званию всю жизнь и не достигали его. Когда в 1965 году я стал мастером, на моем удостоверении красовался номер 36. Девальвируют не только деньги. Сейчас в России гроссмейстеров раз в 20 больше.

Отдельную привлекательность представлял значок «Мастер спорта». Его можно было привинтить к пиджаку и красоваться перед девушками. И совсем не обязательно было сообщать, что ты мастер спорта по шахматам, а не, скажем, по самбо. Хотя, конечно, могла выдать фигура.

Рассказывали, что Яков Рохлин, один из организаторов советского шахматного движения и автор подписи на плакате, украшавшем в те времена все шахматные клубы бескрайнего Советского Союза «Шахматы – это гимнастика ума. В.И.Ленин», выполнив где-то в середине 30-х годов норму мастера, даже сшил себе специально под мастерский значок костюм. Потом, правда, ему в звании по каким-то причинам отказали. Рохлин дожил почти до ста лет и умер кандидатом в мастера.

Как-то мне пришлось защищать свой мастерский значок от хулиганов. И я отстоял значок, показав себя настоящим мастером спорта – правда, не по самбо, а по бегу.

Была у Миши Малера корысть и прозаичнее, чем значок. В ту пору в Одессе расцветал могучий, как ильфо-петровский Трест «Геркулес», областной шахматный клуб под руководством легендарного Пейхеля.

При этом клубе можно было жить припеваючи, давая, например, сеансы одновременной игры в бесчисленных домах отдыха одесской округи. Но для этого надо было иметь звание мастера.

Для помощи в выполнении поставленной задачи к Мише был прикомандирован Пейхелем сильный шахматист Костя Школьник, который через 12 лет после описываемых событий завоюет серебряную медаль в первенстве СССР. А в то время Костя после окончания института отбывал год воинской повинности в спортивном батальоне. И как ни вольна была жизнь в спортбате, пребывание в доме отдыха, конечно, скрасило ему службу. Расплачиваться за это «скрашивание» Школьник должен был тем, что во время партий ему приходилось стоять у столика Малера и давать тому «маяки». «Маяками» на одесском шахматном жаргоне назывались подсказки. Скажем, почесал Костя левое ухо – ходи конем, расстегнул верхнюю пуговицу гимнастерки – слоном. Возможностей много.

Спальные корпуса дома отдыха были обращены задами к колхозному винограднику с обобранной корявой лозой, а передом смотрели с высокого берега на Черное море и скрывающуюся за его громадой Турцию. Днем Турция была далеко, но в темноте пространство скукоживалось, и граница подступала вплотную. Часов в 11 вечера пограничники привозили на берег моря прожектора, прогоняли отдыхающих и чертили на песке полосу отчуждения, к которой было запрещено приближаться. От присутствия границы, хотя бы только по ночам, вечные воды Понта Эвксинского приобретали еще одно измерение, иностранное.

Играли мы в единственной большой комнате дома отдыха – в столовой. А так как использовалась она и по прямому назначению, то время для игры – непрерывные пять часов – нашлось только с 8.45 утра до 1.45 пополудни. То есть кончался завтрак, со столов смахивались крошки – и расставлялись шахматы. А если ты откладывал партию и думал над записанным ходом, то у стола уже стоял отдыхающий с подносом, уставленным тарелками, и волновался, не остынет ли суп.

Как известно, у каждого человека есть его оптимальное время для мыслительной деятельности (пресловутое деление на жаворонков и сов). Мне жаль людей, оптимальное время которых, к примеру, с трех до пяти утра. Они могут никогда не провести его бодрствующими. Судя по одесскому турниру, мое оптимальное время в ту пору располагалось между 8.45 утра и обедом. Во всяком случае, в Черноморке я играл очень хорошо.

А может быть, дело было в удачном распорядке дня. В семь утра я просыпался и бежал на море купаться. После завтрака садился играть, а после обеда ложился спать. Вставал к ужину. После ужина сворачивал одеяло и шел с ним на очередное свидание. Жизнь в комнате на четверых располагала к свиданиям под звездным небом. На закрытии турнира мой сосед по комнате, бывалый мастер Фима Столяр, зачитал посвященное мне стихотворение. Состояло оно всего из одной строчки: «Одеяло убежало...»

А может быть, причиной моего стремительного полета сквозь

турнир было то, что мне было в ту пору двадцать пять, и, цитируя первого, описавшего «Как это делалось в Одессе»: «Вам двадцать пять лет. Если бы к небу и к земле были приделаны кольца, вы схватили бы эти кольца и притянули бы небо к земле». «И притянул бы», – казалось мне тогда.

А что же Миша Малер? У него все шло вкривь и вкось. В первой партии турнира, получив от Школьника «маяк», что нужно отдать пешку, после горестных раздумий Миша решил: «Пусть он отдает пешки в своих партиях». После партии выяснилось, что Миша упустил блестящий выигрыш, к которому подвел его Школьник. На военном совете было решено, что отныне Миша будет слушаться беспрекословно. Не понимая зачем, во второй партии Миша пешку отдал. После новой неудачи Костя оправдывался: «Каждый может просмотреть».

К середине турнира шансы выполнить норму почти растаяли. Костю отпустили погулять вдоль моря. И тут Малер выиграл сам у известного мастера Корелина, участника одного из первенств СССР. Теперь до нормы оставалось набрать шесть с половиной очков в семи партиях.

Миша не мог в таких экстремальных условиях полагаться на Школьника и мобилизовал все свои финансовые активы. Переговоры о шести партиях прошли успешно, оставалось лишь договориться о ничьей. Увы, со мной.

Когда Малер пригласил меня в свою комнату, я почувствовал тревогу, но отказать ему в беседе не мог.

– Этот турнир важен для тебя? – начал Миша.

– Очень важен, – на всякий случай ответил я.

– Для меня он тоже важен, – торжественно произнес Миша.

– Ну вот и отлично, – попробовал я закончить разговор, – сыграем интересную партию.

– Предлагаю тебе 200 рублей за ничью. – Голос моего собеседника дрогнул. Деньги для него были немалые.

– Я ничьи за деньги не делаю, – отрезал я.

Надо признать, Миша не настаивал. У него был реальный шанс с помощью Школьника сделать ничью бесплатно.

Партия игралась на следующий день после нашей беседы. В середине партии казалось, что дело действительно клонится к ничьей. Я почувствовал, что теряю не только пол-очка, но и двести рублей, которые они стоят. Я пошел на новый штурм и... Нет, я не выиграл партию. Много хуже – я отложил ее в выигранной позиции.

До доигрывания оставалась неделя, достаточное время, чтобы организаторский талант Малера просверкал всеми своими гранями. Сначала Малер организовал детальный анализ отложенной позиции. Лева Альбурт, один из гуру одесских шахмат, который семь лет спустя попросит политическое убежище в Кельне, а позже выиграет три первенства Америки, блистал во время нашего турнира в полуфинале первенства СССР, проходившем поблизости, непосредственно в Одессе.

Лева расставил нашу отложенную позицию, прикинул варианты, и когда Малер по телефону пожаловался: «Я предлагаю ему за ничью двести рублей», Лева вздохнул, оценивая безнадежную связанность Мишиных фигур на доске, и произнес обескураживающее: «Цена такой позиции не меньше пятисот».

Действительно ли такая оценка позиции имела место? Альбурт ее не помнит. Но в анналах одесской шахматной летописи его оценка сохранилась именно в такой форме. Правда, в изложении одесситов любая, даже самая дурацкая история, начинает играть неожиданными красками.

Так, в 1974 году в Одессе матч между Тиграном Петросяном и Виктором Корчным закончился постыдным скандалом. Два великих шахматиста пинали друг друга под шахматным столиком ногами. Последние партии матча вообще не состоялись. Начался этот скандал с грациозной фразы, которую донес нам одесский кандидат в мастера, демонстрировавший матч публике и находившийся у самой кромки поля боя. Петросян, отыгравший к тому времени три матча на первенство мира, основательно подорвал свою нервную систему. В напряженных ситуациях он начинал трясти ногой. Вместе с ногой начинал трястись стул, на котором Петросян сидел, пол, шахматный столик, фигуры на нем. И Корчной, недовольный несанкционированным движением фигур по доске, по словам одессита, произвел такое действо: «Когда это не работает, – обратился, вроде бы, Корчной к Петросяну и выразительно постучал себя пальцем по лбу, – это, – и он похлопал себя ладонью по коленке, – не помогает». Я не уверен, что столь эффектная фраза действительно была произнесена. Хотя кто его знает, может быть и была.

Я опять отвлекся. В Черноморку были вызваны из Одессы наши с Малером общие знакомые – для уговоров. Участницы женского турнира – я, кажется, не упомянул, что в Черноморке одновременно с мужским проходило и женское первенство «Буревестника» – просили моего тогдашнего приятеля Бэна Гольдмана похлопотать за Малера. Видимо, ощущая некую неприличность в этой просьбе, прямо ко мне девушки не обращались.

Я почувствовал, что решимость моя начала таять. Угнетали, правда, предложенные двести рублей. Шахматы были для меня страстью. Уступить страсть зануде? Это нехорошо. Но уступить за деньги... В этом было нечто совсем постыдное.

Наконец, перед доигрыванием, состоялось наше с Малером решительное объяснение.

– В дополнение к двумстам рублям два твоих следующих противника проиграют тебе сами, – предложил Миша. Похоже, у него не было пятисот рублей, чтобы оплатить данную Альбуртом оценку позиции.

– Я их и так обыграю, – пытался я защищаться.

– Ну почему, почему ты не можешь сделать ничью? – взывал он.

– Понимаешь, у меня принципы, – пробовал я объяснить.

– Понимаю, – охотно согласился Миша. – Принципы – дело серьезное... Но ведь принципы можно оставить на одну партию, а после опять к ним вернуться.

Крыть было нечем.

– Но ведь у меня выигранная позиция! – в отчаянии закричал я. И тут Миша совершил единственную, но решающую ошибку. Сказалась его одесскость, любовь к красивому словцу.

– Тоже мне Фишер, – сказал он. – Не может не выиграть выигранную позицию.

Фишер не Фишер, но я считал себя очень сильным шахматистом и обиделся. Я выиграл.

В последующие месяцы до меня доходили слухи, что Малер пытался добиться присуждения ему звания, несмотря на нехватку половины очка. Но Всесоюзная квалификационная комиссия проявила принципиальность. А может быть, дело было в том, что Миша порастратился за турнир и не мог привести членам комиссии веские доводы в свою пользу. Не было у него финансов и для нового похода за званием мастера.

Наступил 1973 год, один из самых либеральных для желающих уехать, и Миша с женой отбыли в Америку.

* * *

Прошло тринадцать лет. Добрался до Америки и я. Стояли чудеснейшие месяцы моей жизни. После семи отказных лет я передвигался по планете и находил, что она хороша. Первый месяц свободы – в Израиле. Постоянный праздник. Древние камни и новые люди. Огромные синие и красные цветы на деревьях без листьев. Незнакомое для уроженца СССР чувство общины – все свои, все со всеми связаны. К этому нужно было привыкнуть – или уехать. Расслабушный левантийский воздух, привносящий покой во все органы тела и души. Тут мне чудилась опасность – левантизм пугал меня утратой живости мысли.

Следующая остановка в моем полете над миром – Марсель, мой первый турнир на свободе. Тоже левантийский воздух, но совсем другой. Сверкающая синева моря и наполненное солнцем небо. Закаканные французскими собаками тротуары.

Потом – Париж. К концу недели там я почувствовал, что завидую парижским бродягам – клошарам. Они лежат везде: на мостовых, на брусчатке у центра Помпиду, даже, кажется, на диванах в Лувре. А я все время в движении, все время куда-то иду, надеясь познать знаменитый город. Я еще не знал, что почувствовать, как наполняет там душу легкость, можно только приехав в Париж во второй, в третий... уж определенно в пятый раз. И для этого нужно не нестись сломя голову, а сидеть в уличном кафе, или медленно брести, или стоять на мосту над Сеной.

И вот, наконец, я в Америке. Отель *Hilton* в городе *Somerset,* штат *New Jersey*. Открытое первенство Америки. Чувствую, что попал в параллельный мир. Рядом со стоянкой для машин – вертолетная площадка. Отель опоясывают широченные хайвэи, по которым круглые сутки несутся мириады машин. За хайвэями – марсианские стеклянные кубы. Я не могу себе и представить, чем можно заниматься в таких кубах.

В отеле – сотни участников турнира. Они бродят по нему, сидят в барах, едят. Многие просто лежат на полу в широченных холлах и отдыхают. И я вспоминаю сочинение средневекового монаха, призывавшего запретить шахматы – как занятие, развивающее лень.

Среди двигающихся по отелю я вижу степенного Мишу Малера. За прошедшие годы он посолиднел.

– Почему же ты не мог дать мне ничью? – пытается он разрешить свое многолетнее недоумение.

Я смущен.

– Если бы я дал тебе тогда ничью, – пытаюсь я защищаться, – ты не гулял бы сейчас по отелю *Hilton*, а работал бы в Одесском клубе заместителем Пейхеля... Я был рукой твоей судьбы, – осеняет меня.

Миша задумывается. По его лицу я вижу, что он представляет себе просторный кабинет в Одесском шахматном клубе, тенистую улицу Жуковского за окном, пестрый шахматный мир Одессы, таявший в годы эмиграционных послаблений со скоростью куска мороженого, упавшего на летнюю одесскую мостовую.

– И то правда, – соглашается он.

Через год я оказался в Чикаго. Малер владел там несколькими доходными домами, туристическим агентством, вел переговоры о приобретении радиостанции. Переговоры продвигались успешно.

– Все будет нормально, – предсказал мне бизнес-партнер Малера Зиновий. – Миша – мастак в ведении переговоров.

* * *

Сейчас, треть века спустя, я пытаюсь понять: почему все-таки я не мог дать Малеру ничью в той партии? Турнир тот не имел для меня спортивного значения. Фотоаппарат «Смена», который я получил за победу в нем, пролежал несколько лет на полке и, не сделав ни одного снимка, отправился на свалку. Для Малера же звание мастера определяло его финансовое благополучие. Но ... в том абсурдном мире, где на чашах весов могли лежать мои еврейские недостатки против моих же мужских достоинств, где наука зачастую походила на пародию на самое себя, а государственная граница могла назначаться только на ночь, условный мир шахмат был единственной реальностью, в которой я мог быть уверен. И признать выигранную позицию ничейной означало для меня предать эту реальность и сдаться окружавшему меня миру абсурда.

Осень 2004

Игорь Ефимов – (1937 г.р., Москва) – писатель, философ, издатель. Эмигрировал в 1978 году, живет с семьей в Америке, в Пенсильвании. Автор двенадцати романов, среди которых «Зрелища», «Архивы Страшного суда», «Седьмая жена», «Пелагий Британец», «Суд да дело», «Новгородский толмач», «Неверная», «Обвиняемый», а также философских трудов «Практическая метафизика», «Метаполитика», «Стыдная тайна неравенства», «Грядущий Аттила» и книг о русских писателях: «Бремя добра» и «Двойные портреты». В 1981 году основал издательство «Эрмитаж», которое за 27 лет существования выпустило 250 книг на русском и английском языках. Преподавал в американских университетах и выступал с лекциями о русской истории и литературе. Почти все книги Ефимова, написанные в эмиграции, были переизданы в России после падения коммунизма. В 2012 году в Москве были опубликованы его воспоминания в двух томах: «Связь времен». Более подробную информацию можно получить на сайте *www.igor-efimov.com*.

Четвертая ветвь власти

Американский журналист

Уж лучше на погост,
Чем в гнойный лазарет
Чесателей корост,
Читателей газет.

Марина Цветаева

Создавая государственную структуру США, отцы-основатели, следуя образцу Древнеримской республики, разделили верховную власть на три ветви: исполнительную, законодательную и судебную. Но они не учли одной детали: древние римляне не имели печатного станка. К концу XVIII века изобретение Гуттенберга сделалось важным элементом государственной жизни во всех цивилизованных странах. Борьбу за принятие федеральной конституции Александр Гамильтон и Джеймс Мэдисон уже вели при помощи типографских прессов, публикуя десятки статей в газетах и журналах, Эти публикации вошли в американскую историю под названием «Заметки федералиста» [1]. И с первых же лет пресса стала практически четвертой ветвью власти.

Те, кто сегодня в США осуждает скандальный тон газетных

нападок на избранников народа, наверное, забыли или просто не представляют, что вытворяли злые перья при первых президентах. Пощады не было никому.

О Вашингтоне [2, стр. 95]:

«Вы игнорировали глас народа и опустились до роли партийного лидера. Теперь никто не будет видеть в вас святого с непогрешимыми суждениями. Такое поведение позволяет нам сбросить повязку с глаз и увидеть, что перед нами не отец нации, а человек, претендующий на роль хозяина. Если был когда-нибудь политик, изменивший своим обязанностям перед страной и народом, то это безусловно Джордж Вашингтон».

О Джоне Адамсе [2, стр. 107]:

«Величайший лицемер, отталкивающий педант, непревзойденный глупец... Странное сочетание невежества и свирепости, лживости и слабости... Характер гермафродита, в котором нет ни мужской твердости и решительности, ни женской мягкости и чувствительности. В управлении страной ему следует оставить лишь формальные функции: произносить речи перед Конгрессом раз в году, подписывать принимаемые законы, появляться перед иностранными послами. За такую работу вполне хватило бы жалованья в тысячу долларов в год».

Друг друга журналисты тоже не щадили [2, стр. 108]:

«Подрывные силы в нашей стране используют в качестве инструмента пришельца по имени Джеймс Кэллендер. Во имя чести и справедливости, как долго мы будем терпеть, чтобы такая гнида, воплощение партийной грязи и коррупции, принявшее облик человеческий, продолжала оперировать безнаказанно? Не пришло ли время, чтобы он и ему подобные боялись поносить нашу страну и правительство, выражать презрение ко всему американскому народу, призывать наших врагов презирать нас и поливать ядом клеветы наши власти, учрежденные конституцией? Виселицу он уже заслужил».

В 1798 году Конгресс даже принял закон, по которому очернение представителей власти в стране каралось штрафом и тюремным заключением. Джефферсон, заняв президентское кресло в 1801 году, отменил этот закон. Тут же выпущенные им из тюрем борзописцы яростно и изобретательно накинулись на него самого. Видимо, скандал и брань уже и тогда были лучшей гарантией финансового успеха в этой «второй древнейшей профессии».

Меня невозможно заподозрить в какой-то предвзятости к миру журналистики. Мои книжные полки заставлены сборниками статей блистательных американских журналистов, заслуженно получавших свои Пулитцеровские и прочие премии. Трое членов моей семьи вот уже много лет талантливо трудятся на этой ниве. Я сам за 50 лет опубликовал в газетах и журналах десятки статей, много раз выступал по радио и телевидению. Половина авторов основанного мною издательства «Эрмитаж» были журналистами, так что у меня была возможность близко ознакомиться с трудными условиями их работы. Но я не мог также не заметить глубоких и важных перемен, происходивших в американской прессе за последние полвека.

Впервые мне довелось вчитываться внимательно в газетные отчеты в начале 1980-х, когда я увлекся расследованием убийства президента Кеннеди. Меня поразило, как дружно ведущие органы печати накинулись на критиков официальной версии, представленной в отчете Комиссии Уоррена. Знаменитый телеведущий Уолтер Кронкайт выразил возмущение тем, что продажа книг, отвергающих выводы комиссии, намного превосходит продажу самого отчета. Другой телекомментатор, Эрик Северид, объяснял этот факт «заговорщической ментальностью американцев», которым де нравится мусолить байки, будто Гитлер жив и где-то прячется, а Рузвельт заранее знал о нападении японцев на Перл-Харбор. «Воображать, что Комиссия сознательно исказила какие-то факты, – это чистый идиотизм», объявил он [3, стр. 24].

Мне хотелось напомнить сердитому журналисту, что никто ведь не пытался отыскать заговор в поведении двух психопаток, стрелявших в президента Форда, или в покушении на Рональда Рейгана, или в убийстве певца Джона Леннона. Также мне стало понятно, что в течение десяти месяцев американская пресса могла получать сведения о расследовании сенсационного убийства только из рук следователей официальной Комиссии. Выдавая эти сведения малыми порциями, комиссия могла прекратить общение с журналистами, которые посмели бы проявить въедливый скептицизм. Произошло некое постепенное приручение: тем, кто положительно комментировал процесс расследования, трудно было потом отказаться от своих слов и восстать против окончательных выводов.

В идеале все будут согласны с тем, что обязанность журналиста – объективно отражать факты, не приукрашивать их и не искажать. Но никакой живой человек не может в своей деятельности отстраниться от собственных пристрастий, верований, убеждений, фобий, надежд. А статистические опросы показали, что по своим политическим убеждениям американская пресса, как и американская профессура, в подавляющем большинстве выбирает защиту «порыва к справедливости», то есть голосует за партию демократов.

Особенно ярко этот перекос проявился в том, как пресса освещала Вьетнамскую войну.

Зверства, творимые вьетконговцами и красными кхмерами, замалчивались, игнорировались, интерпретировались как отдельные вспышки справедливого гнева. Когда коммунистам удалось в 1968 году провести серию синхронизированных атак на Южно-Вьетнамские города, получившую название «Наступление Тет», тот факт, что они были блистательно отбиты американцами, с огромными потерями для нападавших, замалчивался, но педалировался тезис: «Войну выиграть невозможно» [4, стр. 267].

Знаменитый северовьетнамский генерал Во Нгуэн Гиап (*Vo Nguyen Giap*) так описал военную ситуацию много лет спустя [5, стр. 248-249]:

«Наши потери были громадными, мы не ожидали таких... Бои 1968 года почти уничтожили наши силы на юге... Победить полумиллионную американскую армию мы не могли, но это и не было нашей целью. Мы стремились сломить волю американского правительства продолжать войну... Если бы мы рассчитывали только на военное противоборство, нас бы разгромили в два часа... В боевых действиях мы потеряли почти миллион солдат».

В интервью с другим видным офицером северных вьетнамцев журналист спросил в 1995 году: «Сыграло ли американское антивоенное движение свою роль в победе Ханоя?» – «Ключевую, – ответил офицер. – Наше руководство слушало американские новости, сообщавшие о протестах, каждое утро. Визиты в Ханой таких фигур, как актриса Джейн Фонда и бывший генеральный прокурор Рэмси Кларк, давали нам уверенность в том, что следует продолжать борьбу, несмотря на военные неудачи... Эти люди представляли совесть Америки. Американская демократия допускала протесты и несогласие, которые ослабляли волю к победе» [5, стр. 248-249].

Параллельно с Вьетнамской войной в США протекало бурное противоборство вокруг межрасовых проблем. В большинстве своем, журналисты были на стороне противников сегрегации, выступали за расширение прав черных, с готовностью подхватывали обвинения против белых, не утруждая себя проверкой их справедливости. Инерция такого отношения к расовым конфликтам только укреплялась с годами и производила бури возмущения по поводу «преступлений», которые на поверку оказывались выдуманными от начала до конца.

В 1987 году много шума наделала история негритянской девушки Таваны Броули (*Tawana Brawley*). Ей досталась нелегкая судьба. Мать вышла замуж за человека, который отсидел срок за зверское убийство своей предыдущей жены. Падчерицу он избивал по любому поводу, однажды попытался начать избиение прямо в полицейском участке, куда четырнадцатилетнюю Тавану привели за кражу в магазине. В пятнадцать лет у девочки уже был бойфренд, оказавшийся за решеткой. В ноябре она пропустила школу, чтобы навестить его в тюрьме, оттуда отправилась на одну вечеринку, потом на другую, и протрезвела только три дня спустя. За такое долгое отсутствие возмездие от рук отчима должно было быть свирепым.

Что оставалось бедной Таване?

В ее кругу верили всему плохому, что говорилось о белых. Поэтому она сочинила замысловатую историю, которой должны были поверить по крайней мере все черные: будто трое белых мужчин похитили ее, утащили в лес, держали там на морозе три дня, насилуя и издеваясь. Реквизит «улик», продуманный ею, свидетельствовал о богатой фантазии: обгоревшая одежда, разрезанные туфли, большой пластиковый мешок, в котором ее нашли на свалке, с телом, измазанным экскрементами и покрытым расистскими надписями.

Неизвестно, сколько черных оказалось среди шестнадцати членов Большого жюри, но большинство отказалось верить ее рассказу. Во-первых, проведенное медицинское обследование исключило акт изнасилования. На теле не было обнаружено ни ожогов, ни порезов, ни следов обморожения. Экскременты оказались собачьими. Расистские надписи были сделаны вверх ногами. Появились свидетели, признавшиеся, что видели Тавану в дни ее исчезновения веселящейся.

Зато американская пресса раздувала и смаковала историю в течение двух лет. С экранов телевизоров Джесси Джексон, Эл Шарптон, актер Билл Косби и другие защитники прав чернокожих слали проклятья безжалостным расистам и американскому правосудию, которое пытается защищать преступников. Названные ими подозреваемые даже осмелились подать иски за клевету, в результате которых Элу Шарптону присудили уплатить 345 тысяч долларов, а самой Таване, которая приняла ислам и работала медсестрой в Вирджинии, – уплатить 185 тысяч [6].

В 1996 году пресса подняла шум по поводу растущего числа поджогов церквей, посещаемых черными. Снова проклинались белые расисты, тот же Джесси Джексон говорил о «заговоре» против культуры черных, журнал «Тайм» писал, что речи республиканских политиков вдохновляют поджигателей, газета *USA Today* – что «это попытки убить дух черной Америки». Проведенное расследование показало, что число пожаров черных церквей только снижалось за последние 15 лет, что церкви белых загорались с такой же частотой, а там, где можно было подозревать поджог, треть подозреваемых были черными [7, стр. 128]. Но кто станет читать скучную правду статистических данных?

Зато эти данные подвергаются строгому контролю в средствах массовой информации. Независимая организация проанализировала, как люди, больные СПИДом, представлены в вечерних новостях на разных каналах телевидения. Выяснилось, что среди показанных на экране больных только 6% были гомосексуалистами. В реальной жизни гомосексуалисты составляют 58%. На экранах 16% были черными или латиноамериканцами. В реальной жизни их 46%. Только 2% показанных признали, что они вкалывают наркотики. В реальной жизни таких 23% [7, стр. 128].

Кроме футбола, гольфа, бейсбола, баскетбола, есть в Америке и малоизвестная игра, заимствованная, по слухам, у ирокезов, под названием «лакросс». Она немного напоминает травяной хоккей, но в ней игроки орудуют не клюшками, а палками, на конце которых прикреплены сетки в форме чайного ситечка. Спортсмен ловит мяч в эту сетку, бежит с ней, пасует другому, тот пытается забросить в ворота противника. Есть у этого вида спорта и свои болельщики, и свои чемпионы, и свои легенды.

Весной 2006 года команда игроков в лакросс университета Дьюк (Дарем, Северная Каролина) решила устроить вечеринку в доме своего капитана. Для полноты веселья заказали в местном эскорт-клубе двух экзотических танцовщиц и были разочарованы, когда им прислали не белых, как они просили, а черных.

«Ах так, вам не нравятся черные?! Ну, вы у меня попляшете!», – решила одна. И обратилась в полицию с жалобой на изнасилование.

На этот раз не только пресса кинулась раздувать скандал. Местный прокурор тоже решил использовать ситуацию для улучшения своей довольно шаткой репутации. Администрация университета остановила игры, уволила тренера, огласила имена обвиняемых студентов. Ядерные испытания в Северной Корее, войны на Ближнем востоке, напряженность между Китаем и Японией – все поблекло, уступило место в новостях мельчайшим интимным деталям очередной сенсационной судебной распри [8, стр. 306].

Увы, как и в случае с Таваной Броули, вранье «пострадавшей» оказалось сметанным на живую нитку, концы не сходились с концами. Например, из показанных ей фотографий подозреваемых она выбрала на роль «насильников» как раз тех двух студентов, которые покинули вечеринку в начале, и увезший их таксист подтвердил это. Прокурор так усердствовал, подтасовывая улики, что штатная коллегия адвокатов лишила его лицензии. Генеральный прокурор штата прекратил дело за отсутствием состава преступления. Однако дело о клевете не было возбуждено, так что будущим «борцам с сексуальным насилием» горит зеленый свет [9].

В пантеоне славы американской журналистики два имени занимают прочное место: Карл Бернстайн и Боб Вудвард. Эти два молодых сотрудника газеты «Вашингтон пост» смело кинулись раскапывать и разоблачать секретные дела администрации Никсона, раздули бурю Уотергейтского скандала, который после двух лет упорного противоборства привел к вынужденной отставке американского президента. Юный Давид против великана Голиафа – такое сравнение всплывало не раз в описаниях этой драмы. Она стала темой знаменитого голливудского фильма «Вся президентская рать», где роли журналистов исполнили прославленные актеры Дастин Хоффман и Роберт Редфорд. Актер Хэл Холбрук сыграл менее заметную, но ключевую фигуру, представленную на экране не под именем, а под кличкой «Глубокое горло». Тридцать лет Вудвард хранил обещание, данное им своему тайному осведомителю, открывавшему ему секреты Белого дома, и огласил его фамилию, только когда тот умер.

Его звали Марк Фелт. Он был многолетним и преданным сотрудником ФБР. Гувер поднял его до поста директора внутренней полиции организации. В иерархии он занимал третье место, а после внезапного увольнения Билла Салливана осенью 1971 года перешел на второе. Весной Гувер умер, и Фелт ждал, что пост директора достанется ему. Он даже заготовил биографическую справку о себе с фотографией, которую собирался представить репортерам. Но президент решил иначе: сделал директором ФБР сотрудника министерства юстиции, Патрика Грея, бывшего капитана подводной лодки. В разведке он никогда не служил, зато был верным сторонником Никсона в течение четверти века [10, стр. 307]. Мог ли президент предвидеть, что это назначение окажется роковой ошибкой, которая погубит его карьеру?

Неизвестные ночные посетители, арестованные в отеле Уотергейт ночью 17-го июня, имели при себе подслушивающие устройства, которые они явно намеревались установить в номерах, намеченных для участников готовившейся конвенции Демократической партии. Полиция известила о случившемся ФБР, и те, как водится, завели специальное дело. Позднее в тот же день раздался звонок из Белого дома, и Джон Эрлихман – от имени президента – приказал остановить расследование. Дежурный агент отказался, несмотря на угрозы звонившего, и доложил обо всем Марку Фелту. Таким образом, тот с самого начала знал, что ночные «грабители» были посланы Белым домом [10, стр. 309].

Что двигало им, когда он начал тайно передавать взрывную информацию своему старинному знакомому, журналисту Бобу Вудварду? Чувство мести тщеславного чиновника, обойденного постом? Надежда, что скандал помешает Никсону победить на предстоявших выборах и новый президент назначит его директором ФБР? Или все же запоздалое осознание того, что устанавливать подслушки нехорошо и незаконно?

В этой драме важно другое. История Уотергейта бросает свет на характер взаимоотношений прессы с остальными ветвями власти. Журналист часто выступает не самостоятельной силой, а опасным и эффективным оружием в чьих-то руках. Статьи в «Вашингтон пост» привлекли внимание крупных фигур Демократической партии, открыли перед ними соблазнительную перспективу: атаковать республиканского президента, победившего на выборах 1972 года с большим перевесом. Уже в феврале 1973 сенатор-демократ Сэм Эрвин пригласил Вудварда в свой кабинет и сказал, что он создает сенатский комитет для расследования и будет признателен за любую информацию.

Это в корне меняло расклад сил.

Теперь любой человек, упомянутый в статьях журналистов, даже сотрудник Белого дома или ЦРУ, мог быть вызван в Сенатский комитет и обязан давать показания под присягой. Именно таким приемом одно за другим возбуждались уголовные дела против сотрудников Никсона, показания которых и послужили базой для возбуждения процесса импичмента президента [11, стр. 93-94].

Американская пресса, так же как и американская профессура, в своих политических пристрастиях тяготеет к партии демократов. Думается, ни Боб Вудвард, ни Карл Бернстайн, ни их начальница, Кэтрин Грэм, ни редакторы других газет и журналов не проявили бы такого упорства и незаурядной смелости, если бы объектом их разоблачений был политик-демократ, а не республиканец.

Четырнадцать лет спустя соединенные силы демократов и журналистов повели аналогичную атаку на республиканского президента Рональда Рейгана. Его ближайшие сотрудники – адмирал Пойндекстер и подполковник Оливер Норт – в 1986-1987 годах стали объектами специального расследования совершенных ими тайных продаж вооружений Ирану, воевавшему тогда с Ираком. Выручка от этих продаж переправлялась антикоммунистическим повстанцам в Никарагуа, что было запрещено специальным постановлением Конгресса. До импичмента дело не дошло, но Пойндекстер и Норт должны были несколько лет отбиваться в судах от обвинений в лжесвидетельствах, и их адвокатам удалось добиться оправдания только на стадии апелляции [12].

«Все это была чистая политика, – писал в своих воспоминаниях Оливер Норт [13, стр. 353]. – В исторической перспективе слушанья в Конгрессе были еще одним сражением в двухсотлетней войне между законодательной и исполнительной ветвями власти за контроль над иностранной политикой Америки. К лету 1987 года Белый дом готов был пожертвовать исполнителями своих приказов, чтобы удержаться у власти. Разрешив криминализировать действия тех, кто выполнял ее распоряжения, администрация президента дала возможность обойти глубинные причины конфликта. Конгресс это устроило, а пресса получила подарок».

Возникает вопрос: почему Республиканская партия не может применить такую же тактику в противоборстве с президентами-демократами? Для меня ответ ясен: потому что она никогда не сможет получить в качестве союзника четвертую ветвь власти – американскую прессу. Даже Клинтон, окруженный судебными исками и расследованиями, смог избегнуть импичмента и удержаться в президентском кресле.

О других и говорить нечего.

Президенты-демократы Кеннеди и Джонсон были замешаны в покушениях на жизнь иностранных лидеров – пресса практически обошла молчанием эти разоблачения, когда они были сделаны при президенте-республиканце Форде.

При Картере коммунистическая экспансия захватывала страну за страной по всему миру, палестинские и прочие террористы наносили свои удары по свободному миру чуть не каждую неделю, попытка вызволить заложников, захваченных в американском посольстве в Тегеране, кончилась позорным провалом, но все это никогда не подносилось как результат мягкотелости президента.

Сегодня президент-демократ Обама проталкивает свою кошмарную медицинскую реформу, которая взвалит замаскированный новый налог на самую бедную часть населения, но большинство журналистов, кажется, не замечает оксюморонной нелепости словосочетания «запретим не покупать страховку». Зато сам президент прекрасно отдает себе отчет в могуществе четвертой ветви власти и уже в первый год своего правления пригласил в Белый дом Боба Вудварда и дал ему длинное интервью, легшее потом в очередной бестселлер знаменитого журналиста под названием «Война Обамы» [14].

Четвертая ветвь власти отличается от трех других тем, что в ней оперируют люди, которых мы не выбираем.

«Как это не выбираете? – возразят мне. – Покупая газету, подписываясь на журнал, включая тот канал телевидения, а не этот, вы голосуете самым убедительным образом: вашим кровным долларом».

Если бы доллар был эквивалентен избирательному бюллетеню, на вершине власти оказались бы таблоиды с их миллионными тиражами. Серьезная пресса воздействует на умы более тонкими методами. Владея даром красноречия, журналисты легко отбрасывают любые критические отзывы о своей работе. «Если их упрекнут в негативном освещении событий, они заявят, что таков реальный мир. Обвинят в лево-либеральном уклоне – редакторы скажут, что их чаще упрекают за перекос вправо, а также за предвзятость к черным или к анти-черным, к бизнесу или к защитникам окружающей среды. Если упреки сыпятся со всех сторон, это лишь свидетельствует о сбалансированном подходе, не так ли? Если скажут, что новости подаются слишком поверхностно и в сенсационалистском ключе, репортеры скажут, что это именно то, чего требует читающая публика» [15, стр. 5].

В античной цивилизации заметную роль играла фигура софиста. Изначально они учили людей искусству красноречия, которое было необходимо для участия в политической и судебной деятельности. Но постепенно это переродилось в искусство словесного трюкачества и демагогии, использовавшихся для того, чтобы в публичных диспутах искажать реальную картину происходящего до неузнаваемости. Существует анекдот: Фемистокла, изгнанного из Афин, спросили, кто сильнее в спортивной борьбе: он или его соперник Перикл? «Не знаю, нам не доводилось бороться, – ответил Фемистокл. – Но если бы случилось и я бы победил, Перикл начал бы говорить, и через пять минут все зрители поверили бы, что победил он».

Современную софистику Томас Соуэлл обозначил термином *verbal virtuosity* – «словесная виртуозность». Без нее в сегодняшней Америке не может обойтись ни политик, ни адвокат, ни профессор, ни, конечно, журналист. В протекающей нынче общенациональной кампании за тотальное регламентирование всех сторон жизни американцев прессе досталась роль не *контролируемых,* а *контролеров*. В последние пять десятилетий журналисты сделались *контролерами политиков* и предаются этому занятию с несоразмерной страстью и убежденностью.

В 1973 году перед избранным на второй срок Никсоном стояли судьбоносные для страны проблемы: выход из Вьетнамской войны, развязанной его предшественниками-демократами, ослабление напряженности в отношениях с двумя термоядерными сверхдержавами – СССР и Китаем, очередной пожар на Ближнем Востоке в связи с начавшейся в октябре Войной Судного дня. Но в глазах Боба Вудварда, Карла Бернстайна, их начальницы Кэтрин Грэм и всех остальных «борцов с Уотергейтом» это было в сто раз менее важно, чем вопрос «знал президент или не знал, что его подчиненные занимались незаконным подслушиванием»?

Остается загадкой, откуда еще берутся в Америке смельчаки, согласные вступать на политическое поприще. Быть готовым к тому, что все твое прошлое, день за днем и минута за минутой, будет вынесено на свет въедливого и часто враждебного разбирательства, – нужно быть безгрешным святым, чтобы решиться на такое. Сколько достойных, прозорливых, знающих, нужных стране людей остаются за бортом политической жизни из опасения быть забрызганными газетной грязью!

Причем, нам ведь известны только те истории, которые были раздуты до уровня скандала. Судья Кларенс Томас не испугался шумихи, поднятой Анитой Хилл, обвинявшей его в сексуальных домогательствах (1991), не снял свою кандидатуру и был утвержден на посту члена Верховного суда. Но, например, в 1993 году Министерство юстиции несколько месяцев оставалось обезглавленным, потому что у кандидаток на пост Генерального прокурора обнаружились «темные пятна»: у обеих в какое-то время в доме в качестве нянь служили незаконные иммигрантки. Таких Белый дом даже не решился предложить для утверждения Конгрессом.

Если бы удалось создать комитет из ведущих журналистов и попросить их составить список необходимых свойств и правил поведения, которым должен следовать кандидат на политическую должность в США, что вошло бы туда в первую очередь? Честный, непьющий, хороший семьянин, исправный плательщик налогов, блюдущий в своих речах все заветы «политической корректности», чтущий принципы демократии, защитник окружающей среды, борец с расизмом и религиозной нетерпимостью, и так далее, и так далее, и так далее, вплоть до светящегося нимба над головой.

Исследователь Джеймс Феллоус пишет в своей книге «Сообщая новости» [15, стр. 7, 9]:

«Роль журналиста наделяет человека огромной властью. Недаром прессу называют четвертой ветвью правительства. Вы можете публично очернить человека, и у него нет возможности адекватно ответить вам. В позитивном плане вы можете расширить понимание публикой реальных проблем. Но слишком часто пресса сводит общественные вопросы к описанию противоборства между различными политиками, к каждому из которых следует относиться с подозрением. Как правило, сегодняшний журналист не подходит к выполнению своих задач с достаточным чувством ответственности, соизмеримым с доставшейся ему властью. И вред от этого распространяется гораздо дальше, чем он способен разглядеть».

Литература

1. *Federalist Papers.* New York: MetroBooks, 2002.

2. Durey, Michael. *"With the Hammer of Truth"* (Charlottesville: University of Virginia Press, 1990).

3. Moscovit, Andrei. *Did Castro Kill Kennedy?* (Washington: Cuban American National Foundation, 1996).

4. Sowell, Thomas. *Dismantling America* (New York: Basic Books, 2010).

5. Sowell, Thomas. *Intellectuals and Society* (New York: Basic Books,

2009).

6. Wikipedia, Tawana Brawley.

7. Sowell, Thomas. *Intellectuals,* op. cit.

8. Sowell, *Dismantling,* op. cit.

9. Wikipedia, Duke University Case.

10. Weiner, Tim. *Enemies: a History of the FBI* (New York: Random House, 2012).

11. Woodward, Bob. *The Secret Man. The Story of Watergate's Deep Throat* (New York: Simon & Schuster, 2005).

12. Wikipedia, Oliver North.

13. North, Oliver. *Under Fire. An American Story* (New York: Harper Collins, 1991).

14. Woodward, Bob. *Obama's Wars.* New York: Simon & Schuster, 2010.

15. Fallows, James. *Breaking the News. How the Media Undermine American Democracy* (New York: Pantheon Books, 1996).

Дмитрий Злотский – родился в 1960-м в Москве. В Америку приехал в 1989 году. Пишет по-русски и по-английски, прозу и стихи. В печати вышли роман *“Monster. Oil on Canvas,”* сказка «Приключения Марковки» и другие книги. Увлекается и занимается изобретением головоломок. В 54 года пробежал свой первый марафон.

Опера, проза, балет

Музыка:

Свадебный марш Мендельсона, девятая симфония Бетховена, первый и последний полонез Огинского. Реквием от Моцарта, рецепты от Сальери. Хор мальчиков и Бунчиков. Три классические Б: Бах, Бетховен, Брамс. Из исконного: Мусоргский, Чайковский (этого еще в балет), Стравинский и могучая кучка. Гершвин, конечно. Ударной дозой эрудиции – Малер и Шнитке. Где у них бемоль, где бекар? А нам, боярам, баяном по барабану.

Опера:

Папа Глинка: под сусальный перезвон солируют Сусанина по сусалам. Итальянские братини: Пуччини, Россини, Цивильный Сирульник. Больше с наскока ничего не приходит.

Оперетта:

Затрудняюсь, отводить ли этому полужанру собственную подкатегорию. Имеем Оффенбаха, Штрауса, Легара. Вдова Веселая, Мышь Летучая, Принцесса Трапезундская…

Балет:

Жизель, Римский-Корсаков, Лебедев-Кумач, Лебединое озеро, свистопляски с саблями. Гаянэ ты моя, Гаянэ.

Живопись:

Незнакомка, шоколадница, последний день Помпеи, явление Христа народу. Еще из наших: Шишкин в лесу, Верещагин у Тамерлана, Айвазовский на море. Княжна Лопухина и боярыня Морозова. Девочка с персиками и Витебский мечтатель. Галопом по Европам: у макаронников Леонардо, у бюргеров Дюрер (Альберт, Альфред?), у сыроделов Эшер. Жили-были два Вана: один Гог, другой Эйк. Рембрандт, Рубенс, ехал Эль Греко через реку, Герника, голубка, голубой период. Неплохо, неплохо. Гольбейн, Констебль, Тинторетто – высший пилотаж. (В музыку добавить Болеро.)

Проза:

Капитан Врунгель, Капитан Копейкин, пятнадцатилетний капитан, капитанская дочка. Максимыч и Казбич, Пьер и Наташа, Пьеро и Мальвина. Какой русский не любит, какая птица долетит. Отцы и дети, Маргарита и Бендер, Хулио и Хуренито. Эркюль Пуаро, Патер Браун, мисс Марпл. Один день Ивана Денисыча, сто лет одиночества, тысяча и одна ночь Шахеразады. Элементарно, Ватсон.

Поэзия:

Анчар, Дантес, Онегин, леди Мцыри Мценского уезда, в гроб сходя благословил. О прикрой свои бледные ноги, из какого сора, не ведая стыда. Ленинград, Ленинград, я еще не хочу. Петля в Елабуге, петля в Англетере. Свеча горела, авва отче, чашу эту. Дыша духами и туманами. Саша Черно-Белый. Белые стихи и перечерканные черновики. Жили у бабуси Рембо, Бодлер и Гамзатов. Мой дядя самых честных правил; скажи-ка, дядя, ведь недаром; тятя, тятя, наши сети. Мурка, в чем же дело, что ты не имела? Так и жизнь пройдет, как прошли Азорские острова.

Драматургия:

Бобчинский, Добчинский, Островский. Вишневый сад, темный луч. Молилась ли ты на..? Ночь темна. Не верю! Театральный буфет начинается с вешалки. И говорит тогда Король Лир Леди Макбет: если в первом акте на стене висит ружье, значит, в Мценском уезде кому-то не поздоровится.

* * *

Терехин задумался. Картина вырисовывалась невеселая. Портрет посредственного поколения. В детстве он до одури играл сначала в прятки, потом в салочки и штандер. Летом футбол, зимой хоккей. В момент духовного возрождения потребность к созиданию удовлетворилась коллекцией спичечных этикеток – благо были доступны. Он торговался, обменивал десяток обычных на бракованную редкость у других дворовых идиотов и возвращался домой, сияя от удачной сделки. От школы особых воспоминаний не осталось, и невозможно было убедительно заявить, глядя в наглые зенки этого тринадцатилетнего оболтуса, что, мол, я в твои годы…

География:

Море черное, желтое, белое. У самого красного моря жили-были стагик со стагухой. Баден-Баден, Гомель-Гомель, грязь бытовая, грязь лечебная, зарубежье ближнее, восток дальний. Пятая Авеню, Третий Рим, вторая родина. На полке китайский болванчик, у соседа японский телик. Нью-Йорк – столица мира, Люберцы – город контрастов. Клуб кинопутешествий. Пирамиды, Семирамиды, тур в Непал, Тур Хейердал. Никитин Афанасий, да Гама Васко, Садко незваный гость. Напрасно отдали Аляску, напрасно забрали Украину. Все напрасно.

Иностранные языки…

История:

Иван Грозный, Петр Первый, Василий Блаженный. Рюрики, Бурбоны и Габсбурги. Бастилия, Спартак, война красной, белой и желтой розы, революция кровная и бескровная, бунт бессмысленный и беспощадный, умом Россию не понять, восстание Болотникова, холопы, Стенька Разин, подноготная правда. Киевская Русь, Китай-город, крещение в Днепре. Шумел Тохтамыш, деревья гнулись. Фабрика Бабаева, курган Мамаева. Врагу не сдается наш гордый Варяг. Из варяг в греки; из грязи в князи. Отмстить неразумным хазарам. Вот тебе, бабушка, и Юрьев день.

Физика:

Мариотт – Бойль, Люссак – Гей. Правило живчика-буравчика.

* * *

В девятом классе Терехин щелкал тригонометрические примерчики, от которых теперь остались пустые звуки: синус-косинус, тангенс-котангенс. Майна-вира.

О потере невинности (в отношении Терехинского пола называемой приобретением мужества), произошедшей в том же девятом классе, вспоминать было противно, хотя многие с этим носились как с писаной торбой. Хорошо хоть, что был тогда один, и свидетелей позора не осталось. Да, физиологию мы учили не по учебникам…

Брачный сезон пришелся на особо слякотную осень. Запятнанный уличной грязью, он явился в дом к будущей благоверной. Шахматная плитка на лестничной клетке, шахматный линолеум в прихожей, угол кухонного стола в коридорном зеркале. Шесть книжных полок, поставленных одна на другую и слегка сдвинутых скромным зигзагом для удобства вазочек, ракушек и прочих курортных трофеев, демонстрировали многотомных классиков. Одного роста, одних мышиных расцветок, плечом к плечу, суровым караулом из-за стекла мрачно таращились на Терехина собрания сочинений о восьми и двенадцати томах, подозревая, что попросит почитать и не отдаст. Жюль Верн, Джек Лондон, защитно-зеленый Чехов, грязно-бордовый Фейхтвангер с золотистыми генеральскими лычками.

На диване, напротив двери в большую комнату (комнат всегда было две – большая и маленькая), сидели ее родители с каменными спинами и ненавидящим взором. «Надеемся, что вы достигнете не меньше того, чего добились мы». Он только хмыкнул – мол, это уж каждый может. Они напряглись еще больше. Почему-то он запомнил тот разговор. Почему-то он вспоминал его все чаще.

Кулинария:

Пельмени из пачки, пряники из пакета, пюре, коньяк, перцовка, клюковка, три семерки. Бородинский хлеб, эскимо на палочке, овсяное печенье. Бутерброд с колбасой, бутерброд с сыром, бутерброд с маслом. Манная каша с комками.

Иностранные языки:

Поторопился. Кое-что ведь знаю. Мани-мани-мани, шерше ля фам, финита ля комедия, ай каррамба, я кукарача. Гитлер капут.

* * *

Когда Терехина просили не задумываясь назвать фрукт, он выпаливал: яблоко. Овощ? Морковка. Птица? Воробей. Дерево? Дуб. Впрочем, это должно бы войти в раздел природы. Цифру всегда загадывал – три.

Природа:

Любит-не-любит, березовый сок, сорока-воровка, не пой, соловушка, при мне. Осень болдинская, осень левитанская. Играют в карты заяц, волк, лиса и медведь; медведь говорит… Ах, Аврора Бореалис, любил бы я тебя, когда б не комары да комаринская. Ива плакучая, кол осиновый, дубина стоеросовая. Земляника, крапива, репей, иван-да-марья, тещин язык, мать-и-мачеха, мать сыра земля. Я иду по траве, в росе ноги мочу. Родные Пенаты, Волга-матушка, царь-батюшка.

Байки да побасенки:

Три богатыря, три поросенка, три девицы под окном. Семь гномов и семеро козлят. Дюймовочка и Снегурочка, Белоснежка и снежная королева, кощей и баба Яга. Курочка Ряба хвостиком махнула, корыто и разбилось. Как смеешь ты, наглец, своим нечистым рылом? Не садись на пенек, не ешь пирожок. Направо пойдешь – ничего не найдешь. Сыр выпал, с ним была. А этой – не давать.

* * *

По воскресеньям на завтрак стряпали картошку с селедкой, присыпанной лучком и залитой пахучим подсолнечным маслом. За столом Терехин сидел в застиранной майке, опираясь на левый локоть.

– Па, загадай число от одного до десяти.

– Не хватай селедку руками, горе ты мое, посмотри теперь на штаны! Только что ведь стирала!

– Три, – скучно сказал Терехин.

– Не говори вслух! Задумай опять.

«Три», – скучно подумал Терехин.

Коробки со спичечными этикетками до сих пор пылились под кроватью. Доставать их было незачем, а выбрасывать – жалко. Особенно ту серию Золотого Кольца, за которую он отдал ухмыляющемуся Лисовскому монастыри Москвы и фауну Подмосковья в идеальном состоянии, несмотря на то, что от Углича, очевидно, прикуривали. Лисовский лыбился и пожимал плечами – не хочешь, не бери, Серега с руками оторвет.

Как-то, оставшись один, он выволок пыльный картонный ящик. Аккуратными стопками лежали коробки с блеклыми наклейками. Картинки поразили своей схематичностью, словно за годы подкроватной тьмы из них выветрился жизненный дух, так сильно чаровавший маленького Терехина десятки лет назад. Говорят, так умирает жемчуг, лишенный человеческого тепла. И хотя эта мысль не пришла ему в голову, он аккуратно вернул невесомые трупики на свои места и ногой задвинул подальше.

Кинематография:

Броненосец Потемкин и полет на Луну, председатель и девчата. Кубанские казаки пишут письмо Чингисхану. Кино для нас – важнейшее из искусств, потому что книгу после всей той школьной программы мы уже не раскроем. Штирлиц склонился над картой – его неудержимо рвало на родину.

* * *

В четыре года его повели к логопеду, который исправил картавость, а в девять Терехин целый год (начиная с раннего лета) отзанимался бадминтоном. С тех пор отработался рассказ, как он обыгрывал десятилетних верзил. Слушатели кивали и, наверное, верили, потому что про бадминтон никто не имел понятия. Найдя на чужой даче завалявшуюся ракетку, он оценивающе подбрасывал ее на руке, проверял основанием ладони натяжение струн и разглагольствовал о том, какими должны быть воланы. Лучшие делают в Голландии, но достать их невозможно. Играл Терехин ничуть не лучше других, но это немудрено (смущенно признавался он) – столько времени прошло. Эх, сестрица ж ты Аленушка. Эх, братан Иванушка.

К тридцати волосы поредели настолько, что пришлось завести новую привычку – прикрывать лысину от лучей летнего солнца. Унижение при первом ожоге не прошло даром.

Народная медицина:

Гоголь-моголь, зверобой, анальгин и подорожник. По ушибу постучать, на ошпаренную ногу помочиться. С ожогами (кроме солнечных на лысине) – туда же. Тридцать шесть и шесть – хорошо, сто восемьдесят на сто – плохо. Хлористый кальций и рыбий жир. Витамином Це кашу не испортишь. Откройте пошире, дышите поглубже. Сейчас будет немножко больно.

Из житейских правил Терехин определил, что если штаны покупать на размер больше, то ощущаешь себя подтянутым и спортивным. Перед употреблением взбалтывать, после употребления стряхивать.

Народная мудрость:

Не понос, так золотуха; раньше сядешь – раньше выйдешь; каков стол, таков и стул; куй сани как рыба об лед.

...Сына назвали тоже Александром, а как еще?

Астрономия:

Он сказал «Поехали» и махнул рукой. Комета Галлея, тунгусский метеорит. А все-таки она вертится. Черные дыры, белые карлики и маленькие зеленые человечки.

* * *

В школе регулярно, начиная со второго класса, галдящей стаей их водили в Третьяковскую галерею. Хочешь не хочешь, а вдолбили-таки до оскомины: зал Врубеля, лебедь, падший ангел, Иванов с голыми культуристами в торце и набросками косматых голов по боковым стенам. Двадцать лет рисовал, говорила тетенька. Двадцать лет! «Нет уж, – думал Терехин с четвертого до девятого класса, – я свои годы так разбазаривать не буду!» Потом вели в залы голландцев, импрессионистов и проч. В десятом он ничего не слушал, машинально волочась за группой. На уме было только одно.

Пиво, маслины, сельдерей, укроп, кинзу, петрушку, кабачки, яблоки со свежими огурцами в оливье, помидоры в омлете, кости в рыбе, баклажаны, рыбий жир, жареный лук Терехин не любил, а вареный и пенку – ненавидел. Советовали какой-то настой от импотенции, но он никогда не принимал всерьез эту бабкину чушь и от всех невзгод пил только витамин Цеце.

В новой компании хвастаться было нечем. Садился к столу первым, вставал последним, слыл молчуном. В танцах не участвовал. Себе на уме. Тот еще типчик. Со школьных времен приятельствовал с Резниковым. Однажды тот поскользнулся на улице и со всего маху шмякнулся на ягодицу. Вместо того чтобы предложить помощь, Терехин хохотал, смахивая слезы, гукая и тыча пальцем. Даже теперь не мог без улыбки вспоминать тот патетический взмах рук и выпученные глаза. Дружба распалась. Ну и черт с ней. Ну и черт с ним. Терехин расставался с прошлым легко, без сожалений.

Философия:

Цикута, эврика, вещь в себе, платоновы тела, платоническая любовь, пифагоровы штаны. Моральный закон внутри и необъятный космос снаружи.

* * *

Философию Терехин не читал, но имена застревали в его памяти, как волосы в стоке ванной. Они брались то ли из обязательной программы, где необходимым и достаточным являлась сдача экзамена, то ли просто из воздуха. Во время чтения «Графа Монте-Кристо» тепло разливалось по телу, и прилив адреналина вызывал дрожь в руках, когда Дантес мутузил Данглара. Мартынов бы его вообще убил, но это уже не приходило Терехину в голову.

– Извини, получилось рефлекторно, – сказал он Резникову на даче за год до того дурацкого падения. – Увлекся. От прошлых тренировок остался автоматизм – по правилам-то мне надо запустить волан так, чтобы ты не мог его достать.

Кряхтя от жары и натуги, Резников поднял взъерошенное воланово тельце и пошел в дом. На самом деле Терехин просто промазал, но стыдился сознаться после своего напыщенного бахвальства. Он поплелся следом, стирая со лба быстро выступивший пот. Спортивная форма была никакая, да и куда спешить? Холодное пиво, впрочем, как и теплое, он не любил, утверждая, что не сладкое.

Это было летом, на даче Мишкиного приятеля. Приволокли каких-то хихикающих ундин, назвавшихся сестрами. Мухи больше не боялись людей и спокойно бродили по обветренным бутербродам. Разговаривали ни о чем. С возрастом флирт становился все скоротечнее. Отношения должны были определиться к сумеркам и оформиться к ночи. Четыре часа на расцвет и падение Рима. Ели шпроты, топили баньку, пороли чушь. Хорошо, что со стороны никто не слышал. Привкус измены остался ни сладким, ни кислым. Скорее, прогорклым. А как хороши, как свежи были иллюзии! Утром, мятый от дум, разочарованный странник сел на электричку и потащился домой.

Да вдобавок надул переросток у книжного, взяв задаток за собрание сочинений Сократа. Черт подери эту тягу к вечному.

– Что-то покалывает, – поморщился он. – Анальгин остался?

– Сколько я тебе твержу, что надо показаться врачу? Куда это годится, в твоем-то возрасте разваливаться на глазах? Завтра же…

– Выключи свет. Немного полежу, и все пройдет.

Лет десять назад он спорил с Резниковым (возможно, не с Резниковым, а с кем-нибудь другим, но сейчас имена не имеют значения; не стоит ради сомнительной достоверности вводить незнакомые персонажи). Тот утверждал, что любовь к сладкому – признак заторможенного развития и присуща детству. В зрелости должен развиваться вкус к соленому, терпкому и горькому.

А за полгода до того дурацкого происшествия (ну, шлепнулся; таксист-то все видел, затормозил, не стоило из-за такой ерунды лезть в бутылку) они с Резниковым сидели в кино на пустом дневном сеансе. Требования к киноискусству у Терехина были самые немудрящие – цветные съемки да действие в городе. Герой пилотировал изрешеченный пулями самолет в условиях густющего тумана. Центр, центр, считайте меня коммунистом. Потом авария, парашют, пешком до своих, дикие звери, любовь под водопадом.

– А ты, – прошептал Резников (настоящий, хотя и это не имеет большого значения), не сводя глаз с экрана, – что ты потом расскажешь своим детям?

А что можно рассказать этому самовлюбленному пустоцвету, этому наглому, немигающему взгляду? Я в его годы… Не верит, подлец, вижу, что ни единому слову не верит.

Спорт:

Офсайд, буллит, тайм-аут, детский мат, легкий вес, олимпийское золото.

* * *

Ну как, скажите, можно было выучить какой-нибудь язык, когда не с кем говорить, некуда ездить и всем на все наплевать? Там и сям на поверхности океана лингвистического невежества торчали безжизненные островки. Чао бамбино, хомо хоминис, комильфо, йок чамберлык бахтияр кутак.

– Я больше так не могу, – сказала Светлана. – Посмотри на себя. Целыми днями валяешься перед этим дурацким ящиком, таращишься в свой дурацкий хоккей (прилагательное она позаимствовала у Терехина). Гоняют дурацкую шайбу, а ты уставился как упертый.

– Это полуфинал. – Терехин отвечал коротко, не отрывая взгляд от вбрасывания.

– Боже мой, как же мама была права! Она еще тогда видела тебя насквозь! Я-то, дура, защищала, говорила – исправится, вы не понимаете его возвышенной души! Возвышенной! Души!

В ее руке был уже наспех забитый бабским бельем потертый фибровый чемоданчик. Одна собачка упрямо торчала вверх – замок сломался пару лет назад, когда они, последний раз втроем, со вступающим в переходный возраст Александром, отправились в Симферополь. Сбоку подволакивалась полупрозрачная розовая тряпка.

– Мы будем у мамы. Прощай, неудачник!

Дверь хлопнула. Терехин мало что соображал, поглощенный напряжением на площадке и истекающим численным преимуществом. Наши все-таки продули, и поражение добавило густоты к смутной мутотени в желудке. Он в сердцах саданул по подлокотнику, поднялся и подошел к окну. Ветер мотал сухие листья по двору. Туда-сюда, туда-сюда.

Клен он отличал по очертаниям на форме канадской сборной. Полукружья дубового листа отложились в сознании еще со школы: собирали гербарий (концепция смерти – детям) и сушили между страницами учебника биологии, отчего тот взбухал как от водянки. Остальные деревья ничем друг от друга не отличались, разве что тополь пухом и ива плакучестью. Страна стереотипов. В детстве родители таскали его с собой в лес. Много позже, получая удовольствие от прогулки по парку, он понял истоки произошедшей метаморфозы. Все это чушь, что людей с возрастом тянет к природе. В парке он был один, его никто не трогал, а в детстве никто не трогал и так, и не было никакой нужды искать уединения. Уединение, впрочем, нашло его, нашло само, так что теперь нет необходимости создания искусственного одиночества.

– А-а-а-а-а! – заорал Терехин, но голуби на загаженном карнизе за стеклом даже не пошевелились, и в тесной городской квартире не было простора для эха.

* * *

Я метался по узкому загону. Грязная посуда в раковине, полураскрытые дверцы шкафа и подрагивающие предметы в его зеркальном фасаде. Небольшого шага в сторону оказалось достаточно, чтобы изъять меня из отражения, оставив пустой стул, подоконник и слепящую серость окна. Я зло двинул ногой по торчащей из-под кровати коро́бке с коробка́ми – саркофагу моего детства – и прошел к столу, чтобы упорядочить хаос, методично перечислив накопленные знания, систему ценностей, эрудицию, экспертизу, создать семантическую проекцию кругозора: плоский объем из чернил и бумаги. «Музыка: полонез Огинского, девятая симфония Бетховена, свадебный марш Мендельсона, реквием, собачий вальс»...

Записи повергли меня в уныние. На листе обрисовалась уникальность, воплощенная в общевойсковых построениях. Личная пустота за шаблонной широтой. Язык не поворачивался признаться и отождествить себя с тем горемыкой, неудачником, претенциозным нравственным калекой, чей образ вырисовывался с каждым абзацем все четче. Тогда-то мне и пришлось выдумать Терехина.

Хобби:

В детстве, еще до спичечных этикеток, Терехин собирал пивные пробки. Дворовая малышня подбирала в пыли цветные металлические бляхи. Пластиковый вкладыш обтирался не знающими брезгливости пальцами, и крышку, подперев вкладышем с изнанки, цепляли на майку, словно орден.

* * *

Не могу с уверенностью утверждать, задумывался ли Терехин, что за нарисованным на холсте камином мир скрывает нечто большее, что он богаче и ироничнее, что там таится много волшебного, что есть еще Фобос и Лесбос, минотавр, септуагинта, гиперболоид инженера Гарина, Колосс Родосский, Клеопатра, Герострат, Сатурналии и Плутония, Панург, Германн, Гумберт Гумберт, шагреневая кожа, Мане и Моне, барокко и баркарола, бравый солдат Швейк, капричос, пепел Клааса, Махаяна и Махабхарата, трансцендентальная медитация, у попа была собака, боа констриктор, Доротея, Галатея, эффект Кирлиана, доктор Фрейд, доктор Швейцер, доктор Живаго, доктор Кастро, Вивиан Даркблоом, Дризморт Лтийский, Тартарен из Тараскона, разоблаченная Изида, княжна Тараканова, принцесса и хулиган, королева Марго, Шамбала, Маленький Мук, Ормузд и Ариман, Меркадер и дебаркадер, филиппинские врачи и голубой Маврикий, Эхнатон, ноу-хау, габитус фекалис, арбайт махт фрай, счастливые семьи, которые несчастливы одинаково...

Петр Ильинский – прозаик, поэт, эссеист. Родился в 1965 году в Ленинграде, выпускник МГУ, научный работник, в 1991 – 1998 и 2001 – 2003 годах – сотрудник Гарвардского университета. Книги: «Перемены цвета» (Эдинбург, 2001), «Резьба по камню» (СПб., 2002), «Долгий миг рождения. Опыт размышления о древнерусской истории VIII–X вв.» (М., 2004), «Легенда о Вавилоне» (СПб., 2007) и «Век просвещения» (20016). Статьи и рассказы публиковались в российской и зарубежной периодике («Отечественные записки», «Время и место», «Русский журнал», «Зарубежные записки», «Северная Аврора»). Живет в Кембридже (США), работает по специальности в частном секторе, преподает в Бостонском университете.

Рассказы и истории

Три истории из жизни Брусникина
(рассказ, легко поддающийся психоанализу)

I. Как-то раз Брусникину приснилось, что им стали интересоваться женщины. Самые разные: молодые, зрелые, веселые, симпатичные и даже те, которые с длинными ногами и узкой талией. Он проснулся почти вместе с будильником, посмотрел на надевающую халат жену – она хотела успеть в ванную раньше него – и решил ей этот сон не рассказывать. Не то чтобы Брусникин обыкновенно рассказывал свои сны жене – совсем наоборот, но в основном потому, что видел их очень редко, в год по чайной ложке. Она же всегда подробно излагала ему свои – и про рыб, запутавшихся в смородиновых зарослях, и про потоп в душе, и про то, как она, еще совсем девочка, в красном, отороченном кружевами платье, едет с Витьком на дачу к тете Евдокии. Вот странность, говорила жена, Витя же не мог знать тети Евдокии – бедняжка умерла года за три до того, как я поступила в институт и познакомилась с ним на празднике молодого студента. И вопросительно смотрела в сторону. Нет, никогда Брусникин не рассказывал свои сны жене – и вот тут-то мог бы взять у нее полнокровный реванш. Но не стал.

И едет Брусникин, мужчина, прямо скажем средних лет, ничем не примечательный и немного уже лысоватый, по городу, на работу едет, и все женщины им действительно интересуются. Одна знакомится уже в лифте, другая – в вагоне метро, а третья приходит с поручением из соседнего отдела – и тоже знакомится. И серьезные такие все, заинтересованные в Брусникине. Свидания назначают, обещают, как минимум, накормить. Брусникин в ужасе, не знает, что делать. Он вообще привык по воле волн, не может никому отказать, принимает приглашения оптом и в розницу, с трудом успевая разнести их на разные дни недели или временные отрезки. Приходит домой очумелый, усталый, засыпает. И во сне увидел Брусникин, что им совсем перестали интересоваться женщины. Звонят, отменяют свидания, даже обзывают размазней, хотя с чего бы это? Но совсем не обиделся, и не просыпаясь, вздохнул с большим облегчением.

II. Как-то раз Брусникину приснилось, что им стали интересоваться женщины. Самые разные: молодые, симпатичные, очень симпатичные, и даже с красивыми коленками. Жене он про этот сон рассказывать не стал – лишнее.

И вот едет Брусникин утром на работу, встречные женщины с ним заигрывают, а он рад-радехонек. Приглашения принимает, заносит в записную книжечку, чтобы всех окучить, никого не пропустить. Веселая с этого дня пошла у Брусникина жизнь. Ну, жена, как водится, однажды его застукала или книжечку тайную прочитать сумела – выгнала Брусникина с треском, только он недолго печалился, женщины-то по-прежнему были от него без ума. Он уже и очки стал надевать, когда совсем мелкий шрифт, и лысина расширялась понемногу, а ему все перло – и в метро на эскалаторе, и в кинотеатре на балконе, а уж как перло из соседнего отдела – об этом умолчим из скромности.

Впрочем, сам Брусникин скромником не был, но и в хвастунах тоже не состоял. Знал за собой великий природный дар и нес его с достоинством. Жил по-холостяцки, постель не заправлял, готовить не умел. Но ел всегда вкусно, особенно по пятницам и субботам, а вот выпивал очень умеренно, даже стал подумывать о том, чтобы записаться в спортклуб. И тут вдруг приснилось ему в темной осенней ночи, что им перестали интересоваться женщины. В ужасе проснулся Брусникин и до утра слушал свое тяжко и часто гудевшее сердце.

III. Как-то раз Брусникину приснилось, что им стали интересоваться женщины. Самые разные: молодые, зрелые, очень зрелые. И в автобусе, и на службе – из всех смежных отделов, даже кадровички, а особенно из администрации. Брусникин об этом жене не рассказывал, зачем ей себя волновать? А так – она только радовалась, когда Брусникин рванул вверх по служебной лестнице, когда ему директор компании тройной бонус одобрил, когда стали им бесплатно уборку делать два раза в месяц и косметический ремонт в ванной за смешные деньги состряпали.

В гору пошел Брусникин, в настоящую гору. И вскоре выяснилось, что ничуть не хуже он других членов экспертно-технического совета, а даже лучше – тут его сразу ввели в правление. А как проявилось, что и руководит он не хуже прочих – по самой меньшей мере, – то выдали опцион знатный и переместили в кресло вице-президента. И все это время Брусникиным продолжали интересоваться женщины. А он по-прежнему рос и рос, и достиг, прямо скажем, изрядных высот. Поговаривали даже о президиуме Союза Промышленников – того самого, который ежегодно встречается за круглым столом известно где и сами понимаете с кем. И вот тут Брусникину неожиданно приснилось, что женщины потеряли к нему интерес.

Не заплакал от счастья, не вздрогнул от ужаса Брусникин. Даже не проснулся. Подумал только – ну, слава богу, жена-то как рада будет. Ведь непросто ей все это сносить – несмотря на уборку влажную, сантехнику – стандартов самых что ни есть европейских, и – не знаю, стоит ли об этом напоминать, – шубу норковую, купленную на небывалой, почти сверхъестественной распродаже. То есть, не будь уборки, шубы и теплого пола в ванной, непонятно даже, удалось бы сохранить семью. Ну а теперь, слава богу, уже и на машину импортную денег достаточно, и на тур в Анталию. И женщины, наконец, отцепятся. А отделы – шестой, седьмой и десятый – мы все равно объединим, это сразу с нескольких точек зрения выгодно; и пошивочный цех непременно – в Подольск, там за квадратный метр гораздо меньше берут. Далеко ехать? Так снимем общежитие, дабы сотрудники варились, что называется, в одном котле – это по новейшим изысканиям очень даже полезно для производства. Выведем мамочек на прибыльность, как пить дать выведем. Кстати, примерно четверть акционного пакета надо на неделе продать, рынок поднялся, стоит хорошо, но больше ему вверх – вряд ли. И филиал в Ново-Докучаево обязательно пробить, а начальником туда послать Зимовкина, он молодой, активный, рвется в бой, вот пусть и помесит грязь как следует.

Повернулся Брусникин на другой бок и продолжил сопеть как ни в чем не бывало. Глубоко и равномерно – со спокойной, как говорится, совестью.

Только где-то через неделю приснилось ему, что женщины...

2011, испр. 2015

Пирамида
(сценарий для Питера Гринуэя)

Даже непонятно, как начать. И стоит ли рассказывать эту не вполне обычную историю? Кому, понимаете ли, любопытны потаенные углы чужого сознания? Ведь так можно и в самом себе обнаружить что-то неожиданное и страшноватое. А какому зрителю это нужно? Он-то не спеша приходит в темный зал и удобно устраивается на мягких стульях, чтобы, в первую очередь, забыться, а во вторую – забыть. А тут на него сваливается автор со своими сомнительными видениями. Хочется уйти. Впрочем, жалко потраченных денег, а на улице дождь (или холод). Приходится смотреть.

Все-таки попробуем, в соответствии с известными законами, обозначить время и место действия. Время пускай будет нынешнее – чтобы не отягощать повествование выдуманными историческими деталями. Место – неопределенное, какой-нибудь большой, разбросанно-сумбурный, или разлинованный – но все равно полный потерявшихся людей город. Скорее на западе, чем на востоке, хотя это, впрочем, особенной роли не играет. В данном, сугубо конкретном случае.

В достаточно просторной квартире посреди многоэтажного и относительно зажиточного жилого комплекса (ночной кадр: огненные змеи раскиданных окон напоминают о спящем драконе) обитают двое – он и она. Живут вместе уже несколько лет, детей у них нет, особенных забот тоже не замечается. Все движется довольно размеренно, часы, дни и недели пронумерованы и распланированы, как и должно быть в нашу пастеризованную и обезжиренную эпоху. Работа, выходные, отпуск, снова работа. Кухня, стиральная машина, телевизор, газета, компьютер последней марки, даже книга на диване. С балкона видны длинные вереницы автомобилей, струящиеся по автостраде (это надо взять по диагонали – получится немного длиннее). Жена иногда подолгу стоит на балконе, курит и смотрит в проседающее над горизонтом небо. А муж не обращает на это внимания – он вообще не любит, когда она курит. Кроме того, он часто занят – поджимает работа, а он трудолюбив и обязателен. Лишние деньги никому не мешают, а особенно его жене: она иногда срывается, едет на белой машине в просторный стеклянный магазин и покупает что-то не очень нужное, но, как правило, весьма дорогое. Муж с ней не спорит – в конце концов, семейная жизнь предполагает разумные компромиссы. В какой-то момент он замечает, что жена стоит на балконе с телефонной трубкой в руках.

Здесь возникает небольшой вопрос. Должно ли быть показано в кадре знакомство жены с другим – вы уже поняли – мужчиной? По законам литературы, совершенно не обязательно. Потому что происходящее можно описывать с точки зрения мужа, почти что от его лица. А для кино одной, пусть даже зигзагообразно движущейся камеры недостаточно – получится ограниченно и бедновато. Тут, впрочем, режиссеру предоставляется полная свобода действий. Только не надо ничего нереального. Может быть, в магазине? Нет, лучше в небольшом, но чистом ресторанчике (двигающаяся на третьей скорости пухлая официантка принимает заказ, забавно оттопырив локти), куда жена заходит перекусить субботним – нет, скорее воскресным – утром. В субботу у них с мужем неторопливый семейный завтрак, в выглаженных халатах или пижамах, с кофе и поджаренными хлебцами, кефиром, творогом и неровно нарезанным маслом. А до этого ночью – такие же неторопливые, но вполне взаимоприятные ласки, предшествующие расползанию участников на раздельные, накрахмаленно шуршащие подушки. Переход от сцены в спальне к сцене в кухне как раз лучше начать с вышеупомянутого масла – его оплавляющиеся квадратики сползают по стенкам глубокой и не очень удобной пиалы, и, быть может, наводят особенно проницательного зрителя на какие-нибудь фрейдистские мысли.

Этим же днем (а все-таки лучше – следующим) жена знакомится с новым мужчиной. При этом я советую избегать всевозможных штампов. К примеру, мускулистого растрепанного брюнета в полурасстегнутой рубашке (волосатая грудь, приклеенная к губе сигарета, немного развязное поведение и тому подобные прелести). Более того, мне почему-то кажется, что этот герой должен обладать достаточно обыденной внешностью – и сразу по двум причинам. Во-первых, проводится тонкая мысль, что на его месте мог бы быть почти любой, а во-вторых – надо показать, что дальнейшие трансформации, им переживаемые, вовсе не являлись предопределенными. Знаете что? Я бы даже сделал его немного похожим на мужа героини – жестами или неумением аккуратно разрезать омлет. Вот почему она совсем не была встревожена, когда он в первый раз с нею заговорил, и даже слегка чему-то улыбнулась. Она прекрасно знала этот тип мужчин – чуть-чуть неуверенных, но путем постоянного аутотренинга внушивших себе, что они не так уж плохо устроились в нашем мире, и тщательно скрывающих собственную беззащитность.

Вот он обращается к ней с какой-то фразой, она, что называется, дает ответную реплику, и между героями завязывается диалог. Тема и конкретные слова значения не имеют. Ибо важен контраст: ведь вы уже заметили, что с мужем они давно не разговаривают, просто обмениваются обыкновенными полубессмысленными фразами – они ведь живут вместе, а какие здесь могут быть разговоры?

И в этом месте я бы тоже предостерег от банальностей. Не надо представлять мужа невнимательным и нечутким, не делайте из жены львицы в клетке, денно и нощно ждущей какого-нибудь шанса. Тем более что здесь есть соблазн залезть в подсознание и вызвать на экран какое-нибудь из ее сновидений; хорошо, я согласен, но пусть только оно будет расплывчатым и размытым, без лоснящихся тел и переплетенных ног. Ведь наши герои отнюдь не находятся на грани бытия, они очень прилично существуют – живут в спокойном современном мире, без террора, войн и землетрясений, у них всего-то небольшие финансовые проблемы, и даже не проблемы, а заботы – к какому месяцу и на что именно удастся скопить денег. И всё.

Но как известно, в том-то и загадка человеческого естества, что оно иногда стремится к неведомому от хорошего; что в один миг отпускает спасательный круг обыденности, потому что привыкло к неизменности комфорта и принимает его за данность – вечную и не могущую быть утраченной. Слепота это или поиск, широта или глупость? Неизвестно. Да и положа руку на сердце – нам ли в этом разбираться? Тут хотя бы попробовать запечатлеть неожиданность происходящего потрясения и его очень неполную психологическую обоснованность. Ведь в том-то и ужас внезапного разлома, что обусловившие его трещины не просто незаметны с поверхности, а как бы вообще отсутствуют, и есть ли они или нет, можно выяснить только постфактум. Корень вопроса – в переплетении микроскопических царапин и их густоте. Но кому они видны до разрыва? Кому интересны после него?

Итак, жена и второй мужчина знакомятся, разговаривают. На деле, их беседа длится много дольше, чем весь кинофильм, но этого, к сожалению, нельзя показать. Разработчик диалога должен двумя-тремя ключевыми фразами отметить те часы, когда наши герои идут навстречу друг другу. Ведь так важно понять, отчего это происходит.

Да все оттого же. Какие здесь могут быть новости? Одиночество есть причина и следствие всех наших душевных переживаний. Герои ничем не отличаются от зрителей. От одиночества бросаются в омут и в одиночку из него выползают (если выползают вообще). Чтобы потом отдышаться несколько месяцев или лет, снова затосковать и снова неуклюже, нелепо растопырившись, прыгнуть с первого попавшегося обрыва. Наш второй герой тоже одинок, только по-другому; может быть, он просто еще не успел испытать присущего героине одиночества иного рода, иногда называемого одиночеством вдвоем. Ему пока неизвестно, что человек подобен пирамиде и может коснуться другого только одной, не им выбранной гранью. Он тоже потаенно несчастен, он тоже готов распахнуться и открыться – любой буре, любому сквозняку.

После чего у новой пары завязывается достаточно бурный роман – то есть от слов они переходят к делу. Подробности – на усмотрение режиссера. Не подлежит, однако, сомнению, что жена в эти моменты распахивается, раскрывается настолько – и так жадно и радостно, что удивляет сама себя. Ну а немного не готового к этому любовника – просто потрясает. Поэтому он почти сразу же отключает мозг и отдается на волю волн. А жена неистовствует. Иногда, по причинам, которые легко назвать физическими, она затихает и задумывается. Но вот здесь, пожалуйста, обратите внимание на двойственность испытываемых женой чувств: она и счастлива, и беспокойна одновременно. Ее что-то сильно тревожит. И необыкновенно быстро, в соответствии с законами жанра, эта двойственность приобретает почти немыслимую остроту.

Ведь жена не уходит из бывшей жизни, не будучи уверенной – почему? – в жизни последующей; и не прошлое она оплакивает, не будущее лелеет. Наоборот – она очень скоро устанавливает, что привычная среда обитания въелась, вошла в ее плоть; что ей сложно покинуть не только обжитую квартиру, не только совместный банковский счет. Выясняется, что и с мужем ее связывает что-то необъяснимое и, как ни странно, отнюдь не рассыпавшееся. Она вспоминает о нем, волнуется – часто в самые неподходящие моменты. А новый герой этого пока не замечает, а если замечает, то не придает особого значения – может быть, к нему еще ни разу не уходила чужая жена, и все происходящее для него внове. Или он просто отвык от женщин, а возможно, не успел их узнать – такое тоже случается. И по всем вышеперечисленным причинам бездумно купается в запотевшем блаженстве. В этом месте зритель должен обязательно позавидовать любовнику и на долю секунды захотеть оказаться на его месте.

Теперь о муже. Он-то довольно многое замечает – еще бы, он же прожил с женой много лет, а в таком случае знаешь привычные движения и интонации партнера и легко видишь их внезапную перемену. Муж начинает волноваться, ибо страсть обыденная – тоже страсть, немного приутихшая, но отнюдь не погасшая. Нельзя же, в конце концов, гореть неиссякаемым чувством и за завтраком, и за обедом, и за ужином?! А потом – в постели – неустанно гореть опять. Людям свойственно конденсировать энергию – как раз на случай из ряда вон выходящих пертурбаций, сходных с описываемой. В таких ситуациях вспышка именно закономерна. Это – реакция инстинктивная, то есть природно обоснованная.

Так вот, когда муж видит, что женщина – его женщина – медленно, но неуклонно от него ускользает, то он первым делом пытается отмахнуться от невозможного. И конечно же, не может этого сделать, и постепенно, но очень верно начинает страдать. В довершение всего, в один прекрасный день (а все-таки лучше – вечер) жена официально и отчаянно ставит его в известность о происходящем. Ей просто больше некому это рассказать, она слишком горда, чтобы делиться с приятельницами своей располосованной душой, – или, что гораздо реальнее, – слишком одинока. Последнее обстоятельство можно подчеркнуть: пустая болтовня с сослуживицами, пикировка с соседками, истошно-бессмысленный телефонный звонок какой-нибудь полузабытой подруге юности. Видите, моя цель состоит в том, чтобы вам стало жалко всех действующих лиц этой, с позволения сказать, драмы. Тем более…

Тем более что жена пробует бороться с собой. Она решает, что новая страсть ведет в никуда – как и все страсти, – и пытается ее оборвать. И поначалу все идет вроде бы ничего, да только выясняется, что собственный муж стал ей в физическом смысле неинтересен (я выражаюсь так замысловато, чтобы скрыть обычную мужскую беспомощность перед тайнами женской сексуальности). Опять же, конкретные обстоятельства, возгласы и выражения лиц – на совести актеров и режиссера. Все это не может скрыть очевидного факта – она, увы, холодна, потому что несчастна (и наоборот).

Наш любовник, кстати, тоже начинает испытывать муки различного рода, будучи неожиданно и беспричинно отлучен от свалившейся с неба любимой (и какой любимой!). Он-то совершенно не пытается бороться с собой – он громко и неустанно воет на луну, а потом бросается на поиски героини, и, конечно же, успешно ее находит. После чего весьма логичной представляется следующая сцена, в которой муж (достаточно уничтоженный предыдущей ночью) застает счастливого (счастливого?) соперника у себя дома. Еле дыша, с пересохшими губами, он, стараясь не бежать, проходит в свою комнату – кабинет? – и осторожно прикрывает дверь.

А его не замечают. То есть – в сознании наших любовников отпечатывается факт присутствия мужа в доме, но они поначалу не придают какой-то важности подобному изменению интерьера. Особенно наплевать на это герою момента, победоносно царствующему над распростертым женским телом. Здесь, пожалуй, стоит отметить произошедшую с данным персонажем трансформацию. В начале знакомства с героиней он вовсе не так надменен, не так убежден в своих силах и достоинствах, особенно – физических. Опять же, известное дело – отдающаяся женщина безумно возвышает мужчину в собственных глазах. Даже описавшийся зайчишка, будучи уверен в своей потенции, довольно скоро превращается в зажравшегося хорька.

До жены гораздо быстрее доходит нетипичность, а главное – нечестность ситуации. С одной стороны, оказавшийся лишним муж почти ощутимо царапает плотный воздух будуара, или, иначе говоря, являет собой заметное черное пятно, то и дело проступающее на багрово-бурном небе победоносной страсти. А с другой – присутствие третьего действующего лица прямо за тонкой стенкой спальни приводит любовников к труднодостижимому иными способами уровню возбуждения. Героине становится стыдно собственного экстаза

– ранее неведомых, или ведомых, но забытых (на ваше усмотрение) удовольствий. И она зовет мужа, чтобы поделиться с ним. Можете усмотреть в этом проявление материнского начала. Так сказать, его несколько странную сублимацию.

Когда всклокоченный бессонницей полуодетый муж слышит стук в стену, то сначала думает, что ему почудилось и что он, наконец, заснул. Потом понимает – нет, он пока еще не спит и пока еще жив. И идет на зов. А любовник возбуждается снова. И хотя жена уже немного устала, но устоять, конечно, не может. Муж входит в комнату и долго-долго стоит посреди терпких стенаний и глухих толчков. Наконец жена замечает его.

– Вот, – шепчет она, – ты видишь… Теперь ты видишь, как надо.

Откровенно говоря, я не знаю, что она хочет этим сказать. А муж, видимо, знает. Или, просто повинуясь чьему-то неслышному приказу, расстегивает одну из пуговиц измятой рубашки.

– Да, – стонет жена. – Это хорошо. Да, так. Иди сюда, – и не очень легко понять, к кому же именно она обращается. Но муж воспринимает это как команду и продолжает раздеваться.

Наконец, его замечает и любовник, но почти не удивляется (замедляется на секунду, а потом распрямляется с прежней силой) и не протестует. А что? – с ним пока не случалось ничего плохого и ему совсем не страшно. Ведь в центре новой вселенной – он: царь и демон, жрец и бог.

– Иди сюда, – шепчет жена, – ну, иди же. Сейчас ты увидишь, как это… Как это хорошо. Иди, помоги мне. Я тебе покажу, – она зовет, она предлагает – но не себя, а того, кто принес ей эту новую радость.

И муж согласен. Ведь зовет – она. И он присоединяется к ней. И ласкает, обнимает, ублажает любовника – вместе с ней, наконец-то вместе с ней! Наконец-то он не один! А потом жена устает, или ей просто становится интересно посмотреть на своих мужчин со стороны, и любовник, словно одержимый бык, владеет мужем, и теперь уже они стонут вместе, а завороженная невиданным зрелищем жена, сидя на углу кровати, старается угнаться за ними и судорожно перебирает пальцами где-то внизу живота...

Утро начинается там же, где закончилась ночь. И так же туманно-приятно, как на морском побережье в июне – обещающем если не бессмертие, то уж по крайней мере бесконечное лето. Ночной хмель не оставил, не покинул наших героев, и пусть они немного стыдятся друг друга, но не настолько, чтобы порвать влажную и сладостную паутину. Хотя возможно, что какое-то стеснение посещает мужчин следующим вечером. Не зная, чего ожидать, и не веря вчерашнему, они перебрасываются зажатыми фразами из углов гостиной, делая вид, что ничего не было, что ничего не будет.

Выход из положения находит жена – а женщинам свойственны простые и правильные решения, – наливая им по рюмочке, потом еще по одной, а потом – приглушая свет и привлекая обоих к себе. После чего они начинают жить втроем (что, по нынешним временам, не так уж необычно). Не вполне традиционным представляется только распределение функций в этом, если так можно выразиться, союзе, ибо, пусть в полном соответствии с правилами означенных конструкций, двое здесь и удовлетворяют одного, но этот один – не женщина.

Поэтому любовник катается как сыр в масле (в прямом и переносном смысле). А счастливый новой человеческой общностью муж быстро понимает, кто главный в этой наступившей жизни. Или же у него начинают проявляться спавшие дотоле амбивалентные сексуальные инстинкты, присущие, как утверждают некоторые, в той или иной степени всем нам. Или же, что еще более вероятно, где-то в глубине души он знает, что восстановлению прошлой связи не бывать, и старается создать нечто иное. Принимает на себя бытовые функции: делает что-то по дому, становится невероятным чистюлей и периодически дарит любовнику какие-то безделушки (или кое-что подороже безделушек). И постепенно начинает соперничать с женой за внимание любовника, делая это все более и более успешно. А любовник не прочь – он принимает и подарки, и поклонение, и удовольствия.

Поневоле задумаешься: а только ли на его месте мог бы оказаться любой? Может, с его точки зрения, из его угла, – и на месте жены мог бы быть почти каждый – каждая? Но он об этом, судя по всему, не очень размышляет. Как-то жена застает обоих мужчин в ванной. Они в разгаре. И любовник нетерпеливо машет ей рукой: уйди, не мешай. И выражение ее лица становится островатым – и немного смутным. Она движется осторожно, как по льду. Ее уже посещала какая-то новая серая мысль. Ведь и внутри человек – тоже пирамида, он всегда стремится к наивысшей точке собственного потолка, вечно подпирающей собою недостижимую внешнюю пустоту.

Напряжение нарастает. Мужчины сближаются еще больше, иногда совместно приходя к ней, иногда – столь же совместно – уходя. Оказывается, одиночество втроем невозможно – кто-то всегда становится лишним. Жена знает, что повторения старой драмы ей не перенести. Или не хочет его переносить. Поэтому близится развязка.

Жена устраивает ужин при свечах. Неважно, что за праздник, да и праздник ли? Ненужный календарь уже давно перестал существовать. И в соответствии с давней традицией, она подсыпает (или подливает) мужу яд – лучше бы, конечно в вино. Ведь можно так устроить, что он любит какой-то определенный сорт мадеры, амонтильядо, еще что-нибудь столь же – или более – вкусное и звучное? Мы же должны застраховать жену от возможной ошибки. Да она и сама страхуется от нее, проверяя спрятанный в шкафу – в комоде? – позабытый дедовский револьвер.

Но потом все идет наперекосяк. Конечно же, вино выпивает любовник – муж давно пытался пристрастить его к своей любимой марке. И вот – преуспел. Жена это видит в последний момент, и кричит – страшно, громко и смертно кричит, и мы вместе с ней понимаем, что целую жизнь она любила любовника, его и никого больше. Она почти сходит с ума, ей кажется – и нам вместе с ней (а может, и не кажется), что муж – он и только он – во всем виноват. Кто, как не он, истребил ее старое естество, а теперь отнимает у нее единственную и последнюю любовь? И она бежит за револьвером.

Дальнейшее предсказуемо. Смятение, боли в животе, схватка с ломающейся в конвульсиях женой, попытка добраться до телефона, выстрел, медленно скользящая лампа, опрокинутый стол, упавшая свеча, еще один выстрел, еще один крик. Обезумевшее лицо жены, пытающейся что-то разглядеть на своей окровавленной ладони. И дым, дым, дым. Легче всего, как известно, горят занавески.

Муж чудом выбирается из дома. Может, он бы хотел ошибки, неверного поворота, дымового удушья – но нет. Ему просто не остается другой дороги – все пути, кроме спасительного окна или двери, преграждает пламя, жаркое и алчно коптящее, словно разгневанное чем-то или кем-то. Огонь неостановим и жаден. Прожорлив и непобедим.

Грязный и невредимый, муж стоит на другой стороне улицы и неотрывно смотрит на дымящиеся окна. Мимо воют машины пожарных. Наверху что-то звонко взрывается. Горизонтальный столб жара извергается со знакомого нам балкона. Непонятно откуда доносится последний крик. Санитары ждут своей очереди и неторопливо переговариваются в приятно кружащемся свете полицейских маячков. Муж разворачивается и уходит. Он снова свободен. Он снова один. Луна начинает проступать сквозь распадающийся дым. Зрители неохотно поднимаются с мест. Можно запускать титры.

1999, испр. 2007, 2015

Призма
(очень скромный вклад в эволюционную практику)

С вашего позволения, начну сразу. Действие этой истории происходит в двух замечательных городах. То есть, скорее все-таки в одном, но также, впрочем, и в другом. Поэтому толком понять, где именно она происходит, наверно, нельзя... Вот, уже запутался, даже кажется – может, бросить? Был бы от этих рассказов хоть какой-то прок, а то одни недоразумения. Поскольку публика (а особенно близкие знакомые автора) обязательно видит в героях себя. После чего весьма экспансивно обвиняет беднягу беллетриста в преувеличениях и подтасовке фактов.

Их послушать, так и погода стояла дождливая, не в пример описанной сочинителем, и она была одета в черно-белый фланелевый жакетик из Ле-Пюи-ан-Влэ, а вовсе не в серый плащ с зелеными полосками, который ей удачно достался на распродаже в Гостином Дворе. И при расставании на всю жизнь он вовсе не бегал взад-вперед, а застыл на месте, взялся за парапет и постоянно сморкался. Прямо беда с читателями – так они любят литературу, что непременно переносят ее на себя. А это вовсе не с вами было, поняли? Или все-таки с вами?..

Спрашивается – какие города? Не имеет значения. Большие, конечно. Положим, один столичный, другой – почти столичный. Как Петербург и Москва. То есть, ныне – наоборот: Москва и Петербург.

Или Лондон и Глазго, Париж и Брюссель, Нью-Йорк и Бостон, Лос-Анджелес и Сан-Франциско... Токио и Осака, в конце концов. Да пусть даже Пекин и Шанхай – это для нашей истории не принципиально. Слава богу, мы тут не детектив пишем и, к сожалению для авторских финансов, – не путеводитель.

Конечно, вы сразу догадались: в этих городах живут двое – мужчина и женщина, или, чтобы идти в ногу со временем, наоборот, женщина и мужчина. Такой порядок будет со всех точек зрения более правильным, ибо женщина как раз живет в городе столичном, а мужчина – в почти столичном. Это будет относительно важно для дальнейшего развития событий. Но сначала закончим экспозицию. Значит, два героя – два города.

Время – пожалуй, наше. Поскольку раньше поддерживать связь на расстоянии было практически невозможно. Да и сейчас непросто. То есть, связь между людьми всегда тяжело поддерживать. Обычно получается, что она начинает рваться немедленно после возникновения. Да и возникает ли она? Не иллюзорно ли любое соединение людское, не мнимо ли понимание человеческое, искра которого раз в сто лет пробегает по соприкоснувшимся пальцам? Поэтому я особо настаиваю на слове «связь». Именно так – между нашими героями существует связь, или, ежели чуть простонароднее (и не совсем точно): они «состоят в связи».

Потому что про любовь ничего сказать нельзя – настолько это дело запутанное и неопределенное. А вот про связь – все понятно. Ездят друг к другу на поездах и самолетах, перезваниваются ежедневно, записочки дурацкие посылают всеми электронными и не электронными способами – значит, состоят. А если никаких вещественных доказательств – писем, билетов да телефонных счетов – нет, то наоборот: не состоят и ни в чем не замечены. Обращаю ваше внимание – именно в связи не замечены, а никак не в любви. Такая, с позволения сказать, петрушка. Хотя при чем тут петрушка, когда вокруг сплошной Шанхай?

Связь наших героев длится уже довольно долго. Причины этого не вполне понятны, но можно, конечно, над ними поразмыслить. Время терпит, поскольку ничего еще не случилось – ни смешного, ни страшного.

Для начала, связь – такая вещь, что, раз установившись, жертву выпускает неохотно. Заматывает, значит, а потом крепко скручивает попавших в ее тенета гражданок и граждан. Поскольку ей очень здорово помогает боязнь одиночества, которая, в свою очередь, особенно хорошо действует на человека, данное одиночество уже испытавшего. Такой человек всё десять раз взвесит и придет к мнению, что почти любая связь – лучше. Что можно потерпеть. Поездить из города в город, поваландаться на перекладных, сойти с ума от бутербродов, сделанных на плохом масле. Вон, некоторые в одной квартире столько лет отбывают! И всё ради той же самой связи. Или вопреки ей. Или во имя чего-нибудь там особенного – детей, родителей, финансовых обязательств (чаще – последнее).

Да, пожалуй, главной причиной этого распространенного ныне феномена является, скажем еще резче, именно страх одиночества настоящего, полновесного. Перспектива невозможности на кого-то опереться, переложить хотя бы часть собственных мучений на другого. Как можно отвечать за все самому, ни на кого не рассчитывать, ни на что не надеяться? Конечно, вы замолкли – горло перехватило, не правда ли? Вот остальные тоже боятся. А что тут особенного – они же люди, то есть животные. Инстинкт, видите ли. Желание выжить. Не жить, не быть счастливым, а именно выжить. Страшное дело, эта эволюция. Так что люди мечутся и мучаются, дышат и делают, ищут нору, спутника жизни или теплое одеяло сообразно одним лишь инстинктам. По крайней мере, некоторые ученые в этом совершенно уверены.

Вот куда нас занесло – в какие, понимаете, дебри. Даже нет подходящих терминов, образов или метафор, чтобы выразить наши глубокие по этому поводу переживания. Но что, спрашивается, можно поделать? С эволюцией-то?

Теперь перейдем к более деликатному моменту. К плотской, так сказать, стороне вопроса. А что – без нее никуда. Телесная связь – вещь нередкая, а вот удачная телесная связь – товар очень даже штучный, распределяется неравномерно и достается отнюдь не каждому. К тому же она совершенно непрогнозируема, и, как все, относящееся к метафизике, – абсолютно непознаваема. То есть, заранее ничего предсказать нельзя, а вот результатам доверять можно. Иначе говоря, от хорошей телесной связи еще никто по своей воле не убегал. Особенно в том возрасте, когда уже знаешь об относительной редкости подобного события. И будучи уже не в состоянии понять – какова же доля самой обыкновенной привычки в этом, так сказать, чуде? В этом, с позволения сказать, ужасе.

Тут ведь вот еще что, если вам обязательно нужны подробности. Люди поначалу стесняются друг друга. И себя тоже. Даже раздеваются в темноте. Глаза закрывают (впрочем, это, может быть, тоже от страха – или удовольствия? – не знаю). Зато потом может неожиданно произойти некоторое сближение, даже страшно сказать – взаимопонимание какое-то… Хотя и не всегда. И не у всех. Но случается, случается. Бывают же в жизни и удачные моменты – не из одних ведь мучений она состоит? Не из одних?

Постепенно люди начинают к этому привыкать. Привыкаешь же ко всему – даже к хорошему. И отнюдь не все столь смелы (или глупы? – это в зависимости от обстоятельств), чтобы рискнуть – и нарушить, и разрушить, и потерять то, что, быть может, вернуть уже не удастся. Даже если выясняется, что вышеописанное взаимопонимание-то при близком рассмотрении оказывается весьма фрагментарным, да и было ли оно? – тоже большой вопрос. Может, они его попросту выдумали? Но все же, пока хоть что-то сближает людей – или им кажется, что сближает, – им очень тяжело сделать шаг к разрушению уже разрушенного. А с возрастом, замечу, чувствовать начинаешь меньше, а рассуждать – больше. Женщин это тоже касается. Поэтому связи и длятся. Самые разные. В том числе и та, о которой пойдет речь. Однако вечно, как известно, не тянется ничего. Люди-то не резиновые. Поэтому переходим к делу.

Как-то раз, утром (или вечером, а возможно – сразу после полудня), наша героиня чувствует себя особенно нехорошо. Не то чтобы это было с ней впервые. И не то чтобы повод какой-нибудь экстравагантный и неожиданный – признаемся в этом честно, иначе происходящее будет очень тяжело объяснить с помощью доступной нам примитивной логики. Иначе говоря, перед нами опять встает тот же самый деликатный вопрос.

Наверно, их последнее свидание прошло не самым лучшим образом. То есть, оно действительно прошло плохо. Замечу кстати, что от таких двухдневных наездов из города в город – один вред, особенно со временем. По первости-то все хорошо – а сначала в людских отношениях вообще все как-то свежо и радостно. Но вскоре начинаются разные нестыковки. Например, оба никогда не знают, где они – дома или в гостях? Потому беспрерывно путаются и ведут себя соответствующе: то целуются, то идут в магазин за зеленью, то торопятся в какие-то дурацкие гости, то спят до полудня и завтракают вперемешку с сексом, после чего нескончаемо пьют кофе из ярко-желтых глиняных лоханей, купленных по случаю в сувенирном ларьке.

Оттого ничего не успевают. Пообщаться, то есть, не говоря о прочем. Либо делают все суетливо и наспех (в том числе – и общаются). И в какой-то момент, разъезжаясь, начинают чувствовать облегчение.

От таких невзгод кажется даже, что лучше жить на разных континентах: он в Париже, а она – в Шанхае; она в Петербурге, а он – в Рио-де-Жанейро. Тогда можно ездить друг к другу неторопливо и обстоятельно – на какой-нибудь месяц или два. И получится, что и вместе – по-настоящему, и врозь – тоже по-настоящему. Разлука так разлука, в конце концов! Без дураков. А без конца мотаться между Веной и Мюнхеном – это же с ума можно сойти от неопределенности!

Хотя, отдадим должное, – герой-то наш очень звал свою возлюбленную в этот самый Мюнхен. Так она над ним только смеялась. Променять Вену – и на что? В Мюнхене же от одной архитектуры можно в обморок упасть, если увидеть ее при свете дня. Да, музеи хорошие, кто же спорит, – так они и в Вене неплохие. Зато театры, возражал он, особенно драматические...

И ежели спор доходит до таких, как бы поточнее выразиться, исключительно важных плоскостей, – то, скажу прямо, договориться будет трудно. А когда уж речь заходит о сравнительных достоинствах климата – дело ясное: согласию не бывать. Это я вам говорю уже как философ.

Впрочем, герой наш тоже в Вену особенно не стремился. Во-первых, они там все – австрийцы. Это не то чтобы совсем плохо, но непривычно. Акцент немного забавный, и вообще... А во-вторых, перед ним, как инженером-химиком или, например, зубным техником, в Мюнхене открываются гораздо лучшие карьерные перспективы. И домик у него был загородный, полутораэтажный, оставшийся от бабушки, куда он очень любил наезжать. Совсем недалеко от Шварцвальда, между прочим. Так что – все это бросить?

Но вернемся к героине и к навалившимся на нее глубоко негативным эмоциям. Чувствует она себя плохо, а о своем, так сказать, возлюбленном думает с большим раздражением. Перемалывает подробности их последней встречи и строит гримасы отвращения. И при этом смотрит на себя в зеркало, что оное отвращение как минимум удваивает, если не возводит в квадрат.

Напомню, что наши герои не то чтобы повздорили или, наоборот, осознали, что им совершенно не о чем разговаривать. Ничего подобного. Только вот плотские эти штучки, которые, согласно мнению некоторых психологов, даже важнее для женщин, чем для мужчин… И не то чтобы это случилось у нее – у них – в первый раз. Не будем и этого скрывать от читающей публики – как будто от публики что-то можно скрыть?!

И зачем тогда, спрашивается, ездить в другой город – или, что то же самое, из недели в неделю дожидаться визита своего (своей)? Зачем, я вас спрашиваю? Ведь такой неприятный во всех отношениях экспериментальный результат может (даже без привлечения всякой физиологии – в которой, признаюсь, я понимаю исключительно мало), может просто свидетельствовать о том, что любовь-то – или, скажем точнее, страсть, или, скажем еще точнее, взаимное влечение – всего-то-навсего угасло, и ничего с этим не поделаешь.

Должен заметить, что приводящие к подобным размышлениям сцены выглядят особенно удручающе. Дыхание, не попадающее в такт, несоразмерные стоны, крики «нет!», потом «да!», потом опять «нет!», раздраженное сопение, напоминающее чей-то всхлип. И быстрый неразборчивый шепот, обрывающийся на нелепо высокой ноте. Ужас, одним словом. И оба действующих лица это обычно осознают. И очень, очень сильно себя жалеют. Люди вообще в первую очередь жалеют себя, а потом уже остальную часть вселенной. Это, наверное, опять же, инстинкт такой у нас выработался в ходе эволюции. Спасительный. (Чтобы не пропасть от любви к ближнему.) И закрепился с необыкновенной твердостью.

Ведь что человеку, в сущности, нужно? Только еда и душевный комфорт. Вот он и заботится лишь о них. И надо отдать должное, делает это успешно. И выживает в тяжелых природных и исторических условиях. Потому в соответствии с описанным выше и эволюционно закрепленным свойством людской психики большинство человечества проводит свое бытие за двумя перемежающимися думами: первая, разумеется, о деньгах, а вторая – как оправдаться перед собой за самую недавнюю кому-то сделанную подлость? Но мы, кажется, уклонились от основной темы. Или не уклонились?..

Обсуждала ли наша пара все эти высокие и не очень высокие материи, я в точности не знаю. Может, да, а вполне может быть, и нет. Поскольку даже внешне взрослые люди с профессорскими бородками и многочисленными обручальными кольцами часто на такие темы говорить не осмеливаются. Им проще заплатить умопомрачительный гонорар психоаналитику, лечь на кушетку и признаться в выдуманном подростковом комплексе, посетовать на перегрузки на работе и отсутствие сна (или аппетита). Все это – гораздо легче, чем исповедаться в своей необыкновенно печальной сексуальной жизни. Ибо – вдруг ее никак нельзя исправить даже научно проверенными и многократно испробованными методами? А это выйдет нехорошо и, главное, несовременно. Поскольку в нашей почти постиндустриальной цивилизации наука и культура давно восторжествовали, и ничему необъяснимому (и тем более – неисправимому) в ней места нет.

Итак, героиня страдает и наконец-то вынуждена себе в этом признаться. И тогда какой следующий шаг? Или, точнее, – кто же оказывается виноватым? Совершенно верно. Мужчины вообще виноваты всегда, а в таких, специальных случаях – виноваты особенно. Поэтому и меры против мужчины, попавшего в подобную, с позволения сказать переделку, принимаются самые радикальные.

Наша героиня, не откладывая дела в долгий ящик, звонит своему, как это принято сейчас называть, партнеру и ставит его в известность, что их, простите за тавтологию, партнерству приходит немедленный и безусловный финиш (в исконно латинском смысле этого слова). Мужчина на другом конце провода таким оборотом необыкновенно потрясен. Он тяжело дышит в трубку, кашляет, произносит, запинаясь, какие-то глупости и пытается – а мужчины это делают очень часто – задавать вопросы и что-либо выяснить. Это большая ошибка, которая незамедлительно ухудшает его и без того сложное положение.

Ибо для женщины нет ничего более неприятного, чем вопросы! И тем более попытки выяснить то, чего она сама понять не может. Ей и так не по себе – а тут еще этот со своими вопросами! Почти все женщины так долго и изобретательно лгут своим мужьям и любовникам только оттого, что подобные обсуждения им отвратительны до самой глубины души. И героиня наша ни в коем роде не является исключением. Вообще, вся эта история – за вычетом одной небольшой детали – весьма банальна и ни на какую экстраординарность не претендует.

Итак, продолжим. Беседа длится гораздо дольше, чем того хотела бы милая дама. Поэтому говорятся полагающиеся подобному случаю слова и вспоминаются какие-то достаточно показательные для данного союза – данной, простите, связи – события. Иначе говоря, свершившееся в исключительно короткие сроки приобретает печать неотвратимости и окончательности. Где-то около полуночи трубки наконец вешаются, и героиня со спокойной душой засыпает. Перед этим она даже пожимает плечами, облегченно фыркает и строит кому-то глазки. Мужчина, походив из стороны в сторону часа два, спит хуже, но и ему завтра нужно на работу – поэтому он в конце концов принимает снотворное и попадает туда, куда обычно проваливаются мужчины после таких разговоров: даже не в пустоту, а в какое-то черное ведро, жестяное и ржавое.

А потом они просыпаются и начинают новую жизнь. Что интересно, женщине она дается несколько легче. Это бывает не всегда – не будем лукавить и превозносить мужскую чувствительность и ранимость. Но в нашем-то случае произошло именно так, а не иначе.

Со временем – скажем, где-нибудь через несколько недель – женщина убеждается в том, что все было правильно, что жизнь ее начинает устраиваться, или, как пишут в плохих романах, – налаживаться, и выглядит эта жизнь совершенно нормально: как у всех. И вот тут-то она наконец понимает, чего именно ей хотелось, чего недоставало: ощущения того, что у нее как у всех, что жизнь обыкновенна и предсказуема, что не надо никуда мчаться – из дома ли, домой ли, – что не нужно тратить деньги на несусветные телефонные счета... Тем более, что, все эти беспокойства выливаются – выливались – в то, что бóльшую – подавляющую – часть ночей она все-таки спит – спала – одна. А кому и когда от этого было хорошо? Вот именно, и не обязательно привлекать Ньютона или Эйнштейна, чтобы доказать сию истину, очевидную всему образованному и необразованному человечеству.

Впрочем, можно на этот, так сказать, кризис взглянуть и с другой стороны, поскольку есть давняя и никем пока не опровергнутая точка зрения, что любовные отношения между двумя людьми по своей природе конечны, что двое никогда не образуют безграничного пересечения – ведь для этого нужны две безграничные же плоскости. А кто из нас, положа руку на сердце, может сказать, что его – ее – душа являет собой нечто нескончаемое?

Поэтому со временем мы начинаем искать себе иное пересечение – и новых людей. И старые, отжитые – отжатые – плоскости раскрываются, разъезжаются, откатываются и исчезают из пределов взаимного горизонта. Но бывает и по-другому – не проходит ни равноценный размен, ни очевидная жертва пешки. Бывает, что в плоскостные игры двоих вторгается кто-то третий, и вместо простой перестановки углов геометрическая фигура на глазах меняет очертания. Становится, что ли, какой-то призмой – и недосягаемые до того друг для друга пространства находят себе неведомые дотоле точки – области – поля соприкосновения.

Что сказать? Никогда это люди не могут обойтись своими силами – обязательно им нужен какой-нибудь посредник, помощник или, на худой конец, вожатый или толкователь снов. К слову, героиня наша очень верила в сонники и гороскопы и часто говорила своему любовнику, что, судя по знакам зодиака, из их отношений ничего хорошего не выйдет.

Ну и ладно – не выйдет так не выйдет. И славно. Никто же, в конце концов, не умер, и даже заболел не особенно: простуда там, переутомление, прыщик на подбородке. Жизнь течет своим чередом – и, скажем между прочим, налаживается и у героя. Боль потери (если говорить высокопарно) его постепенно оставляет, и довольно скоро выясняется, что ему именно этого – отсутствия боли – и не хватало, чтобы радоваться своему существованию на этой грешной земле. Плоскости расходятся. Иначе говоря, сей роман (или – сия связь) подходит к своему концу – не событийному, а чувственному, эмоциональному. Скоро от всего происшедшего останется лишь память, и то не особо четкая... И тут случается следующее.

Надо здесь представить третий персонаж нашей истории – подругу героини. Дамы знакомы очень давно. Не то чтобы они навсегда и с первого взгляда прониклись взаимной симпатией – да и чересчур близких отношений у них тоже никогда не было. Но, как это часто случается, их постепенно связало время и общность внешних событий жизни: то ли они одновременно разводились с первыми мужьями, то ли долго работали на соседних кафедрах или в смежных подразделениях.

В любом случае, они с годами чуть сроднились – и никогда не конкурировали. Кажется поэтому, что они занимались немного разными вещами: например, если одна делала шляпки, то другую привлекал архитектурный дизайн. Или – первая написала монографию по древнегреческой скульптуре позднеклассического периода, а вторая – школьный учебник португальского языка. Думается также, что разнообразные личные кризисы у них случались попеременно, поэтому они с легкостью могли одна другую утешать и друг дружке плакаться, что страшно сближает. К тому же эти милые особы обладали внешностью отнюдь не сестринской схожести, а потому нравились совсем разным мужчинам. В общем, их длительной нежной дружбе находилось совершенно разумное и почти научное объяснение.

Так вот, неожиданно оказалось, что подруга, прекрасно знакомая с нашим героем и, конечно же, бывшая полностью в курсе их отношений с героиней, должна отправиться по делам в тот самый город, где этот герой, как вы уже догадались, проживал. И, естественно, кроме него, у нее в том городе знакомых – шаром покати, а она должна провести там почти целую неделю: не то на выставке шляпок, не то на симпозиуме по особенностям бразильского произношения.

Безусловно, героиня сама – и на этом я особенно настаиваю – наводит подругу на мысль, что надо позвонить, так сказать, протагонисту сей незамысловатой новеллы, сходить с ним в ресторан или даже на какой-нибудь камерный концерт. Тем более что город тот достаточно интересен, герой наш – тамошний старожил и может показать столичной визитерше множество забавных мест и малоизвестных достопримечательностей. Что ее, с вероятностью, близкой к стопроцентной, развлечет и развеет. И к тому же – а не это ли главное? – удовлетворит любопытство нашей героини, потому что она, несмотря на наладившийся повседневный быт, женщиной быть не перестала. И желание детально изучить личную жизнь ближнего, а особенно – бывшего ближнего, ей свойственно в полной мере.

Как он там поживает? И с кем? Как выглядит? Похудел, потолстел, облысел, поседел и во что теперь одевается? По-прежнему ли его машина бурчит при переходе со второй скорости на третью? Повысили ли ему зарплату, а если да, то насколько? И главное – починил ли он наконец стенной шкаф в спальне или по-прежнему подтыкает его дверь коробкой из-под обуви?

Подруге же эта идея тоже нравится – в том числе и потому, что она, как ей кажется, осведомлена о герое много лучше, чем, так сказать, о первом встречном. Женщины ведь – как вы, наверно, знаете – о своих мужчинах рассказывают друг другу все – ну хорошо, почти все. Так вот, зная о нашем герое почти все, подруга чувствует за собой некоторое превосходство, а это ей тоже приятно и придает предстоящей встрече дополнительную пикантность. И в конце концов, она, между прочим, – дама одинокая и свободная. Поэтому не видит абсолютно никаких препятствий тому, чтобы разок-другой зайти со знакомым джентльменом на какую-нибудь вкусно пахнущую веранду с прекрасным, надо это специально отметить, видом на окружающий ландшафт.

Между прочим, у подруги с нашим героем гороскоп тоже совершенно не совпадал. Вообще, по всем астрологическим прогнозам общение друг с другом было им просто-напросто противопоказано, разве что при полной луне. Да как ее разглядишь в нынешние времена? Сплошной смог – что в Милане, что в Петербурге. И звезд в нашу историческую эпоху тоже почти не видно – из чего следует заключить, что гороскопы-то современные, не в пример древним, все напрочь фальшивые. Именно поэтому будущее наше предстает столь туманным и предсказанию не поддается.

И все случается почти как запланировано. То есть, наш герой с радостью узнает о приезде подруги своей бывшей любовницы и без долгих слов вызывается ее рассеять и развлечь. А что! Он, как выясняется, тоже совершенно свободен, чувствует себя прекрасно, а подруга – хоть внешне, как мы уговорились выше, совсем не похожа на прежнюю возлюбленную (что, возможно, особенно кстати), но ведь это вовсе не значит, что она нехороша собой. Провести вечер-другой с симпатичной женщиной – и при этом давней знакомой – что может быть лучше для свободного человека? Ну конечно, что-то может быть лучше, не скроем, но и это достаточно привлекательно.

Есть ли у героя не вполне осознаваемая им подсознательная потребность разузнать что-либо об утраченной им иногородней красавице – мы не знаем. Наверное есть, но не особенно сильная. И обязательно подчеркнем, что более никаких подсознательных – и тем паче сознательных – желаний у него поначалу не было. Поэтому старые друзья проводят один чудеснейший вечер за другим: над ними ничто не довлеет – ни прошлое, ни желания, ни обязательства.

Герой наш – сама приятность и куртуазность, и обращается он с гостьей прямо по-рыцарски: кормит, танцует и ни на что не намекает. Его манеры хороши настолько, что день где-то на третий подруга начинает быть не на шутку задета. Еще, кстати, и потому, что вскоре после прибытия, чуть ли не на вокзале, ей случайно приходит в голову некая мысль, слегка испытывающая ее преданность героине. Дружескую, так сказать, верность... И вот эта мысль (уже на третий день) ее особенно возбуждает.

Поэтому когда в последний вечер, посетив весьма фешенебельный кабак с фонтаном и изразцовым камином не то шестнадцатого, не то семнадцатого века, персонажи сей пьесы оказываются поблизости от холостяцкого обиталища, гостья, не раздумывая, заходит выпить самую распоследнюю чашечку кофе, и – надо отдать должное хозяину – с весьма небольшими усилиями добивается своего. Кто же выгоняет даму после кофе? Только неотесанная деревенщина, а наш герой не таков.

Или это он добивается своего – что в известных обстоятельствах одно и то же? Думаете, он случайно об этой чашке заговорил? Между прочим, нельзя исключить, что тут наблюдалась некая взаимность, ибо ночь нашей паре весьма и весьма удалась. А что вы хотите – когда нет ни памяти, ни обязательств, то людям очень многое удается прямо-таки исключительно. Проблемы, как известно, начинаются несколько позже.

Или, может, луна как раз была полной, а они этого почему-то не заметили? До луны ли тут... «И чего она, дура, жаловалась», – думает подруга между прочим, а потом даже и думать на некоторое время перестает.

И никаких проблем нет, как не было. Они просыпаются за полдень и только-только успевают с размахом позавтракать (устрицы, белое вино – полный декаданс) и успеть к столичному поезду, отходящему в ранних сумерках. Езды-то несколько часов – не прибавить и не отнять. А завтра ей опять на работу. Как это все-таки удачно, что в наше время женщинам надо ходить на работу! Ибо все, что отвлекает женщин от самих себя, идет мужчинам на пользу. И детям, кстати, тоже, но мы сейчас не об этом.

Они нежно прощаются, но здесь я опять хочу быть понятым совершенно однозначно – никакой страсти между ними не вспыхивает. И ни о какой неутолимой жажде друг друга или внезапно, словно по мановению волшебства возникшем взаимном притяжении, речи тоже нет. Они лишь приятно провели время. Очень приятно.

Трогает ли губы нашего героя улыбка, когда он машет вслед уходящему поезду, и бормочет ли он что-то про себя – не знаю. О чем он думает, когда, удовлетворенно щелкнув пальцами, поворачивается и уходит с перрона, я тем паче не имею ни малейшего понятия. Впрочем, его довольное расположение духа с очевидностью доказывает стороннему наблюдателю, что героиню он уже не любит, а то его пожирали бы какие-то мучения и печальные мысли. Что, должен с ответственностью заявить, имело место в течение нескольких недель или даже месяцев после инициированного его пассией разрыва. Но это уже позади – и давно.

Подруга же возвращается в столицу и после некоторого времени предъявляет героине подробный отчет. И как-то слово за слово – ее несет. Быть может, это случается не сразу, а только когда она убеждается – как ей кажется, убеждается – в том, что таковой оборот не будет неприятен ее очаровательнейшей наперснице… В общем, она ей все рассказывает – думается, даже с какими-то подробностями. Или даже не все, но вполне достаточно.

Героиня, несмотря на то, что жизнь ее вроде бы наладилась, приходит в некоторое возмущение. Девочки чуть-чуть ссорятся, но подруга – кстати, довольно-таки искусно – доказывает, что ничего страшного не произошло. Наоборот – все тонко, легко и даже по-французски забавно. А какой женщине может быть неприятно участие в какой-то французской истории? Так что они смеются, выпивают еще по одной рюмочке портвейна и нежно целуют друг дружку на прощание, похохатывая и разок-другой употребляя слово «сестрички».

Однако уже вечером воспоминание об этом вызывает у нашей героини чувство почти что рвотное. Пытаясь в нем разобраться, она ненароком признается себе, что жизнь ее налажена совсем не таким образом, как хотелось бы, и в ней даже вспыхивает злость по отношению к этой пигалице, которая, понимаете ли, села в поезд, провела четыре дня в компании ее любовника – а женщины по отношению даже к брошенным мужчинам продолжают испытывать ярко выраженные собственнические чувства – и потом еще залезла в ту самую кровать, где... И утверждает, что получила громадное удовольствие, потаскуха!

В эту ночь героине уже необходимо снотворное – что она понимает только часа в четыре, а потому весь следующий день ходит вялая, всем и всеми недовольная и жалеющая свою не вполне удавшуюся жизнь. И даже совершенно на ровном месте ругается со своим нынешним ухажером – тоже, кстати, зубным техником. А герой перезванивается с подругой – не то чтобы ежедневно, но хотя бы еженедельно. Или даже еще реже, но в любом случае, связи они не теряют. Ни о чем серьезном, повторяю, речи нет – и вообще, успокойтесь, это взрослые люди, как хотят, так и живут. И с кем хотят, с тем и разговаривают. Да и что такое – серьезное, несерьезное? Кто ж это может различить, особенно вблизи?

Так вот, спустя месяца три-четыре у подруги опять случается командировка в тот самый город. Она долго колеблется, но все-таки рассказывает об этом героине. По-видимому, она и сама не знает, что делать – и начинает побаиваться. Только чего?

Героиня сначала возмущается и даже кричит: «Тебе что, мое разрешение нужно, чтобы потрахаться?» – а потом неожиданно предлагает поехать вместе. И подруга соглашается – с легкостью. Может, оттого, что хочет застраховаться от непредвиденного, что помнит рассказы героини о прошедшем, тягучем и необыкновенно мучительном, как все тягучее, романе? Может, ее пугает даже мысль о чем-то, отдаленно похожем на эмоциональный дискомфорт, может, она любит жить легко? Ничего в этом плохого нет – жить легко любят все. И мы с вами здесь никакое не исключение – несмотря на неоспоримую глубину нашего уникального духовного мира.

Некоторое время женщины думают – а не устроить ли своему мужчине сюрприз, но, к их чести, решают, что это не обязательно. Возможно, героиня бы и не возражала увидеть, как расширятся глаза у этого бессердечного мерзавца, когда они обе выйдут на перрон, но, кажется, она не вполне уверена в лояльности подруги, а потому предпочитает играть в открытую. Так что героя официально ставят обо всем в известность, он громко изъявляет всяческий энтузиазм, и как-то вечером они уже втроем оказываются в уютном ресторане с окнами на море – или искусственное озеро, я уж и не знаю.

Вечер, надо признать честно, не залаживается. Совсем. Все чувствуют себя скованно и не знают, как поддержать беседу, что делать и зачем они здесь вообще сидят? Заметим кстати, что личность любого из них часто бывала удобным предметом обсуждения для остальных вершин сего, выразимся замысловато, треугольника. Не поводом для злословия, конечно, а только для добродушного дружеского подшучивания, но ведь теперь и это оказывается невозможно. И анекдоты они друг другу тоже успели пересказать, даже самые свежие.

Герою нашему особенно неловко, а ведь узнав о приезде прелестной парочки, он пришел в какое-то необъяснимое возбуждение и даже что-то насвистывал, вызывая неудовольствие привыкших к тишине коллег. Хотя никаких сверхъестественных предвкушений или наполеоновских планов у него не было. Тогда в чем дело? Откуда такая прямо-таки несоразмерная случаю радость? Думается, ему, как и любому другому мужчине на его месте, просто нравилась сама ситуация. Было в ней, понимаете, что-то французское. А какому мужчине не хочется хотя бы раз в жизни поучаствовать в чем-то французском?

Но сейчас от жовиальных эмоций не осталось и следа. И герой, как говорилось, ощущает это особенно сильно, поскольку чувствует даже какую-то персональную ответственность за дурацкий *ménage*. В конце концов, он – хозяин. И единственный мужчина во всей, с позволения сказать, компании. Поэтому он пускается во все тяжкие, и дабы скомпенсировать душевные неудобства, испытываемые прекрасными дамами, заказывает самые дорогие блюда. Да и напитки тоже.

Стоимость напитков, кстати, несколько отвлекает дам, и они начинают их пробовать со все большим воодушевлением. Сравнивают их вкусовые достоинства, отпивают друг у друга, путают бокалы...

Разговор постепенно завязывается, и скованность отпускает нашу милую троицу. Поэтому ужин завершается на весьма удачной ноте – особенно по сравнению с его началом. После чего герой вспоминает, что у него дома есть бутылка совершенно невероятного и малодоступного даже в постиндустриальном обществе ликера. Естественно, что в предложении самой распоследней рюмочки нет ничего неприличного – дамы, в конце концов, вдвоем. Что же неприличное из этого может выйти, я вас спрашиваю?

М-да, даже и не знаю, как перейти к следующей, так сказать, перипетии. Потому что к их – всех троих – невероятному удивлению, именно это и происходит. Да-да – то, о чем вы сразу подумали. Потому что, если честно, наклюкались они просто отменно. Так, как только и могут взрослые люди – которые уже и через память с обязательствами разок-другой прошли, и сквозь какие-то душевные муки средней степени тяжести тоже протиснулись, и иногда могут сказать себе – пусть нынче хоть трава не расти, а ветер не дуй! Вот выпью сегодня, и никто мне в этом не помешает! Что я, не заработал на хорошую бутылку? Что я, мало от этой жизни страдала? Есть и у среднего класса право на самый забубенный загул.

И я должен твердо заметить, что сначала дамы целуются совершенно в шутку. Ни с того ни с сего – просто от счастья, радости бытия. Тепло, вкусно, суббота. Хочется им поцеловаться – и дабы никого из присутствующих не обижать, они целуют друг дружку. Но что им приходит в голову – сразу же и одновременно – во время этого поцелуя, я, естественно, сказать не могу. И приходит ли? А вы как думаете? Кстати, только расцепив губы, дамы начинают неостановимо хохотать – смешинка на них нападает, видите ли. Или они делают вид, что все происходящее – игра? А может, происходящее и есть – игра? Все происходящее...

Спустя совсем немного они хохочут уже втроем. Может, меня простят, если я не буду расписывать подробности? Или не простят? Нет, я не стесняюсь – чего здесь, спрашивается, стесняться? Все по доброй воле, все симпатично и цивильно, и простыни чистые. А чего это, спрашивается, он именно сегодня постелил чистые? Так может, он – аккуратист и поборник личной гигиены. Женщинам это, кстати, нравится.

Вот что важно сказать – такой афронт с ними со всеми случается первый раз в жизни. Потому и заливаются они, как подростки, обнаженного тела ни разу не видевшие. Когда впервые, то очень часто бывает смешно. Честное слово.

Не верите? А вы – верьте. Я ж вам, в конце концов, не про древний Рим песни пою, а про соседей ваших же собственных рассказываю. Чтоб знали, что все мы – одного поля ягоды и что совсем не надо притворяться и мучиться. Легче надо жить, понимаете? Радоваться, хохотать иногда. А рыдать еще придется – от этого, как говорится, никуда не улизнуть, только вот торопить неприятные катавасии не нужно. Сами придут.

Нет, для данной истории это не главное – главное то, что героиня с чисто, как бы это сказать поделикатнее, – ах да, помню: с чисто физической точки зрения испытывает почти никогда ей неведомые удовольствия. То есть ведомые, но довольно редко. И испытывает их исключительно интенсивно. И что самое интересное – именно наш герой тому причиной, потому что подруга засыпает первой и самых страстных моментов уже не застает. То ли выпила больше всех, то ли у нее выдалась особенно тяжелая трудовая неделя. Не знаю. А может, потому, что в какой-то момент оказывается, как бы поточнее сказать, – третьей? И совершенно за это не в накладе, потому что уже успела получить свое. По полной, надо заметить, программе. Вот такие раз в жизни бывают чудеса – когда довольны все. Потому и надо хохотать. Хотя бы время от времени.

И даже мелкое душевное неудобство, зарождающееся было на следующее отнюдь не утро, удается скрыть от себя и друг от друга – благодаря тому, что нужно срочно лечить головную боль (не утаим и этого) и успевать на тот же самый скоростной поезд. В этот раз наш герой машет вслед уходящим вагонам слегка задумчиво, а придя домой, немедленно заваливается спать. Дамы в поезде тоже дремлют – или делают вид, что дремлют – и не вступают ни в какие разговоры. Мужчина же и в понедельник веселится не слишком, а вечером, дождавшись положенного часа, набирает номер своей бывшей возлюбленной и слышит ее радостный голос. Дальнейшее, я должен заметить, вполне предсказуемо.

Героиня тянет еще несколько месяцев, что понятно. И даже закатывает одну большую истерику, но уже не нашему герою. После чего ее ближайшие визиты – которые следуют один за другим – оказываются необыкновенно удачными со всех точек зрения, а потом наконец выясняется, что в соседнем полустоличном городе тоже изучают древнекитайскую керамику или нуждаются в переводчиках с португальского. Она неохотно сдает свою квартиру заезжей аспирантской семье – за неплохие, кстати, деньги – и перебирается к нашему герою, покуда временно.

Спустя года три они рожают какого-то ребенка, потом еще одного и живут себе вполне счастливо. Подруга остается в столице, ее личная жизнь проходит через самые различные выверты и пертурбации, которые они с героиней подробно обсуждают по телефону. Иногда она навещает нашу сладкую парочку. Они ей всегда рады. Очень рады.

Более того, в их новом доме для нее отведена отдельная спальня с выходящим в дальний угол сада окном. Есть и любимый комплект белья, на котором она обычно спит, и даже собственная, всегда ее ждущая пижама. Дети очень любят старинную знакомую их семьи – потому что она, не спрашивая родителей, покупает им без разбора мороженое, шипучку и шоколад – и зовут ее тетей. Она часто гуляет с ними по набережной, смотрит на Неву, Дунай или Сену и задумчиво гладит льнущие к ней вихрастые головки.

2003, испр. 2007, 2015-16

Зиновий Кане – инженер-кораблестроитель, кандидат технических наук в области сверхкрупнотоннажных танкеров для перевозки сырой нефти. В Штатах – с марта 1979 года. Работал в Танкерном департаменте компании *Exxon International* во *Florham Park* (*NJ*), в Техническом отделе по проектированию, строительству и обслуживанию сверх-крупнотоннажных танкеров, а с 1990 года – в группе, управлявшей зафрахтованными судами.

Семья Кане и Папа Римский

События, описанные в этом рассказе, происходили в течение трех дней начала января 1979 года в Риме, во время нашей эмиграции в США. Участниками событий была наша семья: жена Ада, дочь Яна и я.

В рассказе много внимания уделяется нашему внешнему виду. Вовсе не потому, что одежда имела для нас более чем функциональное значение. Просто в течение этих трех дней мы оказывались в окружении людей в одежде, очень отличавшейся от нашей, тем самым привлекали к себе их внимание и нескрываемое удивление. Мы оказывались в ситуации, в которой на глазах окружающих вознаграждались непонятно за что, хотя нашей единственной визитной карточкой был внешний вид и нелепая одежда (встречают по одежде!).

Мы эмигрировали, как и десятки тысяч других, через Вену и Италию. Как и все, в Италии мы были «беспашпортными», без роду-племени, перекати-поле, с абсолютно неясным будущим, безработными, без определенных средств к существованию, обитателями благополучной европейской страны. К тому же у нас был нулевой итальянский язык, а я и Ада не знали и английского. Мы чувствовали себя неуверенными и уязвимыми.

День первый в Риме. Ксендз *Stanislaw U.*

Не всякому простому смертному случается видеть Папу Римского, как говорится, живьем, и более того – стоять рядом с ним. Для этого надо быть *VIP* – очень важной и значительной персоной, главой государства, священником высокого ранга, лауреатом престижных премий и т.д. Для нас же было совершенно невозможно оказаться близко от Папы просто так, случайно, да еще всей семьей, в полном составе. По воле Его Величества случая нам выпала невероятная удача – быть в течение двух дней рядом с Папой Иоанном Павлом II. Здесь приведен рассказ об этих весьма необычных событиях почти сорокалетней давности (мы покинули Ленинград в середине ноября 1978 года).

Итак, в Италии мы оказались в особом, неопределенном

положении. Паспортов у нас не было – в процессе оформления эмиграции мы должны были отказаться от советского гражданства (заплатив за это 1800 рублей за меня и Аду; Яна еще не имела паспорта). Виза была нашим единственным документом, но в ней не было штампа на въезд в Италию: нас перевезли в запечатанном поезде из Вены в Рим по какой-то полуофициальной договоренности между *HIAS*ом, Госдепом США, Австрией и Италией.

По сложившейся практике тех лет нас выпускали из Союза с минимальным количеством долларов. Приходилось покупать что-то такое, что можно было потом продать на Западе: баночки черной икры, шампанское, матрешек, пластинки с записями классической музыки и все, что могло прийти в голову или что советовали те, кто сделал это до нас. Одним из самых ценных предметов для продажи в Риме была профессиональная фотокамера *Olympus* с набором объективов. Достать ее нам не удалось, и я по случаю натолкнулся на советскую версию этого комплекта – фотокамеру «Киев». Эта камера, продажа которой в Риме доставила мне много хлопот, составляет неотъемлемый колорит событий, благодаря которым мы оказались рядом с Папой.

Проведя одиннадцать дней в Вене, мы попали в Рим в конце ноября. Поселились в приморском курортном городке Ладисполи. С квартирой нам повезло неимоверно – нас взяли к себе наши новые друзья Б. и Л. (в одну из лучших квартир эмигрантов в Ладисполи). Их дочь В. была на два-три года старше Яны, и им было интересно вдвоем. Жили мы очень дружно. У нас все время толпился народ. Гостиная была уставлена батареей бутылок разнообразного дешевого итальянского вина, доступного даже нам.

Б. прилично знал английский и работал переводчиком в Римском агентстве *HIAS*, занимавшемся эмигрантами. Поэтому наши друзья проводили много времени в Риме. Нам же финансы не позволяли выбираться в Рим столь же часто. Мы тратили время в основном на попытки распродать на огромной римской барахолке «Американа» «западные ценности», заполнявшие наши чемоданы, и на изучение английского. Изредка ездили в Рим развлечься.

К концу декабря мы распродали почти все наши «товары». Остались только две хрустальные люстры, которые мы притащили в Италию по совету одного из ранее приехавших эмигрантов, и упомянутая выше камера. Ехать в Италию с люстрами – примерно то же, что пытаться продавать снег эскимосам. Над «Американой» летали самолетики, тянувшие за собой рекламу бесконечной распродажи этих проклятых хрустальных люстр. Я ходил по «Американе» с шестом, на котором болтались две люстры, и шумно их рекламировал: «Акулы капитализма! Прего! Ломпадаре! Хрустале! Натурале!» Ада была в ужасе от моего залихватского поведения и держалась в стороне, а друзья умирали от смеха. Много лет спустя они описывали меня кричащим свой боевой торговый клич. Там у нас образовалась расчудесная компания «торговцев», и мы регулярно отправляли кого-нибудь в весьма неблизкий ликерный ларек за *Cherry Brandy*, а потом с шумом распивали большущую бутыль.

В пятницу, пятого января, мы решили поехать в Рим. Предполагался один из первых семейных выездов не в *HIAS* или на «Американу», а для прогулки по городу. Но дело есть дело, и я должен был выехать намного раньше: надо было побывать на «Американе» – не с люстрами, а с объектом поменьше, то есть с камерой. Это была большая камера с двумя огромными объективами, всё – в отдельных футлярах. Вместе с термосом, бутербродами и яблоками сумка была весьма объемной и тяжелой. Мы договорились встретиться на площади *Piazza San Pietro* перед Ватиканом в двенадцать часов.

Я укатил рано утром – прямым ходом на «Американу», с тяжеленной сумкой. Мне не нужно было раскладывать товар: камеру я повесил на грудь, а два объектива носил в руках. Несколько человек поинтересовались камерой, которая очень походила на известную камеру *Olympus*. С одним из них мы договорились встретиться утром следующего дня. Я приободрился и в хорошем расположении духа понесся к своим дамам. Я опаздывал.

Запыхавшись, я ворвался на площадь Св. Петра и ринулся к фонтану, зная, что мне влетит за опоздание. Ада заметила меня издалека. На ее лице промелькнуло разочарование: сумка была такая же разбухшая, камера не продалась. Но я с энтузиазмом рассказал, что назавтра у меня назначена встреча с покупателем. Это не обрадовало ее: значит, мне придется снова ехать в Рим... Но теперь мы были вместе у фонтана и потихоньку тронулись от Ватикана по улице Согласия к Тибру, к замку Св. Ангела.

Хотя и базилика, и площадь Св. Петра проектировались и строились в средние века плеядой гениальных архитекторов, улица Согласия в конце концов была сформирована в теперешнем ее виде во время правления Муссолини. Свое название – Согласия – она получила в честь Латеранского договора 1929 года между Ватиканом и Италией, установившего Ватикан независимым государством. Муссолини занимал тогда пост премьер-министра. Он планировал превратить Рим в монумент фашизму и поручил работы по преобразованию существовавшего в течение многих веков района двум известным фашиствующим архитекторам – Марчелло Пьяцентини и Аттилио Спацерели. Перестройка района продолжалась несколько лет в 30-х годах. Площадь Св. Петра, улица Согласия и парк вокруг замка Св. Ангела на берегу Тибра совокупно составляют форму ключа – считается, что ключа Апостола Петра от Царства Небесного.

Во время нашего пребывания в Риме тротуары улицы Согласия были выложены мраморными плитами. Из таких же плит были сложены большие квадратные короба с невысокими деревьями и простые скамьи. Мы остановились у такой скамьи и стали обсуждать один из самых напряженных моментов наших походов по Риму – посещение туалета.

Надо представить нас на улице Согласия. Ада и Яна одеты по последней ленинградской моде: финские шикарные темно-синие нейлоновые пальто, стеганные квадратами, с аккуратными черными воротничками из искусственного меха, с металлическими пуговицамикнопками, перехваченные поясами (фигуры у обеих идеальные); ноги упакованы в черные сапоги чулком, с большими тупыми носами и огромными каблуками-копытами. Со стороны они выглядели военными рекрутами в униформе неопознанной армии. (Все это достала перед отъездом моя мама у своей давней подруги, которая заведовала отделом одежды в Кировском универмаге.) На Яне был ярко-синий платок, подвязанный узелком под подбородком, прекрасно оттеняющий ее голубые глаза. Итальянские парни проносились мимо на мотороллерах и кричали вслед: "*Belle! Belle*!" На мне – массивное демисезонное пальто с большим воротником шалью, величавая каракулевая папаха и огромные туфли на толстой подошве. Мы выглядели импозантно-нелепо, непонятно из какого мира-государства. Итальянцы понятия не имели, что среди них бродят несколько тысяч беженцев из Советского Союза. Мы прекрасно видели себя со стороны – всю нашу несуразность в огромном котле западной жизни, в Риме (очень часто выступавшем законодателем моды), о котором даже не мечтали. Но, очевидно, мы не могли выскочить за рамки нашего существования.

Итак, семейный спор был о том, кто первым зайдет в кафе на предмет посещения туалета, а потом сообщит, где этот туалет находится. В Риме туалеты размещались в барах, кафе, пиццериях и т.д. Вход туда был свободным и бесплатным. Но надо было зайти и спросить, где находится туалет. Итальянцы делали это без всякого смущения. Для нас же это было непреодолимым препятствием: первые произнесенные нами звуки, наш весьма необычный вид привлекали к себе внимание, и мы видели, что бармен или официант бросали на нас весьма презрительные взгляды – мол, ходит тут какая-то шантрапа, которая и чашки кофе не выпьет! Ада и Яна настаивали на том, чтобы я шел первым (я быстрее ориентировался и находил то, что было нужно), а я – на том, что им надо в конце концов преодолеть себя и ходить, прошу прощения, в туалет самостоятельно.

Очевидно, итальянцы понятия не имели о содержании нашей довольно громкой дискуссии. Поэтому мы вздрогнули от неожиданности, услышав: «Не ожидал встретить русскую речь в Риме!» Рядом стоял мужчина нашего возраста в одеждах католического священника: черный плащ с пелериной и черным стоячим воротничком с маленькой беленькой полоской посередине. Ада и Яна покраснели от смущения: мы не знали, когда этот священник подошел к нам и какую часть нашей весьма приватной дискуссии слышал. Он повторил: «Никак не ожидал услышать русскую речь в Риме».

Мы были настолько растеряны, что когда позже расстались со священником, то не могли вспомнить, как завязался разговор. По его акценту мы сразу распознали поляка. Говорил он по-русски хорошо, что и неудивительно: в подсоветской Восточной Европе русский был главным иностранным языком. Нас строго предупредили в *HIAS*е, что в Италии мы не должны ввязываться ни в какие истории, что Рим полон всякого рода жуликов, которые охотились за такими новичками, как мы. Но открытое доброжелательное лицо ксендза располагало к себе, хотя на его многочисленные вопросы – как долго мы находимся в Риме, в Италии, работаем ли, где живем и т.д., и, наконец, когда намереваемся вернуться назад, – мы отвечали неохотно.

Наш ответ «Никогда!» удивил его. Последующие вопросы показали, что прежде всего он пытался выяснить, каким образом целая советская семья оказалась в капиталистической стране, да еще в Риме. Он знал, что в подсоветских странах это невозможно ни при каких обстоятельствах. Мы пояснили, что надеемся эмигрировать в Америку. Он был совершенно поражен:

– Вы – эмигранты?!

– Да!

– Как вам это удалось? Как вы смогли убежать из Союза, да еще целой семьей?!

Дальнейший разговор показал, что он ничего не знал об эмиграции из Союза. Пришлось сказать, что мы евреи, что после введения поправки Джексона-Вэника 1974 года Советский Союз разрешил массовую эмиграцию и что мы – эти самые эмигранты на пути в Америку. Мы рассказали о нашей жизни в Союзе, о непрекращавшемся антисемитизме, постоянно ощущаемом нами и на улице, и в очередях, и при любой попытке сменить работу. Ксендз Станислав У. – он наконец назвал свое имя – был поражен. Всего этого он не знал, хотя о поправке Джексона-Вэника кое-что слышал.

Разговор расположил Станислава к искренности. Он спросил, знаем ли мы о польском освободительном движении, о волнениях, охвативших Польшу в 70-х годах; 1978-й был предвестником возникновения движения «Солидарность» в 1980 году. Станислав У. оказался под надзором польских и советских органов безопасности, и друзья уговорили его покинуть Польшу. Он был удивлен нашей осведомленности о польских событиях, тому, что мы довольно много знали о Польше, знакомы с польской литературой, слышали о Катыни, о польском восстании 1830-31 гг., знали польские песни, музыку Шопена. Разговор шел теперь на общие темы.

Он опять стал расспрашивать нас о жизни в Италии: кто нас поддерживает, кто помогает в оформлении въезда в США. Узнав, сколько денег мы получаем на проживание, он сказал, что на такие деньги жить в Италии невозможно, и тут же предложил финансовую помощь. Мы поблагодарили и вежливо отказались – мы действительно весьма успешно справлялись и жили вполне комфортно.

Разговор затянулся, пришло время прощаться. Станислав на минуту задумался, а потом спросил, что мы знаем о Папе Римском. Мы покупали газеты на английском для постоянных упражнений и знали, что только что выбранный Папа был кардиналом Краковским. Станислав сказал, что у него есть предложение: завтра, в субботу, шестого января, в базилике *San Pietro* состоится большая месса – первая официальная служба нового Папы: введение Франтишека Махарского на пост Краковского кардинала. Если мы согласны, Станислав проведет нас на эту службу. Мы никогда не видели настоящей католической службы, да еще в центральном католическом соборе мира, в Ватикане. Договорились встретиться на следующий день в три часа на площади

Св. Петра, у правого фонтана. Попрощались, пожав друг другу руки.

Неожиданно на нас навалилась усталость: разговор оказался весьма эмоциональным. Мы решили ничего не рассказывать друзьям. Мы не были уверены, что Станислав придет завтра и мы попадем на мессу.

День второй в Риме. Месса в Ватикане

Утром мне опять пришлось рано уехать на «Американу»: месса или нет, а фотоаппарат нужно продать. На деньги от его продажи мы надеялись поехать по северу Италии с организованной советскими эмигрантами экскурсией. Ада и Яна должны были прийти к фонтану к назначенному времени. Вчерашний предполагаемый покупатель не появился, но камерой интересовались, даже торговались. Опять я задержался и должен был нестись к Ватикану, появился там буквально взмыленным. Ада с Яной нервно ходили у фонтана. Ада бросила взгляд на сумку – увы, полная... А день выдался чудесный, солнечный.

Станислава я не увидел, но он был уже здесь. Пришел вовремя и все интересовался, почему меня нет. Ада не могла сказать ему, что в такой торжественный день ее муж занимается торговлей на «Американе».

Площадь Св. Петра выглядела совсем не так, как всегда. Обычно она была заполнена туристами – либо стоявшими, либо перемещавшимися во всех направлениях. А тут были группы и тех, кто стоял, как обычно, и тех, кто перемещался, но сегодня эти последние медленно двигались в одном направлении – к главному входу в Базилику. И вся эта многотысячная толпа сегодня выглядела совершенно по-другому. Основная масса – люди всех национальностей, одетые в католические одежды монахов, монахинь, священников разного уровня и класса. Другие – люди светские, разодетые в пух и прах: женщины в дорогих меховых манто или меховых перелинах, накинутых на вечерние элегантные платья, в дорогих сверкающих ювелирных украшениях; мужчины – в черных костюмах идеального покроя, в накрахмаленных рубашках. Это был *beau monde*, сливки общества, пришедшие показать себя и свой статус.

Очень скоро мы поняли, что люди проходят в Базилику по приглашениям. У главных дверей несколько швейцарских гвардейцев проверяли приглашения и пропускали людей внутрь. Нам известны эти гвардейцы по картинам – высоченные, один к одному, в ярких одеяниях, с алебардами и пиками. Бытует легенда, что их форма спроектирована Микеланджело. Но это не так: выглядящая средневековой униформа была спроектирована комендантом Ватикана Юлиусом Репондом в 1914 году, хотя во многом напоминает изображения на картинах времен Возрождения, в том числе Рафаэля.

Было очевидно, что у Станислава нет для нас приглашений, и он метался по площади от одной группы к другой, пытаясь «стрельнуть» приглашение – совсем как это делали мы перед началом сеанса в кино. Очевидно было также, что это абсолютно безнадежная затея: те, кто не мог прийти на эту службу, конечно же, отдавали свои приглашения родным, друзьям, а не какому-то незнакомцу на площади.

Прошло довольно много времени, толпа на площади стала редеть, и только отдельные люди или небольшие группки торопливо шли к дверям. Мы понимали, что хоть Станислав и старался вовсю, но ему не удалось добыть ни одного приглашения. Он выглядел совершенно расстроенным, а мы стали волноваться, что он в конце концов и сам опоздает к началу мессы. Мы уговаривали его отпустить нас, но он отказывался признать свое поражение, хотя в этом не было его вины. Мы не могли просто повернуться и уйти, не желая обидеть его.

Он предпринял отчаянный шаг: подошел к гвардейцам главного входа и завел разговор с ними. Мы стояли рядом, переминаясь с ноги на ногу. Мы слышали слова *familia, Leningrad, KaAAne, seniore engineri*. При слове *KANE* гвардейцы слегка ухмыльнулись. Позже мы узнали, что *CANE*, имевшее то же произношение, означало «собака», к тому же так кричали плохим певцам на сцене. Разодетые гвардейцы самым вежливым образом покачали головами – нет, нельзя.

Это был конец. Надо было прощаться. Но Станислав не отпускал нас. Слева от главного входа в Ватикан, у небольшой незаметной двери, на которую мы не обращали внимания и назначения которой не знали, стоял еще один гвардеец. Станислав потянул нас к этому одинокому стражу, и мы уныло поплелись за ним: затея казалась пустой и нелепой. Опять мы слышали те же слова и горячую речь нашего благодетеля. К нашему абсолютному удивлению, вопреки всякому смыслу, гвардеец грациозно поклонился нам, и отступив в сторону, широким жестом пригласил в распахнутую им дверь. Станислав победно поглядел и протолкнул нас, совершенно остолбеневших, через дверной проем. Дверь за нами захлопнулась. За ней начиналась уходившая куда-то за угол узкая короткая улица, вымощенная черной брусчаткой, как в Ленинграде. Здания были трех-, четырехэтажные, чисто и аккуратно покрашенные в светлый песочный цвет. Очевидно, мы были на территории Ватикана – как известно, независимого государства, войти в которое можно только при наличии специальной визы. Как Станислав смог уговорить этого гвардейца, как тот пошел на нарушение визового порядка, какое впечатление мы, в наших нелепых одеждах, произвели на него – остается для нас загадкой по сей день.

Мы прошли закоулками. Никого не было видно. Все же пару лиц мужского пола мы встретили, они были в церковной одежде и шли торопливо с папками – видно, люди бумажного труда. Станислав шел уверенно, мы вошли в едва заметную парадную дверь, поднялись на один этаж, зашли куда-то, а потом шли коридорами и внутренними двориками. В какой-то момент стало слышно довольно мощное хоровое пение, и вдруг, войдя в незаметную дверь, мы совершенно неожиданно оказались в соборе. Во внутреннем его пространстве, где обычно толпились одновременно сотни туристов, суетливо спешащих за гидами с поднятыми зачехленными зонтиками, теперь плотными рядами сидели на складных стульях тысячи людей. Все было заполнено, лишь в самых последних рядах, где мы остановились, было несколько свободных мест, на которые Станислав нас и усадил, а сам исчез.

Мы видели лишь бесконечные ряды людских спин, почти все были обтянуты практически одинаковыми церковными одеждами. По бокам центрального нефа, под куполом, где размещены четыре массивные витые колонны с красочным балдахином, был устроен амфитеатр, тоже заполненный народом. Стоял легкий гул. То и дело где-нибудь одинокий голос начинал молитву, ее подхватывали несколько голосов, затем вступала целая секция, а за ней включался весь собор. Вдруг все стихало, а затем пение вспыхивало в другой части собора.

Неожиданно появился сияющий Станислав. Он потрясал в воздухе несколькими билетиками и повел нас за собой. Мы прошли через некий пропускной пункт, он опять усадил нас и снова исчез. Мы оказались в секции поближе к центральному нефу. Пение-распевка продолжалось, но теперь мы видели, что в каждой большой секции был кто-то, управлявший ею: он давал знак, задавал изначальный ритм и тон (свистком) и останавливал свою секцию, чтобы другая тоже могла попробовать свои голоса.

Станислав переводил нас еще два раза. Каждый раз он уходил в следующую секцию, где выпрашивал у людей их пропуска, а затем возвращался за нами, Он успокоился только тогда, когда перевел нас в центральный неф – под главный купол, где был устроен амфитеатр. Амфитеатр сбегал к центральному проходу базилики, где над могилой Св. Петра в цоколе базилики располагается главный алтарь на четырех мощных витых колоннах, поддерживающих балдахин. Спиной к главному алтарю стояло кресло, похожее на трон, рядом с ним – круглый столик на красочной подставке-колонне. Кресло и столик размещались на специальном помосте, пристроенном для этого случая. Между помостом и алтарем было пространство для тяжелых мощных подсвечников, в которых горели огромные свечи из красного воска. Вокруг помоста стояло довольно большое количество богато украшенных кресел.

В амфитеатре сидела совершенно другая публика – тот самый *beau monde*: дамы в шубах, вечерних платьях, увешанные бриллиантами, и сопровождавшие их мужчины в идеально сшитых черных костюмах и накрахмаленных рубашках со стоячими воротничками. Станислав не успокоился. Мы появились в амфитеатре, поднявшись сзади на самый верх по узкой лесенке. Амфитеатр не был заполнен, и мы спустились на несколько рядов. Здесь сидели не на стульях, а на скамьях, но со спинками. Неугомонный Станислав спустился по амфитеатру, и мы видели, как он сдвинул несколько человек в одном из самых нижних рядов, явно освобождая место для нас. Когда он вернулся и попытался переместить нас вниз, мы почувствовали, что это уж слишком. Мы видели, что абсолютно не вписываемся в это окружение. Ада и Яна были в своих нейлоновых пальто, под пальто – юбки и облегающие джемпера. На мне – серый костюм с широкими лацканами, белая (но даже ненакрахмаленная) рубашка и очень простой галстук. Мы были одеты чисто, аккуратно, но по какой-то давно устаревшей моде. Мы ловили на себе удивленные взгляды окружающих, и этого нам было достаточно. Мы остались в верхних рядах амфитеатра.

Вдруг все угомонились, настала тишина, и под аплодисменты к креслам вокруг платформы вышла большая группа кардиналов (среди них был и Махарский) в черных сутанах, с широкими красными поясами, в красных накидках, отороченных игривыми красными шариками, и в красных шапках коробочкой. И наконец под громовую овацию на помост взошел Папа Иоанн Павел II. Он был одет в белую сутану, на голове – богато украшенная белая митра с двумя широкими лентами на спине; он шел, одной рукой опираясь на папский посох с распятием Христа, а в другой держа кадило.

Папа Иоанн Павел II был избран на папский престол 16 октября 1978 года (после смерти предыдущего Папы – Иоанна Павла I, пребывавшего на своем посту всего 33 дня). До избрания на папский престол он – Кароль Юзеф Войтела – был кардиналом Краковским. Его папство (на протяжении почти 28 лет) было одним из самых продолжительных, уступая только Апостолу Петру и Папе Пию IX (1846 – 1878). Он стал 264-м Папой и в свои 58 лет – одним из самых молодых. (Потребовалось 455 лет, чтобы избрать Папой не итальянца. Предыдущим был Папа Адриан VI, голландец.) Иоанн Павел II выбрал себе это имя из уважения к предыдущему Папе.

Началась служба, о которой у нас сохранились несколько туманные воспоминания. Она была сложной, сопровождалась ритуалами, которые сформировались на протяжении почти двух тысячелетий.

Перед Папой стояли два прислужника, державшие фолиант с текстами. Они с преувеличенной старательностью переворачивали страницы. Время от времени они снимали митру с головы понтифика и ставили ее на рядом стоящий столик, назначение которого вначале было непонятным. Под митрой у Папы оказалась белая шапочка – пилеоулус (не что иное, как ермолка; от последней она отличалась малюсеньким хвостиком в центре шапочки, за который ее очень удобно брать). Сзади у митры были две богато украшенные ленты, символизирующие Ветхий и Новый Заветы. После одевания митры ленты аккуратнейшим образом раскладывались на спине Папы. Снятие и одевание митры, раскладывание лент, переворачивание страниц выполнялось как священные обряды. Время от времени Папе помогали встать с кресла, и он ходил по своей платформе и размахивал кадилом. Запах воска свечей между платформой и алтарем и запах ладана кадила постепенно заполнили всю базилику.

Служба проходила на латыни и включала множество молитв – в виде речи (их читал сам Папа) и в виде пения, с органом и без. Такого пения мы никогда не слышали и не представляли: очевидно, там был огромный профессиональный храмовый хор, огромный детский хор, и все это звучало в сопровождении нескольких тысяч присутствующих, певших с неимоверным энтузиазмом. Детские альты и тысячи женских сопрано и мужских теноров взвивались к куполу, как будто пронзая его, а тысячи мужских баритонов и басов, казалось, своей мощью подымали весь собор как огромный корабль на вздымающихся волнах. Их звук проникал в грудную клетку и одновременно сдавливал ее снаружи.

На каждом сидении лежала красочно отпечатанная брошюра со всей литургией (на латыни и итальянском) и нотами молитв (мы ее храним все эти годы). Ада подпевала, читая ноты, а мне ничего не стоило подхватывать мелодии на лету. Нас поразило, что все вокруг –

тот самый *beau monde* – знали и пели все эти молитвы и псалмы!

Служба длилась часа четыре. Прозвучали последние слова и песнопения. Сначала ушел Папа, скрывшись от нас за алтарем, потом удалились кардиналы. Потребовалось очень много времени, чтобы мы смогли выйти из собора. Тысячи людей вышли через двери; мы встретились со Станиславом на ступенях главного выхода. Было уже десять часов вечера, но люди на площади не расходились; к ним присоединились те, кто специально пришел к окончанию службы (видимо, родственники, друзья и знакомые тех, кто присутствовал на службе), чтобы сразу расспросить о ней. Стоял сильный шум – люди обсуждали службу, и видно было, что она произвела на верующих людей глубокое впечатление. Что и говорить, если даже на нас, непосвященных, она эмоционально сильно подействовала.

И Станиславу, и нам надо было долго добираться до дома, но мы все еще обсуждали прошедшее событие. Мы бесконечно благодарили его, но не знали, как сказать, что нам пора бежать к автобусу. Неожиданно он на мгновение задумался и спросил, какие у нас планы на завтра, воскресенье. У нас не было определенных планов – может быть, снова приехать в Рим. Он опять задумался и выложил свой план, явно лишь сейчас родившийся. Завтра намечается встреча нового Папы только с представителями польской общины – в Сикстинской Капелле, в 4:30. Прийти нужно раньше, в 2:30. Он может попытаться провести нас. Мы не задумываясь согласились, хотя по дороге домой оценили эту возможность как маловероятную.

Домой мы добрались за полночь. Подходя к дверям квартиры, я осторожно вставил ключ в замочную скважину, но дверь внезапно открылась, и мы предстали перед нашими весьма возбужденными друзьями. Они накинулись на нас, расшумелись, что мы должны были предупредить их, что вернемся так поздно, Б** уже собирался звонить в полицию. Я попытался успокоить его: «Мы задержались у Папы Римского!» Эта неуместная, как им показалось, шутка привела их в ярость. Мы рассказали все подробно. Б** с известной долей уважения закончил: «Ну, ребята, такого мы от вас не ожидали!»

На том и разошлись. Мы решили не говорить им утром о наших планах на воскресенье. Затея Станислава казалась нам нереальной.

День третий. Сикстинская капелла

После вчерашнего суматошного дня мы смогли выспаться. Наши друзья упорхнули рано утром в Рим, и мы спокойно провели первую часть дня. На «Американу» я не пошел. Неудобно было опять появиться перед Станиславом с набитой сумкой. Как договорились, точно в 2:30 мы были на Ватиканской площади, у того же фонтана. Станислав уже прохаживался, поджидая нас. Он еще раз объяснил, что сегодняшняя служба – только для польской католической общины, проходить она будет на латыни и по-польски.

Площадь выглядела как обычно: появились знакомые барьерные перегородки; толпа была более разнообразная и пестрая, но менее многочисленная, с характерным броуновским движением, почти не было людей в католических одеждах. *Beau monde* тоже полностью исчез. Тем не менее едва заметная струйка людей – монахов и монахинь – в правой части площади степенно текла к входу в Сикстинскую Капеллу. Людей в светских одеждах – очень строгих, без вчерашних изысков, можно было пересчитать по пальцам. Так же, как вчера, пара бравых гвардейцев проверяли пропуска. Как и вчера, у Станислава не было пропусков для нас – наверное, достать их было просто невозможно. Как и вчера, он старался «стрельнуть» эти пропуска, и точно так же все его попытки были безуспешны, хотя мы слышали, что он говорил с владельцами пропусков по-польски.

По сравнению со вчерашним днем ситуация была намного хуже: Сикстинская Капелла несравненно меньше собора и могла вместить лишь незначительную долю вчерашней толпы, а кроме того, на эту службу пришли только поляки, соплеменники Папы. Очень скоро поток польских священнослужителей иссяк. Мы опять стали уговаривать Станислава отказаться от его затеи – достать пропуска было совершенно невозможно. Как и вчера, Станислав упорствовал – и нам казалось, что упорствовал он бессмысленно.

Станислав решил повторить вчерашний трюк – поговорить с гвардейцами. Мы стояли поодаль и слышали уже знакомые слова: *buono KaAAne familia, seniore engineri, Leningrad*, и т.д. Мы слушали краем уха: в конце концов, ватиканские гвардейцы были достаточно ответственными людьми, и мы были уверены, что они серьезно относились к своим не столь сложным обязанностям. Но мы ошиблись!

Вооружение этих гвардейцев чуть отличалось от оружия гвардейцев у главного входа в собор. Их алебарды имели большие, тонкие, сверкающие пластины-топоры с рядом отверстий по кромке, в которые были продеты сверкающие кольца. Это совсем не выглядело оружием, больше походило на маскарадные атрибуты. Назначение колец было совершенно непонятно. В какой-то момент мы оказались спиной к ним и вдруг были оглушены невероятным звоном; мы буквально подпрыгнули от неожиданности и мгновенно повернулись. Оказывается, Станислав уговорил эту, по нашему мнению полностью безответственную, охрану, и они продемонстрировали свое согласие пропустить нас, со всей силой стукнув древками маскарадных алебард о каменные плиты пола. Опять нашему удивлению не было границ! Все это выглядело нереальным, необъяснимым, выходящим за рамки разумного! Это все-таки Ватикан, учреждение с многовековыми традициями, легальное, независимое государство! А гвардейцы улыбались и легким поклоном головы приглашали нас пройти. Станислав буквально протащил нас, ошарашенных и оглушенных, мимо этой так называемой гвардии. Казалось, он обладал способностью манипулировать незатейливыми стражами ватиканского государства.

Мы торопливо двинулись по длинной галерее, ведущей к Сикстинской Капелле, и далее через несколько залов. Оказалось, что в разных углах, у дверных проемов коридоров и комнат по пути к капелле стояло по паре этих красавцев – гвардейцев, «вооруженных» такими же алебардами, и каждый раз, когда мы проходили мимо них, они со всего размаха долбали ими о мраморные полы. Казалось, здание взорвется от этого звона-грохота. Выглядело и звучало это в некотором смысле зловеще, как будто мы шли на казнь, и я прошептал своим: «Похоже, нас ведут на заклание!» Ада бросила на меня совершенно уничтожающий взгляд!

Станислав знал путь к Капелле, знали его и мы: один из наших первых выездов в Рим был в собор и Капеллу. В конце концов, под звон алебард, мы добрались до нее. У дверей стояли два гвардейца. Можно было предположить, что нас опять проверят. Станислав оставил нас в стороне, показал свое приглашение и скрылся за дверью. Гвардейцы не обращали на нас внимания. Станислав вернулся очень скоро, подошел к нам со знакомым победным выражением лица и передал три приглашения в Сикстинскую Капеллу на сегодня, седьмое января. Все это выглядело как конспиративное мероприятие. Как в кино.

Гвардейцы посмотрели на нас с некоторым недоверием - может, они и заподозрили что-то в Станиславе и в нас но, мельком взглянув на приглашения, легким вежливым кивком пригласили пройти. Как вчера, дверь за нами закрылась, и мы, опять изумленные, оказались в Капелле. Но она выглядела иначе, чем в в наше недавнее посещение.

Немного о Сикстинской Капелле. Она была построена по решению Папы Сикста IV в 1483 году. Строительство шло 10 лет. Капелла размещается в официальной резиденции Папы - Апостольском Дворце. Она является Папской часовней, где он молится. Выборы нового Папы начались в Капелле с 1492 года, а с 1870-го проводятся только в Капелле - собранием кардиналов, выборной коллегией (конклавом, лат. *cum clave* буквально означает «под ключом»). Бюллетени каждого неуспешного тура голосования сжигаются в небольшой, специально устанавливаемой по этому поводу печке у восточной стены Капеллы с трубой-дымоходом на крыше. Традиционный черный дым "*fumata nero*" от сжигания избирательных бюллетеней (ранее - с добавкой сырого сена, а теперь - с добавлением специальных химикатов для образования черного дыма) является сигналом всему окружающему миру, что голосование было безуспешным - требуется две трети голосов плюс один. Белый дым свидетельствует, что Папа избран.

Капелла представляет собой простое прямоугольное строение с треугольной крышей (длина 40,93 м, ширина 13,41 м, высота 20,70 м) и напоминает шкатулку. Размеры ее точно повторяют размеры Храма Соломона по Ветхому Завету. Длинная ось Капеллы ориентирована с востока (вход) на запад. Вход в Капеллу - только изнутри.

Убранство стен разделено на три ярко выраженные части. Нижняя, цокольная, украшена имитацией гобеленовых тканей (по эскизам Рафаэля). Средняя расписана фресками на сюжеты Ветхого (жизнь Моисея) и Нового (жизнь Христа) Заветов. Верхняя часть прорезана шестью оконными проемами по длинным сторонам Капеллы и разрисована 24 фресками с изображениями первых Пап. Таким образом украшены две длинные (северная и южная) и одна короткая (восточная, с входом) стены Капеллы. Эти три стены - результат творчества нескольких выдающихся художников. Но славу Капеллы как одного из самых известных творений мирового искусства составляет работа Микеланджело – фрески потолка и свода и грандиозная фреска западной стены – второе пришествие Христа – Страшный Суд. Микеланджело выполнил эти работы в два этапа: роспись потолка – по заказу Папы Юлиана II и Страшный Суд – по заказу папы Павла III. Микеланджело категорически отказывался взять на себя роспись фресками – он не считал себя художником, он считал себя скульптором!

Мысль расписать потолок Капеллы пришла Папе Юлиану в 1506 году. Хотя Микеланджело уже работал по заказу Юлиана над его гробницей, Папа настоял на своем, заставив Микеланджело взять на себя труд по росписи потолка Капеллы. В то время потолок был синим с золотыми звездами. Юлиан хотел заполнить треугольные паруса четырех углов потолка изображением двенадцати апостолов. Микеланджело предложил свой грандиозный план – заполнить весь потолок и его своды религиозными сценами и образами. Они согласовали проект, насчитывавший почти 350 образов!

Существует ложная легенда, что Микеланджело разрисовывал потолок, лежа на спине. Это неправда. Он рисовал со специально спроектированной им платформы, которая крепилась к сводам между окон. Эта платформа простиралась на половину Капеллы и могла переустанавливаться по мере продвижения работы. Микеланджело рисовал стоя, постоянно закинув голову назад, во многих случаях объект рисования был на расстоянии нескольких сантиметров от его глаз, так что он никогда не имел возможности оглядеть свою работу с дистанции в процессе рисования. По окончании этого четырехлетнего титанического труда он утратил возможность читать, держа текст перед собой – он должен был поднимать его вверх и закидывать голову.

Войдя в Капеллу, мы были поражены открывшейся картиной.

Капелла разделяется мраморной перегородкой с дверью посередине на две части: одна часть – для светской публики и пилигримов (приблизительно треть длины Капеллы), вторая – для обычных религиозных мероприятий и конклавов. Естественно, во время собрания конклава присутствие публики исключалось. Нижняя часть перегородки – сплошные мраморные панели, богато украшенные резьбой; средняя часть – решетки из резного мрамора, размещенные между прямоугольными колоннами; верхняя часть перегородки – большие подсвечники из резного мрамора, стоящие на каждой колонне. Общая высота перегородки, включая подсвечники, не превышает верхнюю кромку росписи южной и северной стен Капеллы.

В последнее время, когда Капелла в основном являет собой музей, двери перегородки всегда открыты, и когда входишь внутрь через единственный вход в восточной стене, взору открывается вся перспектива стен, потолка и фреска Страшного Суда на западной стене. Перегородка слишком низка, и ее решетчатая часть практически не мешает глазу охватить Капеллу целиком.

Когда дверь Капеллы закрылась за нами, к нашему изумлению, наш взор уперся в стену из темного, покрытого резьбой дерева, но с дверьми от обычной мраморной перегородки. Перед нами был какой-то нелепый кусок Капеллы, а ее обычная перспектива исчезла. Капелла превратилась в несуразное помещение, по боковым стенам сохранившее фрески, и с какой-то нелепой деревянной стеной! Более того, по периметру этой комнаты шла скамья, на которой плотно сидели люди, человек 60-70. Выглядели они аскетично и торжественно. Все уставились на нас, новых пришельцев, изумленно разглядывая, как инопланетян: католический священник в рясе (это было понятно) и некая троица (в своеобразной одежде), абсолютно не вписывающаяся в общую группу. Кроме того, места для нас не было, разве что на полу.

Мы были в полном замешательстве – куда и зачем нас привел Станислав: казалось весьма сомнительным, чтобы сам понтифик пришел в эту комнату-зал для встречи с микроскопической группой светских людей. И к тому же – он что, будет стоять посреди комнаты и говорить с людьми, сидящими на скамьях? Станислав не терял присутствия духа – он подошел к середине левой скамьи и попросил своих соплеменников подвинуться. И хоть скамья была плотно заполнена, по ней в обе стороны от того места, где он стоял, стала медленно перемещаться волна ужимающихся людей; каким образом – непонятно, но люди сжались, и образовалось место для нас. Мы сели, а Станислав постучал в другую дверь, напротив той, в которую мы вошли, она приоткрылась, он показал свой пропуск и исчез за ней.

Мы стали оглядывать наше новое место. Прежде всего обнаружилось, что стена, за дверью которой только что исчез Станислав, в действительности была временной перегородкой из очень хорошо выделанного резного дерева, а верхняя ее часть была выполнена как легкая ажурная решетка. Очевидно было, что за перегородкой находилась остальная часть Капеллы – рисунок стен и потолка явно продолжался за перегородкой.

Очень странными показались нам окружавшие нас люди – они сидели, держа руки на коленях, прямо перед собой. Мы сели так же – просто руки некуда было деть: люди сидели, очень плотно прижавшись друг к другу. Некоторые смотрели на нас не очень дружелюбно. Было очевидно, что нас оценивают по одежде: на такое торжественное собрание оделись, не проявив должного уважения. Как попала сюда эта семья? Кто этот священник, который беспрепятственно скрылся за дверью в той части, куда им доступа не было.

Хотя в первый момент нам показалось, что все выглядели более или менее однородно, однако вскоре можно было различить людей интеллигентных и более простых. В обстановке, где каждому было выделено минимальное пространство, это проявлялось в мелких деталях: как люди доставали свои платки, кашляли, извинялись или нет, когда невзначай задевали или касались друг друга, смотрели на часы или нет. Одеты эти люди были строго, просто, со вкусом и, вероятно, дорого.

Все сидели рядом, бок о бок, но было очевидно, что их ничто не связывало, что эти люди не знакомы. Лишь иногда они обменивались короткими фразами. Напряжение ожидания исключало необходимость какого-либо общения. Всех этих людей объединяло предчувствие одного из, возможно, самых великих моментов в их жизни, жизни религиозного человека – находиться около признанного символа веры.

А за перегородкой шла совершенно другая жизнь. Можно было легко догадаться, что там сидело гораздо больше народу. Оттуда шел неровный, приглушенный шум речи, прерываемый иногда всплесками звонкого женского смеха. Возникало недоумение – кто там пребывает в таком игривом состоянии, но оно исчезало, когда кто-то неожиданно задавал короткий тон, один-два голоса начинали молитву или псалм, и в следующий момент его подхватывали сотни голосов. Голоса были прекрасные, чудесная многоголосая гармония. Конечно, людей там было значительно меньше, чем вчера, но зато и помещение было намного меньше – так что звуковой эффект был тот же: мощное и выразительное пение, короткое – для распевки. А потом опять был слышен неразборчивый говор. Пришла догадка: раз поют гимны и псалмы – там сидит религиозный народ, и Папа придет на встречу с ними. А что же сидящие здесь люди? Они только увидят его, когда он пройдет через эту залу? Да, и еще услышат, что будет происходить за перегородкой. И только для этого они сидят так торжественно?

Для нас ощущение некоторой скованности усиливалось небольшими комичными представлениями: время от времени входная дверь осторожно открывалась, и то ли входил, то ли вползал мужчина, похожий на канцелярскую крысу. Мелкими шажками, пригибаясь и полуприседая, как проходят зрители в зале во время концерта, стараясь не помешать тем, мимо кого они проходят, этот прямо-таки Акакий Акакиевич семенил к двери перегородки, легонько стучал в нее, и оттуда появлялась голова ну прямо как будто лавочного приказчика, которой АА что-то нашептывал, словно передавая совершенно секретные сведения. Голова понимающе кивала, дверь тихонько закрывалась, и АА таким же образом удалялся. Если Папа Римский должен сюда прийти, то логично предположить, что АА объяснял, когда появится Его Преосвященство. Почему надо было ходить и говорить так сверхосторожно? Было понятно: Папа очень занятой человек, каждая его минута расписана, и он мог задерживаться. Было смешно и непонятно, почему АА шел-семенил приседая: то ли от сознания величия момента – передачи личной информации из папской канцелярии, то ли от приступа радикулита.

Прошло какое-то время (мы не решались посмотреть на часы), как вдруг в перегородке приоткрылась дверь, из нее появилась голова «лавочного приказчика» и, оглядывая нашу залу, очень выразительно и оживленно что-то зашептала. Голова шептала и внимательно осматривала комнату. Пару раз взгляд ее останавливался на нас, пока я не понял, что голова повторяла: "*KaAAne familia*". Все в некоторой растерянности смотрели друг на друга, иногда переводя взгляд на нас – кроме нас троих, явно не было никого, кто был бы здесь целой семьей, а такие пропуска не распространялись на семьи! Я тихо сказал своим: «По-моему, это нас зовут». Ада в ярости прошептала: «От тебя нет покоя! Ты уже в Сикстинской Капелле!»

Голова еще раз прошептала то же самое. Ада и Яна, почувствовав, как я напрягся в попытке встать, плотно прижались ко мне, Ада пыталась удержать меня, но я все же встал. Все с изумлением смотрели на нас, на нашу неловкую суету и на говорящего «приказчика», а он, излучая улыбку, широко открыл дверь и сделал шаг вперед, приглашая нас войти. Было очевидно, что он знал о нашем существовании. Мы нерешительно вошли в дверь, и она бесшумно закрылась за нами. Теперь мы были за перегородкой, в основной части Капеллы.

Совершенно ошарашенные этим поворотом событий, мы стояли, не зная что делать. Мы находились в среднем проходе, образованном двумя рядами скамей с людьми, сидевшими к нам спиной. Мне не удалось посчитать тогда, но по моей оценке, в каждом ряду было по 25 – 30 скамей. На каждой скамье сидели 8 – 10 человек. Кроме того, вдоль боковых стен было еще по скамье, на каждой сидели человек 30. Таким образом, здесь находилось около 500 человек. Эти оценки я сделал потом, но было видно сразу, что все сидели плечом к плечу. Капелла была заполнена до отказа – очевидно было, что устроители точно высчитали число приглашенных.

Следующим для нас был зрительный шок – весь вид западной стены Капеллы, фреска Микеланджело «Страшный Суд». Миллионы людей за пять столетий провели миллионы часов перед этой фреской. Но всегда при этом были многие десятки людей, окружавших их, двигавшихся и мешавших видеть всю фреску целиком. Мы же стояли, глядя на фреску из центрального прохода, и абсолютно никто не мешал нам видеть ее. Да, здесь было больше народу, чем в обычный день, но все они сидели к нам спиной, практически неподвижно.

Мы были обескуражены, стояли, не имея возможности сказать что-либо: польского мы не знали, а по-итальянски знали лишь пару слов на уровне рынка. Несколько человек на боковых скамьях только скользнули по нам глазами. «Приказчик» куда-то испарился. Мы переместились из реального мира в некое четвертое измерение. В мыслях пронеслось уже знакомое: «Доигрались! Наверняка распнут!»

Вдруг (опять вдруг!) откуда-то материализовался Станислав. Его явно не было у двери, когда мы вошли в нее. Он сиял! Ему удавалось все! Он подошел (опять!) к левой скамье вдоль стены (наверное, он был левшой), поговорил по-польски с сидевшими, и так же, как это было в прихожей, по скамье медленно поползла волна сдвигавшихся людей. И как по мановению волшебной палочки, вопреки всем законам, по которым сотворена плоть человеческая, образовалось пространство для нас троих. Мы сели. Все!

Хотя было ужасно тесно – люди могли держать руки только перед собой на коленях, как и в прихожей, но наступил некоторый момент расслабления, и мы смогли несколько осмотреться. Мы смотрели на северную стену Капеллы и беспрепятственно могли разглядывать по крайней мере то, что было перед глазами. Это были фрески на северной стене.

Все, кого мы могли видеть, а я был выше многих, были в католических одеждах – мужчины и женщины. Они продолжали говорить, смеяться и время от времени петь – это мы и слышали с другой стороны перегородки. В противоположном конце, в центре, как выяснилось позже, стояло кресло – трон. Большего увидеть не было возможности. Еще пару раз в двери раздавался стук, стоявший при двери «приказчик» высовывал голову и, как мы уже знали по своему предыдущему опыту, получал информацию от семенившего-приседавшего АА. Как выяснилось, эту информацию «приказчик» никому не передавал и ничего не объявлял. Мы сидели тихо и терпеливо ждали.

Но вдруг по центральному проходу стал продвигаться весьма импозантный мужчина, облаченный в сутану. Он тихо что-то спрашивал, внимательно оглядывая сидящих. Мы сидели вдоль стены, а он шел по центральному проходу, на значительном расстоянии от нас, но мне показалось, что он тихонько говорит: *"KaAAne familia"*. Я, не веря себе (но мой слух, очевидно, был обострен до предела), прошептал своим: «Похоже, зовут нас». Ада бросила на меня возмущенный взгляд: «У тебя нет никакого уважения к присутствующим. Ты понимаешь, что нам уже некуда двигаться! Некуда!» Но импозантный мужчина дошел до конца, увидел нас и, явно обращаясь к нам, произнес более четко, с утвердительно-вопросительным оттенком: *"KaAAne familia?"* Мне пришло в голову, что наконец-то официальные лица разобрались, что к чему, и хотят выставить нас из Капеллы, и мы не должны устраивать шум, а уйти, как нам прикажут. Не обращая внимания на запрещающий взгляд Ады, я встал. Импозантный мужчина расплылся в широчайшей улыбке (с такой улыбкой не выбрасывают людей из приличного места) и жестом пригласил следовать за ним. Люди, напротив которых мы сидели на боковой скамье, встали и позволили протиснуться мимо них, глядя на нас с изумлением. На нас троих (они слышали, что мы *KaAANe familia*), одетых совершенно не по случаю, здесь, где должен был сидеть только цвет польской католической церкви. Абсолютно непонятно, что это за троица! Как они сюда попали? Какие высшие силы привели их сюда? Почему? По чьей воле?

Импозантный мужчина пригласил нас следовать за ним по центральному проходу. Только теперь мы увидели планировку предстоявшего события. Перед первой скамьей сидящих людей был барьер из белых колонн в форме шахматных пешек, с массивной резной планкой поверх их – явно временное сооружение. Барьер был с проходом. Сразу за барьером стояли два стола, покрытых ярко-фиолетовыми плюшевыми скатертями, украшенными золотыми витыми шнурами с кистями. Спинками к барьеру стояли тяжелые стулья из резного дерева. А за столами стояло очень богато украшенное, величественное золотое кресло-трон – очевидно, для самого Папы.

Потребовалось всего мгновение, чтобы осознать это великолепие, а мы все еще медленно продвигались вперед. Станислав опять исчез. Мы были предоставлены сами себе. Теперь все сидящие в Капелле уставились на нас. Совершенно растерянные, мы продвигались по проходу в своих наицивильных, старомодных одеждах, нелепо выделяющиеся среди людей, облаченных в одежды, предписанные католическим каноном. Было самое время провалиться сквозь пол Капеллы.

Наш сопровождающий остановился у второй от барьера скамьи в правой половине. Он просто поглядел на сидящих и сделал движение ладонями – раздвинуться. Опять произошло, вопреки всем законам природы, необъяснимое уплотнение человеческой плоти. На скамье вдоль стены проползла волна и образовалось одно место, а на второй от барьера скамье образовалось место, которое непонятно как должно было вместить Аду и Яну. Весь второй ряд дружно поднялся, и мы – я, а за мной Ада и Яна – протиснулись к нашим местам. Все сели одновременно. Мне хватило места на одну ягодицу, а вторая разместилась на коленях соседа. Позже выяснилось, что Ада и Яна сидели так же. Мы отсидели так около четырех часов. Естественно, сосед с другой стороны сидел наполовину на моем колене. Никто ни перед кем не извинялся. Кстати, одно из первых слов, которое мы выучили по-итальянски, – *me scusi* (извините меня). При всех неудобствах пришло некое спокойствие: больше нас трогать не будут, просто уже нет места, куда нас можно пересадить, и нас не вышвырнут. Мы стали ждать появления Папы. Теперь мы могли немного оглядеться. Со своей скамьи я мог осмотреть сидящих на перпендикулярных скамьях, а Ада и Яна могли рассмотреть сидящих на их скамье соседей, насколько можно было вращать глазами. Наши тела были в тисках.

Рядом с Адой, справа от нее, сидели трое мужчин в сутанах, как и все остальные. А слева от Яны сидел старик с белоснежной бородкой длинным острым клинышком и большими, такими же белоснежными, холеными усами. Одет он был в великолепнейший средневековый костюм из иссиня-черной муаровой ткани. Верхом этого костюма был некий мундир, с черными галунами и черными эполетами. На голове у него был черный головной убор – высокий цилиндр с небольшим козырьком, отделанный серебром. Спереди от середины цилиндра вверх взвивался белоснежный плюмаж из страусиных перьев, конец которых завивался упругим кольцом. Из-под головного убора сбегали на плечи белоснежные волосы. Яна успела поговорить с ним по-английски. Это был главный инженер Ватикана. Следующим сидел мужчина в куртке из бархата, переливавшегося бирюзовыми и изумрудными бликами, с огромным, белоснежным, кружевным воротником. Весьма плотный и крупный, он имел достаточно пространства на плечах и груди, по которым были развешаны витые золотые жгуты, выложенные в замысловатые узоры. С плеч на грудь ниспадала тяжелая цепь с крупными, очень сложной формы звеньями, на которой висела многолучевая звезда в комбинации с крестом, да еще с каким-то огромным камнем в центре. Потом я рассмотрел его брюки – бриджи из ярко-синего бархата, до середины голени, со сложной, красочной вышивкой, а ниже – белые чулки и огромные туфли с огромными пряжками. Главный инженер сказал Яне (видно было, с огромным наслаждением: рядом сидела не какая-то монашенка, каких он видел толпами, а непонятная девица-краса 15-ти лет!), что это был мэр Кракова. Рядом с мэром сидела его жена в национальной польской одежде, очень красочной, в жилетке со сложнейшей многоцветной вышивкой. А дальше сидели еще мужчина и женщина в польских национальных одеждах – комбинации тирольской и украинской одежд. На женщине, кроме всего прочего, был большой ярко вышитый передник, вокруг него множество ярких разноцветных лент, на голове венок из цветов. Если добавить к этим людям Аду и Яну, одетых, скажем, отлично от обычных норм Италии, и персонажей, описанных выше, да еще меня, сидевшего сбоку, – то наш ряд выделялся из всех остальных присутствовавших как яркое пятно.

Прошло какое-то время, из-за перегородки раздался шум, возгласы и аплодисменты, и я увидел, как задние ряды стали подниматься. Поднялись и все мы, через несколько секунд и в нашей секции раздались аплодисменты: по центральному проходу очень степенно вышагивали 12 кардиналов. Они пришли к двум столам, от нас через ряд, подошли к шикарным стульям, повернулись к нам лицом, слегка поклонились и сели.

Через пару минут из-за перегородки раздался общий, глубокий вздох, овация, мы все опять встали и будто замерли. Из-за спин стоящих людей мы еще ничего не могли видеть, но догадывались. Наконец мы увидели медленно идущего по центральному проходу Папу. Он шел, останавливаясь, поворачиваясь к правым и левым скамьям, приветствуя всех поднятыми руками. У него было открытое, приветливое лицо, простая улыбка. Он был опять в белом одеянии, но без митры, а в белом пилеоулусе (ермолке). Все аплодировали, а главный инженер вынул огромный, белоснежный, вышитый кружевами платок, и видно было, что он утирает глаза. Впоследствии, когда говорил Папа, его глаза беспрерывно слезились, и этот платок уже не убирал в карман.

Папа подошел к креслу-трону, махнул нам всем рукой, прося сесть и прекратить аплодисменты. Сначала сели стоявшие кардиналы, а потом и все остальные. Наступила глубокая тишина, все замерли. Те, кого я видел рядом со мной, смотрели на понтифика немигающим взглядом. Видно было, что они ждут каждого его слова

Вся последующая служба (я называю это службой условно) шла преимущественно по-польски, а большинство молитв и псалмов – на латыни. В этот раз никто не держал перед Папой текстов, он произносил молитвы, пел молитвы и псалмы по памяти. Все присутствующие (за исключением нас) произносили всё по памяти, все знали, когда вторить словам понтифика, когда вступить со своим пением, когда сказать «Аминь». Ни разу не прозвучало чье-то невпопад сказанное слово или спетая строка. Мы понимали некоторые польские слова. Часть того, что он говорил, было нерелигиозного содержания – видимо, наставления политического и житейского толка, философские соображения. Все часто вставали, знали, когда нужно встать и сесть.

Говорил Папа обычным, спокойным голосом (немного выше баритона), но весьма выразительно, с очень живой, но сдержанной жестикуляцией. Звучали знакомые «Матка Боска Ченстоховска», «Еще Польска не сгинела». Мы улавливали знакомо звучавшие слова: добро, зло, бесправие, справедливость, неволя, убожество духа, счастье, несчастье, вольность (свобода), неволя, терпеливость и другие. Он осматривал весь зал и в какой-то момент явно заговорил о Советском Союзе, об угнетении и бесправии подсоветской Европы и советского народа; в этот момент он остановил взгляд на нас, и мы уловили слова «люди интеллектуалы» - точнее, слово, очень близкое по звучанию, которое мы гораздо позже перевели как интеллигенция. Мы видели, что он заметил нас – мы сидели во втором ряду (в нескольких метрах от него), резко отличаясь от присутствующих, и нас было трое, сидевших вместе. Он прожил десятки лет в подсоветской Польше и прекрасно знал, как выглядят люди из Советского Союза. Мы догадывались, что он, наверное, был удивлен, увидев нас среди своих столь недавних сограждан – эта служба планировалась исключительно для польской аудитории католиков. Можно лишь догадываться, знал ли он об еврейской эмиграции из Советского Союза, и если знал, то понимал ли, что здесь присутствует еврейская семья, попавшая сюда непонятно как, в обход ватиканской администрации, которая явно была организатором этого события и, скорее всего, утверждала список присутствующих.

У нас троих было весьма различное восприятие происходившего. Общим было то, что мы, совершенно нерелигиозные люди, попали в очень специфическую, религиозно заряженную атмосферу. Повторю – сотни миллионов людей посещали Капеллу как туристы, сфокусированные на изучении или просто созерцании окружавшего их великолепия. Может быть, в своем воображении они представляли себе что-то, что могло происходить в стенах этой Капеллы за все эти пять столетий. Мы оказались в Капелле среди глубоко верующих католиков в весьма необычный момент их религиозного экстаза – они находились рядом со своим высочайшим религиозным авторитетом – Папой – в месте его общения с Богом! И мы видели и ощущали их сверхэмоциональное состояние, ведь многим такая возможность выпадает раз в жизни!

Верующие люди, большей частью среднего и старшего возраста, съехались в Ватикан на эти дни не только из Польши, но со всего света. Для них он был первый Папа из их среды, свой, близкий, поляк. Он был вроде знамения божия, данного им в момент, когда они начали свою борьбу с советской системой, в момент зарождения движения Солидарности – это слово уже пробивалось на радио сквозь глушение на коротких волнах.

Служба подошла к концу. Мы не имели представления, сколько она длилась – никто не смотрел на часы. Первыми встали кардиналы, за ними и все присутствующие. Кардиналы ушли, как и в самом начале, медленно и торжественно. Они просто присутствовали и никакого участия в происходившем не принимали. Потом, с чашей в руках (откуда она взялась, неясно), по центральному проходу вышел Папа. Назначение чаши было непонятно. Практически все приостановилось, и я ничего не мог видеть из-за сплошной стены мужских и женских сутан. Яна была рядом с мэром Кракова, и ее волосы запутались в его великолепной цепи. Все ее попытки освободиться были безуспешны, она только больше запутывалась. Похоже было, что он так и утянет ее с собой. Яне ничего не оставалось, как вырвать клок своих волос – потеря, конечно, но зато мы долго потом смеялись и давали возможность другим повеселиться, когда рассказывали всю нашу историю.

Толпа медленно протекала через центральный проход. Мы были одними из самых последних и в конце концов увидели, что Папа крестил и благословлял каждого (!) и вкладывал каждому в рот белую облатку. В этот момент все реагировали по-разному. Одни закрывали глаза, другие в благоговении смотрели вверх, третьи не отрываясь смотрели на Папу, складывали руки ладонями – все по-разному. Я прошептал, что, конечно, возьму облатку. Реакция Ады была мгновенной, она зашептала: «Это только для верующих католиков! Ты не имеешь права обманывать этого человека!» Абсолютно бесполезно пытался я самыми короткими фразами продавливать сквозь зубы, что Папа дает облатку каждому, что мы оскорбляем его! Все было бесполезно! Ада была неумолима! Мы медленно приближались к Папе. Все проходили перед ним лицом к лицу. Я был в бессильном бешенстве и полностью скован. Я не представлял себе, как можно было пройти мимо Папы с приготовленной им облаткой и не взять ее.

За мгновение до того как оказаться лицом к лицу с Папой, я низко склонил голову и следующим шажком миновал его! Я проклинал себя и своих стражников! Я хотел видеть его лицо, обменяться с ним взглядом, глаза в глаза, этот момент должен был стать для меня незабываемым: стоять лицом к лицу с человеком, за которым идут сотни миллионов людей! Это мгновение было упущено, унеслось мимо меня в прошлое! Я не знаю, перекрестил ли он меня. В какой форме Ада и Яна отказались принять благословение и облатку, я не видел, – моя голова была низко наклонена. Они же были невероятно возбуждены, ожидая от меня чего угодно, и совершенно не помнят, как они проходили мимо Папы: их главная забота была сдержать меня! Проходя через ту же самую отгороженную часть Капеллы, которая, конечно, давным-давно была пуста, я подумал о тех десятках людей, которые и мечтать не могли получить благословение от Папы. Я полагал, что он должен был быть в полном недоумении – как эта троица пробралась к нему? Зачем? Для какой цели быть здесь и отказаться от благословения, которое все мечтали получить от него! Очевидно, мы были одними из последних, кто проходил мимо него, и я думаю, он запомнил нас и, скорее всего, был удивлен.

Следуя за теми, кто вышел раньше нас, мы прошли к главному входу в Капеллу. Опять проходили мимо бравых гвардейцев, но уже без грохота-звона. На площади у выхода все еще толпились люди, но сама площадь в этот воскресный вечерний час была пустынна. Мы нашли Станислава, ждавшего нас рядом с гвардейцами.

Нам надо было поторапливаться на последний воскресный автобус в Ладисполи, он тоже торопился, но мы решили пройтись, перед тем как распрощаться. Конечно, мы благодарили его – эти два дня были полны самыми невероятными событиями. Пересекли площадь и двинулись по улице Согласия к Тибру, к замку Св. Ангела. Миновали то кафе, где Станислав подошел к нам.

Хотя можно было о многом поговорить, но мы шли в основном

молча. Мы порядком устали от бесконечного потока впечатлений. Станислав опять стал спрашивать нас, какой мы видим нашу жизнь в Штатах, и вдруг пришло понимание, что необыкновенный праздник кончился, мы возвратились в наш мир незнания, неопределенности, неустойчивости, ожидания новых, непредвиденных препятствий, гораздо более сложных, чем те, что мы испытали за эти два дня. Станислав тоже выглядел озабоченным. Он не мог вернуться в Польшу и не мог оставаться в Италии по чисто формальным обстоятельствам. У него были друзья в Париже, где имелась польская коммуна, но они должны были вскоре уехать оттуда. Мы были в одинаковом положении.

Мы дошли то Тибра. Постояли немного. Станислав записал нам в телефонную книжку адрес парижских друзей. Дул сильный, порывистый, холодный ветер. Над Тибром вились тяжелые клубы тумана, через которые прорывались лучи фонарей на мосту – мы то погружались во мрак, то освещались неровными отблесками света. Мы пожали руки, обнялись и замерли на мгновение. Станислав резко повернулся и пошел по мосту. Черная накидка вилась и металась вокруг него, вздувалась парусом, клочья тумана охватили его, казалось, что он медленно отрывается от земли и тает на наших глазах. Через несколько мгновений черная тень мелькнула в последний раз, и он полностью растворился в тумане! Мы стояли, пораженные этой фантасмагорией! Как будто его и не существовало!

Мы успели на последний автобус, и как вчера, пришли домой к полуночи. Мы чувствовали себя разбитыми: голодные, без капли воды. Друзья ждали нас и открыли дверь, как только мы подошли к ней. Как и вчера, они волновались. Б** сразу налетел, язвительно спросив: «Ну, Кане, рассказывайте. Может быть, вы опять провели время с Папочкой?» Мы спокойно ответили – да. Б** с известной долей сомнения спросил: «Что, серьезно?» Мы сопротивлялись, но они заставили нас все рассказать. Сначала они смотрели на нас с некоторым недоверием, но потом признали, что сочинить такую историю, с такими подробностями, и рассказать ее, не противореча друг другу, невозможно. В конце концов они отпустили нас, и в полном изнеможении мы ушли к себе. В течение нескольких следующих дней мы должны были пересказывать наши приключения всем знакомым и незнакомым обитателям Ладисполи.

Эпилог

Эта наша история постепенно разошлась кругами по Ладисполи. Она завершила свой круг так. Центром сбора нашего люда в Ладисполи была прибрежная площадь с фонтаном. Это было самое удобное место встреч, где происходил обмен информацией, сплетнями и прочее. Очень яркой группой среди нас были выходцы из Одессы, всем нам известные своим юмором, деловой хваткой и напористостью. Выходцы из Ленинграда уступали им по многим таким пунктам, и одесситы считали, что ленинградцы заносятся не по делу. «А что это ленинградцы такие гордые? И что они такое вывезли?» – запомнившаяся нам фраза того времени. Так вот, стоя у фонтана, мы услыхали: «Вы не представляете, на что способны эти одесситы! Тут целая семья прорвалась на прием к Папе Римскому! До чего обнаглели! К Папе! Римскому!» Мы все трое подмигнули друг другу.

Мы беспрерывно писали письма из Ладисполи в Ленинград, описывая очень подробно все, что происходило с нами в Италии: все этапы получения разрешения на въезд в США – через *HIAS, JOINT*, заполнение иммиграционных анкет, собеседование с американским консулом, медицинский осмотр, как, где и что мы покупали, что видели. Естественно, описали и эту нашу историю. Мы более или менее регулярно говорили с Ленинградом из Ладисполи, и нас постоянно ругали – что с вами происходит? Почему от вас нет писем? Письмо о встрече с Папой Римским было чуть ли не единственным, дошедшим от нас в Ленинград! Все остальные письма были перехвачены.

Яна сказала нам впоследствии, что эти три дня произвели на нее глубочайшее впечатление. Вид тысяч религиозных людей, принимавших участие в обрядах, обставленных с роскошью и незнакомой нам отработанной веками точностью, привел ее к мысли, что, наверное, в этой религии есть какое-то начало – очень мощное, привлекающее массы людей. У нее даже мелькнула мысль – не приобщиться ли к католицизму!

Мы прибыли в США в марте, сняли квартиру в Бруклине, и как только у нас появился адрес, написали Станиславу в Париж по адресу, который он дал нам при расставании. Наверное, все так и произошло, как он предполагал: его друзья съехали с этой квартиры. Мы писали ему несколько лет – безрезультатно.

Несколько десятилетий, прошедших после тех событий, мы практически не обсуждали личность Станислава – польского ксендза Станислава У. Честно говоря, мы плохо его помним, так как лично с ним провели всего несколько часов – он все время исчезал, устраивая нас и передвигая в новые места. Теперь, когда родился конкретный, связный пересказ тех событий, возникает вопрос: что им двигало? Что заставляло его предпринимать совершенно необычные шаги, внедряя трех случайно встреченных еврейских беженцев, даже не эмигрантов, в самый центр католических, польских событий?

Каждый год, более 25 лет, в доме наших близких друзей мы справляем Песах, где я пою все, что положено согласно Седеру. Среди всех прочих молитв и песен Седера есть одна, Дайэйну, что переводится как «И этого было бы достаточно». В этой песне перечисляются благодеяния Всевышнего по отношению к еврейскому народу, а припевом как раз и является «Дайэйну» – «и этого одного благодеяния было бы достаточно».

Было бы вполне достаточно того, что Станислав провел нас в базилику и усадил в последнем ряду нефа. Но он продолжал перемещать нас, пока не усадил в самом центре собора, под главным куполом. Нам это уже казалось невероятным. Было бы достаточно провести нас в Капеллу и, раздвинув тесно сидящих людей, усадить нас в ее части, как раз и предназначенной для посетителей, не имеющих религиозного сана. Уговорить же «лавочного приказчика» впустить нас в основную часть Капеллы, а затем «импозантного мужчину в сутане» переместить нас во второй ряд – это выходило за рамки разумного и возможного.

Он мог покинуть нас после окончания служб, но терпеливо ждал у выхода. Из базилики мимо него прошли тысячи людей, но он нашел нас и в конце концов пригласил на папский прием в Капелле.

Зная установившуюся многовековую бюрократию Ватикана, можно легко себе представить, что списки приглашенных в Капеллу утверждались ватиканской администрацией. Пропуска, которые мы храним, не именные, но каждый имеет свой номер. Каким-то образом Станиславу в течение нескольких минут удавалось уговорить гвардейцев полностью игнорировать четкий порядок пропуска приглашенных. Мы не в состоянии сформулировать аргументацию, которую Станислав мог привести в нашу пользу, чтобы добиться от людей с административными полномочиями пропустить семью никому не нужных беженцев – не католиков, евреев. По-видимому, есть люди, которыми движет какая-то высшая духовная сила добра, желание сделать что-то хорошее для других – та великая сила, которая компенсирует зло и держит человечество на плаву.

Когда я писал эти заметки, то вновь вспомнил инцидент с облатками, когда мы проходили мимо Папы практически лицом к лицу. Ничего не изменилось за прошедшие 37 лет. Я по-прежнему считаю, что мы должны были взять облатки и принять его благословение. Ада категорически утверждает, что облатка имеет религиозный смысл, важный для верующих католиков, и что было бы лицемерием с моей стороны принять то, во что я не верю, и что это недостойно – сознательно нарушать многовековой обряд. Яна держит нейтралитет между спорящими родителями. Всегда, когда мы рассказываем эту историю в новой аудитории, мнения по этому поводу расходятся точно так же.

Яна Кане – родилась и выросла в Ленинграде. Несколько лет училась в ЛИТО под руководством Вячеслава Абрамовича Лейкина. Эмигрировала в США в 1979 году. Закончила школу в Нью-Йорке, получила степень бакалавра по информатике в Принстонском университете, затем степень доктора философии в области статистики в Корнелльском университете. Живет в США с мужем и дочкой. Работает в должности *Senior Principal Engineer* в фирме *Comcast*. Стихи и проза Яны Кане на русском языке вошли в сборники «Общая тетрадь», «Неразведенные мосты» (2007 и 2011), «Страницы Миллбурнского клуба» (2011 – 2015) и «Двадцать три». Стихи на английском языке и переводы печатались в журнале "*Chronogram*".

Книга Книгоеда

Часть первая

Когда моя дочка только-только научилась читать и начала входить во вкус этого занятия, я написала для нее сказку "*The Book of Bookworm*". Впоследствии я перевела эту сказку на русский язык и назвала ее «Книга Книгоеда». В этот номер сборника Миллбурнского клуба вошли первые три главы «Книги Книгоеда». Надеюсь, что продолжение будет опубликовано в следующих номерах сборника.

Глава 1. Яйцо

Жизнь Книгоеда началась так же, как и у любого другого дракона. Его матушка, Рвилапа, почувствовав, что в брюхе ее начало созревать яйцо, оставила свое логово и вылетела на поиски гнездовья. Выбирала она долго и придирчиво, но наконец ей удалось приглядеть отличное местечко – лесистый холм, возвышавшийся над большим и богатым приморским городом, еще не обремененным драконом. Жизненным центром города был торговый порт. Корабли, груженные специями, шелком и прочими драгоценными товарами, прибывали сюда из многих стран, и золото обильно текло из рук в руки.

Рвилапа была из породы драконов-златокопителей и надеялась, что ее отпрыск нравом пойдет в нее. Но выбранный ею город подходил и для дракона с другими наклонностями. За городскими стенами расстилались поля и луга молочных ферм, обещавших отличную ловлю домашнего скота в случае, если юный дракон пойдет нравом в отца и окажется охотником. Ну а если дракончик предпочтет охоту на людей, то и в этом случае ему будет кем поживиться. Осенью и зимой холмы, поросшие густыми лесами, привлекали охотников и дровосеков. А весной и осенью девушки ходили в лес за ягодами, грибами и лечебными травами.

Рвилапа приземлилась и вскоре нашла глубокую трещину в камне. Она принялась расширять вход, ломая и отбрасывая известняк мощными когтистыми лапами. Выкопав достаточно просторную пещеру, она улетела. Несколько недель спустя дракониха вернулась к облюбованному месту. Летела она медленно и тяжело, в ее лапах был зажат огромный деревянный сундук. Она втащила его в пещеру и вывалила груду золотой утвари, украшенной драгоценными камнями. Дракониха еще несколько раз улетала и возвращалась с набитым сундуком, и наконец пол пещеры был весь завален сокровищами.

Закончив приготовления гнездового клада для своего отпрыска, Рвилапа отложила на вершине сверкающей груды крупное яйцо, черное, в золотых прожилках. Она высиживала его семь месяцев, семь дней и семь часов. Наконец, точно в срок, скорлупа треснула. Рвилапа слезла с гнезда и застыла в ожидании. И вот из трещины в скорлупе высунулось черное чешуйчатое рыльце с золотыми ободками вокруг ноздрей. Дракониха-мать выдохнула искру своего огня в каждую ноздрю. Рыльце убралось обратно в яйцо, раздался чих, поднялось облачко дыма. Рыльце снова высунулось, и теперь из его ноздрей вырывались два маленьких, но ровных язычка пламени.

«Я, Рвилапа, нарекаю тебя Палижаром! Да будут крылья твои сильными, когти твои острыми, и да будет твое пламя жарким долгие века!» – пророкотала дракониха. На этом ее материнский долг был исполнен.

Она выползла из пещеры и распахнула крылья. К тому времени, когда новорожденный дракончик освободился от скорлупы, Рвилапа была не более чем черным, все уменьшавшимся силуэтом на фоне утренней зари.

Дракончик, иссиня-черный, с золотым зубчатым гребешком вдоль хребта, сидел на куче сокровищ и с интересом оглядывал открывшийся ему мир. Прямо перед ним, у входа в пещеру, лежала большая раскрытая книга. Свежий утренний ветер шевелил страницы.

Эта книга и многие десятки других томов были частью гнездового клада, оставленного Рвилапой для новорожденного. Книги эти оказались там, конечно же, не потому, что мать-дракониха хотела воспитать в своем сыне любовь к чтению. Просто ее прельстили переплеты, крытые золотом и украшенные самоцветами. В те времена книги приходилось писать вручную, они были предметами роскоши. Короли и прочие влиятельные люди, которым хотелось продемонстрировать свое богатство и важность, заказывали книги в драгоценных окладах. С точки зрения Рвилапы, в этом и состояла значимость книг. То, что было внутри, ее не интересовало.

Дракончика пока тоже не интересовало, что было написано в книге. Но его привлекли яркие краски картинок, мелькавших в солнечных лучах, – страницы были расписаны киноварью, лазурью, золотом. Он протянул лапку, выдрал лист и осторожно надкусил его. Тотчас же пасть его наполнилась восхитительно вкусным сочетанием сладости и пряной горечи, а в брюшке разлилось приятное тепло. Ему попалась книга, где были записаны мудрые и бессмертные притчи, которые сочинил человек по имени Эзоп в далекой древности.

Истинная пища драконов – это могущество и власть. Как правило, драконы питаются наиболее очевидными источниками могущества – страхом, богатством, красотой. Поэтому они жгут и опустошают поселения, накапливают в пещерах горы сокровищ или уносят прекрасных девушек и держат их в плену. Но этот вот новорожденный дракончик случайно наткнулся на совсем другой вид могущества – власть книг.

Глава 2. Книгоед

Юные драконы развиваются очень быстро. Вскоре Палижар подрос и окреп настолько, что почувствовал себя готовым объявиться в городе Семь Холмов, который был предназначен ему во владение. Как и любой другой дракон, Палижар получил азы драконьей премудрости с огнем своей матери. Он знал: чтобы утвердить свою власть над людьми, важно произвести на них должное впечатление в момент первой встречи, правильно сбалансировав в них ужас перед новым огнедышащим властителем с надеждой на выживание, чтобы они не смели восставать против драконьей власти, но и не покинули бы родных мест.

Однако хотя всякий начинающий дракон знает, чего он должен добиться, каждый должен сам выбрать способ достижения цели – в соответствии с характером населения, которое ему предстоит покорить, и со своим источником власти и силы.

Палижар придумал несколько необычный первый ход. Поскольку совсем недавно он с аппетитом прочел и усвоил трактат по риторике, он решил составить и продекламировать жителям Семи Холмов сногсшибательную речь. Он был уверен, что оратор из него получится настолько красноречивый и убедительный, что все население города падет ниц перед его лапами и будет безропотно служить ему во веки веков. Сам процесс подготовки речи по правилам классической риторики доставил Палижару истинное удовольствие. Он тщательно отрепетировал ее со всеми подобающими драматическими позами и жестами, подкрепляя наиболее важные моменты яркими вспышками пламени. Наконец он был полностью удовлетворен.

Дракон сидел на вершине холма и обозревал раскинувшийся внизу город. Золотой свет ясного осеннего дня сверкал на ряби гавани и румянил черепичные крыши. На главной площади царила суматоха. Празднично одетые толпы теснились среди ларьков и прилавков. Легкий ветерок доносил до ушей Палижара обрывки музыки. Ярмарка в Семи Холмах удалась – люди толпами валили на площадь, наслаждаясь редким для поздней осени теплым деньком.

«Да, – подтвердил Палижар самому себе, – сегодня самый подходящий день. Они там размякли и не ожидают никаких бед. И как раз собрались все вместе, так что все вместе меня и услышат».

Он взвился в воздух и понесся к городу, набирая скорость. Даже в пути он все повторял про себя свою замечательную речь, предвкушая неизгладимое впечатление, которое произведет каждая отточенная фраза, каждый...

ГРОХ! Увлеченный фантазиями о своих ораторских успехах,

Палижар с лету врезался в крышу здания. Черепица и остов крыши проломились. Он рухнул в дыру, но толстые поперечные балки выдержали и не дали ему провалиться дальше. Некоторое время дракон лежал, ошеломленный случившимся. Придя в себя, пристыженный и покрытый ушибами, он поднялся и вылез на оставшуюся часть крыши. Он сидел там, в облаке густой черепичной пыли, кашляя дымным огнем и потирая расцарапанное крыло.

Наконец, прочистив горло, он посмотрел вниз, на площадь и гавань. Тотчас же его смущение испарилось, и он воспрянул духом. Ох и напугал же он своих будущих слушателей! Невероятный грохот падения и последующее появление дракона, выкашливающего шары пламени за завесой кроваво-красной пыли, придали сцене зловещий размах, ввергший всех в полную панику. Люди метались с воплями ужаса, кони оборвали поводья и неслись прочь, обезумев от страха. В гавани на одном из кораблей кто-то, совершенно потеряв голову, поднял белый флаг на мачте.

Палижар постучал хвостом по крыше, призывая собравшихся к тишине и вниманию. Важно и зычно он провозгласил: «Жители Семи Холмов! Сегодня для вашего города...» Но никто не слушал его, все были слишком заняты собственной паникой. Палижар еще раз грохнул по крыше хвостом, обрушив вниз ливень черепицы. Он снова начал, еще более зычно: «Жители Семи Холмов...»

Но внизу люди продолжали метаться и вопить, спотыкаться на рассыпанных яблоках и поскальзываться на разлитой браге. Где же были те толпы благоговеющих слушателей, которых он представлял себе внимающими его великолепной речи?

Дюжина кур с шумом вырвалась из сломанной клетки. Неистовое кудахтанье и хлопанье крыльев, добавленное бестолковыми птицами к общей неразберихе, стало последней каплей, переполнившей неглубокою чашу драконьего терпения. Отбросив риторику с ее завитушками, Палижар перешел к главной теме.

– Я есть хочу! – заорал он, сопровождая слова огромными языками пламени. – Прекратите этот балаган и сейчас же несите мне книги, безмозглые твари!

Толпа внизу поредела. Некоторые попрятались в зданиях, другие выбрались с площади и улепетывали по улицам. Тревога распространилась по всему городу. Слышался нестройный звон церковных колоколов и ответный вой медных труб издалека – созывали городское войско Семи Холмов.

Дракону пришло в голову, что он перегнул палку. Он попытался снова обратиться к перепуганным людям, на этот раз менее грозным голосом и без языков пламени: «Я никого из вас есть не собираюсь. Мне нужны только книги». Нет, никакого улучшения не последовало. Все его попытки разумно поговорить с этими болванами были явно обречены на провал. Палижар решил применить самую простую драконью тактику: хватай то, за чем пришел.

Палижар на бреющем полете прочесывал пораженный ужасом город. Настроение у него было премерзкое – он был горько разочарован своей первой встречей с людьми. Эти существа, которые на страницах своих книг казались такими интересными и разумными, на деле оказались такими же бестолковыми и трусливыми, как и их курицы. Вот теперь-то Палижар понял, почему многие другие драконы воспринимали человечество только как разновидность пищи.

Пока он летел, ноздри его втягивали влажный воздух и распознавали множество разных запахов: вот водоросли, дым, навоз, человеческая снедь, расплавленная смола, сточные канавы, свечной воск... Ах, вот, наконец, аппетитный аромат чернил и пергамента. Он приземлился на булыжной мостовой перед добротным приземистым домом. Вкусный запах доносился из открытого окна на втором этаже. Привстав и вытянув шею, Палижар заглянул в комнату. И правда – полки вдоль стен были заставлены книгами, а также свернутыми картами, причудливыми морскими раковинами и медными навигационными инструментами. Большой стол в углу тоже был завален книгами и отточенными перьями и пергаментом. Лужа чернил расползалась по полу вокруг разбитой чернильницы.

Палижар облизнулся и протянул лапу к ближайшей груде книг. Тут он заметил в комнате человека. Рядом со столом стоял широкоплечий бородатый мужчина. Бородач как раз надевал на себя пояс с мечом в ножнах, но замер в изумлении, узрев перед собой чешуйчатую драконью физиономию. В следующее мгновение человек опомнился. «Изыди, исчадие зла!» – воскликнул он и выхватил меч из ножен. Палижар полыхнул пламенем. Человек вскрикнул – его борода загорелась. Уронив меч, он рухнул на пол и покатился. Через мгновение, сбив огонь, он снова вскочил. В глазах его зажегся боевой дух, он снова метнулся к мечу. Палижар хотел было снова обдать его огнем, но заметил, что от бородатого человека сильно пахнуло чернилами. «Может быть, он сам книги пишет?» – мелькнуло в голове дракона. Палижару стало любопытно: какого рода книги? О чем они? Если сейчас убить его, то, может быть, никогда уже не удастся узнать, каковы на вкус его слова и мысли.

Привстав повыше, Палижар засунул голову в комнату, схватил зубами меч и выплюнул его на улицу. «Прочь отсюда!» – прорычал он пропахшему чернилами человеку. – «Я есть хочу, так что эти книги – мои», – добавил он, грозно лязгнув клыкастыми челюстями. Но бородач не хотел отступать, он стоял на месте и непокорно смотрел в глаза дракону. «Вон!» – заревел Палижар и поджег медвежью шкуру у самых ног упрямца. Наконец-то тот повернулся и выбежал из комнаты.

Палижар, протиснув плечи в комнату, сгреб книги со стола. Собрав в охапку как можно больше томов, он отправился в обратный путь.

В своем логове Палижар с удовлетворением оглядел ворох добычи. Пожалуй, его первая вылазка в город прошла неплохо. Конечно же, население сейчас взбудоражено, за ним придется присматривать. Драконья премудрость гласила, что после первой атаки пострадавший город нередко предпринимает попытки избавиться от нового властителя. Но от книг так аппетитно пахло. «Всего пару страничек. Все равно они так быстро не смогут сюда добраться», – успокоил он самого себя, взял в лапы ближайший том и открыл его.

– Я, Бореалис Терханд из Семи Холмов, правдиво и без прикрас расскажу здесь о плаваниях «Полярной Звезды», в которых мне довелось участвовать. Впервые я ушел в море, когда мне было лет двадцать от роду. Я тогда работал счетоводом и надсмотрщиком за складами у купцов, которые владели «Полярной Звездой». Они мне доверяли и всё больше полагались на меня в своих делах. Они решили послать меня в качестве своего представителя, чтобы торговать с Погонщиками Северных Оленей в дальних Белых Землях. Я тогда молод был, любопытен и все хотел приключений. Я с радостью согласился. Слышал я, что Погонщики Северных Оленей были колдунами, могли на санях своих по воздуху летать и радугу на ночном небе показывать. Мне любопытно было поглядеть на это своими глазами. А еще я слыхал, что они злые, плохой народ. Но в том путешествии мне довелось узнать...

Вскоре дракон полностью погрузился в чтение, забыв обо всем на свете.

Книга «Плавания Полярной Звезды» сильно отличалась от всего, что ему приходилось читать до сей поры. Королевская библиотека в его гнездовом кладе состояла в основном из античной классики. Там были и поэзия, и драма, и история, и учебники, и философские трактаты. Бореалис Терханд был человеком намного менее образованным и искушенным в литературном мастерстве, чем авторы книг из гнездового клада. Его книга описывала реальные события без поэтических прикрас и без длинных пояснений. Он просто сообщал о том, что происходило с ним на «Полярной Звезде», где он был вначале пассажиром, потом членом экипажа и наконец капитаном.

Писал он порой сбивчиво, его стиль пестрел простоватыми, даже грубыми выражениями, а также грамматическими ошибками. Сама книга вместо драгоценного оклада была переплетена в свиную кожу без всяких украшений, а вместо искусно расписанных миниатюр на ее страницах были нехитрые, но живо схваченные зарисовки кораблей, людей, городов и морских карт. Капитан Терханд одинаково скупыми и простыми словами описывал и будничные детали погрузки товаров, и кровавые столкновения с пиратами. Он отмечал подробности климата и обычаев людей в дальних странах, которые ему привелось посетить. Он рассказывал об экипаже корабля, о привычках и характерах этих людей, об их жизни с ее тяжкой работой, с ее забавными и трагическими приключениями, схватками со штормом, скукой долгих безветренных дней. Преданность и предательство, жадность и щедрость, доброта и жестокость, – всему нашлось место на этих страницах.

О себе лично Бореалис Терханд говорил мало, но все же, читая эту книгу, Палижар ясно представлял себе написавшего ее человека. Этот капитан, прямодушный, наблюдательный, надежный, пришелся по душе Палижару.

А вот Палижар Бореалису Терханду был совсем не по душе. Трудно сказать, что больше возмутило капитана – наглое вторжение дракона прямо к нему в дом, спаленная борода или же то, что ползучая тварь утащила книги, включая единственную набело переписанную копию первого тома его собственных записок о «Полярной Звезде». Бореалис Терханд стоял перед мэром Семи Холмов и перед городским советом старейшин, размахивая обгоревшими остатками медвежьей шкуры, как боевым знаменем. «Мы должны найти этого гада! Мы должны его уничтожить! Нам не будет покоя до тех пор, пока эта чешуйчатая башка не будет отрублена и посажена на кол, кормить ворон!» – заявил он. Толпа горожан одобрительно загудела: «Смерть змеюке! Терханд прав!»

Мэр, человек осмотрительный и мудрый, некоторое время молчал, давая толпе возможность покричать и растратить часть бурлившей в ней энергии. Но наконец он зазвонил серебряным колокольчиком, призывая совет старейшин города и всех собравшихся к вниманию. Он заговорил, и тон его был серьезным. «До сегодняшнего дня наш город процветал благодаря мужеству наших мореходов, – наклоном головы он указал на Бореалиса, – и хорошо обдуманной осторожности нашего совета старейшин. Есть у нас старая поговорка: плыви вокруг острова, а не поперек его. Мы далеко не первый город, подвергшийся нападению такой твари. Мы знаем, что многие другие покупают мир и покой, платя подать дракону. Многие из нас были сегодня на главной площади и слышали, что дракон требовал книг. И ты сам, Бореалис, рассказал, что он не пытался съесть тебя, а только унес несколько книг из твоего дома. Книги – это не слишком высокая цена...»

«Нет, мы не можем покориться этому гаду ползучему! Да, конечно, Ваша Честь, – капитан Терханд повернулся к мэру, – в этот раз это были книги. Но когда и где Вы слышали о драконе, который довольствуется книгами? Он просто испытывает нас. Если мы уступим ему, то в следующий раз он потребует скот и золото, а там уж и человечины захочет».

«Но что же, ты считаешь, мы должны предпринять, Бореалис? Мы – город мореходов и купцов, а не воинов. Наши укрепления защищали нас от армий, но против летучего чудовища они бессильны. Наша городская дружина отважна, но немногочисленна. Она состоит из лучников, а не из латников. Ни один из них не имеет опыта в сражении с драконами. Наши кузнецы не знают секрета изготовления противодраконьих копий и мечей».

– А раз так, – вступил в разговор командир дружины, встав плечом к плечу с Бореалисом Терхандом, – значит, нам нужно обзавестись таким оружием и найти опытного командира, который поведет нас в бой. Нам нужен рыцарь, который знает, как убивать драконов.

– Но где же его найти?

– В Королевстве Белоречья! – воскликнул один из старейшин. – Я с ними торгую. У них там водился дракон, который девушек утаскивал. Много лет он там бесчинствовал. А прошлой весной заехал к ним странствующий рыцарь, да и убил дракона. Рыцарь этот теперь зять короля, и, судя по тому, что я слышал, горько сожале... Ну, ладно, это уже к делу не относится. Короче говоря, я думаю, что он будет очень рад любому предлогу снова оказаться в седле, так сказать.

После недолгих дебатов совет старейшин порешил, что город Семь Холмов предложит три сундука золота королю Белоречья, если тот согласится послать своего зятя помочь горожанам убить дракона.

– Прекрасно, – сказал мэр, видя, что решение было единогласным. – Как только закончится штормовой сезон, мы снарядим корабли и отправим посла в Белоречье. А до тех пор давайте все же испробуем книги.

Мэр знал, что уже наступил сезон непредсказуемых и смертельно опасных осенних штормов. Корабли не смогут выходить в открытое море в течение несколько месяцев. Он надеялся, что за это время удастся наладить мирные отношения с драконом.

– Нет, мы не будем ждать и давать возможность этому монстру снова на нас напасть! Это дело нашей чести! – снова раздался зычный голос Капитана Терханда. – «Полярная Звезда» не боится штормов. Я отправлюсь в Белоречье!

Снова разгорелись дебаты – ведь предложение капитана было очень рискованным. В конце концов его дерзкий план был одобрен. В Семи Холмах его уважали как опытного и искусного мореплавателя. Так что если он был готов рисковать собственной жизнью и мог убедить свою команду последовать за ним, то совет старейшин согласился снабдить экспедицию золотом.

На следующее утро «Полярная Звезда» отшвартовалась.

Позже, тем же днем, закончив читать о том, как «Полярной Звезде» удалось пережить особо кошмарный шторм, Палижар сладко дремал в своей сухой и уютной пещере. Внезапно он был разбужен резким порывом ветра, который донес до него странный звук. Далеко внизу, в городе, все колокола медленно, тяжко звонили в унисон. Дракон чуть приоткрыл глаза, огненно зевнул и высунул голову из пещеры. Погода стояла точь-в-точь как в тот день, о котором он читал перед сном. Палижар до сей поры никогда еще не видел такой бури. Ветер дул с такой силой, что соленая пена, водоросли и песок долетали до пещеры, хотя она была высоко над морем. Направление ветра ежеминутно менялось, так что до ушей дракона доносился то рев волн, то стон сосен, то все продолжающийся колокольный звон. Дракон некоторое время лежал, свернувшись клубком, в уюте собственного тепла. Но все же в этом рыдании колоколов было что-то зловещее и угрожающее.

– Бдительность! – напомнил себе Палижар. – Что там затеяли эти двуногие и бескрылые существа?

Нужно было слетать и разобраться, что означал этот их странный сигнал. Неохотно он выполз наружу, в завывающий вихрь. Как только он взлетел, ветер схватил его и чуть не вывернул ему крылья, но дракон превозмог стихию и взял курс на город.

Нет, пожалуй, никто не шел на него с боем. Вооруженных рыцарей нигде не было, да и вообще никаких людей не было видно. Ложная тревога. Однако вместо того чтобы вернуться в пещеру, дракон долетел до самого центра города. Палижар приземлился на булыжной мостовой перед тем же домом, где вчера он раздобыл себе книги. Его разобрало любопытство – ему хотелось побольше узнать о пропахшем чернилами человеке. А может быть, это и был сам Бореалис Терханд?

Ставни окон были закрыты. В комнате, пропахшей пергаментом и чернилами, было темно и пусто, но сквозь ставни окна на первом этаже просачивался свет. Палижар присел и, распахнув ставни и решетчатые створки окна, заглянул внутрь дома. Его появление повлекло за собой вопли ужаса и грохот опрокидываемой мебели. Толпа людей ринулась вон из освещенной очагом комнаты, устроив давку в дверях. Палижар принялся рассматривать комнату. Книг там не оказалось, зато полстены занимал очаг, вокруг которого на деревянных крючьях были развешаны сковородки и котлы, а на полках стояла глиняная посуда.

Бонг! Сковорода со звоном огрела голову Палижара и отскочила от твердой чешуи на лбу.

– Да чтоб тебе Бог брюхо наизнанку вывернул и крылья оборвал! – проскрежетал исполненный ненависти женский голос.

Хрясть! Полено раскололось, ударившись о твердый гребень на голове дракона. Палижар, не сильно ушибленный, но весьма удивленный, уставился на единственное человеческое существо, не сбежавшее из кухни. Седая женщина с изможденным, опухшим от слез лицом, сверлила его яростным взглядом.

– Ты послал моего сына на верную гибель! Ты потопил его корабль! А теперь ты явился сюда позлорадствовать! Ну, так чего же ты ждешь? Убей и меня тоже!

Она продолжала кричать и метать поленья, целясь в голову дракона. Тот выдохнул струю пламени, и поленья, пылая, попадали на каменный пол. Палижар знал, что кодекс драконьего поведения требовал, чтобы он испепелил безумную старуху. Однако ему все же любопытно было разузнать побольше о чернильном человеке. Поэтому он соизволил ответить старой женщине:

– Пока еще я никого не убивал и кораблей никаких не топил. А сюда я явился, чтобы узнать, кто был тот человек, от которого чернилами пахнет. Я его вчера здесь видел. А заодно я собираюсь поискать еще что-нибудь написанное Бореалисом Терхандом, особенно что-нибудь про «Полярную Звезду».

Ответ Палижара привел старуху в абсолютное неистовство.

– Книгоед ты адский, не смей трогать имя моего сына своим раздвоенным языком!

Продолжая швыряться дровами в дракона, она разразилась такими ругательствами, что невозможно повторить их на этих страницах. Палижар с интересом наблюдал за беснующейся женщиной – она напомнила ему Фурий, о которых он читал в одной из книг.

– Это из-за тебя он пустился в плаванье и попал в этот шторм! – кричала она, брызгая слюной. – Из-за тебя «Полярная Звезда» ушла в море! И весь ее экипаж теперь там! Если они еще не пошли на дно, то это вот-вот случится! Мы никогда уже и лоскута ее парусов не увидим!

Дрова кончились, и теперь старуха сопровождала каждое слово, швыряя в дракона луковицу или яйцо. Наконец, когда под рукой не оказалось ничего, чем она могла запустить в него, она рухнула на скамью и завыла так, будто у нее из груди заживо выдирали сердце.

Начитавшись книг о мореплавании, Книгоед приобрел кое-какие познания в этом деле. Ему было очевидно, что корабль, попавший в такой шторм в открытом море, вряд ли вернется из плавания. Не обращая внимания на крики и проклятия, а также на яичницу, которая запекалась у него вдоль носа, он задумчиво пошевеливал ушами.

– Так значит, тут и вправду был Бореалис Терханд. Я не желаю зла ни ему, ни «Полярной Звезде». Я хочу, чтобы он возвратился и продолжал писать книги, – сказал дракон отчасти самому себе, а отчасти рыдающей женщине. – Может быть, мне удастся найти корабль и унести Бореалиса Терханда на берег, чтобы он мог продолжать писать. Ты знаешь, когда они отплыли и куда они отправлялись? – добавил он.

Мать Бореалиса Терханда подняла голову и уставилась на него воспаленными, полубезумными глазами.

– Он никогда не согласится бросить в беде свою команду, – прохрипела она. – Ох, ничем ты уже не сможешь помочь...

Палижар пожал плечами и собирался уже закрыть ставни, как будто это были корки книги, которую он дочитал до конца.

– Погоди! – закричала женщина. – Попытайся, хотя бы попытайся! Они отплыли сегодня на рассвете. Они собирались взять курс на Север, вдоль побережья, к Королевству Белоречья... Спаси его! Спаси их всех…

Она кинулась к окну, умоляюще протягивая руки. Палижар задумался на короткое время, а потом сказал лаконично:

– Я отправлюсь прямо отсюда. Мне нужна провизия. Принеси мне хорошую книгу.

Палижар летел над бушующим морем. Вот уже много часов он осматривал сквозь туман вздымающиеся валы, стараясь не потерять из виду темную полосу берега. Ему стоило огромных усилий удерживать курс против беснующегося ветра. Его мышцы ныли от усталости, от его тела валил пар. Нужно было передохнуть. Согласно наброскам Бореалиса Терханда, неподалеку был скалистый остров, который назывался «Тюленья Крепость». Ага, а вот и он. Дракон нашел защищенное от ветра местечко среди скал и закусил несколькими страницами книги, которая была при нем. Его разморило, глаза стали слипаться, и очень захотелось свернуться и вздремнуть. Однако он только вздохнул – и снова пустился в путь.

Вскоре он разглядел, наконец, то, что искал: темный силуэт, показавшийся на фоне белой пены вала. Палижар помчался к цепляющемуся за жизнь кораблю. Судно было покалечено: большая часть оснастки была содрана с мачт, и одной из мачт тоже не хватало. Зависнув в воздухе чуть выше, чем могли достать верхушки валов, Палижар с трудом мог разглядеть сквозь завесу брызг палубу корабля, то и дело омываемую потоками воды. Он заметил наконец трех человек, цепляющихся за рулевое колесо и пытавшихся удержать корабль на курсе.

Палижар выдохнул струю пламени, и люди на палубе запрокинули головы.

– Я прочел книгу Бореалиса Терханда! Я хочу вам помочь! – прокричал дракон, стараясь перекрыть рев бури. – Вы сейчас совсем рядом с «Тюленьей Крепостью»! Вы можете переждать там шторм! Я покажу вам путь!

Палижар всматривался в бледные овалы запрокинутых лиц, смутно видневшихся сквозь брызги. Доверятся ли он ему?

– Следуйте за моим сигнальным огнем! Сюда!

Он взлетел повыше, чтобы разглядеть на горизонте темную верхушку острова. Направляясь к нему, Палижар снова дохнул ярким пламенем и посмотрел вниз. Содрогаясь под ударами волн, корабль медленно разворачивался, пытаясь встать на курс, указываемый драконом. К тому времени, когда корабль добрался, в конце концов, к подветренной стороне «Тюленьей Крепости», еще одна мачта «Полярной Звезды» сломалась, и дракону пришлось помочь морякам обрубить канаты и освободить корабль от ставшего бесполезным и опасным бревна. Но наконец «Полярная Звезда» бросила якорь в защищенной бухточке. Собрав последние силы, экипаж высадился на берег. Весь следующий день они провели на острове, отогреваясь около горячих боков Палижара. Когда шторм пошел на убыль, «Полярная Звезда» решилась выйти из укрытия и, кренясь, медленно поплыла назад, в Семь Холмов. Густой туман все еще стоял над морем, но Палижар смог вести за собой корабль, взлетая над пеленой тумана и подавая огненный сигнал, как маяк.

А тем временем в Семи Холмах молчаливая толпа стояла на взморье. Семьи и друзья команды «Полярной Звезды», хотя и не питали уже никаких надежд на возвращение своих близких, всё жались друг к другу в напрасном ожидании, всё не могли признать свои горестные потери и смириться с ними.

Внезапно сполох драконьего пламени вспыхнул на туманном горизонте. Стоявшие на берегу люди с воплями ужаса бросились врассыпную. Но, как и раньше, мать Бореалиса Терханда не пустилась наутек. Она осталась стоять неподвижно, судорожно прижимая руки к груди и жадно вглядываясь в туман. И вот, словно бы вызванные из небытия ее пронзительным взглядом, очертания корабля стали постепенно проявляться из белой мути.

Когда «Полярная Звезда» бросила якорь и ее экипаж причалил в шлюпках к берегу, там снова успело собраться множество людей. Теперь толпа ликовала. Несколько человек даже размахивали книгами, приветствуя дракона, хотя все они сильно струхнули, когда он пронесся прямо над их головами, идя на приземление.

После первых объятий мать Бореалиса Терханда высвободилась из рук сына и, пробившись сквозь толпу, направилась к дракону, который сидел поодаль, с аппетитом разглядывая одну из принесенных для него книг.

– Благороднейший дракон, – обратилась она к нему, низко кланяясь, – прости меня! Прости мне все те непотребные и глупые слова, которые вырвались у меня в минуту отчаянья.

– Ну что ж, слова у тебя меткие, не говоря уж о луковицах! – ответил ей дракон. Его золотистые глаза взглянули на нее с неожиданной благожелательностью. – Как это ты меня назвала? Книгоед? Хм... Книгоед, – он повторил это слово несколько раз, словно пробуя его на вкус своим раздвоенным языком. – Пожалуй, мне это нравится, – объявил он наконец. – Мне это больше подходит, чем Палижар. С этих пор я хочу, чтобы меня так и звали: Книгоед.

– Да здравствует Книгоед! – воскликнула старая женщина.

– Да здравствует Книгоед! Да здравствует Книгоед! – подхватила толпа.

Вот так и повелось, что дракон по имени Книгоед стал соседом и покровителем Семи Холмов. Или же, если посмотреть на это с точки зрения самого дракона, – он стал владельцем этого города.

Покровительство Книгоеда было неоценимой подмогой для Семи Холмов. Как только до драконьей пещеры доносился тревожный гул городских колоколов, оповещавших о какой-то опасности, он немедленно вылетал на помощь, готовый защищать город и его жителей своими мощными лапами, широкими крыльями и потоком пламени. В Семи Холмах даже отлили специальный колокол, чтобы оповещать Книгоеда в случае надвигающихся бедствий. Колокол этот, водруженный на колокольне ратуши, имел прозвище «Толстушка Нюшка». Он был чрезвычайно тяжелый; чтобы раскачать его требовались усилия четырех или пяти человек, но зато звук его ясно доносился до драконьей пещеры, даже если ветер задувал в противоположном направлении.

Еще более важными качествами дракона, чем сила и внушительные размеры, были его смекалка и наблюдательность. К тому же, по мере того как он поглощал книги, он накапливал полезные знания. Книгоед мог читать и усваивать книги на любом человеческом языке. Поначалу ему попадались в основном книги, написанные на языке Семи Холмов, на древнегреческом и на латыни. Постепенно круг его чтения расширился. В Семи Холмах установили специальный «книжный налог» на всю торговлю в городе. Купцы должны были заполучать определенное количество книг с каждой партией товаров. Когда они торговали с дальними странами, то, заказывая меха, ковры, янтарь, пряности и шелк, не забывали и про книги для дракона. Книгоед познакомился и с утонченной сластью благоуханных томиков персидской поэзии, и со жгучей пряностью индийских легенд, записанных на хрустящих пальмовых листьях. Японские повести о придворных интригах и элегантных любовных похождениях ласкали его язык солоноватой шелковистостью. Простота и добротность исландских саг наполняли его брюхо приятной тяжестью. Особенно любил он китайские книги, с их неожиданными сочетаниями утонченных идей и бытовых образов, с их контрастом остроты текста и вегетарианской пресностью бумаги, на которой они были написаны.

Благодаря своей начитанности дракон, покровительствовавший Семи Холмам, знал, как в древнем Риме прокладывали дороги и снабжали города питьевой водой, как скандинавы покоряли бурное Северное море и как Китайская Империя защищала себя от набегов диких кочевников. С его помощью город процветал.

Глава 3. Магда

В течение многих лет Книгоед пожирал книги в одиночестве, без всяких церемоний. Но со временем ему это надоело. Книги, которые он еще ни разу не читал, попадались ему все реже. Память у драконов просто поразительная. Однажды прочитав книгу, Книгоед навсегда запоминал не только каждое написанное в ней слово, но и каждую иллюстрацию, даже каждую описку. Поэтому у него выработалась привычка не заглатывать книгу залпом, а смаковать страницу за страницей, выискивать новые оттенки смысла и стиля в уже знакомом тексте. Постепенно у него появилось желание читать не в одиночестве, а бок о бок с кем-нибудь, с кем можно было бы поделиться мнением, обсудить прочитанное, даже, может, поспорить. Короче, дракону захотелось найти себе собеседника, который тоже жил книгами и помогал бы ему находить что-то новое и свежее в чтении.

Книгоед твердо верил, что исполнение его желаний является обязанностью и главным предназначением Семи Холмов. Так что заботу о поисках для себя товарища по чтению дракон, недолго думая, возложил на совет старейшин города. Совет старейшин выпустил прокламацию. Глашатаи объявили, что любому человеку, который подойдет Книгоеду в качестве такого компаньона, город будет платить пять фунтов чистого золота в год и что ему и его наследникам будет предоставлено право иметь фамильный герб с изображением летящего дракона.

Нельзя сказать, что ратушу осаждали толпы желающих попытать счастья на этом поприще. Хотя все жители Семи Холмов чтили дракона, и почти за два века соседства дракон не убил и даже не изувечил ни одного из граждан города, все же все знали, что характер у него весьма вспыльчивый. А поскольку дракон заявил, что товарищ по чтению должен обладать «смекалкой, остроумием и достаточной отвагой, чтобы иногда и поспорить со мной», то было ясно, что это будет работа нелегкая и небезопасная.

Все же нашлись три человека, которые вызвались «читать с драконом». Каждый из этих добровольцев попытался явиться в пещеру Книгоеда. Но тут дело зашло в тупик. Оказалось, что драконы не переносят появления людей около их пещер, по крайней мере, людей мужского пола. Это – основополагающий драконий инстинкт, и его существование не удивительно: ведь с незапамятных времен драконы и воины бились не на живот, а на смерть. И хотя Книгоед во многом отличался от своих собратьев, даже он не мог преодолеть этой черты своей натуры. Книгоед вполне любезно беседовал с мужчинами, когда навещал город. К некоторым из них он испытывал искреннее уважение и даже дружеские чувства. Но стоило одному из них приблизиться к пещере Книгоеда, как дракона обуревало жгучее желание превратить дерзкого посетителя в обугленную головешку.

– Ну почему они всё мужчин посылают? – пробормотал раздосадованный Книгоед, в третий раз опалив валуны у входа в пещеру.

Он только что чуть не испепелил городского архивариуса, но тот, к счастью, успел увернуться и спрятаться за камнем.

– Пусть в следующий раз попробуют прислать женщину. Некоторые драконы девушек крадут и держат их в плену. Может быть, я смогу вытерпеть присутствие женщины! – прокричал дракон вслед улепетывающему бедолаге.

Совет старейшин внес соответствующие изменения в прокламацию. Однако прошло несколько дней, но никто из жительниц Семи Холмов не вызвался «читать с драконом». Во-первых, очень немногие женщины в городе имели доступ к образованию. К тому же заявление дракона, что он «может быть, вытерпит присутствие женщины», пересказанное трясущимся от страха архивистом, было не слишком ободряющим.

Мэр Семи Холмов обратился было в находившийся неподалеку женский монастырь, но игуменья заявила, что «читать мирские книги у дракона в пещере – не подобающее занятие для послушниц». Пронять ее невозможно было никакими доводами.

Совет старейшин не мог найти выхода из положения и вынужден был начать обдумывать, как сообщить Книгоеду неприятное известие, что город не сможет исполнить его пожелание. Во время заседания совета старейшин, когда они составляли письмо дракону с нижайшими просьбами о прощении и милости, в зал вошел посланник и сообщил, что Витиус и его дочь, Магда, желают обсудить со старейшинами драконью просьбу. В зале послышались удивленные восклицания. Мэр нахмурился. Витиус был высокообразованным человеком и уважаемым врачом. Но все знали, что Магда, его единственный ребенок, – «скорбная головой», дурочка, к тому же еще и немая. Ее так и звали в городе – «Немая Магда».

Витиус как бы не замечал дефективности своей дочки. Он был всегда приветлив с ней, наряжал ее в шелк и бархат, всюду брал с собой и говорил с ней так, как будто она была полноценным человеком и все могла понять. Но дочь не произносила ни слова в ответ. Если кто-либо, кроме ее отца, обращался к ней, она опускала глаза и стояла недвижно, как истукан, уставившись в землю и сжав подергивавшиеся руки.

Жена Витиуса, мать Магды, умерла много лет назад. Витиус не женился во второй раз. Жил он с дочерью и с няней Магды. Старенькая няня была неграмотной крестьянкой. Так чем же могли Витиус и его домочадцы помочь Совету старейшин? С другой стороны, от того чтобы выслушать его, вреда не будет. Витиус и Магда были допущены в зал.

Отец и дочь вошли, неся с собой три большие книги. Они поклонились Мэру и старейшинам. Витиус заговорил:

– Моя дочь Магда желает читать с драконом.

В зале воцарилось неловкое молчание. Магда, как всегда, стояла безмолвно, уставившись в пол.

– Витиус, – сказал наконец Мэр, и в голосе его слышалась смесь жалости и досады. – Книгоед пожелал найти кого-нибудь, кто может читать, кто сможет разговаривать с ним, даже что-то обсуждать и спорить. Он – Огнедышащий Дракон. Семь Холмов никогда не противостояли ему. Кто знает, что он учинит, если мы пошлем к нему кого-нибудь... Кого-нибудь вот такого.

Внезапно Магда подняла глаза и уставилась прямо на Мэра. «Я-я-я...» – начала она, заикаясь. Ее голос был хриплым и скреб слух, как давно заржавленный механизм, который вдруг пришел в движение. Она густо покраснела, на глаза навернулись слезы. Ее взгляд беспокойно заметался по залу и вдруг остановился на гобелене, висевшем на дальней стене. На огромном полотнище был выткан огнедышащий дракон над бушующим морем, ведущий за собой корабль.

– Я умею читать, – внезапно сказала она ясно и звучно, обращаясь к черно-золотому образу на гобелене. – Я и на нашем языке читаю, и на латыни, и на древнегреческом. И я не боюсь Книгоеда. – Магда открыла книгу, которая была у нее в руках, и все тем же ясным и звучным голосом прочитала стихотворение на латыни. Потом она прочла отрывок из книги Бореалиса Терханда, а потом страницу из Аристофана на древнегреческом. Совет старейшин разразился аплодисментами и криками: «Чудо! Бог даровал нам чудо!»

Магда, все еще дрожа от усталости и волнения, прислонилась к отцу. Тот обнял ее, и его глаза блестели слезами радости и гордости. Действительно, произошло чудо. Но оно было не даровано, а заслужено.

Магда никогда не была дурочкой. Первые два года своей жизни она была веселым, общительным и разговорчивым ребенком. Но произошла трагедия. Мать Магды была убита камнем, случайно выскользнувшим из рук каменщика, чинившего городские ворота. Произошло это на глазах у Магды. Когда ее мать, только что говорившая и смеявшаяся, замертво упала у ног своей дочки, та в буквальном смысле лишилась дара речи. Возможно, Магда осталась бы немой на всю жизнь, если бы не Книгоед и не война с Сэром Мурзастом, которая произошла, когда Магде было лет пять. Вот как было дело.

Погожим майским утром, когда жители Семи Холмов только приступили к своим делам, раздался грозный гул «Толстушки Нюшки». Стражники города заметили на горизонте подозрительное облако пыли. Дровосеки, рубившие дрова, женщины, стиравшие белье на отмели, девушки, собиравшие съедобную зелень, мальчишки, удившие рыбу, – все бросились обратно в город. К тому времени, когда из клубов пыли показалась большая армия, состоявшая из конных рыцарей и пеших лучников, разводные мосты были подняты и окованные железом ворота города заперты. Книгоед успел уже прибыть в город, и теперь разглядывал приближающееся войско через бойницу крепостной стены.

Армия расположилась на берегу реки, чуть дальше, чем могли долететь стрелы из города. Могучий воин в шлеме, украшенном плюмажем из павлиньих перьев, выехал вперед в сопровождении нескольких рыцарей с яркими знаменами и двух трубачей. Трубачи подали сигнал, означавший, что он хотел начать переговоры. Через некоторое время Мэр и несколько членов Совета старейшин появились на башне над городскими воротами.

– Я – Сэр Мурзаст Бесстрашный, – прокричал воин с плюмажем. – Я объявляю этот город и все прилегающие к нему земли моей вотчиной отныне и вовеки. Вы должны немедленно покориться мне. Если вы поклянетесь быть моими верными подданными, поставлять людей и коней для моей армии и платить мне каждый год оброк золотом, то я буду вам защитником от врагов и милостивым властелином. Но если вы дерзнете противиться мне, я подвергну город осаде. Тогда те из вас, кому посчастливится выжить, будут горько проклинать свою непокорность. Сдавайтесь сейчас же, пока можете это сделать добром.

– Мы не сдадимся, – прокричал мэр. – Это свободный город, и ничьей вотчиной становиться мы не собираемся. И защита твоя нам не нужна. Убирайся отсюда!

– Даю вам три ночи на то, чтобы поразмыслить и отказаться от своего нахального и неразумного ответа. Если на третье утро вы не сдадите мне город, то мы забросаем его горящей смолой из катапульт, – пригрозил Сэр Мурзаст. – Три ночи – вот весь ваш срок, да и то даю вам его по своей благородной милости. И не думайте, что ваше богомерзкое якшанье с этим вашим драконом спасет вас, – добавил он. – Наши разведчики побывали в вашем городе, и нам все известно об этой летучей ящерице. Мы знаем, что он всего лишь толстопузый книжный червяк. У нас уже заготовлены стрелы, обмакнутые в чернила, специально для его брюха!

Сэр Мурзаст захохотал, увидев два облачка едкого черного дыма, поднявшихся над крепостной стеной. Было очевидно, что дракон слышал все эти оскорбления и что он был сильно уязвлен. Довольный собой, Сэр Мурзаст поскакал обратно в свой бивуак.

Через час вражеское войско начало собирать катапульты, намеренно делая это на виду у горожан Семи Холмов. Сэр Мурзаст искренне надеялся, что горожане испугаются, одумаются и сдадутся без боя. Конечно, кровопролитие его нисколько не смущало, но неповрежденный город и оккупировать комфортнее, и грабить выгоднее, чем пожарище.

Население Семи Холмов было перепугано. Город, правда, был обнесен мощной крепостной стеной, но войско у него было небольшое. Вражеская армия была во много раз многочисленнее, чем защитники города, и, судя по большому количеству обозов, подъезжавших к тылу, хорошо снабжена для длительной осады. Более того, Сэр Мурзаст явно был осведомлен о защите города, в особенности о драконе. И, похоже, он придумал действенное оружие против Книгоеда. Ведь дракона-златокопителя можно убить, попав ему в живот стрелой с золотым наконечником, дракону-людоеду страшны стрелы, обмакнутые в человеческую кровь, а против дракона, уносящего девушек, действенны стрелы, окропленные женскими слезами. Скорее всего, стрела с чернилами на наконечнике действительно может убить дракона, который питается книгами.

Что касается Книгоеда, то он не слишком встревожился. Хотя Сэр Мурзаст явно овладел первым правилом военной стратегии («Познай врага своего»), он пренебрег вторым правилом («Скрывай свой план атаки»), а также третьим, специфическим для сражений с драконами («Не оскорбляй дракона, с которым предстоит битва»). Оскорбления только повышают температуру драконьего пламени, переводя его из настройки «обуглить» в настройку «испепелить». А Книгоед действительно чувствовал себя сильно уязвленным. Дракону примерно так же по душе, когда его называют ящерицей, как человеку, когда его называют обезьяной. Но еще больнее задело Книгоеда словечко «толстопузый». Несмотря на юный (по драконьим понятиям) возраст, от сидячего образа жизни у него и правда было заметное пузцо.

Не обращая внимания ни на нервно тараторившего Мэра, ни на командиров городского войска, Книгоед все шагал взад и вперед по главной улице города. От досады у него началась изжога. А от изжоги... А от изжоги у него возник в голове план действия!

Всего за несколько месяцев до нападения Сэра Мурзаста Книгоед получил партию книг из Китая. Среди прочих там было и пособие по изготовлению петард для фейерверков. После того, как дракон прочел эту книгу, у него была изжога, и он некоторое время отрыгивал разноцветные искры. Но это не помешало ему заинтересоваться фейерверками. Он собрал нужные ингредиенты и изготовил на пробу несколько шутих. Он даже подумывал о том, чтобы устроить для горожан Семи Холмов настоящую огненную потеху в честь какого-нибудь важного праздества, но поскольку он был несколько с ленцой, у него до этого все как-то лапы не доходили. И вот теперь, вспомнив об этой книге, он решил, что наступил момент для очень большого фейерверка.

– Не трусьте! – сказал дракон удрученным горожанам. – Не вздумайте пустить этого павлина в город. Я вернусь с петардами и устрою им на третье утро фейерверк по всем правилам.

Горожане не имели ни малейшего представления о том, что такое петарды и фейерверк, но слова эти звучали по-драконьи убедительно. И ведь Книгоед никогда еще их не подводил. Они решили держать оборону и ждать его подмоги.

Прежде чем улететь из города, Книгоед собрал необходимый материал. Сочетание селитры, серы, угля, различных минеральных солей, маленьких деревянных бочонков, холста и веревок сильно озадачило жителей Семи Холмов. Для чего же все это понадобилось дракону? Для занятий алхимией? Для выведения крыс? Для того, чтобы открыть какую-то странную лавку? Но поскольку Книгоед все еще изрыгал облачка едкого черного дыма – что было верным признаком изжоги и досады, – никто не решился приставать к нему с вопросами.

Люди беспрекословно помогли ему запаковать все это в большой узел. Дождавшись темноты, он улетел с этим узлом к себе в пещеру.

Сэр Мурзаст знал, где находилось драконье логово. Он уже успел отрядить туда своих людей в надежде, что там окажутся сокровища. Однако, переворошив всю пещеру, они там не нашли ничего, кроме книг. Сэр Мурзаст, гордившийся своей свирепостью и необразованностью, с презрением заключил, что дракон, не проявляющий кровожадности и копивший в пещере не золото, а книги, должен быть трусом и слабаком. Он был настолько уверен, что дракон этот, перепугавшись чернильных стрел, бросит Семь Холмов на произвол судьбы и улетит в дальние края, поджав хвост, что он даже не позаботился оставить охрану у драконьего логова – на случай, если тот вернется в пещеру.

Вернувшись к себе домой и обнаружив, что в его пещере все перевернуто вверх дном, Книгоед впал в еще большую ярость, чем прежде. Он направил всю силу своей ярости в работу, от которой не отрывался два дня. Он растирал, отмерял, смешивал, заполнял, упаковывал и увязывал. При этом он строго следил за собой, чтобы не чихнуть, не кашлянуть и не пустить в воздух весь свой проект раньше задуманного времени.

На третий день Сэр Мурзаст велел разжечь большие костры около катапульт. Войско его занялось расплавлением смолы в котлах и заготовлением деревянных шаров, обмотанных соломой. Сэр Мурзаст все еще надеялся взять город испугом, без боя. Черный дым его костров полз над крепостными стенами. Тревога в городе почти уже перешла в панику.

Спустилась ночь, последняя ночь перед атакой. Когда совсем стемнело, жители Семи Холмов вздохнули с некоторым облегчением, увидев над гаванью знакомый крылатый силуэт на фоне звездного неба. Книгоед приземлился на главной площади. Он притащил с собой какой-то странный предмет – длинный, тяжелый и бугристый. Это было что-то вроде гигантской змеи, проглотившей целую шеренгу жирных кроликов.

Хотя часовые Сэра Мурзаста наблюдали за городом день и ночь, он и его командиры были настолько уверены, что дракон удрал раз и навсегда, что им не пришло в голову наблюдать за тем, что происходит в небе. Так что Книгоед, пролетев бесшумно, как летучая мышь, сумел выложить свою странную длинную штуковину на ничейной полосе между неприятельским лагерем и городской стеной.

На следующее утро войско Сэра Мурзаста пришло в движение задолго до рассвета. Сэр Мурзаст хотел, чтобы все было готово – пусть первые лучи солнца засияют на оружии и доспехах, а рев труб оповестит наступление грозного часа.

Когда небо только-только начало светлеть, становясь из черного сапфировым, голова дракона внезапно появилась над крепостной стеной, дохнула пламенем и снова исчезла, прежде чем кто-либо из вражеских лучников успел натянуть тетиву. Через мгновение оглушительное «БАБАХ!» сотрясло воздух. Взрыв выбросил шар розового огня высоко в темно-синее небо. Фонтан ослепительных искр хлынул вниз. И опять раздалось: «БАБАХ!», потом «трах-тах-тах», а там уж целый концерт грохота, свиста и прочих взрывных звуков, сопровождавших разрыв петард, расцветивших небо серебряным, золотым, розовым, изумрудным и алым огнями.

Осаждающее войско и слыхом не слыхивало о «фейерверках». Поэтому им, конечно, показалось, что дракон какой-то дьявольской магией поджег небо, и небесная твердь вот-вот обрушится, полыхая, им на головы, как крыша горящего дома. После первого взрыва они застыли в шоке. После второго их охватил панический ужас. Не стоит тратить серьезное слово «отступление» на описание того, как все они кинулись наутек. Они не перестали бежать до тех пор, пока не оказались в другой климатической зоне. Что же касается самого Сэра Мурзаста Бесстрашного, то он, удирая, с перепугу намочил доспехи.

В течение всей осады маленькая безмолвная девочка с утра до ночи простаивала у окошек своего высокого дома над городскими воротами, всматриваясь и вслушиваясь во все происходившее. Когда взорвалась первая петарда фейерверка, она вскрикнула и спряталась под рукой стоявшего рядом с ней отца. Но услышав, как он ликует, она выглянула и увидела разноцветные букеты огня в предрассветной синеве и разбегающихся врагов. В сильном волнении она потянула отца за рукав, указывая на небо.

– Дракон! Сад огня – драконий! – внезапно прозвенел голос Магды в миг затишья между взрывами.

После этого Магда постепенно научилась говорить все более и более свободно – в присутствии своего отца и старушки-няни. Но стоило ей попытаться сказать что-нибудь при любом постороннем человеке, как ее душило чувство тревоги, она начинала отчаянно заикаться, и никакого разговора не получалось. И она приучилась отступать обратно в безмолвие, если ей приходилось быть на людях.

Витиус был счастлив, что маленькая Магда снова приобрела хотя бы ограниченный дар речи. Он заметил, что все, что касалось Книгоеда, вызывало у нее живейший интерес и было лучшим способом разговорить девочку. Поэтому он много рассказывал ей о драконе, о его роли в истории города. Магда так увлеклась этой темой, что даже попыталась в подражание своему герою грызть пергаментные страницы книг. Отец усмехнулся:

– Ты у меня скоро начнешь дышать огнем!

Потом, уже более серьезно, он добавил:

– Если ты и вправду хочешь быть похожей на Книгоеда, то давай-ка мы тебя научим читать.

Очень скоро Магда стала просто-таки прожорливым читателем. В те времена было мало книг, которые мы сочли бы подходящими для детей. Но это не было для нее препятствием. Она читала все, что попадалось ей в руки, – и поэзию, и древнюю историю, и даже медицинские книги отца. Долгими зимними вечерами она сидела у огня, читая вслух своей няне или обсуждая книги с отцом. Тот, видя, какую радость приносят книги его одинокой дочке, начал учить ее латыни, а потом и древнегреческому, чтобы расширить круг ее чтения. Магда оказалась удивительно способной и старательной ученицей. Отец гордился ею, хотя таланты ее долгое время оставались скрытыми от всех, кроме него самого и старой няни. К пятнадцатому дню рождения дочки Витиус даже заказал для нее золотой браслет в виде дракона, читающего книгу.

Когда Витиус рассказал Магде о том, что Книгоед ищет себе товарища для чтения, глаза ее зажглись интересом. Несколько дней она собиралась с духом, чтобы предложить свои услуги, но боялась она вовсе не дракона. Она трепетала при мысли, что ей придется заявить о своем желании Совету старейшин.

Новость, что «Немая Магда» чудесным образом излечилась и будет пытаться читать с драконом, облетела город с невероятной скоростью. На следующее утро, когда Магда, Витиус и весь городской Совет старейшин выехали из городских ворот и направились к холму, где жил Книгоед, их провожала огромная толпа. Одни кричали им слова ободрения, другие бормотали и качали головами, а третьи только глядели в немом изумлении, как будто тень привычного безмолвия Магды упала на них самих.

На холме, где жил дракон, кавалькада остановилась на поляне у небольшого сарайчика, в котором представители Семи Холмов обычно оставляли для него книги. Магда слезла с лошади. Она обняла отца и ободряюще улыбнулась ему. Он попытался ответить такой же бодрой улыбкой, но был страшно бледен и обливался потом. Зажав под мышками пару книг, Магда скрылась среди сосен. Через некоторое время она снова показалась, на этот раз на склоне холма, у самого входа в драконью пещеру. Витиус и Совет старейшин ясно видели ее маленькую фигурку, морской ветерок трепал ей волосы и юбку. Они смотрели затаив дыхание. Из пещеры показался дракон. Магда сделала реверанс. К изумлению наблюдающих, Книгоед любезно поклонился в ответ. Через несколько минут дракон и девушка уже сидели бок о бок на солнышке, погрузившись в книгу. Время от времени эти читатели поворачивались друг к дружке и, судя по жестам, что-то оживленно обсуждали. И вот, наконец, ветер донес до ожидающих на поляне необычайный для их ушей звук – какие-то басовитые раскаты. Дракон смеялся! И над волнами его смеха, как чайка над морскими валами, мелькал серебристый смех Магды.

Хотя поначалу Магда испытывала почти благоговейный трепет в присутствии Книгоеда, она не чувствовала той тревоги, которая лишала ее дара речи среди людей. Дракон и девушка сдружились, сошлись характерами. Они читали, обсуждали и спорили. Магда целые дни проводила у дракона, возвращаясь домой только по вечерам да оставаясь с отцом и няней по воскресеньям.

Общение с драконом сильно изменило Магду. Она перестала заикаться. Постепенно она стала вести себя уверенно в обществе людей. В городе ее теперь почитали. Ее стали уважительно называть «Драконья Дева» и приглашали участвовать во всех заседаниях совета старейшин, где обсуждались решения, так или иначе связанные с драконом.

Весь первый год, который Магда провела в качестве «Драконьей Девы», был для нее воистину счастливым. Конечно, узнав героя своего детства поближе, Магда должна была признать в душе, что порой он бывал раздражительным, упрямым и неразумным. Но, в общем и целом, он был очень славным существом. И что на свете может быть приятнее, чем сидеть на солнечном склоне высоко над городом, вести дружеские литературные беседы или просто читать бок о бок с драконом?

(ПРОДОЛЖЕНИЕ СЛЕДУЕТ)

Мир Каргер – в прошлом работал в Колмогоровской статистической лаборатории МГУ, в различных отраслевых институтах и в АН СССР (РАН). Ныне – организатор больших геолого-геофизических горнорудных и нефтегазовых проектов. Основные научные результаты лежат в сфере применения математических методов в геологии и геохимии. Кандидат г.-м. наук. Автор более 100 научных статей и книг. Мир Каргер рассказывает, что профессия и увлечения заносили его в прошлом в такие советские «преисподнии», которые не должны были существовать. Его нынешние маршруты пролегают от Латинской Америки до Южной Африки – и тоже вдалеке от туристских центров. От такой жизни он получает удовольствия вполне цыганские, но печали еврейские, так как «узнавать людей и видеть жизнь их глазами – грустное дело».

Егери-мегери

Памяти Фантомаса, Жорика, Горыныча, Ярги и Диплодока – лошадей.

Тихий угол Кавказа

На Большом Кавказе в одной точке сходятся границы Дагестана, Грузии и Азербайджана. Паучья точка, так сказать.[1] Рядом – водораздел Главного Кавказского хребта с перевалом, по которому пролегает конная тропа из горного Дагестана в Западный Азербайджан. Перевал именуется, насколько помню, Мачхалор.

К северу от «паучьей» точки атмосферная вода, выпав на землю, попадает в реку Джурмут, потом в Сулак, который в конце своего пути выливается в Каспийское море.

Если от «паучьей» точки двинемся с водой на юг, то попадем в реку Белоканчай. С нею прорвемся в Алазанскую долину у города Белоканы (ныне Балакен); с ним связано многое в этом рассказе. Далее – в тихую Алазань и, наконец, в Куру. Пройдя по Куре до устья, опять окажемся в Каспийском море.

В этих местах я провел несколько полевых сезонов 1970-74 годов, многомесячных, с полным погружением. Начал с того, что проделал

---

[1] 41.912319°N, 46.425756°E. Я привожу координаты некоторых примечательных мест (в градусах северной широты, N, и восточной долготы, E). Через *Google Earth* читатель может посмотреть, как эти места выглядят сегодня.

верхом длинный путь с запада на восток по северу Азербайджана.[2] Конь по кличке Диплодок отказался ехать в крытом кузове грузовика. Пришлось нам с ним двигаться своим ходом.

Часть нашего с Диплодоком пути пролегала по дороге, которой Александр Дюма-отец двигался в 1859 году из Дагестана в Тифлис. В те времена вдоль этой дороги каждые 20-40 верст стояли почтово-ямщицкие станции, где путешественники меняли лошадей.

Мы с Диплодоком проделали наш путь, не меняя Диплодока. 300 километров, по десять часов в день переменным аллюром: 20 минут рысью, 10 минут шагом – так якобы скакала от Майкопа до Умани конница Буденного. Мы с Диплодоком делали по 30-40 км в день, Буденный (24 км) был посрамлен.

Мои маршруты пролегали главным образом в северо-западном углу Азербайджана, между Белоканами и Кахи (ныне Гах), в горах и лесах южного склона Большого Кавказа и в соседних дагестанских горах, на северном склоне.

Этот угол Азербайджана на карте выглядит как толстый, указующий в Грузию палец. В прошлом здесь была Восточная Кахетия. В 1920-х годах ее прирезали к Азербайджану по причине мусульманства большинства населения. Грузинские люди по сей день пеняют за это т. Сталину – что несправедливо: национальные границы на Кавказе – то немногое, за что можно Сталина не ругать.

Во времена, о которых здесь идет речь, это был тихий уголок, где обитали в основном лезгины и аварцы. Их предки считались замиренными уже в середине XIX века. Дюма-отец вспоминал, что лезгины производили и продавали на кавказских базарах сукна, шелковичных червей и баранов. И при этом оставались верны своим горским родственникам, «непокорным лезгинам», которые регулярно спускались в долины, чтобы «разбойничать, грабить, убивать»[3].

Итак, на календаре 1970-й год. Стоит в зените солнце блистательной эпохи умирания Советского Союза. Люди то и дело взлетают в космос. Гейдар Алиев и Эдуард Шеварднадзе уже пропели первые в истории пьянящие гимны Л. И. Брежневу. Уже открыт Самотлор, и вот-вот будет подписан Хельсинкский акт СБСЕ.

А в нашем тихом углу царят те же, что и в старину, умонастроения и мировосприятие. Горцы продолжают разбойничать – правда, не в долинах, а только в горах. Жители предгорий душой стремятся на волю, в горные аулы. Но телами смиренно, как и встарь, исполняют барщину в пользу землевладельца, то бишь колхоза.

Как колхозник, вы по весне получаете от землевладельца сколько-то

---

[2] Наш с Диплодоком маршрут: из Магамалара (46.436074°N, 46.436074°E) через Лагич (40.846297°N, 48.383231°E) до Конагкенда (48.604443°N, 41.079773°E) и далее опять на запад.

[3] Александр Дюма. «Кавказ», гл. XXXIV.

граммов шелковичного червя, по норме, в расчете на численность семьи. Через месяц, скормив червю тутовую листву со всей округи, сдаете в контору столько-то килограммов коконов. Летом обрабатываете закрепленную за вами табачную делянку, обрываете и сушите нижние листья. Осенью снимаете урожай с кустов фундука. Если же норма не выполнена или еще что не так, то вас оштрафуют.

В общем, жизнь текла бессобытийно, хотя и с некоторым кавказским привкусом. Скажем, если один молодой человек ударил ножом другого молодого человека, то это в России – событие. На Кавказе, если оно и событие, то мелкое: «Честь защищал, да? Молодые, да?» – и нечего больше обсуждать. О нем еще вспомнят пару раз: когда пострадавший выйдет из больницы или когда обидчик вернется из заключения. И всё.

Иное дело в старину. В старину – да, были события, были истории…

– Во-о-он голая поляна, видите? – Мамед пальцем указывает на далекую проплешину[4] в горах, которые высятся над Закаталами. Мамед – хозяин дома, который мы арендуем. Он учит меня кавказскому уму-разуму, рассказывает кавказские байки.

– Там битва была, Шамиль бился. С кем? С врагами. Мой дедушка рассказывал, а ему его дедушка. Тысячи воинов дрались, головы рубили. Одна голова катилась по тропе до самого низа. Вот какая битва была!

Я вежливо качаю головой: «Дааа… Ну и ну…». Между тем мы оба знаем и эту тропу, и то, что на той проплешине едва хватит места для 30 верховых. И что не бывает таких голов, чтоб катились километры вниз по змеящейся тропе, пусть даже голова эта без выступов – гладко выбритая, аккуратно срезанная, без носа и ушей, голова правоверного.

Но чуткий слух да услышит в этой легенде лепет множества голов, срубленных в ту Кавказскую войну. Например, головы Хаджи-Мурата. Именно сюда, в Закаталы, город, где Хаджи-Мурат мечтал жить вдали и от русских, и от Шамиля, сюда привезли его мертвое тело, обезглавили, погрузили голову в спирт и отправили в Тифлис. А оттуда – в Петербург, на подносе Николаю I.

Кавказские истории и легенды рассказывают в чайханах, шашлычных, хинкальных и других подобных заведениях, которые благодаря неспешно поедаемой тяжелой пище весьма располагают к эпосу. И вот что очень важно: никогда, ни при каких обстоятельствах, не перебивайте и не опровергайте рассказчика, какую бы ахинею он ни плел! Не нарушайте атмосферу сказки!

По окончании рассказа все, что от вас требуется, – затуманить глаза, покачать головой и задумчиво произнести что-нибудь вроде: «Н-да… Жили люди... Герои были…». Или: «Что и говорить... Век живи, век учись».

---

[4] 41.677507°N, 46.671611°E.

– И дураком помрешь! – весело подхватит кто-нибудь из сотрапезников. И все вместе вы вернетесь из мира фантазий к своим хинкалам плавно, без рывков.

Нижеследующую легенду рассказывает чиновник райисполкома. Мы с ним сидим на его веранде в Белоканах. Он только что принял от меня банку бразильского растворимого кофе, очень ценный по тем временам подарок. Настроение хорошее, в природе солнечно, но горы затянуты тяжелыми тучами. Самое время поговорить о капризах горной погоды.

Там, наверху, идет гроза, – уверенно заявил я. Он подхватил тему: о, если б вы знали, какие страшные бывают на Кавказе грозы! Смертельные! Старые люди помнят ужасную грозу, которая давным-давно случилась в этих горах. Такая гроза, каких никогда никто не видывал, и дай бог, не увидит. Была ночь, но от молний было светло, как днем. В Белоканах молнии зажгли много высоких деревьев. А на Тенросе (гора рядом с «паучьей» точкой) молнии убили двенадцать московских геологов. Ни один не выжил.

Мир Каргер и Агат (1974)

– Ооо! Какая трагедия! – ахнул я и сокрушенно покачал головой.

И ни глазом не моргнул, ни бровью не повел, что это чушь, миф, что все было не так, что эта история случилась всего-то пару лет назад, и я был ее участником. Такова образцовая вежливость на Кавказе.

Ну вот, наконец, появились в нашем рассказе московские геологи. Как и все прочие, геологи в Белоканах толкутся вокруг геологоразведочной экспедиции,[5] которая занята разведкой нескольких месторождений. Главное среди них – Филизчайское полиметаллическое месторождение. (В этом рассказе мы побываем на нем несколько раз.)

Экспедиционная территория, отгороженная с юга каменной стеной от селения Магамалар, узкой полосой вытянулась вдоль подножья горы. С севера она ограничена водным каналом,[6] который когда-то питал маленькую районную ГЭС.[7] Земли бывшей ГЭС соседствуют с экспедицией; мы их арендуем под нашу базу.

---

[5] Экспедиционная контора: 41.735711°N, 46.437959°E.

[6] На снимке Google Earth он выглядит как линия, змеящаяся вдоль подножия горы.

[7] 41.736092°N, 46.436301°E.

Через экспедиционную стену время от времени доносится рев грузовиков-рудовозов и почти круглосуточно визжит пилорама. Там пилят древесину, ибо имеют законное право на порубку и переработку леса для крепления разведочных штолен. Фактически же на этой пилораме рождаются балки, стропила и другие деревянные части всех домов селения Магамалар и города Белоканы.

И не только. В соседнем грузинском городе Лагодехи многие дома – тоже белоканского происхождения. Хотя в Лагодехи стоит своя экспедиция, со своей собственной пилорамой, и расположен он совсем рядом, всего полчаса езды через реку Мазымчай, однако в Азербайджане всё дешевле. А мост через Мазымчай крепок и вполне грузоподъемен.

В 1970 году прочность трансграничных азербайджано-грузинских связей подверглась испытаниям. Во-первых, незадолго перед тем в Лагодехи был расквартирован авиадесантный полк. И во-вторых, холера. 1970-й год стал первым в череде холерных годов в СССР.

Из опасений холеры Азербайджан, где холеры не было, отгородился от холерной Грузии небывалым пограничным снарядом – зерноуборочным комбайном, который был выставлен на пограничном мосту.[8] Комбайн занял всю ширину моста, тем самым радикально перекрыв движение колесного транспорта. Для надежности из него к тому же вынули двигатель.

Но пешеходы продолжали курсировать туда-сюда, протискиваясь вдоль перил моста. Вскоре строгий противохолерный кордон превратился в добрую таможню. За один «туда-сюда» взималось три рубля. Таким образом трансграничные отношения сохранились, хотя и подорожали в цене.

Геологи из Белокан, как и прежде, пересекали границу ради вина, чачи и сыра сулугуни. Однако под давлением спроса десантников кахетинское вино в Лагодехи стало *забористым* – при помощи табака, разумеется. По каковой причине нам приходилось, минуя Лагодехи, ездить дальше на запад, в Цнори.

С другой стороны, не только цивильные грузины, но и переодетые в гражданское русские прапорщики стали приезжать по воскресеньям из Грузии на дешевые базары в Белоканы и Закаталы. Первые не мелочились, вторые ожесточенно торговались, но и те и другие скупали цыплят гроздями.

Нельзя не упомянуть охоту на лесную дичь. К тому времени дичь на грузинской стороне была почти выбита, поэтому охота переместилась на азербайджанскую сторону. Ночная осенняя охота на кабанов на скошенных кукурузных полях была особенно привлекательна. Простотой, комфортом и отсутствием риска.

Лежит он себе на невысокой платформе, прислушивается.

---

[8] 41.791034°N, 46.310047°E.

Периодически включает фонарь, притороченный к стволу ружья, и постреливает в кабанов с расстояния 20-30 метров.

Единственное неудобство – запах. Чтобы отбить человечий дух, ему надо было загримироваться свиньей, измазаться в свином навозе. Насчет навоза следовало озаботиться заблаговременно: либо неси из лесу кабаний, либо вези свиной из домашнего свинарника; на азербайджанской стороне свиней не разводили.

Что касается охоты в горах, то десантники из Лагодехи придали ей особый динамизм благодаря тому, что использовали нарезное оружие с хорошей оптикой. С такой техникой в руках о свином макияже можно было не беспокоиться.

Новые браконьеры, со всем почтением к местным обычаям, заключали с егерем взаимовыгодную сделку. Если егерь отведет охотника туда, где олени лижут соль, то охотник выделит за это егерю оленью ногу. Такова сделка типа «егерь-мегерь-кабырга»[9], или «егерю – егерево».

Отныне свежая оленина, косулятина и турятина стали появляться в погребах егерей чаще и в больших, чем прежде, объемах. Я тоже, бывало, кормился дичью от этого стола, поскольку мой кунак Хада́ был тоже егерь, «егерь-мегерь», покровитель браконьеров.

Мы с коллегами могли бы стрелять медведя не выходя за ворота нашей базы. База располагалась вплотную к лесу, отделенная от него только водоподводным каналом бывшей ГЭС и густыми зарослями ежевики по его берегам. Медведи приходили сюда в конце лета, когда ежевика поспевала. Канал они не переходили, но лошади их чуяли и нервничали.

Помимо виртуальной возможности медвежьей охоты база предоставляла ряд настоящих удобств и выгод.

Во-первых, база забор в забор соседствовала с экспедицией. Благодаря этому можно было, например, без формальностей ходить в гости к радисту дяде Зяме. Во-вторых, разнообразные строения ГЭС удовлетворяли все наши хозяйственные нужды. Например, из бывшей трансформаторной получился денник для лошадей, а из мастерской – продуктовый склад. И, в-третьих, от ворот базы вдоль стены экспедиции вела единственная в округе прямолинейная дорога без выбоин и колдобин. На этой дороге мы регулярно затевали ска́чки. Об одной из них я расскажу дальше.

Вышеупомянутый продуктовый склад содержал всякую походно-экспедиционную всячину, которую нам удавалось раздобыть в Центракадемснабе. Надо признать, что доступ в эти закрома родины обеспечивала подпись А. Н. Колмогорова.

Упоминаю о складе только для того, чтобы назвать следующие три его достопримечательности в сезон 1974 года: бразильский растворимый кофе, вобла и твердокопченая колбаса «Московская» – по

---

[9] Кабырга (*тюрк.)* – ребрышки.

5 р. 60 к. за кило.

Мешок воблы и связка колбас хранились привязанными под потолком. Жир из колбас в жару высачивался на пол в большое жирное пятно. По ночам на складе собиралась крысы. Некоторые из них, вожделевшие воблу, делали попытки к ней подобраться. Другие приникали к пятну жира и лизали его, лизали.

А ящик кофе весь ушел на взятки. Не было лучше пропуска в кабинеты районных начальников, чем эта плоская круглая темно-коричневая, глянцевая банка с нездешними надписями по бокам.

В первые постсоветские годы наш тихий угол Кавказа был взбудоражен. Тропа через «паучью» точку стала каналом контрабандного экспорта-импорта людей и оружия между Азербайджаном, Чечней и Дагестаном. Экспедиция захирела, горняцкие поселки на месторождениях прекратили существование. Колхозы приказали долго жить.

Говорят, в 2000-х годах была сделана попытка пробить вдоль тропы колесную дорогу и был установлен какой-то пограничный режим. Но абсолютно невозможно представить себе эту границу на замке. Кавказские семьи, живущие по обе стороны Главного хребта, не могут не сообщаться. Так же как чабаны с обеих сторон не могут не пасти летом свои отары на Главном хребте.

Следовательно, наши лезгины и аварцы стали горными контрабандистами. Причем хорошими контрабандистами – с их-то знанием тайных троп и схронов.

Дядя Зяма, японский шпион

Рыхлый, оплывший, с водянистыми глазами под белесыми бровями и ресницами, пожилой мужчина в далеком пенсионном возрасте. В линялой майке, стоптанных чеботах и сатиновых шароварах, натянутых на верхнюю полку большого живота, он возится в своем огороде с помидорами и перцами. Рядом с огородом – одноэтажный дом на сваях. Он живет в одной половине дома, а в другой находится экспедиционная радиостанция, с которой он управляется.

Перед нами – экспедиционный радист Залман Семенович П. Все вокруг зовут его дядя Зяма. Он – враг народа, осужденный советским правосудием за шпионаж в пользу Японии.

Взяли его в 1934-м.

– Хорошо, что в 34-м, а не в 36-м и не позже, – говорил он. – В 34-м еще не били.

На допросах он быстро признался в том, что является японским шпионом.

– Почему подписал? Ведь не били же.

– Потому что спать не давали. Лишали сна.

Я с ним познакомился, когда нам, группе геологов-ученых из МГУ, потребовались рации. Год был холерный, и мы предвидели, что наши коллеги в Дагестане скоро окажутся полностью отрезанными от нас. Рации выдал в аренду дядя Зяма. Продиктованные им условия аренды были типа «ты – мне, я – тебе».

Но в горах они оказались совершенно бесполезны, так как действовали только в условиях прямой радиовидимости. И все же я вспоминаю и его, и эти рации с благодарностью. Потому что одна из них единственный раз принесла пользу, но такую пользу, что полностью искупила ненужность остальных.

Ночью на 2 августа 1970 года на хребте Кацдаг[10] на нас обрушилась страшная гроза. Целую вечность молнии долбили окрестные скалы. Бабахали громы без раскатов и чудовищный ливень пробивал брезент палаток.

Это была одна из тех гроз, которые помнишь потом всю жизнь. Как, например, великую грозу в степи Южных Мугоджар летом 1965 года, когда молния полыхнула параллельно земле из конца в конец горизонта. «Это матерь всех молний!» – вскричал сквозь громы небесные Альфред Никитин. Этот сибирский эстонец романтизировал природу.[11] Окажись Альфред свидетелем той кавказской грозы 1970 года, он непременно прокричал бы что-нибудь про «матерь всех гроз».

Наутро мир был опять светел и радостен. Сияло солнце, пели птички. От наших палаток на запад уходили вниз горы с густым тисовым лесом. На восток высился над нами долгий крутой склон. По этому склону, по ломаной тропе спускался верховой. Приглядевшись, можно было опознать в нем нашего студента Колю Каленковича верхом на Яргуше, соловом иноходце. Они скакали вниз непозволительно быстрым аллюром, с риском сорваться. Между тем как им надлежало быть на километр выше, на Главном хребте.

Спустя минуты Яргуша галопом вынес Колю на нашу поляну и остановился. Конь был взмылен, Коля бледен. Он со стоном спешился и, матерясь, рассказал, что на перевале, где они с товарищем остановились на ночлег, случилась гроза со снежным бураном, просто ад кромешный, и в них попала молния.

Было восемь утра. Доставало времени, чтобы кое-как обработать его раны-ожоги и радировать дяде Зяме. Быстро прилетел вертолет, и с потерявшим сознание Колей мы полетели за вторым пострадавшим.

Вскоре оба они оказались в больнице в Белоканах, потом в Тбилиси. Я занялся расследованием случившегося, эвакуацией их лагеря и т.п. В тот день возникла и ушла в народ легенда о двенадцати убитых молнией геологах из Москвы. Я услышал ее уже в сентябре, то есть через месяц.

Но вернемся к дяде Зяме. Он был из первых советских радистов. В

---

[10] Где-то здесь: N 46.437104°, E 46.425670°.

[11] Однажды я уже приводил его в Миллбурн.

1920-х годах в СССР был бум радиолюбительства. Но дядя Зяма вышел из какой-то радиошколы. Какой? Судя по невнятности его ответов, из военной, со шпионским уклоном.

В середине 1920-х он служил в некоей Советской комплексной экспедиции, которая оперировала в Маньчжурии, в полосе КВЖД.[12] Командовал ею В.М.Примаков. Тот самый, которого называли советским Лоуренсом за попытку завоевать Северный Афганистан. Тот самый, который побывал мужем Лили Брик. Его расстреляли в 1937-м вместе с Тухачевским, Якиром, Уборевичем и другими военными.

Занятием номер один Комплексной экспедиции было изучение Маньчжурии как театра будущей войны, то есть военный шпионаж. Соответственно, радист Залман П. исполнял одновременно и функции шифровальщика. Оказывается, он и в самом деле был шпион, но со знаком «плюс».

В 1928 году случился конфликт на КВЖД, китайцы поперли всех советских. Он вернулся на родину. Рассказывал, что несколько лет до ареста служил в Средней Азии радистом по разным геологоразведочным экспедициям. Но на вопросы, чем они там занимались, каким сырьем, он отвечал как-то путанно. В общем, непрозрачно смотрелся этот раздел его биографии.

Но в том, что с 1935 года он сидел по лагерям в стране Коми, сомневаться не приходится. Его истории об УхтаЛАГе и ВоркутаЛАГе нашли подтверждение в солидных источниках. Например, истории о чистках лагерей в конце 1941-го и в конце 1942 года.

Чистки проводились не только путем массовых расстрелов, но и методом вымораживания. Он вспоминал некий лагпункт, который был в полном составе выведен конвоем далеко в тайгу и оставлен на замерзание. Дня через три конвойные вернулись, чтобы убедиться, что да, лагпункт вымерз до единого человека, согласно приказа.

Он выжил, потому что был специалистом по всякой радио- и электроаппаратуре. До войны и во время войны он чинил электропроводку, радиотрансляцию и телефонию, после войны – трофейные немецкие радиоприемники, которыми обзавелись все лагерные начальники.

Он был в цене, лагеря передавали его друг другу во временное пользование. В числе пользователей был женский лагерь ЧСИР, где в конце 1930-х содержались жены Якира, Уборевича и других жертв 1937 года. Он утверждал, что видел этих женщин.

В память мне врезался один из его рассказов, относящийся к событиям зимы 1941 года. К концу рассказа его обычно ничего не выражавшее лицо сморщилось, а голос перешел на хрип.

Однажды зимним днем он чистил снег во дворе какого-то лагерного начальника. Рядом крутился начальников сынок, мальчик

---

[12] Китайско-Восточная железная дорога.

лет восьми-девяти, которого он (только чтобы услышать детский голос, он скучал по своим детям) о чем-то спросил – какие твои любимые сказки или что-то в этом роде. Мальчик охотно ответил, завязалась беседа взрослого с ребенком.

Было так интересно, что взрослый перестал сгребать снег, отставил лопату. Присел на корточки, чтобы разговаривать глаза в глаза. И тут мальчик из желания угодить взрослому возьми да и скажи: «А вас завтра расстреливать будут».

...После нервного перекура я поинтересовался: что стало с тем мальчиком, в кого мальчик мог превратиться?

Он ответил с расстановкой:

– Вертухай, стопроцентно. У них трудовые династии. Ему за сорок?.. Может быть уже полковником. А мог и спиться, и уже сыграл в ящик. Это тоже типично.

Выйдя из заключения в 1955 году, он приехал за трудоустройством в отдел кадров Министерства геологии. Попросился куда-нибудь поюжнее, где тепло, так как сильно продрог за годы отсидки.

– Хорошо понимаю вас, – сказал кадровик.

Из предложенных вариантов Залман Семенович П. выбрал геологоразведочную экспедицию в Азербайджане, ту, в которой я застал его спустя 15 лет. Мне кажется, для него было важно и то, что в этом южном краю он был гарантирован от встреч с прошлым.

Прежняя семья дяди Зямы, жена и дети, от него отказалась сразу после его ареста, он о них не вспоминал. С ним жила женщина малороссийского типа, гораздо моложе его, хмурая и неразговорчивая, с угрюмым взглядом исподлобья. Если не знать, что она ему жена, можно было решить, что она приставлена следить за ним.

Эта жена часто и подолгу оставляла его одного, уезжала в Баку. А он круглый год оставался в своей половине дома, не испытывая желания куда-либо выезжать. Из радиорубки в свою половину и обратно он переходил в домашних шлепанцах. И сидел перед циферблатами и верньерами в линялой майке, сатиновых штанах и *джурабах* – вязаных носках из толстой шерсти. Прохладными вечерами надевал казенную куртку-штормовку с наклейкой «МИНГЕО СССР».

Многие сидельцы ГУЛАГа боялись открытых пространств, прятались в одиночество. Они были так покорежены ГУЛАГом, что возврат к прошлому себе был хуже смерти, и всю оставшуюся жизнь они корчились в тоске по утраченному и несбывшемуся. Но были и такие, что сидели в глуши из страха «очной ставки с прошлым». Я думаю, дядя Зяма был из этих последних.

В начале сезона 1974 года, вскоре после приезда, я зашел к нему поздороваться. Сказал, что у меня родилась дочь, и разболтался-раззвонился на радостях. Так раззвонился, что поделился с ним своим ликованием от этих гор, от лошадей, от предвкушения будущих маршрутов. И сказал даже, что пребываю в ощущении праздничного летнего утра.

Он поинтересовался, часто ли случается со мной такое счастье. Я ответил, что нет, не часто. Но сегодня как раз такой счастливый момент.

Он помолчал и произнес обычным своим высоким голосом без интонаций:

– А у меня всю мою жизнь – как будто осенние сумерки.

Молния и полбарана

В тот день они ходили по горам в окрестностях «паучьей» точки. Они – это двое студентов-дипломников МГУ, Коля Каленкович из Белоруссии и Сандро Т. из Грузии. Оба ныне здравствуют.

К вечеру они планировали спуститься чуть ниже и заночевать в каком-нибудь распадке, где есть корм для лошадей. Однако их планы были нарушены двумя роковыми обстоятельствами.

Первое обстоятельство – медведь, который ходил за ними с самого утра. Кавказские медведи небольшие размером, не крупнее недельного теленка, но очень назойливые. Он кружит, подглядывает то сверху над обрывом, то сбоку из-за скалы, и лошади очень нервничают. Из-за медведя пришлось им думать о ночлеге в открытом месте, поближе к чабанам с собаками.

Второе обстоятельство – больной чабан. Вскоре после полудня они встретили чабана при отаре, который попросил помочь ему добраться до кочевки. У него, мол, разыгрался геморрой, и он почти не способен передвигаться. Именно так: геморрой, а не какая иная, более приличествующая чабану болезнь. Но что было, то было. Как говорится, из песни слова не выкинешь.

К концу дня операция «геморрой» завершилась: больной был доставлен в кочевку[13] дагестанских чабанов на перевале Мачхалор, что рядом с «паучьей» точкой. В благодарность за оказанную услугу ребята получили щедрый подарок – целых полбарана.

Разумеется, в тот момент они не догадывались, что стоят на роковом жизненном перепутье. От того, как они распорядятся этой бараниной, зависело, что с ними случится ближайшей ночью и в последующие месяцы и даже годы.

Следуя местным обычаям, надо было бы предложить хозяевам «пакушать вместе». Чабаны согласились бы с благодарностью и непременно предложили бы ребятам поставить палатку неподалеку, чтобы вечером всем вместе съесть и эту баранину, и все, что еще пошлет чабанский бог, как то: пендыр (сыр), лаваш и т.п.

Можно было бы также расположиться рядом с одиноким геологом, который стоял в 100-150 м к северу от чабанов, и съесть баранину вместе с ним. Бакинский геолог Сеид А. жил там в палатке один-одинешенек – единственно для того, чтобы оправдать высокогорные надбавки к зарплате своей геологической партии.

---

[13] Кочевка: 41.907643° N, 46.429162°E.

Но нет! Ребята разбили свой лагерь в 250 м западнее кочевки.[14] Кроме нежелания делиться бараниной с кем-либо, на это их решение, вероятно, повлияли и страх пастушьих собак, и высокомерие Сандро в отношении местных, и, может быть, опасение блох. Да-да, рядом с кочевкой всегда рискуешь прихватить пару блох.

Выбранное ими место располагалось на равном удалении и от чабанов, и от Сеида, то есть далеко и от блох, и от собак, и при этом достаточно близко, чтобы лай собак отпугивал медведя. Однако оно решительно не подходило для лагеря. Открытая площадка на просторном перевале была дьявольски грозоопасной. Чабаны позже клялись: они кричали ребятам, что место плохое, стоять там нельзя, но те якобы не слышали.

Хронику дальнейших событий я реконструирую по рассказам Коли и по свидетельствам чабанов и Сеида. Припоминаю и меморандум, который мой коллега и товарищ Н.Н. Шатагин составил тогда по свежим следам. Кое-какие детали хроники я домысливаю – для склеивания сюжета.

Разожгли они примус и поставили баранину вариться – это первое, что они сделали в своем новом лагере. Потом разбили палатку и покормили лошадей. Варево уже кипело и почти стало бульоном, когда они услышали отдаленный гром и обратили внимание на идущие с севера тяжелые тучи.

Вскоре потемнело, похолодало, пошел снег. Пришлось им погасить примус и залезть в палатку голодными. «Вот и покушали баранинки», – сказал Коля.

Он вспоминает, что когда стало грохотать совсем близко, он глянул в окно палатки и ужаснулся: надвигавшиеся тучи хлестали по горам частыми вертикальными молниями. «Как бы нас не ё***ло», – произнес он роковое пророчество.

Молния врезалась в лагерь ослепительным пучком, пробив все металлические предметы отверстиями разных калибров, от миллиметровых – в латунной окантовке седел и алюминиевых ложках – до дюймовых дыр в котелке и примусе. Примус был пробит навылет.

В то время мы полагали, что палатка-серебрянка из прорезиненного перкаля, именно она, собрала предгрозовое статическое электричество, которым земля ответила на протянутую из грозовой тучи искру. Сегодня я придерживаюсь другого мнения: разряд молнии приняли как раз металлические предметы. Ток разряда растекся по поверхности земли и ответвился в тела лежащих людей через палаточный пол, лишенный водоотталкивающего покрытия.

Так или иначе, ток вышел из людей через тесно прижатые к земле точки – через правый локоть, пятку и множество других мест на ногах Коли, через правую лопатку и крестец Сандро. В этих точках был

[14] Приблизительно здесь: 41.908380°N, 46.424867°E.

продырявлен палаточный пол, оплавлен поролон спальников и вырваны до костей куски плоти. Раны кровоточили не сильно, поскольку были «прижжены».

...Через неизвестно какое время они пришли в сознание и оценили ущерб. У Коли были парализованы правая рука и обе ноги. Сандро ногами владел, но его не слушались пальцы, никак не получалось одеться. Все, что он мог, – кое-как вспороть бок палатки и выбраться наружу.

Гроза сверкала, грохотала и мела густым снегом. Голый человек босиком, в одних трусах, направился сквозь буран к людям за помощью.

Надо сказать, что если бы не снег и молнии, той ночи полагалось быть астрономически черной, так как луна была в нулевой фазе, а звезды скрыты тучами. Но отсветами молний на белом снегу вся округа временами хорошо освещалась. Расстояние 200-300 метров до кочевки Сандро преодолел рывками, от вспышки до вспышки, и достаточно быстро.

Но Коле казалось, что Сандро отсутствует бесконечно долго. Он запаниковал и принялся звать на помощь. Сегодня он рассказывает об этом по-будничному. А тогда кричал так, что его «Люди, помогите!» широко разносилось и проникало в уши всех участников этих событий.

Кочевка – это собранная из сырого камня невысокая нора на несколько чабанских мест. Прикрытые сверху брезентом три стены и проем, занавешенный недубленой шкурой. В той кочевке находились трое, один из них – знакомый нам геморройный больной. Кутаясь в бурки, они трепетали от страха при слабом свете привернутой керосиновой лампы. Непрерывно поминали аллаха. Двое лежали, один сидел, сгорбившись, перебирал четки и молился шепотом.

Вдруг полог откинулся и на пороге в полыхании молний возник голый человек. Он показывал раны и просил помочь. Говорил: слышите крики? – там гибнет мой товарищ. Нет, ответили чабаны, пока гроза не кончится, они никуда не пойдут. Если голый человек не хочет ждать, пусть идет к геологу, который живет вон там один в палатке.

Сандро покинул гостеприимный кров и через некоторое время постучался в палатку Сеида. Там сцена «голый человек в гостях у чабанов» повторилась. Сеид решительно отказался выходить под грозу. Сандро двинулся назад к чабанам.

...Через неизвестно какое время, когда гроза стала утихать, после многих злоключений Сандро, наконец, вернулся за Колей вместе с одним из чабанов. Они извлекли Колю из-под руин палатки и на брезентовом полотнище приволокли к Сеиду. Тому волей-неволей пришлось принять Колю и Сандро под свой кров.

На рассвете три молодых человека, один одетый и двое голых, обсуждали отчаянное положение, в которое эти двое попали. Выходило, что кому-то надо спуститься за помощью на Кацдаг, то есть на километр ниже, по очень тяжелой тропе. Может быть, Сеид вызовется им помочь? Нет, Сеид не вызвался.

Обсуждение закончилось тем, что Коля, который уже овладел своими ногами, как был босиком, в одних трусах, захромал к побитому молнией лагерю. Мне он потом рассказывал, что хотел всего лишь одеться и забрать карты и аэрофотоснимки, которые никак нельзя было потерять.

Но дойдя до лагеря, натянув одежду и сапоги, он почувствовал, что согрелся и притерпелся к боли. И решил, что сумеет добраться до Кацдага. С этой решимостью он как-то поседлал Яргушу, как-то взобрался в седло и двинулся в путь. Впереди его ждали восемь километров нисходящей тропы по очень крутому скалистому рельефу.

На той тропе следовало несколько раз спешиваться, что было не по силам человеку с обожженными ногами и не действующей правой рукой. Коля проделал весь этот путь в седле, целиком доверившись Яргуше. На последнем отрезке, где тропа зигзагом по крутому склону спускалась к нашему лагерю, Ярга несся галопом.

И вот взмыленный конь выскочил на поляну и встал, тяжело дыша, прямо передо мной. Случился диалог, который во всех подробностях, со всеми словами и интонациями помнят оба его участника.

– А что ты тут делаешь, собственно говоря? – спросил я. – Ты же должен быть там, – я показал вверх, на Главный хребет.

Коля ответил фразой, которая навсегда замкнула его предгрозовое пророчество:

– Ой, Мирдавыдыч, нас молния ё***ла.

Он сполз на землю через плечо лошади и предъявил доказательство – дырку в правом локте, сквозь которую голубел хрящ локтевого сустава.

Как мы уже знаем, Коля прискакал как раз ко времени сеанса радиосвязи с дядей Зямой. Вскоре вертолет с Колей, санитаром, мною и Н.Н.Шатагиным на борту приземлился неподалеку от палатки Сеида. Рядом, у костерка, сидел, скрючившись, Сандро.

Он с видимым усилием встал и двинулся к вертолету. Шел и трясся в истерическом хохоте. На нем был ватник, наброшенный на плечи. Но в вертолет он влез в первозданном виде, так как этот свой ватник Сеид затребовал обратно.

Вертолет улетел. К полудню ребята оказались в районной больнице г. Белоканы.

Я остался наверху. Снег уже почти растаял. О ночной драме напоминали понурая лошадь вдалеке и прибитая к земле палатка рядом с нею.

Заросший бородой до глаз молодой геолог Сеид отвечал на мои вопросы хмуро и односложно. Когда спустя десятилетия мы с ним возобновили знакомство, он неохотно вспоминал эту историю.

Чабаны рассказывали более откровенно. Они признались, что ночью им было очень страшно. Является среди бури голый раненый, говорит, что его стукнула молния, и просит выйти вместе с ним под молнии. И в самом деле, испугаешься.

Когда я подходил к порушенному лагерю, бедный Жорик – это был он! – издали заржал умоляюще. Ликвидацию лагеря я начал с того, что отвел его на водопой и дал ячменя. Часа через два мы тронулись. Поскольку Жорик, при том, что он был крайне истощен, нес двойную поклажу, я избавил его от седока. Весь путь мы с ним проделали каждый на своих ногах.

В завершение высокогорной части этого рассказа необходимо подчеркнуть тройным подчеркиванием, что в руинах лагеря ничто, кроме окровавленных спальников, не напоминало о чьей-либо живой плоти. Полбарана исчезли без следа! Что тут скажешь?! Чабаны, значит, помародерствовали спозаранку! Выходит, в вечном споре жлобства и суеверного страха перед несчастьем опять победило жлобство.

Я пришел в больницу проведать ребят через сутки. Больничная территория выглядела как лагерь потерпевшей поражение армии. Там и сям за растянутыми на кольях ковровыми занавесями укрывались семейные биваки. В них больные питались и коротали время. Оказалось, что в этой больнице пациентов не кормят. Как не занимаются и лечением большинства болезней ввиду низкой квалификации медперсонала.

Ребят я нашел в палате, в которой меж беленых стен стояли только две кровати с тумбочками. Утки под кроватями – единственное, что напоминало о медицине.

Они лежали ничем не укрытые, облепленные мухами, и еле слышно жаловались на то, что их еще не лечили и не кормили. Что они не были укрыты, это правильно: обожженных людей не укрывают. Но все же их поят, кормят и отгоняют от них мух.

– Сколько у вас полагается на пациента в день в денежном выражении? – этот идиотский вопрос я прокричал, ворвавшись в кабинет главврача.

– Что вы! Зачем? – засуетился крупный толстый человек в белом халате. – Еще не кушали?! Ай-яй-яй. Сейчас накормим!

Потратившись на кормление, медперсонал больницы приобрел навыки лечения ожогов. Азы – воздушные палатки и растворы борной кислоты – им преподал Н.Н.Шатагин, который, в свою очередь, руководствовался «Справочником путешественника и краеведа» Обручева-сына. Замечу, что эта великая книга по сей день актуальна, в отличие от «Плутонии» и «Земли Санникова» Обручева-отца.

К счастью для наших пациентов, вскоре их вертолетом переправили в Тбилиси, где Колю приняла ожоговая лечебница, а Сандро был вылечен амбулаторно, то есть дома.

Я снова повидал их через три недели. Короткая поездка в Тбилиси не стоила бы упоминания, если бы не очарование, которое придали ей холерные обстоятельства.

Начать с того, что из-за холерных кордонов мой путь от Белокан до Тбилиси (протяженностью 170 км) длился полтора дня. Потому что каждый кордон следовало обходить стороной, стараясь остаться незамеченным. А между кордонами – попутки.

В Тбилиси я снарядил Колю домой, в Белоруссию. Дело в том, что не все его раны заживали. Ему требовалась хирургия с пересадкой кожи, которую каждый на его месте предпочел бы делать дома.

У Сандро дома царила противохолерная тревога. Его мама опаливала над газовой плитой все, что казалось ей холерно-подозрительным: от хлебных булок до инжира и гранатов, сорванных с деревьев под окнами. Отец Сандро добывал для меня фальшивую справку о холерном карантине.

Обратный мой путь в Белоканы сложился еще экзотичнее, чем путь в Тбилиси. Вечером 26 августа я с фальшивой справкой сел в полупустой поезд Тбилиси – Сухуми. Утром 27-го вылетел из Сухуми в Баку. Из Баку – самолетом в Белоканы, где поспел к рудовозу, который ежевечерне выходил из Магамалара на Филизчай.

Часов в десять вечера 27-го числа я распахнул дверь и вошел в наш домик на Филизчае. Из темноты – в ярко освещенную комнату, где за столом, королем которого был свежеподстреленный и целиком пожаренный кабанчик, меня терпеливо дожидались Коля Шатагин, Ибрагим Э. и другие. Нечего и говорить, что далее последовала разухабистая, полная веселья ночь. Кажется, именно в ту ночь я сыграл мизер втемную на двойной бомбе. А может быть, это случилось в какой-то другой раз.

Егери-мегери

Егерь Закатальского заповедника Хадá Мехтиев жил в Магамаларе. В его ведении находились кишевшие зверями горы к северу от Белокан. Хада был главным регулятором браконьерских маршрутов и охот в этих местах.

Он имел стриженую седую голову и целиком обветренное лицо, потому что круглый год ходил с непокрытой головой. На нем всегда поношенная рубашка, застегнутая до горла, и сильно потертый пиджак. Брюки, вдетые в джурабы, и мягкие галоши на ногах.

Я никогда не видел его с оружием. Убойную работу для него делали браконьеры, которыми он дирижировал.

Прошлое его было загадочно. Что оно не было простым – об этом свидетельствовали перебитый нос, шрам на лице и легкая хромота травматического типа. А также необыкновенной красоты кинжал в резных серебряных ножнах с маленькими внутренними ножнами.

– Кинжал моего отца, – говорил он, заворачивая кинжал в холстину и пряча в сундук, после того как я в очередной раз долго и завистливо его разглядывал.

На Кавказе в знак дружбы было принято дарить холодное оружие. Мне он подарил кортик германского морского офицера времен Второй мировой войны.

Я спросил: «Откуда в горах немецкий морской кортик?» – ожидая в ответ рассказ про войну и немецкие трофеи. Но он пробурчал: «В горах оружия много».

– Что, и пулеметы есть?

– И пулеметы есть, и пушки.

Какую тайну мог оберегать в начале 70-х годов 40-летний кавказский мужчина, который поздно женился и поздно родил ребенка? Конечно, отсидка, причем в молодые годы, ибо в армии он не служил. Но спрашивать его об этом напрямую было бы верхом неприличия.

С Хадой меня познакомил Алексей Заболотнов, мой ленинградский коллега и товарищ. Разгадывая загадку Хады, он говорил так:

– Украл? Нет, только не Хада. Аварец, гордый человек, не крадет. Наверно, какой-то сугубо кавказский конфликт. Наиболее вероятно, что он был оскорблен и за это порезал оскорбителя. Но сегодня он ходит в горы без опаски, следовательно, конфликт улажен. Значит, его тоже порезали или помяли. Вот откуда перебитый нос, шрам и хромота.

Надо сказать, сезон 1974 года Алексею испортил КГБ. Причина была в том, что перед выездом в поле он нечаянно взял на работу завхозом диссидента К.

Приехав в Белоканы, Алексей обнаружил, что ему не выдают его собственные картографические материалы, прибывшие по почте. Мало того, к нему пришли с обыском и изъяли те материалы, которые он привез с собой.

Оставалось конспирироваться. Чтобы Алексей мог отбирать хотя бы некоторые свои пробы, я по ночам копировал для него свои карты. Так нам удалось поднять его КПД до 20%. Вакуум оставшихся 80 процентов он заполнял охотой. Благодаря этому Алексей обеспечивал разнообразной дичью и свой коллективчик, и мой.

Само собой разумеется, попечителем охот Алексея был Хада. А дом Хады стал местом нашего с Алексеем тайного обмена материалами. Нередко конспиративная сходка превращалась в праздник удачной охоты. Теплая атмосфера дома к этому очень располагала.

Жена Хады (мы ее звали просто Ханум) могла присаживаться за стол пирующих мужчин. Его единственная дочка, десятилетняя Сона, вступала в разговоры взрослых без спросу, как полновластная хозяйка. Хада позволял домочадцам спорить и даже подтрунивать над собой. Лишь ласково поглядывал и что-то ворчал по-аварски.

Бывало, прихожу к нему, застаю дома одну Сону. Спрашиваю, где папа и мама.

– Папа там, стреляет косуля, – Сона рукой показывает в сторону гор. – Мама там, – она показывает в сторону базара и смеется, – стреляет хлеб и помидоры.

Поначалу мы с коллегами брали на практику студенток наравне со студентами. И много сил тратили на охранение девушек от местных джигитов. Восточный Кавказ оказался враждебен равенству полов. В этом смысле дом Хады был островком теплоты и юмора в море очень серьезных мужчин и женщин.

На склоне дня мы сидим во дворе у Хады втроем за покрытым клеенкой столом под инжировым деревом. Происходит не русская пьянка и не застолье по-грузински, а неторопливое общение без тостов и торжественности.

Ханум хлопочет на летней кухне, Сона подносит. На столе овощи, хлеб, зелень, сыр и грузинская ча́ча, которую Хада употребляет с русскими товарищами на равных. И никакого шашлыка! – дабы не дразнить соседей лесными запахами. Ханум готовит дичь только в виде капитальной, неторопливой каурмы.

В память о Ханум привожу рецепт ее каурмы. Некрупно нарезанное мясо сильно и быстро обжарить, вывалить в котелок, куда добавить лук, помидоры, соль, перец, сумах зернышками и чернослив. Покрыть водой и тушить часа два. Под конец добавить свеженарубленную кинзу. Подавать с зернышками граната.

…В подпитии Алексей заявляет, что ему осточертела вся эта конспирация. Ему ли, который тягался с эсэсовцами, бояться гебни?! Кроме того, он устал от каурмы, он желает нормальный шашлык, чтоб шипел и чтоб жир капал.

Хада согласен. Он тоже не боится гебни. В доказательство он отрывает кусок чурека, произносит: «Хлебом клянусь» и съедает его в благоговении. Но с соседями ссориться он не будет. Соседи важнее гебни. Пусть Алексей сам жарит кебаб у себя на базе.

Надо объяснить, что связывало Алексея с эсэсовцами. Уверен, он не возражал бы.

Он учился в Ленинградском Горном институте. С его слов, осенью 1948-го, за год до выпуска, весь его курс был приказным порядком переориентирован на уран. И уже летом 1949 года молодой специалист А.С. Заболотнов заступил на должность горного мастера на урановом месторождении Яхимов (*Jachimov*) в Чехии.

Круг его обязанностей был неширок. Спуститься в шахту в начале смены и дать задание шахтерам; спуститься в конце смены и «заактировать» выполненную работу. Надо сказать, шахтеры трудились исключительно вручную, кололи породу кайлами, кувалдами и долотами, зачастую в щелях, стоя на коленях. Поэтому их сменная выработка была невелика.

Работа для горного мастера немудреная, но нервная, так как в Яхимове в качестве шахтеров использовали пленных эсэсовцев, их привозили из расположенных по соседству концлагерей.

Алексею по штату полагались два вооруженных охранника, которым вменялось в обязанность находиться попеременно впереди и позади него с пистолетами в руках. Но эсэсовцы были смирные, и он часто отказывался от охранников. Случись что, от них, вечно пьяных, все равно не было бы толку.

Однажды он уличил эсэсовца в том, что тот завалил пустой породой богатое ответвление урановой жилы. Для чего? Для того, объяснил злоумышленник, чтобы хорошую руду оставить будущим поколениям немцев, возвращение которых в Богемию он предвидит.

Дело происходило в штреке высотой чуть больше метра. Рослый эсэсовец докладывал, стоя на коленях, руки по швам. Алексей сидел напротив на куче руды и допрашивал злоумышленника фразами из русско-немецкого разговорника: "*Warum? Wieso denn?*".

– Ох, и дурак же я был, – подытожил Алексей и поднял стопку чачи. – Сидел голой ж… на куче уранинита![15]

В самом деле, дурак, согласились присутствующие и закусили чачу табасаранским сыром.

Как-то раз мы вдвоем с Хадой торопились к столу, где нас уже дожидалась приготовленная Ханум косулья ляжка. Не знаю зачем, но считаю нужным уточнить: мы шли с базара, я нес зелень и овощи в рюкзаке, Хада – хлеб и чачу в авоське.

Самый короткий путь от базара до дома Хады, если двигаться пешком, вел мимо кладбища, и далее через соседские дворы, переступая через плетни по переходным ступенькам. У кладбища Хада вдруг остановился и ткнул пальцем через забор: «Серый камень видишь?». Надгробиями на кладбище служили плоские, вертикально поставленные камни без надписей. Среди них выделялся один, из серого песчаника. «Здесь похоронен очень гордый мальчик», – веско произнес Хада.

За столом, после того как все было съедено и выпито, за чаем, Хада рассказал о гордом мальчике, которым гордится аварский народ города Белоканы и селения Магамалар. Ниже я пересказываю эту историю с некоторыми дополнениями, поясняющими повороты сюжета.

Гордый мальчик

Жили-были в Магамаларе две семьи, в обеих дети брачного возраста: в одной семье юноша, в другой – девушка на выданье, по имени Патимат. В этой второй семье был еще и младший брат Патимат – будущий «гордый мальчик». Звали его Гудул, что по-аварски значит «друг».

С наступлением лета молодые люди стали раз в неделю ходить туда, где юноши и девушки в те времена женихались, – к табачному сараю. Вот как это происходило.

Перед большим табачным сараем играет оркестрик – две зурны и нагар (барабан). В глубине сарая сушатся шпалеры нанизанных табачных листьев. Перед сараем сидят, каждая в лучших своих одеждах,

---

[15] Уранинит, или урановая смолка – очень радиоактивный урановый минерал.

девушки, которые нанизывают на шнуры свежие табачные листья для просушки. Напротив – юноши, не отрывающие от девушек глаз. Под звуки оркестрика то один, то другой медленной лезгинкой вытанцовывает перед девушкой приглашение, и та, отложив работу, вплывает в танец.

Так продолжается неделя за неделей, с середины лета до глубокой осени.

И вот как-то по осени девушка Патимат, нанизывая табак, поймала на себе долгий взгляд того самого юноши. Они могли быть знакомы еще со школы. Возможно, они давно поглядывали друг на друга.

На сей раз, соблюдая приличия, она ответила взглядом на его долгий взгляд не сразу, но спустя несколько недель. Наконец, в танце, они обменялись парой решающих фраз.

И тотчас пошли сваты. Скоро произошла помолвка, после которой жених, согласно обычаю, в течение целого года дарил подарки невесте и родственникам невесты. Чтó дарил, не имело значения, лишь бы из золота.

Наконец, свадьба. Следовало бы описать сложный и романтический свадебный ритуал, но не будем отвлекаться. Подчеркну лишь одну подробность, важнейшую в этой истории.

Наутро после первой брачной ночи должно быть явным образом сообщено народу, была ли невеста непорочна. Да, была! – и народ расходится удовлетворенный. Нет, не была! – и тогда взрывается мир. В случае с Патимат именно это и произошло. Взорвался мир, вздрогнула вселенная.

Так семья Патимат была обесчещена, опозорена!

Старики знают и втолковывают молодым, что позор лишает семью силы, отнимает будущее. Позор обрекает семью на болезни, нищету, вырождение в потомстве и даже пресечение всего рода. (Вообще-то, за этими мистическими карами прячутся вполне материальные резоны: опозоренную семью ущемляют при переделе земли, в коллективном выпасе, водопользовании и т.п.)

Однако позор может быть смыт. Моющим средством является кровь, только кровь, и ничто иное. Если виновата Патимат, то она подлежит наказанию смертью. Если же правда на ее стороне, то кровью должен умыться оскорбитель.

Вершителем правосудия стал 15-летний Гудул, самый младший сын и единственный после отца наличный мужчина в семье.

Мальчик публично поклялся, что сестра его чиста и непорочна, без единого пятнышка. Замечу, что, по мнению Хады, мальчик был целиком прав, Патимат была невинна, хотя для данного рассказа это не имеет никакого значения.

Значение имеют убежденность мальчика и клятва, которую он произнес: клятва кровной мести оскорбителю. О чем, в соответствии с обычаем, он через посредника известил негодяйское семейство. Он дал им три месяца на то, чтобы должным образом ответить на вызов.

Не получив удовлетворительного ответа, день в день по окончании заданного срока, Гудул из засады подстрелил оскорбителя. После чего пришел домой и объявил, что негодяй убит, сестра отмщена, позор смыт. С оружием в руках он явился в милицию и сдался.

Хада́ печалился: какое прекрасное оружие кануло в милиции! Хоть и допотопная была берданка, но очень хорошего калибра – 10 мм с хвостиком, как раз на медведя.

Из этого оружия, если бы мальчик попал куда целился, обидчик был бы убит на месте. Но мальчик был неумелый стрелок. Он серьезно ранил обидчика – но всего лишь в какую-то мягкую часть, даже кость не задел. Негодяй остался жив. В камере предварительного заключения Гудул в бешенстве колотился о стены. Милиционеры ему сочувствовали.

…Отсидев положенный срок, Гудул вернулся домой, сжигаемый огнем неисполненной мести. Но он знал, что повторно покушаться на обидчика было бы нарушением обычаев.

Дойдя до этого места, Хада прервался. Опытный рассказчик, он затеял перед кульминацией чайную церемонию. Ханум сменила посуду на столе, принесла свежий чай. Хада собственноручно его разливал. Мы остужали его по кавказской системе стакан – блюдце – стакан и пили с колотым сахаром вприкуску, обмахивая сахар от мух.

Итак, нашел ли он выход, этот мальчик? Да, Гудул нашел выход: он обратил взыскующую крови месть на своих родственников. Он объявил, что прольет кровь того в его собственном доме, кто вступит в контакт с кем-либо из враждебного семейства. Ибо такой контакт будет означать косвенное признание вины его сестры.

Очень скоро ему пришлось привести угрозу в исполнение. Случилось это после того, как он застиг на непотребстве собственного отца. Тот на базаре *поздоровался с врагом*, и не с каким-то второстепенным врагом, а с отцом обидчика.

– Да, мальчик, ты поклялся, но на отца ты не поднял руку, – нараспев произнес Хада́, глядя вдаль.

Он обратился к слушателям:

– Что бы сделал другой мальчик? Ничего! А этот мальчик пришел домой. Помылся. Сел в углу сада с ковриком. Помолился аллаху и убил себя, упал на нож…

Хада торжественно замолчал. Все замерли. Ханум перестала звенеть посудой. Лишь куры продолжали переругиваться да кричал ишак неподалеку.

Под конец Хада разъяснил нам поступок Гудула. Мальчика просто сжег *нич* (стыд). Если все – и те, кого ты уважаешь, и те, кого презираешь – показывают на тебя пальцем и над тобой смеются, то *намус* (гордость) диктует тебе один-единственный гордый ответ, побивающий их всех.

– Да, мальчик умер, но его намус живет долго. Другой человек живет – все равно что не живет. Потому что его нич бежит впереди него.

Мой приятель В.Г. (склонный к психоневрологическому направлению мыслей) высказался об этой истории приблизительно так: несомненный случай юношеской шизофрении; налицо психическая вязкость, патологическая злопамятность, обида, обратившаяся в сверхценную, навязчивую цель. Этот кавказский «невольник чести» не желал смерти, но был приговорен к самоубийству своей психопатологией.

Примечательно, что самоубийство Гудула не нашло подражателей. В морально здоровой лезгино-аварской общине эффект юного Вертера не сработал.

Сирийский гаргар

Году в 422 н.э. к Месропу Маштоцу в местечко Ротастак близ Нахичевани из страны гаргаров, что на правобережье Куры, явился инок Бениамин, знаток языков и переводчик. От имени царя гаргаров он обратился к творцу армянского письма с просьбой начертать и Христа ради даровать письменность его народу. Так гласит армянская хроника времен учеников Месропа.

Месроп создал несколько письменностей. Но традиция выделяет именно гаргарский эпизод. Может быть потому, что Месроп гордился этим своим 52-буквенным алфавитом, изобретенным для гаргарского говора, «гортанного, грубозвучного, кривдовывого».[16]

В VI – VIII веках под давлением сильных этносов – армян, арабов и хазар – гаргары были оттеснены в горы Малого Кавказа, а после прихода сельджуков в XII веке вовсе исчезли. О них напоминают лишь элементы топонимики Малого Кавказа: село Хархар и река Хархарчай.

Многие считают, однако, что несколько гаргарских родов ушли на Большой Кавказ и уцелели в Дагестане под именем рутульцев. Они утратили письменность, но сохранили свой «кривдовывый» язык и легенды о предках. Я познакомился с этими бывшими гаргарами в одном из их аулов в сентябре 1974 года.

Это был обычный маршрут-петля из Азербайджана через Главный хребет в Дагестан и обратно. Я давно взял себе за правило сторониться аулов, чтобы не попадать в силки горского гостеприимства. Но в том маршруте это правило не удалось соблюсти.

Надо сказать, кавказское гостеприимство отнюдь не слепо и не всеохватно. Пешего голодранца презирают, могут и собак натравить. Но если ты верхом да с полевой сумкой на боку (то есть начальник), тогда ты уважаемый гость. Мое имя тоже могло быть причиной избыточного ко мне радушия, поскольку титул «мир» в тех краях приставлялся к именам бе́ков (князей-землевладельцев).

---

[16] https://www.academia.edu/4060549/И._В._КУЗНЕЦОВ_Заметки_к_изучению_агванского_кавказско-албанского_письма_I.-III

В двух словах: Вася, рабочий из молокан, не уследил, что его лошадь потеряла подкову. Подковать лошадь – плевое дело, если подковные мелочи у вас с собой. В этот раз заветный мешочек оказался то ли забыт, то ли потерян. Пришлось Васе с утра отправиться в ближайший аул за парой подков и гвоздями. Скопление серых саклей на высокой террасе над р. Ахтычай оказалось рутульским аулом Борч.[17]

Я дожидался Васю на восточной околице аула. Рядом паслись спутанные три наши лошади под присмотром Сёмы, младшего брата Васи. Из аула неслись визгливые звуки зурны. Пригревало солнце, время шло, время настойчиво тикало, что вряд ли нам удастся обойти этот аул стороной.

Около полудня вместо Васи явились двое молодых людей в городских костюмах. Приложив руки к сердцу, они витиевато пригласили стать гостем на свадьбе их друга. Разумеется, я ответил в этом же духе: для меня великая честь, и т.д., и т.п. В общем, попался.

Так и случилось, что последующие три дня я провел в ряду почетных гостей со стороны жениха на свадьбе в ауле Борч, оставаясь, как был, в сапогах и штормовке. Васю и Сёму хозяева поместили на более низкий этаж гостевой иерархии. И покатились, волна за волной, свадебные события и ритуалы.

Вечером – «мальчишник», значительную часть которого составляли студенты из Махачкалы и Дербента. Всем распоряжался шафер, студент-историк с ярким именем Балалай.

На почетных местах рядом со мной восседали два молодых гостя. Один – сын районного прокурора. То есть не свадебный генерал, но его юный отпрыск выдающейся внешности. Его напомаженная голова, сдавленная с висков, торчала из блестяще-серого костюма типа «хочу на эстраду». Голова взирала на мир презрительно выпученными глазами и разговаривала, не разжимая золоченых зубов.

Другим почетным гостем был общительный парень Арслан, коренастый, наголо стриженый, лет 22-23. «Арслан значит – я лев» – так объяснил он значение своего имени. Он слегка картавил и назвал себя Агслан, совсем не по-львиному. Арслан, житель Рутула, был, как и я, нечаянный гость. Он оказался здесь как племянник местного магазинщика, второго после муллы уважаемого жителя селения.

Утром первого дня свадьбы шафер подстрелил дикого голубя. С ружьем в руке и тушкой птицы у ног он простоял рядом с женихом весь ритуал приношения даров от семей родственников и соседей. В течение ритуала жених стоял недвижимо под тяжестью подарков – цветастых платков на плечах и банкнот, торчащих из-под кепки.

Балалай, комментируя действо с голубем, объяснил, что в армянских свадьбах тоже выполняют некий ритуал, завершающийся принесением птицы в жертву. Он также прочел лекцию о своем боевитом народе. Каких-то двести лет назад, говорил он, все окрестные

---

[17] 41.453321°N, 47.325000°E.

земли платили дань нам, рутульцам. Мы пришли сюда с далекого юга, но не из Италии. Путать нас с древнеиталийскими *rutuli* не надо; это просто созвучие.

В перерыве между свадебными событиями Арслан позвал меня «покушать отдельно». И вскоре мы сидели, обложенные подушками, перед скатертью на полу в доме дяди-магазинщика, где и в самом деле кормили отдельно, и водка была не местного разлива. Время от времени хозяин поглядывал холодными глазами на дежурившего у двери сына и отдавал негромкие приказания. Через секунды тот влетал пулей с очередным блюдом.

Беседа текла плавно, под лезгинский чай, зелень, сыры и соленья, задерживаясь на таких уютных темах, как семья и дети. Взрыв случился, когда я задал невинный вопрос: кто где служил. Арслан вдруг резко сдернул с себя рубаху и, обернувшись ко мне спиной, спросил:

– Чтó это, знаешь?

Его поясницу широко опоясывали рубцы и шрамы от тяжелых ожогов. Вопрос был задан мне; дядя-магазинщик продолжал невозмутимо закусывать.

– Ты горел в танке, – уверенно заявил я.

– Точно! – он даже крякнул от удовольствия.

До призыва в армию Арслан выучился в Дербенте на механизатора, потому и попал в танкисты. Служил механиком-водителем где-то в Туркмении. Единственное, что он упомянул о той службе, – что летом в пустыне находиться в танке невыносимо тяжко.

Арслану оставалось служить еще почти год, когда в его части появились вербовщики в загранку. Вызывали смуглых и чернявых («нас, черно*опых» – говорил он) и предлагали послужить далеко-далеко отсюда, причем за хорошие деньги. – Что обещали? – Обещали «волгу», если ранят. – А если убьют? – ...

Вскоре волонтеров собрали в воинской части близ Ташкента, где они провели несколько месяцев в условиях конспирации. Три секретных дела, которыми они были заняты, таковы: политзанятия, учеба на полигоне и отращивание ранее запрещенных усов. И никаких увольнительных.

Тут Арслан вспомнил девушку, к которой бегал в самоволку. Девушка Наташа, кожа белая-белая, очень-очень красивая, почти блондинка.

– Стоп! Какая еще самоволка?! А режим секретности?

– Секреты, ээээ... – скривился он. – Рубль даешь и проходишь.

День «Ч» наступил около 6 октября 1973 года, когда их переодели в униформу иностранной армии. И вскоре они очутились в чужой стране, в палатках на военной базе за оградой из колючей проволоки.

По другую сторону ограды виднелись плоские дома, надписи на

арабском, ходили люди в бурнусах, вступать с которыми в контакт запрещалось. Запрещалось также громко разговаривать между собой и подходить к ограде ближе чем на 50 метров.

Так продолжалось несколько дней, в течение которых они едва успели испробовать свои новые танки на ходу.

О том, что это Сирия и что идет война, они узнали из приказа, зачитанного повзводно. И вот, наконец, взревели двигатели, и на израильского врага двинулись несколько десятков сирийских танков с советскими экипажами. Шла «Война Судного дня».

Вероятно, танковая часть Арслана двинулась к фронту на второй фазе войны, после 9 октября, когда сирийское наступление забуксовало.

Полчаса – ровно столько времени он участвовал в войне. Через полчаса танк Т-62, за рычагами которого сидел Арслан, был подбит ракетой, выпущенной израильским вертолетом.

По-русски он говорил аккуратно, почти без мата. Но в рассказе о ранении его резко переклинило на армейско-блатной регистр. Ниже я передаю его речь в переводе на сегодняшнюю мусорную лексику. Неизменными оставляю три его слова: «жид», «хитрый» и «притырился».

– Жид, ну, хитрый, ваще. Короче, он сидел, ну, за бугром, сволочь. В вертушке притырился, блин, на фиг. Потом, это самое, короче, выглянул на момент. И кааак шарахнет, на фиг, блин, хитрый. И опять, ну, притырился. Жид, блин, на фиг, хитрый, сволочь.

Говоря коротко, израильский вертолет приподнялся над горой, выпустил ракету и тотчас нырнул обратно. Надо сказать, из-за картавости оратора эта речь звучала почти комично: хитгый, вегтушка, пгитыгился...

Первый раз Арслан очнулся в полевом госпитале в Дамаске, второй раз – через сутки – в госпитале в Кисловодске. Там, в Кисловодске, и наступил счастливый конец этой тяжелой истории: он влюбился в медсестру, которая его выходила, и женился на ней.

И власти не обманули. В оплату ратного труда он получил через военкомат обещанную «волгу», которую тотчас продал за бешеные деньги («Зачем мне в горах 'волга'? Лучше я 'уазик' куплю»). Теперь он богат, строит дом. В Борч к дяде он приехал уже по делам торговым.

В госпитале Арслан встретил своих однополчан. Они рассказали ему и про израильский вертолет, и как он выбрался из горящей машины. Потому что сам он ничего из того, что с таким жаром описывал, не видел или не помнил.

Все вместе они восстановили картину того боя. Строго говоря, боя не было. Их часть подверглась разгрому в походной колонне. Машина Арслана была подбита одной из первых. И сразу – еще несколько машин. Было много раненых, были и убитые.

Сирийскую главу этой истории Арслан излагал под пирожки с зеленью, разгром – под вареную курицу с тестом, госпитальную повесть

– под *кюрзе*, крохотные пельмени, формой и размером с чесночный зубчик. Плюс водка, конечно. После кюрзе рассказчик был уже пьян настолько, что требовал поспать, дабы подготовиться к вечеру в доме жениха.

Перед рассветом гости собрались у огромных чанов с говядиной и рисом. При свете костров мы поглощали хаш, запивая его рисовым отваром. Впереди был еще один день свадьбы.

В течение этого дня несколько раз затевалась лезгинка. Юноши и девушки танцевали перед домом то жениха, то невесты. Не занятая танцем молодежь и дети мужского пола, среди которых были заметны и Вася с Сёмой, ротозейничали с крыш соседних саклей. Завороженные дети стояли в одинаковых пастушьих позах – сцепив руки на затылках.

Меж танцующих выделялся блескучий сын прокурора. С узкой головой без шеи и выпученными глазами, он походил на карася – точнее, снулого карася, поскольку даже горячую лезгинку он исполнял, почти не шевеля плавниками. О, сколь изобретательна бывает мать-природа, карающая прокуроров!

В антракте мне были преподаны азы религиозного синкретизма рутульцев. Мой вопрос был: почему рутульцы, наряду с аллахом, поклоняются духам гор, кои обитают в молельных деревьях, святых родниках и скалах с крестами? Ответ таков: «Наши предки, они Иисусу молились? Да, молились! Потом аллаху молились? Да, молились. Но они никогда не отрекались от своих богов». Об этом толковал, сидя на подушках, Балалай. Сотрапезники одобрительно кивали головами.

К сирийской теме Арслан больше не возвращался. Он явно раскаивался в том, что вчера разболтал великую тайну: что Кремль воевал в Сирии целыми воинскими частями. Не уберег он и тайну внутри этой тайны, когда на вопрос, сколько, по его мнению, наградных «волг» раздали раненым, ответил: «Много, а еще инвалидки» (то есть инвалидные «запорожцы»). Ныне доподлинно известно о сотнях раненых и убитых, и даже пленных.

Васю, Сёму и лошадей мне вернули на другой день утром сытыми и отдохнувшими. Лошади были подкованы, Вася и Сёма трезвы, как им и следовало быть. Ибо молокане, по определению, пьют только воду и молоко.

Провожая нас до околицы, дядя-магазинщик объяснял странности прошедшей свадьбы. Оказывается, прокурор надумал сына женить. В Рутуле у него не получается (там мальчика не любят), вот он и прислал мальчика в Борч. Потому-то «и кушали много, и танцы много танцевали – делали уважение прокурору».

На прощание Арслан поклялся, что назовет сына моим именем. Я было встревожился, но Хада́ успокоил: лезгинская клятва, сказал он, дешево стоит и никого ни к чему не обязывает.

И все же нельзя исключить, что живет где-то на свете некий Мир Арсланович, рождения после 1974 года. И кое-кто верит, что он является потомком какого-то бека.

С любовью к лошадям

Все полевые сезоны на Кавказе я провел с лошадьми. В последующие годы и в других местах я иногда возвращался к ним. Но главный мой лошадиный опыт – кавказский.

Ниже я пытаюсь как-то объясниться в любви к лошадям. Хотя, конечно, классик прав: в бессознательном мире лошадей существительных нет, одни прилагательные. Их гордая стать не связана с какой-либо гордостью. Их беззаветность – результат жесткой дрессуры. И все же, все же ...

Главный Кавказский хребет построен в основном из черных сланцев, возникших в глубоких морях юрской эпохи. И чем выше в горы, тем древнее сланцы. Пересекая Главный хребет от подножья до перевала, вы листаете книгу юрских времен в обратном, а после перевала – в правильном хронологическом порядке. Чтобы понять детали этого строения, я проделывал такие пересечения много раз. Вот как это происходило.

Группой из двух-трех человек на лошадях мы стартуем у подножья южного склона. Быстро поднимаемся через лес до его верхней границы на высотах полтора – два километра. Далее идем медленно, занося на бумагу геологические описания. Иногда останавливаемся, я спешиваюсь, чтобы поковыряться в камнях. Для того, собственно, и нужен один рабочий – чтобы в это время сторожил мою лошадь.

Последний отрезок подъема преодолеваем пешком. Эти 100 – 200 метров (по вертикали, разумеется) крутых скал лошади карабкаются вверх, подтягивая людей. Держась за их хвосты, люди плывут, хотя и без особых усилий, но в облаке их кишечных газов. Как все травоядные, лошади щедро выпускают парниковые газы, играя на руку м-ру Альберту Гору с его глобальным потеплением.

Под перевалом заканчивается первый день маршрута. Устраиваем ночлег: кормление лошадей, палатка, ужин, спальники и т.п. Ночью, хочешь не хочешь, надо кому-то встать и проведать лошадей. Утром напоить и задать ячменя. Осмотреть спины и копыта. Если что-то не так – подлечить и подковать. Однажды мне пришлось, один на один, оперировать коню фурункулы на спине. Этой болезненной операции подвергся многострадальный Горыныч; о нем речь еще впереди.

После перевала спускаемся по лысым горам в Дагестан. Здесь правильнее всего довериться лошади, так как спуск опаснее подъема. Конец спуска обычно приходится на вечер третьего дня маршрута. К этому моменту у лошадей уже ребра проступают.

В Дагестане перемещаемся километров на 5 – 10 западнее, после чего пересекаем Главный хребет в обратном направлении. Эта вторая половина маршрута обычно дается труднее, так как люди, как и лошади, изрядно устали.

На седьмой-восьмой день маршрут заканчивается. Последующие трое суток мы проводим вне сознания. Люди спят с побудками на кормление себя и лошадей. Лошади едят с перерывами на сон. Иные спят не стоя, а лежа, что является признаком крайнего истощения.

Так формируется этот (кентавров?) комплекс. Начинается с того, что привычка заботиться о лошади окрашивает все, что с лошадью связано, положительными эмоциями. А в конце вы уже ощущаете себя ее частью. С годами этот комплекс рассасывается. Но никогда не проходит навязчивый страх остаться без подножного корма.

Однажды, поднимаясь из Дагестана на Главный хребет, я на слиянии двух речек обнаружил замечательный лужок. Был четвертый день маршрута, у лошадей уже скелет проступил наружу. А тут – трава по пояс, клевер, вьюнки и дикие злаки. Я притормозил маршрут и отдал им тот лужок на съедение. Через двое суток лужок был чисто выбрит и густо унавожен, а лошади заметно округлили бока.

И сегодня, стоит мне иной раз увидеть какой-нибудь бесхозный газон с буйным разнотравьем, мое подсознание дребезжит хозяйственным голосом: а не запустить ли сюда на денек наших лошадей?

Однако займемся седланием коня. Подходить к нему с уздечкой следует спереди, ласково цокая, чтобы не испугать, чтобы он мог тебя рассмотреть. Вышеупомянутый Горыныч тихо ржет, почти мурлычет.

Ласкаемся. Чешем лоб, гребень шеи и нежный подбородок в вибриссах. Он тянется губами к левому карману куртки, где (он знает) есть морковь, сахар или, на худой конец, хлебные корки.

Спину надо почистить, пригладить шерсть. Расстелить потник, сверху седло, потом приладить подхвостник, нагрудник, напоследок затянуть подпруги – переднюю покрепче, заднюю послабее. Если он живот надул, ткнуть по животу коленом.

Опустим все дальнейшие подробности про переметные и чересседельные сумы, про спальник, палатку и пр. Кроме самой последней подробности – про лошадиную кровососку. Это такие плоские, быстро передвигающиеся боком по лошадиной шерсти, рыжие мухи. Их резиденции находятся в паху и под хвостом лошади. Если не уследить, то эти места скоро покроются сплошным ковром кровососок. Туда, под хвост и в пах, мы и забрасываем пригоршни дуста (ДДТ). Если лошадей не купать, то неделя без кровососок вам гарантирована.

Памятуя известное фото полуголого российского президента верхом на лошади, не могу не выразить обеспокоенность: голый всадник рискует быть покусанным лошадиной кровосоской, не говоря уже о слепнях. Попутно отмечу ботинки на рубчатой подошве, в которые обут названный всадник. Такая обувь – это черт знает что, это скандал, грубое нарушение правил безопасности верховой езды, источник серьезного травматизма.

Вернемся к Горынычу, который уже полностью снаряжен. Мы трогаемся в путь. С нами четыре лошади – из тех, которые были первыми куплены на скотном рынке в Белоканах в мае 1970 года. Их портреты сегодня висят у меня дома.

В бумагах их именовали «гнедой с белым пятном на лбу», «желтый с белой гривой» и т.д. Поскольку нам было недосуг узнать их настоящие имена, лошади получили веселые клички от изобретательного студента Сергея Вольтéра.[18] Клички получились удачные и прижились.

Фантомас, гнедой с бешеным взглядом и белым пятном во весь лоб; хитрован, себе на уме, Жорик; Ярга (или Яргуша), иноходец соловой масти, единственный, кто получил настоящее тюркское имя.[19] Наконец, Горыныч – длинный, с тяжелой, чуть повернутой, как у Савелия Крамарова, головой.

Слева направо: Фантомас, Вовка Котов, Ярга, Коля Шатагин

Очень скоро сложились пары взаимных симпатий: Сергей – Жорик, Н.Н.Шатагин – Горыныч, Фантомас – Вовка Котов. Яргушу полюбили все. Его ярым поклонником, можно сказать фанатом, стал наш бакинский коллега Ибрагим Э.[20]

Это были небольшие горные лошади карабахской породы, рожденные для несения службы на тропах Большого Кавказа. Их хозяева, лезгины и аварцы, жили большими семьями, которые были рассеяны по всему Восточному Кавказу. Лошади крепили эти семьи посильнее, чем почта.

Бывало, свадьбы собирали десятки, а иногда сотни родственников из-за гор. Трое суток гости курсируют между домами невесты, жениха и праздничным столом. Лошади, на которых гости прибыли, пасутся на пастбище, охраняемые местными мальчиками 8 – 12 лет.

Горные люди в лошадях понимали. Но из лошадиных достоинств ценили только выносливость и неприхотливость. Скоростные качества их мало интересовали. Отчасти потому, что конь, как символ свободы,

---

[18] Это псевдоним. В нашем рассказе Сергей хочет называться Вольтером.

[19] Ярга (тюрк.) – иноходь.

[20] «Ибрагим» – это тоже псевдоним, выбранный самим Э.

был на Кавказе ненавидим Советской властью, и ей удалось вытеснить коня из живой народной культуры. В отличие, например, от Киргизии, где горные киргизы по сей день живут ска́чками.

Молодой жеребенок носится галопом – воля вольная, – пока не доскачет до первой остановки, где его ждет объездка и первая ковка. Вторая остановка – он идет под верховое седло и под вьючное седло. И наконец, третья и последняя остановка – холощение жеребцов. В «Холстомере» этот момент акцентирован, но в реальности он проходит как нечто рядовое и для коня, и для его хозяина.

После третьей остановки лошадиная жизнь уже никогда не выйдет из бетонных берегов. Он будет возить чабанов на пастбище, дрова с южного склона на северный, продукты на базар и с базара, людей из аула в аул. И так до конца жизни.

В середине 1960-х «Заготскот» повысил закупочные цены на лошадей до величин, сравнимых с ценами на худых коров. Настоящая причина этого, конечно, заключалась в катастрофической нехватке мяса в СССР. Хоть пропаганда уверяла нас, что это сделано по настоянию лично С.М.Буденного, ради сохранения поголовья лошадей.

(Под вывеской «Заготскот» действовали конторы по заготовкам скота. Они были созданы в 1930-х годах для того, чтобы «купленный и отобранный у колхозов и личных хозяйств скот доставлять после откормочного периода на мясокомбинат» – источник цитаты утрачен.)

Таким образом, к описываемому времени кавказским людям стало выгодно держать лошадей просто на мясо. И «Заготскот» сделался концом почти каждой лошадиной жизни. Лошадиная служба у геологов была еще более изматывающей, нежели у прежних хозяев, с тем же «Заготскотом» в конце службы.

В октябре 1970 года туда, в «Заготскот», уйдут две из названных четырех лошадей. С нами останутся Горыныч и Фантомас. Они проведут зиму в местном колхозе, чтобы в следующем сезоне опять включиться в многотрудную работу в горах. Дамы в центральной бухгалтерии МГУ будут потешаться по этому поводу: мол, на балансе у А.Н.Колмогорова лошади в Азербайджане!

Итак, четверка верховых движется в маршрут. На Фантомасе едет Вовка Котов, дюжий молоканский парень, добродушный увалень. У нас, точнее у Н.Н.Шатагина, его занятием было выколачивать кувалдой пробы из скальных пород. За физическую силу Вовка был приставлен к Фантомасу и именовал его не иначе как Фантиком.

Да, Фантомас требовал к себе особого отношения. Дело в том, что два коня, Фантомас и Жорик, были как раз из нехолощенных. Жорик не кичился этим, был скромен и вежлив со всеми. Зато Фантомас… Этот жестко терроризировал холощенных коллег. И задирался со всеми встречными жеребцами.

Покинув базу, четверка проехала вдоль стены экспедиции до

поворота в горы. С этого места (где обычно завершался первый этап наших скачек) открывалась панорама долины реки в серых галечниках с переплетением речных русел. На противоположном берегу, контрастом к серому, зеленел луг. В тот раз на лугу паслась лошадиная семья, косяк кобыл и жеребят под присмотром жеребца. Издали, с расстояния метров двести, было заметно, что жеребец значительно крупнее своих жен и детей – значит, строгий.

Кто угодно мог не учуять в косяке *охочую* кобылу, но не Фантомас. Он заволновался и возопил. Довольный конь негромко ржет мягким баритоном. Фантомас же издал громовое теноральное ржание с переливами, коим известил ее о себе и своих намерениях. И тотчас получил короткий ответ: «поняла зпт жду тчк». Но строгий повод, плеть и шенкеля завернули Фантомаса в горы, и долго еще горное эхо уносило вниз, в долину, Фантомасовы любовные вопли. Жорик молчал, но именно он в это время замышлял каверзу.

Сергей Вольтер и Жорик

Спустя три дня каверза свершилась: Фантомас вместе с Жориком пустились в бега. Ночью эти двое покинули конюшню на Филизчае и устремились вниз. Горыныч и Ярга остались отдыхать от Фантомаса.

Тот, кто имел дело с лошадьми, знает, что через бурную реку лошадь идет очень неохотно, под принуждением. Между тем нашим беглецам предстоял путь[21] протяженностью 22 км вдоль горной реки, которую надо было пересечь 12 раз.

Следы, оставленные беглецами, недвусмысленно указали на Жорика как зачинщика побега. Именно он нашел тропу вниз. И он сумел убедить Фантомаса, который страшился бурной воды, в том, что тот добьется ее любви, только если 12 раз форсирует эту чертову реку.

Ловцы, отправленные на поимку беглецов, застали их на том самом лугу в смертельной схватке с хозяином косяка. К этому моменту Жорик уже отвоевался и пасся в сторонке. В битве он лишился зуба и приобрел дырку в верхней губе. А Фантомас бешено грызся с соперником, который не уступал ему ни силой, ни габаритами. Оба были изранены.

Жорик безропотно дал себя поседлать. Фантомас же противился

---

[21] Из точки 41.829453°N, 46.468196°E (Филизчай) в точку 41.731101°N, 46.449170°E.

яростно, но подчинился под плетью Вовки Котова. Погоревал, оглашая окрестности тоскливым ржанием, и смирился. Удаляясь в горы, он слышал доносившееся издали: «люблю, не забуду» и отвечал устало: «да ну тебя».

Горыныч тоже был замечательный в своем роде конь. Крупный, мосластый, с маленьким белым пятном размером с монету на лбу, он был терпелив и в меру послушен. Но был Горыныч подслеповат на левый глаз, отчего, бывало, засекался, то есть спотыкался на левую переднюю.

Как-то раз ему случилось споткнуться на полном карьере, в скáчке. Напомню, что скáчки мы устраивали на дороге, которая шла вдоль экспедиции. Скакали по прямолинейному участку дороги, 800 метров в одну строну и столько же в другую.

Ту памятную скачку мы затеяли с Сергеем Вольтéром в день его отъезда домой, в Москву. Завершивший преддипломную практику студент, чисто вымытый, выглаженный и в чищеных штиблетах, он смирно дожидался отъезда к самолету, когда нас внезапно попутал бес верховой езды. Как под гипнозом, мы вывели Яргушу и Горыныча из конюшни, оседлали, вывели за ворота и поскакали: я – на Яргуше, Сергей – на Горыныче.

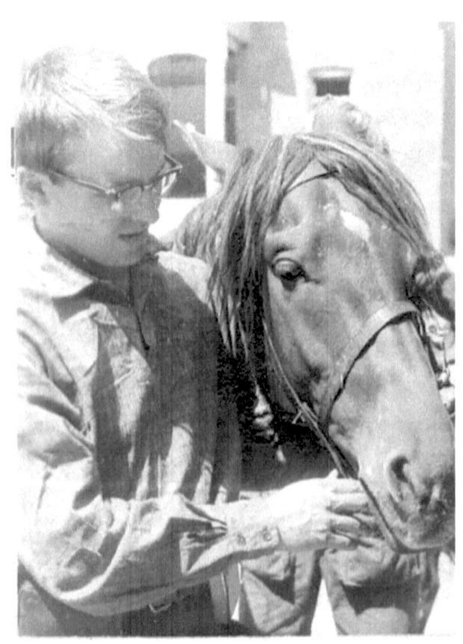

Коля Шатагин и Горыныч

На дистанции туда мы с Яргушей обошли их на корпус. На дистанции обратно они скакали на два корпуса впереди. Так что мне пришлось наблюдать в подробностях, как метров за сто до финиша Горыныч споткнулся и шмякнулся оземь вместе с седоком.

Зрителей не было. Никто не завизжал на трибунах, санитары и ветеринары не бросились на помощь...

Куча пыльных тел и лохмотьев зашевелилась, и из нее, стеная, поднялся сначала всадник, потом конь. Они пересекли финиш медленно, хромая на все ноги. Буро-серый от пыли и крови Сергей в клочьях одежды и Горыныч, тоже ободранный и к тому же (так мне казалось) сгорающий со стыда… Сергей, ныне житель города *Irvine, CA*, носит те шрамы по сию пору.

Год спустя Горыныч споткнулся в последний раз. Это случилось в самом начале подъема на безымянный хребет из урочища Джимджимах.

Оступившись, он привычно встрепенулся и почти утвердился на тропе. Но восседавший на Горыныче Игорь К. был ленив и трусоват.

Игорь выпустил повод и метнулся с коня в сторону, противоположную обрыву, чем подтолкнул Горыныча к падению. Секунду-другую конь тянул шею и скреб передними копытами, пытаясь удержаться, но рухнул вниз со всей навьюченной на него поклажей.

Так это свершилось: Горыныч нашел финал своей беспросветной лошадиной жизни, сломав позвоночник на валунах под пятиметровым обрывом, с которого его столкнул московский студент Игорь К.

Горыныч лежал на боку, вывалив язык, разбросав копыта, как будто шел рысью. Игорю К. со товарищи оставалось вытащить из-под покойного седло и поклажу. Далее, по нормам тех времен, следовало снять с коня шкуру, а тушу закопать на месте, причем сделать это быстро, пока тушу не учуял медведь.

– Лошади – существа одушевленные, это непреложный факт, – убежденно говорил Ибрагим Э. Особо возвышенной душой он наделял белобрысого Яргушу.

– Ну вылитый Сергей Есенин! Умница и поэт! – восклицал он.

Когда Ярга отправился в «Загоскот», Ибрагим горевал настоящим горем. Едва в запой не ушел.

Ибрагим полагал, что добрую лошадь ждет лошадиный рай. Я согласен с ним. В рай должны были попасть Горыныч и Ярга. Относительно Фантомаса с Жориком такой уверенности нет. Пожалуй, эти двое были отправлены на какое-то время в лошадиное чистилище.

Мы воображали лошадиный рай как нетронутый копытом альпийский луг, раскинувшийся под ясным небом на берегу речки безмерной прозрачности. Ветерок колышет пышное июльское разнотравье высотой до лошадиного брюха. Трещат кузнечики, летают стрекозы, мотыльки и маленькие белые цапли-санитарки. Мух, слепней, лошадиных кровососок и кротовин нет и в помине.

А на другом берегу резвятся 72 кобылки-гурии в ожидании Фантомаса и Жорика...

Анна Мазурова – закончила институт иностранных языков в Москве, в 1989 году опубликовала словарь молодежного сленга, один из первых опытов такого рода в России. С 1991 года живет в Нью-Джерси, работает переводчиком-синхронистом. Автор романа «Транскрипт», переводов «Морской конек» Грэма Питри, «Хрюизмы» Мари Дарьессек, «Дикие сыщики» Роберто Боланьо, ряда современных российских пьес. Рассказы публиковались в журналах «Знамя», «Октябрь», «Новый мир», «Антологии странного рассказа», готовится к печати сборник «Пока мы ждем».

Мозаика

Субботние башни Родии

На сто третьей улице в Лос-Анджелесе, в районе Уоттс, рядом с бывшей железной дорогой, стоят проволочные башни метров по тридцать высотой, обнесенные детским наивным строением вроде песочных куличиков из самодельного, сомнительной рецептуры, крошащегося желтого бетона с вкраплениями всякой всячины. Среди керамической плитки и стеклянной мозаики можно приметить горшки, ракушки, донышки цветных бутылок, горлышки и бока (иногда с этикетками), черепки битых чашек (отдельные с ручкой), фаянсовых чайников (отдельные с носиком) – вообще все, что блестит в куче мусора. Саймон Родиа, который все это построил (годы строительства 1921-1954), ходил вдоль Тихоокеанской электрожелезной дороги в сторону Вилмингтона миль по двадцать и собирал материал, плюс соседские дети носили, плюс договаривался забирать брак на посудной фабрике. На самом деле, когда этого Саймона-Сэма семилетним мальчиком привезли из Италии на Восточное побережье США, звали его Сабато, то есть суббота, и если бы у Субботы было хоть два класса образования, башен таких, вкопанных в землю максимум на полметра в сейсмической зоне, он бы никогда не построил, но штука в том, что недосуг ему было эти два класса где-нибудь обрести: прибыв в Пенсильванию, тут же начал класть плитку, кирпич; вырос, рванул в Калифорнию, там снова стройки, дети, жена, пятилетний запой (ни жену, ни детей он впоследствии больше нигде не встречал), и выныривает он в Уоттсе сорокадвухлетним разнорабочим с подвижной обезьяньей мордочкой Пикассо – вместо итальянского говорящий уже по-испански и не замечающий этого, с набором ручных инструментов, по будням на стройке, субботами строящий башню, как было сказано, ровно тридцать лет и три года, а в семьдесят пять (одиночество, немощь, склока с властями за справку, что можно) ушел в дом престарелых на север, поближе к сестре, поручив свою башню соседу и больше никогда ее не увидев, хотя прожил еще десять лет. Затем городское начальство пыталось снести безобразие: кукольный домик Родии внутри этих страшных металлоконструкций, обмазанных неправильным бетоном, сгорел в результате празднования 4 июля, Дня независимости – хорошо погуляли, гиблый районец; но при попытке снести сами башни кран просто сломался. (После этого случая в местных строительных нормах что-то подправили.) И изумрудный сверкающий город остался стоять – пришлось назвать аутсайдерской архитектурой, итало-американским арт-наивом, смириться: один необразованный столько настроит, что сто ученых не снесут.

Мистический опыт дружбы

Во-первых, мне неудобно время – у них праздники, а у меня самая работа. Во-вторых, жалко денег – им близко, а мне до Непала не очень. В-третьих, когда я узнала потом, в каком составе пошли, я обрадовалась, что пошли без меня. В-четвертых, еще неизвестно, выдержала ли бы я физически – я теперь даже на нашу гору залезаю с трудом. Жалко, конечно. И вот я сижу у себя дома за компьютером, смотрю в окно и вижу – вот же они проходят: Р., упорно склонившись вперед, в брезентовой куртке, у которой сломалась молния, и он оставил ее у меня, чтобы я выбросила (я выбросила); Т. топочет уверенно и рассуждает, рассуждает; О., стараясь не слушать и не раздражаться, а поспевать вслед за Р. и любить его, несмотря ни на что... Маршрут их пролегает прямо мимо моего окна, и я чуть не выбежала поздороваться, расспросить – может, зазвать их передохнуть на чашку чая. П. пожалуется, что эти люди запрещают ему курить перед перевалами, я скажу: кури, он пустит кольцо и заметит: гнида, конечно, но в нужный момент умеет собраться, и Крым теперь наш. Т. возмутится: чего же он гнида, а что, НАТО все можно? У них в рюкзаках окажутся лимонные дольки – Р. вообще-то зверь, но коробочку может и просмотреть, тем более что все теперь старые, они, наверное, нанимают носильщиков, чуть не косметику с собой пакуй. Ты слышала, Эрдоган извинился? – скажет тщеславная Т. Тогда О., косясь на Р., слушает он или нет: «Продлевая санкции, ЕС рискует утратить ключевые ниши на рынках РФ». Я хотела к ним выбежать, хоть раз обняться, но вовремя сообразила: если они, находясь в Непале, проходят мимо моего окна, они там сейчас занимаются чем-то таким, что если я их застану врасплох на совершенно другом континенте, растормошу, заставлю действовать как физические объекты, то здесь они остаться, понятное дело, не смогут (тела-то их там, и виз у них в Америку нету), а туда лететь – переведенные мной в план реальности, они станут уже неподъемны. Короче, это убийство. Тут я поняла, что сейчас они сидят под деревом, а мимо прохожу я, и из деликатности никто меня там не окликнет.

Красавица и чудовище

Она – столичная штучка, отдел охраны окружающей среды в нефтяной компании (обнаружение и ликвидация нефтеразливов), а он – комик в прямом смысле слова, от места проживания до рода занятий:

защита интересов местного населения от нефтяных компаний. Он дурак, резонер, шумим-братец-шумим, у него сомнительное (вероятно, заочное) юробразование, чувствуется, однако, что там он первый парень на деревне, он поджар, как волк, и лицо его – деревянный идол. Он разговаривает с деревьями и живет с мамой, и зовут его, разумеется, Иван Иванов, сколько бы я себе ни клялась не использовать в этих записках настоящих именований. Она ходит в тонких кашемировых свитерах, детей подняла в одиночку, она уже бабушка (внуку три года), но остается живой, привлекательной, ценной – умеет с людьми и уж тем более с мужчинами, поэтому период его набычивания (вы загадили наш регион! вы качаете наши ресурсы, а мы ничего не имеем! скрываете! врете! нельзя ловить рыбу, нельзя пойти в лес, только вскроется лед – там чернὸ! вы меняете по два метра трубопровода в год, а он весь проржавел и прогнил! платите свои штрафы и компенсации в мифический «бюджет», от которого нам ни жарко ни холодно! сколько потрачено сил, только чтоб к вам пробиться!) – так вот, фаза его набычивания проходит быстро, она уже гладит его по голове со словами «Ванечка, Ванечка, бедный» (и впрямь, жалко непутевого, его даже из местного заповедника выгнали за то, что он ценит зверюшек пуще людей, которым надо есть, пить, содержать семью – собственную семью он оставил, когда дочери было девять лет). Все в нем, дикаре, отдается навстречу ее светскости и женской ласке, он говорит – я не против лично тебя (она улыбается), ты все равно ничего не решаешь. В отсутствие алкогольдегидрогеназы он быстро хмелеет и вербализует наполеоновский комплекс. Вот что торкает, – говорит он, – власть над властью. Ты лучше бы поддерживал отношения с дочерью, – мудро замечает она, тоже слегка, элегантно подпивши, а он задыхается от вожделения и героизма. – Бывшей жене помогал бы ... знаешь, как тяжело тянуть это одной? Все эти ваши фейсбуки, протесты, организация митингов – лучше б ты помнил о маме, о дочке, о бывшей жене... Не подумай, что я угрожаю, найдутся другие, тебя сколько раз вызывали... Оба они – соль земли. Очевидно любому, кто смотрит. Коня на скаку, сучью Москву и нефтянку, чтоб жить, улыбаться, чтоб дети и внуки, – сопляк, с кем ты связался, мечтатель о власти над властью, она же красавица. Ну и, конечно, чудовище-комик, искатель шаманских практик и вечный борец за глоток воздуха, за справедливость, за воду, за голос убогих – там, где все это звучит как шаманские практики.

Два романа

Можно писать два романа одновременно – в один как бы сливать всю чернуху, другой же пусть будет радостный, светлый, смешной. Только захочется испортить этот второй какой-нибудь гадостью – а ты ее, раз, запиши в первый. Чувствуешь, не в том настроении встал – берись за первый, а второй не трогай. Подожди, пока жизнь наладится. Конечно, темпы продвижения радостного романа будут гораздо ниже, чем у настоящего, но это ничего, зато получится такой дистиллированный... добыт на бесперспективных полях, по капле, неприглядное оборудование уничтожено (первый роман, разумеется, сжечь), главное – верить, что он тоже настоящий, писать его на откатах маятника (ведь они бывают, как бы криво ни висели часы), не пропуская ни единого мига светлых озарений.

Город солнца

А тут такой случай: семья, восемнадцать детей. Да, в Юте. Нет, от одной жены. Съемка сделана как бы предвосхищая вопросы невидимого оппонента. Кровати, застеленные по-солдатски, приборы штык-нож-вилка-кружка-лохань, идентичные и в двадцати экземплярах. Нет, очень чистенько. Видно, что обществу по защите животных с обвинением в антигуманном содержании сюда соваться нечего. Три стиральных машины, три посудомоечных, вешалки как в магазине, разве что без ярлыков, – нет, представьте, хватает (если б вы столько не занимались фигней, вам бы тоже хватало, и государство бы помогло). Самодеятельность: ряд на арфе, еще ряд на банджо (дается без звука, и правильно – мы не консерваторию сюда пришли инспектировать, а социальную модель). Значит, духовность тоже вычеркиваем. Подростки сюсюкаются с новорожденными, не ревнуют – как тут вообще можно ревновать? Это когда двое, трое, четверо... Но настоящие преимущества вылезают, выпрыгивают на нас, прямо бьют нас по морде, когда камера выбирается на лужайку. В синхронности спортивных игр они не знают себе равных... Тут мы впервые начинаем призадумываться. Вот этот, единокровноутробный, если стравить его со стаей тех ... А? Призадумаешься. Если с рождения тренировать самое важное качество (на арфе-то вряд ли когда пригодится) – чтоб он понимал, что таких их десятки (сотни, мильоны), ведь в восемнадцать уже поздно начинать, и сколько в школе его ни топчи, каждый день он приходит домой и опять самый-самый – а тут ну просто некуда деться. Некуда! Хоть подушку на голову, хоть что, а все равно некуда.

Новослободский ужас

Ежедневно глядя на А., можно было постичь трагический смысл пословицы «не родись красивой». Все, что делала А., облагалось налогом. Любой, не задумываясь, производил вычеты: ну да, приходила с каким-то (но при ее данных могла бы найти и получше), платят гроши (а она украшение организации), неглупая девочка (учитывая, что природа по всем направлениям не разбрасывается) и дружит специально с уродками, с обыкновенными, чтобы себя оттенять, но простим это ее тщеславию, пускай нам радует глаз. Одним словом, нормально, нормально... но при ее-то возможностях?! Самые добрые люди предупреждают, что не навсегда, и уже сама А. научилась к себе относиться как к куску огнедышащего железа, которое едва вытащили щипцами из пекла и бросили на наковальню – ковать.

Поздно вечером на станции метро Новослободская к А. привязывается мужик средних лет и всучивает ей пачку стихов, настаивая на немедленном их прочтении. Внешне спокоен, непьян, однако странная просьба, настойчивость выдают внутреннее неблагополучие, и А. пугается. Они стоят в освещенном вестибюле, в виду дежурной по эскалатору, и мимо проходит немало припозднившихся пассажиров – уже в основном на выход, а не на вход, так что А. пугается не того, что ее изнасилуют, – это случится не здесь, не в минуту, когда, опираясь локтями об алюминиевый поручень и дрожа от мокрого весеннего холода (на ней много всего накручено: фальшивая, не по сезону, шуба, шерстяная кофта, рейтузы, но вблизи постоянно открывающейся и закрывающейся двери подо всей этой массой ее пробирает озноб), не когда, одним словом, возьмет в руки четвертый, плохо читаемый экземпляр... Убьют ее дома. Ведь стоит А. выйти замуж – любая свекровь, изнемогая от ревности и подозрений, сгноит в полгода, поэтому А. живет с мамой и папой и ж д е т. Вот они-то убьют за пятнадцать минут, отделяющих А. от ситуации, квалифицируемой как «шляешься по ночам». А. – посредственность, скромных ее достижений вполне хватало бы на прожитье, но после вычетов ей постоянно грозит унизительное банкротство, поэтому А. вынуждена брать в долг у воображаемого будущего, сочиняя наряды и утешая раздавленную горем подругу словами «у тебя будет миллион таких любвей», но только в своем защищенном пространстве она так цинична и целенаправленна, в жизни же она – рохля, она неспособна послать человека, неспособна держаться подальше от всяких юродивых и диссидентов, как от бродячих котят, ей и жалко и страшно, и воспитание требует пролистать хоть половину страниц, сосредоточиться и вникнуть в суть.

А вот есть ли она там? Стихи, вполне складные в версификационном отношении, оказываются темными, как испорченная икона. Без изображения. Возможно, их писал больной человек. Они то ли не стоят того, чтобы войти в неподвижный, утонувший во тьме сквер перед домом, – ни один из самых отчаянных поступков в жизни А. не доставлял такого пронзительного ужаса, как нырнуть в неподвижную тьму этого сквера, – они то ли не стоят, то ли являются полным отражением этой тьмы. Сейчас, возможно, стихи сумасшедшего ей показались бы совсем другими. Где они, А. не знает (тогда постеснялась не взять, постеснялась немедленно выбросить в урну дурной самиздат, но уж и запихала их дома надежно – чтобы никто никогда не нашел), и возможности проверить то – первое, единственное – впечатление у нее нет. Однако сейчас, больше четверти века спустя, А. знакомо чудовищное ощущение – сгинуть в какой-то дыре непрочитанным, тот же страх смерти, что после Толстого зовется Арзамасским ужасом, только здесь ужас попроще: не напечататься, не выйти к людям, не обольстить эту девушку в тайных рейтузах и долго месить шоколадное масло под фонарями, где есть фонари, озираясь на дребезжащие внутренности проходящих троллейбусов, где еще ходят троллейбусы. Выходить к людям – опасно, а он так и гонит из дома в ночи. Простенький ужас. Новослободский.

Шашечки, или ехать

Небольшая толпа желающих ехать, а *J.* – человек-супершаттл, он виртуоз, у него они даже не сгруппированы в очередь: выяснив, сколько их, кому куда, он позволяет одним покурить у колонны, другим – поорать в телефон, не сводя с ума всех окружающих. Быстро, один за другим, заряжает фургон на Шелтер-Айленд, в ЛаХойю, зовет кого нужно. Как он их запоминает? А он в голове дает каждому имя: «ж**а», «отъехавший» (много уместнее, чем «прилетевший»), «укутанная из Нью-Йорка»... Жил он и в Нью-Йорке, где сотни людей ежедневно болели за его шахматный гений – насколько он быстро, красиво и ловко, не повредив, переставит машины на крохотном пятачке в Чайна-тауне, как он придумает выкатить в узкий проезд и на задах рокирнуться, как провернет комбинацию, пока столь загадочную для зрителя, что этот зритель стоит, кусает губы, комкает мешочек с рыбой, купленной за углом у китайцев, и волнуется, как бы дорогой его рыба не протухла, если все эти гамбиты продлятся в вечернюю пробку... Здесь лучше. Почти не бывает зимы, а он солнцепоклонник, меньше платить за квартиру, а пробки, увы... – каждый раз, когда кто-то сворачивает из потока, вылезает, встает на перила моста, мост немедленно перекрывают с обеих сторон и высылают к стоящему опытных переговорщиков, что тут поделаешь: мост, к сожалению, единственный, больше ты не попадешь куда ехал, но можно зато утешаться – если что, власти не бросят в беде и тебя. Соблазнительный мост.

Уже ночь. Толпа рассосалась. *J.* поднимает со стойки переговорное устройство – сказать, чтобы перестали сюда подавать, и, как все остальные водители, слышит: “*Cab 603 to Central, cab 603 to Central.*” – “*Cab 603, this is Central, go ahead.*” Запинаясь, тот объясняет: «Забрал пассажир даунтаун», «привез пассажир», «пассажир денег нет». Голос незнакомый. Наверное, новенький.

– *He has to pay you. Driver, does your passenger have personal checks*? – спрашивает диспетчер.

– *Let me askin'... Sir*?

Слышно, как он спрашивает и как его пассажир отвечает, что нет, чеков нет. По акценту и неуловимой манере *J.* пытается его представить и дать ему имя, суммировав личность и внешность единственным словом. Он же виртуоз.

– *Oh well, he has to pay you! You have to pay the driver, sir. Doesn't he have a credit card*? – продолжает диспетчер.

– *Mmmm, waiting blease...*

Таксистов вечно терзают этим вопросом. Настроения у пассажиров разные («ж**у», например, с «отъехавшим» не спутаешь, один вообще не поздоровается, а другой поздоровается так, что на всю жизнь запомнишь), и у него настроение может быть разное. У таксиста может не быть настроения излагать краткую историю страны, название которой «отъехавший» слышит впервые в жизни, а «ж**а» не может произнести – но отвечать на вопрос «откуда вы» все равно придется. Едут какие-нибудь старички, восхищаются пальмами и океаном, «Жемчужиной Индии», а потом – раз... – и разговор неизбежно уходит в политику. Умный водитель ответит, что в Апстейт Нью-Йорке. Старички пугаются: это ж, наверное, очень далеко. Еще бы! Три часа за рулем, туда и обратно. Они его очень жалеют, как он по три часа из какого-то Стана в Апстейт Нью-Йорк каждый день мотается в Южную Калифорнию, – и оставляют хорошие чаевые...

Нет у него кредитных карточек... *wait blease... what... ohhh... wait... blowb' what?...oh... let me ask dispatcher*... Нет, поместить его сразу на карту *J.* не может – пассажиры, с их немобильностью, монолингвальностью и очевидной историей, для него прозрачнее. Видно, к примеру, что та «укутанная» – из Нью-Йорка, а этот «укутанный» – из Вашингтона. В Вашингтоне *J.* тоже жил, там была своя комбинаторика, смена в четыре швейцара – Стойко, Чериф, Эдуардо, Исайя – как континенты. Перепутать способен лишь самый тупой, безразличный клиент: там мне машину поставили, я уезжаю, я уже заплатил ну такому, высокому, – ждет, словно не понимая, чего этот сменщик Черифа так изменился в лице. А откуда ему даже иметь этот ключ, если Стойко, понятное дело, мог завещать клиента только своему сменщику, но сегодня не их день занимать это место прямо напротив дорогущего гостиничного гаража, и за такие вещи морду бьют. Нашел, идиот, лигу наций, где миф о согласии зиждется разве на том, что их попросту не различают... Люди живут как в тумане, и из-за чалмы и перстней пропускают мимо ушей, если таксист, вдруг прислушавшись к кашлю, советует срочно куда-то сходить. Наружность таксиста не соответствует его ясному, легкому хохдойчу, и немец продолжает объясняться с ним на ломаном английском. «У вас просто был плохой день. Плохой день. А завтра будет хороший», – и пассажир норовит отвязаться, но застревает среди этой фразы – ужасная бесцеремонность! – он застревает и не вылезает на мост...

– Сэр? – говорит, наконец, тот водитель. – *He sayin' he can give me a blowb job. Does company accept blowb jobs?*

Неразличимо, сколько водителей слушает, корчится и молчит в тряпочку...

– Sir, sir, cab 603 to Central, cab 603 to Central. Do we accept blo...

– It's up to the driver's personal discretion, – холодно отвечает диспетчер. *– Cab 603, do you expect me to give you an approval code*?

Влажная калифорнийская ночь. Из отложенной в сторону рации *blease*, – блеет новенький, – *why it is ub to driver... is no credit card?.. you the dispatcher, why personal*... Все – твое личное дело, болван. Соображать, ставить шашечки, галочки, двигать, следить за дорогой... На заднем сиденье давится смехом довольная «ж**а».

Кормушка

Повествование редко происходит зимой. Основное течение жизни в литературе случается летом, когда в световом дне хватает времени на все события, и приятно описывать, кто во что был одет, а в крайнем случае – и так не холодно. Летом им везде стол и дом, брачное ложе и детская, а зимой они все – мухоловки, синички, тираннусы – собираются у кормушки. На спиле приладилась белка. Поведенье хвостом – единственный жест, удающийся ей целиком, остальные движенья – брейк-данс, серия мелких подвижек корпуса, шеи, как плохой робот – наверное, несовершенство нервной системы. И видит, и чует, и акробатически распласталась врастяжку между стволом и блюдечком, но оно крутится, крутится – и неизбежно уходит из-под нее. Как-то к кормушке является дятел. Он деловито, ссутулясь, садится под купол (весь он туда не влезает) и начинает долбить. Сцена из журавля и лисы. Серенькие с белой грудью расселись по веткам и смотрят как на сумасшедшего. Бах! (Не шугануть ли? А то он так блюдце расколет. Но слишком, мерзавец, красив, в красной шапочке и с черно-белой полосатой спиной.) Чуть сдвигается, чтоб увеличить рычаг, – бах! – ходит все ходуном, мелочь нервничает, летят зерна и впустую тонут в снегу. Говорят, что у дятла язык, вместо того чтобы сразу свернуть в гортань, описывает петлю вокруг мозга, создавая прокладку для амортизации шока. То есть, если виды птиц засчитать за профессии, то дятел был бы боксер, которого все время бьют по голове. Попусту истерзав черепушку, он улетает долбить в другом месте, и серая мелочь, пересидев конкурентов и ужасы ледяной бури – как в каменоломне, глухие раскаты из недр, крыши гудят под обвалом и, как в любой битве титанов, нет ни вождя, ни сторон, ни причин, ни победителей, только наутро груды выведенной из строя боевой техники и черно-белый блеск воинской доблести (видимо, только эффект ото льда), – пересидев это все, мухоловки спускаются и начинают клевать.

Чему учит литература

До безумия трогательно в дневнике Пришвина 39-го года: «Ночью вспомнил письмо комсомолки к доктору с вопросом: можно ли оперативным путем вернуть девственность? А доктор будто бы (это уже снилось) ответил: ‘Едва ли это возможно, и если возможно, то на что это вам? Но вам без всякой операции и по-настоящему самой можно вернуть себе девственность. Я научу вас, для этого вам стоит только полюбить по-настоящему. Ведь это для состояния девственности вовсе и не важно, все ли как следует обстоит в отношении физических органов. Важно душевное состояние: если женщина способна самозабвенно полюбить, то девственность к ней возвращается’». Щебеча, стайка веселых подружек по общежитию моет полы, бабарихи злорадно пекут пироги, комсомолка мылит петлю – а старенький певец природы, похоже, забыл, как это все происходит не у ворон, а среди человеков, приличий, – шестидесятишестилетний Михал Михалыч смотрит свой эротический сон, равнодушное небо твердит про Ерему, а замуж тебе выходить за Фому.

Корреспондент

В детстве отец, вконец спившийся директор банно-прачечного комплекса, иногда рассказывал Г. о войне. Он был командиром партизанского отряда, и вот однажды к ним приехал корреспондент. Нагнувшись, он вошел в землянку как раз после боя. Отец утверждал, что после боя испытываешь смертельную усталость, просто неописуемую физическую усталость, даже если ты не ранен, – а он был к тому же слегка ранен в плечо, его перевязали, и он сидел в этой землянке за каким-то подобием стола и еле владел собой. Хотелось лечь и заснуть. Корреспондент начал расспрашивать. Отец стал диктовать, чтобы глупостей не написали. Язык заплетался, наваливалась дрема, но принимать корреспондента, как он понимал, было важное дело, и важно, что он там напишет. Он объяснял какие-то их местные выражения, и журналист поспешно в блокноте фиксировал колорит. Иногда отец Г. все-таки проваливался в сон. Но сквозь сон продолжал отрывками видеть, как корреспондент, потеряв собеседника, наклоняется над столом. Стол был завален трофеями, собранными с мертвых немцев. И сквозь сон он продолжал видеть, как корреспондент жадно сгребает и рассовывает по карманам цепочки, часы, и заметив, что командир проснулся, торопливо садится и задает очередной вопрос. С фронта отец Г. вернулся не домой, не к жене. Г. никогда с ним не жил. Г. жалеет, что запомнил только эту историю и что в их короткие встречи побольше не расспросил о войне (впрочем, извиняя себя, что он был мальчишкой). Но особенно его мучает один вопрос: уже после, когда отца турнули из директоров банно-прачечного комплекса и он ходил ветераном по школам, где ему наливали за воспоминания перед школьниками, интересно, ревниво думает Г., *что* он им рассказывал – то же, что мне?

Беленькое на зеленом

Обе они живут посреди дворовых собак, лишайных кошек, свернутых в трубку холстов, орущих младенцев, дальних родственниц и неродных бабушек девяноста восьми лет, мужей, попеременно болеющих то запоем, то сифилисом, то шизофренией, на кухонном столе решают задачи по химии про пятиводный углерод, чтобы внятно объяснить сыну-балбесу, в ванной метят полотенца, чтобы от мужа не заразить младенца и бабушку спирохетой, зарабатывают на жизнь оформлением визитных карточек, всю страстную неделю ходят в церковь и помимо большого кулича пекут полдюжины маленьких в консервных банках из-под лосося, с цукатами и шафраном для правильной желтизны, чтобы раздавать. Но только у Л. в прихожей, между лыжами и собачьим ковриком, установлен еще мольберт, а у К. не установлен. И в этом вся разница.

И вот я прихожу, а Л. домалевывает холст. «Сейчас, – говорит. – Это я тебе. Только подожди, пока высохнет». Смотрю, а там, среди солнца, аллей и кудрявых кустов – белый бюстик. «Прости, – говорю, – это я не возьму». «Да ты не сомневайся, – уговаривает она. – Я это видела в Италии, там есть такой парк, это почти с натуры, это же только беленькое на зеленом, безрадостный ты человек!» «Я не хочу Ленина в дом», – упираюсь я, чувствуя себя препаскудно (она же от чистого сердца, да и картина хорошая). «Ну возьми тогда Маркса», – примирительно говорит Л. и принимается шарить среди холстов.

Спросила у Ц., который учился вместе с ними обеими, кто в юности лучше писал, К. или Л. Ты бы видела К., – сказал Ц., – у нее зубы были вечно измазаны в краске. Ворвется вот так в мастерскую – и ну писать! Вдохновение, типа, зубами драть тюбики где подзасохло. Посмотришь и не ошибешься – художница!!! И ни одной законченной работы. А Л. можно было дать холст два на три – и рано ли, поздно, она бы закрасила. Кто тогда мог подумать, что это важнее?

Как сократилась дробь

Когда все мы искали работу, жилье, учились водить, говорить, подтверждали дипломы и всех нас возили мордой об стол, оставалось одно утешение – зато мы умнее. Множество раз на бис пересказывалась история: «Я только взглянула и обсчитала ему результат. Он обалдел. Говорю: очень просто, я дробь сократила». – «Надо же, как интересно, и что... и всегда так бывает? Или тут просто совпало?» И все мы покатывались, заглушая дикий конец истории: «Знаешь... Ты лучше так не сокращай, а то мало ли что...» Особенно ликовали «гуманитарии» – им приходилось особенно хреново, и было приятно, что этот момент даже они помнят с третьего класса. И вот прошли годы, все стало легче, и по ненужности история почти забылась, но как-то взгрустнулось, и я вдруг решила прибегнуть к старому средству:

– Все верно, но лучше вы не сокращайте дробей!

Вопреки ожиданиям мой собеседник не покатился со смеху. И не улыбнулся.

– А-а-а, ты все об этом... Давай-ка я объясню. Понимаешь, она сократила ту дробь в ОТК фармацевтической лаборатории. Там эти длинные мерзкие дроби, помноженные на другие, – не математика, а описание процесса, как ты приготовил раствор: взял 10 мл на 100 мл другого говна, математика здесь не при чем, ты же не брал 1 мл на десять... Теперь ты должен им показать, что ты делал, и «сокращать» эти дроби – безграмотно, вот тогда все и смеялись...

Рука женщины, держащая дьявола

Пожилой филадельфийский джентльмен пошел в воскресенье в музей Родена, там как раз закончилась реконструкция, и он на все на это внимательно посмотрел, хотя осталось непонятным, почему Иоанн Креститель проповедует голый, мыслитель сидит как атлет, а атлет – как мыслитель, так что в глазах белым-бело. Уже ближе к выходу (подолгу рассматривать, как они переплелись, неприлично, хотя некоторые не стесняются под предлогом, что это искусство) его озадачила одна надпись. Рук во всех вариантах там было достаточно, как тополей у Моне. В принципе ясно, что так называемый сюжет художнику навязывает скучающая от однообразия публика (иногда и названия-то эти придумывает кто-то другой – критик, издатель, арт-дилер, наследник, коллекционер, а при жизни все это не называлось никак), но грамматическая двусмысленность фразы остановила его внимание – *the hand of a woman holding the devil*, какая-то «рука-женщины-держащая-дьявола», кто кого держит, чья это рука, кто там дьявол, чья женщина, – в общем, ему напоследок надо было только сходить в туалет, а так просмотр был закончен и все, в тысячный раз, понравилось. Освещение отличное сделали. Облагородили хаос собрания, убрали или обыграли дубликаты. Выстригли сад... Единственный туалет был занят так долго, что он подошел и подергал, но это не помогло. Наконец, дверь открылась, и вышли двое – мужчина и женщина. Поначалу он настолько не поверил своим глазам – средь бела дня! в виду гардероба, билетерши! – что машинально проследил, а что там, собственно, написано, М или Ж, но это не уточнялось, тем более что помещение (как он немедленно смог убедиться) было одно, так что голый натурализм этой сцены среди характерного запаха, кафельных плиток, под истерические конвульсии двери (кто-то другой стал сразу же дергать – наверное, тоже пенсионер), расстроил и возмутил: для этого есть мотели, если вам негде или струна натянута так, что звенит под одним только взглядом, без рук, и вам даже необязательно при этом лежать. Он брел домой, от всего аж мутило: от туалетной реальности, мрамора, от руки женщины, цепко держащей за горло гладкого дьявола, так что вконец непонятно, где дьявол, где чье бедро, где искусство – и отчего же такая тоска.

Nel paradiso

Н. работает в посольстве, переводит интервью с желающими получить визу, жалуясь, что их бессвязный, безграмотный лепет вреден для ее литературного языка. Недавно она взяла кредит и купила квартиру, переехав с мамой из однокомнатной с роялем, где прожила всю жизнь. На рояле когда-то Н. разучивала Шопена, по строчке, упорно работая над беглостью пальцев и соблюдением сложного размера, разного в двух руках. Теперь у них всех – мамы, рояля и Н. – будет по собственной комнате, словно в раю, многие обители суть. До кредита она пристраивалась гидом-организатором к группам и посещала Италию. Однажды, ненадолго оторвавшись от группы, рвущейся по магазинам, она забежала в музей-монастырь и, торопясь, запыхавшись, спросила у проходящего мимо священника: *Dove troverò Fra Angelico?*, – и священник ответил: *Nel paradiso, figlia mia, nel paradiso.* Сейчас не до Италии, нужно отрабатывать кредит, по-видимому пожизненный. Но нечеловеческий ужас у нее вызывает не мерзость работы и не кредит, не старость и даже не страх никогда не увидеть Фра Анджелико, – а грядущая мамина смерть. Тогда в этой квартире Н. остается одна. Поэтому обо всем остальном она говорит вежливо, стараясь быстрее отделаться от любопытства собеседника, а со страстью – про сахар и соль, переедание мясного, почечный чай и сердечные капли, и главное – главное! – внутреннюю дисциплину, хотя бы принимать аккуратно.

Бриллиантовый блеск

Когда стало ясно, что не до приборов, и эти точные технические камни надо просто загнать, З. послали в Нью-Йорк с чемоданом. Каждый камень был плотно завернут в бумажку с накарябанными паспортными данными: размер, чистота, ограненность, цветность, прозрачность. На сорок шестой, в ювелирном квартале, З. твердо сказал: я даю вам в руки, вы смотрите, отдаете мне в руки, и только тогда получаете следующий. Ага, сказали ему, и еще какой-то американский эквивалент – «не в церкви, не обманут». И началось. Первый – пират с черной лупой в глазу, рассмотрев, перебрасывал следующему так небрежно, что екало сердце, и следующий, без всякой лупы, кидал один взгляд – сердце тут вообще замирало, так как становилось кристально понятно, что этот второй – настоящий, и лупа ему не нужна, – он кидал один взгляд и в открытой бумажке швырял в чемодан мимо первого (первый уже с полминуты как требовательно смотрит и тянет руку за новым). З. неоднократно пытался осадить ювелиров (сказали, что отец и сын, но были они одинаково толстые, дурно одеты, безвозрастны и бородаты); в своих остроносых ботинках, отглаженных брюках, З., пахнущий одеколоном, пытался не раз упорядочить этот процесс. Пятница, надо быстрее, – единственный дикий, сквозь зубы, ответ, которого он добился. И что? Эти дельцы, перешвыривающие в чемодан сотни тысяч, так рвутся домой на диван? Переработали за неделю? Профсоюз не позволяет? Однако под этим взглядом, как кролик, З. передавал, все быстрее, быстрее, и не успевал проверять, что вернули. З. было дурно и жарко, могли бы предложить ему кофе... Ах да, он же сам с ними договорился, чтоб в эту подсобку (жалкую, крошечную, на задах магазина) больше никто не входил. Не выходил, не входил, чтобы всё под контролем, в руки мне, в руки, он все себе представлял по-другому, его слали на бизнес как умного, красноречивого, он даже знал, как сказать, что товар идет партией – *no cherry-picking*, – он был молодой, современный, считалось, что с крепкими нервами, но вот безлупый метал в чемодан, а лупоглазый (наверное, все-таки сын) безостановочно требовал: «Дальше!», «Еще!», и З. повиновался. В висках у него инфернально пульсировала Таймс-сквер, под чудовищный визг тормозов все кренилось к нему, к чемодану – лица рекламных щитов, окна всех небоскребов и руки таксиста, пальцы раздвинуты сантиметров на пять: «Да чего там, разъедемся! У нас в Нью-Йорке, считай, это миля!», и З. понимал, что сейчас его выставят, даже не дав ему пересчитать, и куда он пойдет – в полицию, без свидетелей и с липовой таможенной декларацией, оформленной совсем не на это? В консульство, ха-ха-ха? Обратно в Кусу? Прятаться в Бруклин, где тоже найдут и убьют?.. З. был молод, азартен, здоров. Несмотря на огромный, нечеловеческий стресс, в голове проносилось: а мог бы, пожалуй, вписаться, войти в этот ритм («Дальше! Дальше! Еще!»), уловить суть предметов за мятыми черными косоворотками и научиться одним только взглядом парализовать постороннюю волю – не в полированном офисе, а вот в такой же полуподвальной подсобке, откуда рулятся миры.

Что в имени?

В конце Корейской войны *S.* впервые за жизнь повезло именно благодаря чешско-моравскому происхождению – он попал на Хоккайдо вести прослушку с русских подводных лодок. Там было холодно, снег, он так и не побывал ни в одном японском городе, кроме этого поселка на Хоккайдо (да и выходили они разве что в бар, специально устроенный для американцев), но эти почти полтора года остались в памяти *S.* совершенно сказочным временем. Сказочно было, что он автоматически сыт, обут, одет (этот автоматизм не достался ему даже в детстве, которое в тихом, неостервенелом поселке напоминало себя разве тем, что капусту здесь продавали отнюдь не кочнами и даже не полукочнами, а четверть-кочнами). Сказочно то, что он как-то справлялся по двум-трем десяткам ключевых слов, его обучили кириллице и вручили словарь, который *S.* тут же, по школьной привычке, и подписал – «Артур Кузнецов», – полностью переведя свое имя. Школу он еле закончил и сунулся в колледж на инженера (всегда был мечтатель), но продержался лишь несколько месяцев. Лучшее в колледже – машина, которую они приобрели пополам с другом, – заводилась неохотно, и ставить ее можно было лишь вниз по склону, чтобы потом все же тронуться с места, а затормозив, скажем на светофоре, – не расслабляться и поддавать газу по чуть-чуть, иначе она умерла бы прямо на перекрестке. Вот так они и возились с упрямой консервной банкой, с зачетами по математике, жизнь была нервная, злая (как он, даже в принципе, мог бы угнаться за остальными студентами?), здесь же внезапно он оказался при деле, почти старался, хотя иногда засыпал и мечтал об айну – предыдущем народе, еще до японцев, у них голубые глаза, русые волосы и нос картошкой. Совсем как у *S.* Женщины в этом поселке ни капли не напоминали айну, но ребята заводили себе подружек. Конечно, подружки мечтали выйти за них замуж, но, трезвые деревенские женщины, все же никогда не ходили в открытую с американцем по улице, их имена были труднопроизносимы, а сами они необщительны, не улыбались и не умели связать по-английски двух слов. Лишь одна подавальщица в баре освоила этот язык, у нее у единственной даже был бюст, и ребята дали ей прозвище Бесси, она им гордилась и запросто с ними шутила, болтала, во взгляде сквозил авантюризм, любопытство и нетипичная здесь незабитость. И вот однажды какая-то сволочь (наверное, клеился к ней, а она лишь шутила, болтала, смотрела без страха) рассказала ей, что именем Бесси у них называют коров, и тот первый шутник, что ее окрестил, имел в виду вымя на фоне других, плоских девушек. Бесси обиделась. Больше она уже не откликалась на «Бесси» и не учила английский, и если когда с кем и дружила, то теперь ее уже было не застукать на улице, в баре, бесплатно или с какой-то надеждой.

Цветы, побывавшие в тыще гробов

Он работает в группе каскадеров – довольно сложная, рискованная и неплохо оплачиваемая профессия, но за переноску гробов от автобуса до похоронного зала он за три дня зарабатывает больше, чем там за неделю. То есть, не на порядок, но все-таки вдвое. Кой черт тянет его за язык, неизвестно (сам же сказал, что такие вещи не принято комментировать даже с теми, кто с тобой вместе работает, – просто убьют), но почему-то он тянется нам рассказать, как все это выглядит на самом деле. Вот опускают гроб (гвоздями давно уже не заколачивают, на двух винтах). Сначала, конечно, сгребают цветы (уже через полчаса они снова в торговом обороте). Потом, если мало-мальски приличное (а оно все-таки, как правило, хоть мало-мальски приличное), – раздевают. Гроб (современный, красивый, хороший дизайн) тоже, конечно, немедленно поступает в торговый оборот, и наивные ухищрения некоторых родственников его попортить (чаще всего, изрезать ножом лакировку) не помогают – там заранее все приготовлено, чтобы почистить, аккуратненько зашпаклевать и подкрасить. Тело... Мы воображаем, что когда закрываются створки, в ту же секунду его охватывает пламя, но на самом деле, предварительно освободив от полезной нагрузки, как было описано выше, их складывают в штабеля и сжигают по-братски, когда накопятся. Дальше урна. Опять же мы воображаем, что в этой конкретной посуде, с этой конкретной фамилией, материально покоится пепел родных костей. Нетрудно догадаться, что на самом деле его зачерпывают совком из общих отходов. Он еще много чего рассказал (вот, к примеру, это государственный крематорий, а там, за углом, еще частный; что там происходит, кого там сжигают и как, вообще никто никогда не узнает: держат его братки и на всякий случай рутинно меняют весь персонал, скажем, раз в месяц), осветил также тактику ценообразования, вопросы сотрудничества и конкуренции разных похоронных бюро. Но все-таки самым гнетущим итогом рассказа осталось недоумение: сколько кончающихся миров утиралось этим больничным полотенцем, сколько несчастной и лучшей любви пролилось на эту мотельную простыню, сколько трясущихся рук вывело именно эти строчки, а оскорбляет нас в нашей неповторимости разве что прагматизм гробовщика.

Чужой ринг

В первом раунде все раздражает: чуб-ирокез посреди головы, индейские черты лица, непривычный оттенок коричневого безволосого торса, но больше всего – как он танцует. Во втором раунде скучно: что ты за ним ходишь?! Всем, до последнего мальчишки из боксерской школы, видно, что так аргентинца не достанешь – по животу наш боксер (армянин) не дотягивается, бьет только по верхнему этажу, – но все (и особенно тот последний мальчишка из боксерской школы) кричат: «Бей тварь!», хотя перед ними вовсе не тварь, а квалифицированный спортсмен, которого не уложишь паясничаньем – ни деланьем зверской рожи, ни картинным вздыманием рук (вот ходи тут за ним!), – как бы все это ни нравилось публике. Надо работать. Приблизиться и работать. А он не умеет. Даже судья чуть-чуть разволновался. Едва наш разинул рот секундантам, чтоб вынули каппу, наверх взбежал тренер – учит, как надо. А тот в своем синем углу, с ирокезом – один, жалкий, как стрекоза. Потанцуй! Арена хорошая, новый фонарь, поприветствуем наших участников: тут же ревет световое пятно и скандирует имя – одно (уж довольно, что молча и стоя выслушали чужой гимн). Нависает медвежья туша противника, в этой версии перевзвешивания не делают, и за тем, чтоб прибавки было не больше десяти процентов, никто не следит. Можно представить, как сутки откармливали – он же дома. Однако в бою нет ни грамма мисматча, судья только раунду эдак к седьмому отпускает закушенную губу (представляете, как присудить аргентинцу на глазах всей армянской диаспоры! на глазах спонсора и под его фонарем!), правда к этому времени и рефери сделал все, что возможно – там чуть клинч подержать, здесь чуть клинч оборвать, полсекундочки здесь, полсекундочки там, слепая обида в глазах аргентинца, не выдержал, сунул вдогонку (судья приник к столу, пишет – возмутительное же нарушение). У аргентинца рассечена бровь, из ноздри течет кровь, обоим на голову льют холодную воду, но как же он, сволочь, вынослив! Под рингом мерный гул чужого тренера. Толпа скандирует. Варварский клекот, в котором понятен каждый – его ненавидящий – звук. Раунд последний: обняться и так постоять, со стороны даже кажется, что эти двое друг другу уже все простили, но публика неумолима, публика требует, что ж ты, подлец, не танцуешь. Что ж ты, подлец, доказал? Только старую и всем известную истину – на чужом ринге не выиграешь по очкам. На чужом ринге выиграть можно лишь прямым нокаутом.

Мечта

– А бочка пусть стучит на балконе, – мстительно говорят они, и когда он возвращается с балкона, окоченевший, хотя и в пальто (а в пальто, надо вам сказать, не очень удобно стучать), и садится пить чай, они не унимаются:

– С., – говорят они, – ты там не пропадешь. У тебя же вторая профессия. Будешь лить свечки.

Но С. не сдается:

– Да вы с ума сошли! – говорит он искренне. – Вы понимаете, на каком профессиональном уровне там льют свечки?! Нет, я лучше буду играть в переходах.

Они переглядываются (кое-кто поперхнувшись чаем): ведь он действительно не понимает, насколько у него отсутствует чувство ритма, ведь не со зла же они посадили ударника на балкон, не от зависти же, что под Новый год, вместо того чтобы работать под метроном, он занялся изготовлением свечек на продажу, в форме змеи по китайскому календарю, – нет, не со зла и не от зависти, а чтоб потише все это безобразие бухало. Запись же. Даже жалко его, такого (как он там без нас?!), и кто-то примирительно говорит:

– Да не ссы. Там знаешь какие бывают профессии – нам и не снилось! Там такие профессии, о которых мы здесь даже не подозреваем.

И впрямь. Оказавшись в Нью-Йорке, С. первым делом звонит в «Тауэр Рекордс» и просит переговорить с господином Тауэром.

– Господин Тауэр умер, – отвечают ему. – Но может быть, кто-то из нас способен вам помочь?

И он становится таким человеком в магазине компакт-дисков, который... ну вот вы входите, начинаете метаться, а он к вам подходит и говорит: «Напойте». И люди стесняются поначалу, а потом робко так: «Та-та-ТА! Та-та-ТА!», он голову наклонит, подумает: похоже, двадцатый концерт, только вторая часть, – и ведет. Иногда он для верности сам сначала насвистывает, и они выбирают, что нужно. Иногда начальство его предупреждает, чтоб не увлекался, а то старичье со всего микрорайона уже начинает ходить петь дуэтом – покупать им не на что. Но это все ерунда, а главное – мечутся люди, раненые навылет шальной мелодией, без всяких средств, как в любви, а тут он – ловкая сводня, целитель, при чем тут чувство ритма, свечки (как ни крути, а им все-таки было завидно. Как они шипели: «Посмотри на себя, свечной заводик в Самаре! Ты весь пропах этим… ладаном!», – чтоб не сказать чего похуже про его отъезд), – нашел себя, как мелодию.

Чаруй меня, не уходи

Бабушка Ч. исполняла романсы, а дедушка Ч., композитор, их сочинял, перелагая на музыку разнообразную любовную лирику. Дедушку я застала в живых, я ходила к Ч. после школы каждый божий день, мы гремели лифтом, хлопали дверью, шумели в прихожей, рвались на кухню, роняли кастрюли и табуретки, а дедушка целыми днями сидел у пианино. На пюпитре стояли не ноты, а полупустая тетрадь, слитная музыка не раздавалась, а с интервалом в минуты там нажимались отдельные клавиши, иногда вроде короткая фраза, но тут же она обрывалась резчайшей и неуместнейшей нотой – дед промахнулся. Он был высокий, негнущийся и не имел выражения лица. Отчего он промахивался, неизвестно – пальцы не слушались или не слушалось там, в голове. Пару минут отдыхал и опять брал препятствие, и иногда (выходило по-прежнему мимо) коротко чиркал в тетрадке, как будто, отчаявшись, ставил себе галочку за попытку. Опять отдыхал. Над пианино висел портрет бабушки Ч. в позе Ермоловой, в концертном платье. Мы не обижали его: переливать из пустого в порожнее – это законное дело дедов; кто читает газету, кто ночь напролет ловит голос Америки (это на даче, как правило), кто ходит с палкой по улице, кто стоит в очереди за продуктами, кто репетиторствует слабым голосом, невразумительно, но так мало берет, что родители учеников соглашаются. Что вот все это? Победа над временем и над собой? Шаг за шагом... нота за нотой... новость за новостью... кота за хвост... Нет, скорее привычка. Мы не обижали, только уж если, конечно, он сам заведет о домашней работе, о супе или пойти погулять, Ч. вырывалась и падала на спину и холодно говорила: «Теперь у меня перелом позвоночника». Именно от такой травмы погибла бабушка Ч.

Портрет бабушки Ч. был чуть-чуть не закончен – художник его недоделал и умер, и внизу холста, где на черном шелковом платье сложены руки, была голубая грунтовка, – но мне он казался законченным. Все было ясно. Бабушка моет посуду. Гости ушли, и одна ее кисть, исчезающая в мыле грубых мазков, явно находится внутри бокала, другая же кисть скрыта складками белого кухонного полотенца, которым она собирается вытереть этот хрустальный бокал, ополоснув в голубом, плещущемся на дне портрета. Бабушке грустно, что надо ждать следующего дня рожденья, на этом портрете – поздно, темно, надо бы поберечь лучшее платье, надев поверх фартук, снять кольца, сверкающие сквозь грунтовку и пену, но бабушка длит мгновенье своего торжества.

Институтки

– Сапѐжки! Сапѐжки! – отчаянно крикнула В. и сама чуть не села в сугроб. Заслышав фырчанье машины, Э. бежала навстречу из дома. Они обнялись (Э. дрожала в тонкой кофтенке и без головного убора – дура! в мороз!), дети смешались, взлетела крышка багажника, тут же кому-то вручили поддон, перемотанный ярко блестевшей на солнце фольгой, кто-то сел на пакет с помидорами и стал обкусывать льдинки в варежках, В. выгребала сумки со сменной одеждой, подарки, руководила (немедленно перестань, запахнись, беги в дом, поцелуй тетю Э., что ты как пень – вон Сережа тебя уже ждет), «тетя Э.» принимала пакеты, сияя свежемелированными волосами всех проб и сплавов золота – червонным, чуть медным, чуть платиновым, чуть зеленым, – веснушками тех же оттенков, и хохотала вовсю, как ее сын колотит палкой по крупным сосулькам, а все малыши восхищенно и с завистью смотрят. В. хотела вмешаться, не слишком ли близко стоят, лучше бы помогали с вещами... но вдруг почувствовала, как лоб, сведенный в кулак (надо же было доехать по льду!), расправляется, и вместе с ним разжимается все там внутри, будто они уже выпили, – и не вмешалась, а только воскликнула:

– Как же я рада, что мы у тебя!.. Если бы Пал Палыч изволили остаться дома, мы бы не выбрались. Как говорится, нет худа... – шли по дорожке (как Э. удалось так расчистить одной?!), обе пошатываясь на каблуках под поклажей, Э. неразборчиво буркнула из-за пакетов – видимо, пошли туда же, куда обалдевших детей.

На крыльце ждал Кирюша с растопыренными вокруг противня руками – ну хоть один помогает и встал в стороне от сосулек, но впечатление он умудрился испортить немедленно – только ему открыли дверь, как он тут же спросил:

– А тортик будет?

Э. кивнула (конечно же, будет и тортик, и вкусно, и много, и с противнем этим можно было бы вообще не возиться – и как она все успевает?!), а В., игнорируя сына («быстрей шевелись!»), строго продолжила:

– Как же я рада! ... И все же меня поражает его откровенная наглость. Ничего уже не боится и не стесняется... Боже мой, какая елка! – и осеклась. Елка стояла пустая. Совсем как в лесу.

– А елку сейчас мы нарядим!

Сейчас?! В. поежилась: груды стекла, сооружение, лихо затянутое в крестовину, но прочно ли? Очень опасные игры. Как, впрочем, и все игры Э. Где хозяин, В., естественно, даже не стала спрашивать. Где празднуют Новый год все приличные люди?.. Но надо держаться и не раскисать, и в компании Э. получалось неплохо, и даже дети не ныли, что скучно...

– Как я рада, что мы у тебя!

... Уже вечер, под дверью навалена груда мокрых носков, штанов, варежек, комбинезонов, и сопли загустевали у них на глазах, как в ускоренной съемке, – и хрен с ними! В. расслабилась с Э. за столом, дети хватали с тарелок что придется и волокли грызть под елку, которую они как бы наряжали – чудовищно и неумело, – но Э. не рвалась накормить их как следует, сидя, и сын ее, хотя много часов как темно на дворе, тюк-тюк за окном, колол лед, хоть к нему и приехали гости... Кирюша надулся, один с малышами. Периодически он подсаживался к ним за стол – можно вообразить, куда бы он послал В., если б она попыталась отправить его колоть лед! – а Э. не волновало ничего, даже что сын без шапки, – возможно, у Э. и самой шапки попросту не было. Впрочем... не стоит поспешно судить, что у Э. есть, чего нет – веснушки у Э. высыпают *зимой* от флоридского солнца...

Э. благоухала духами, которые словно сполна проявляли свой запах лишь от сочетания с красным вином. Благоухая, сверкая кольцом, Э. откладывала на тарелку:

– Держи, это вам на двоих. Отнеси Мише мяска.

И В. чуть не взвыла вдогонку, что Юджин не даст Мише мяска! И В. чуть не взвыла... Ну почему?! Почему?! Когда все должно бы получаться ровнехонько наоборот! Почему Э. справляется с дровами, со школами и с тормозными колодками, у ее старшего сына нет ожирения, мальчики делятся, дочка не писается... Кстати, надо еще подстелить где там Э. приготовила... но, зная Э., – она, может, считает, что спать они будут вповалку вот здесь же, под елкой?.. Вот приволокла эту елку (как только доперла?) – и в ус не дует! Трое детей на три разных фамилии – и ни одна не ее! Даже дом на другую фамилию! Все это рухнет сейчас (В. опять покосилась на елку), а Э. ну ни капельки даже не бесит, что на Новый год он с женой, старой коровой, и что вообще он торчит там «по бизнесу» девять месяцев в году и в Нью-Джерси является лишь на каникулы, сволочь... Как, впрочем, «Пал Палыч», муж В. Совпадение: тоже по бизнесу.

За новогодним столом на минуту В. прислонилась покрепче к плечу теплой, пьяной, душистой подруги – стоит как скала, хоть удвоение дурдома не облегчило их участь, как не облегчило и бдительное опьянение (на тот случай, если кого-то все же придется везти в неотложку с каким-нибудь вывихом и аллергическим приступом и с этой целью сидеть за рулем). И, поднявшись, в четыре руки, как Готшалька, они подтирали, стелили, переставляли от греха подальше, мечтая когда-нибудь сдать в детский сад, в колледж, замуж... чтобы хотя бы было тихо! Чтоб не звенело, не падало, не верещало, словечко расслышать!.. О чем?! Все же и так видно, слышно, зеркально (пожалуй, слишком)... Обнявшись, они пьяно плачут, как все вообще институтки... Как там говорил Мандельштам?.. Что-то там про летейскую стужу... что десяти небес им стоила земля...

Погоня за облаками

М. лезет вешать карниз, как обещал, лишь бы бригада молдаван уже убиралась, невыносимо – он тогда пообещал, что остальное доделает сам. С тех пор, правда, прошло два года, но вот же он и лезет, с дрелью, с ней поаккуратнее надо, она пробивает, но приспособиться можно. И вот в какой-то момент, несмотря на всю аккуратность, пальцы ему ужалил разряд, и он, естественно, другой рукой хватается за батарею, чтобы не упасть с табуретки. И в таком виде, распятый меж дрелью и батареей (отлепиться ни от того, ни от другого он уже не может), М. с удивлением смотрит – надо же, тоже все как обещали! – всю свою жизнь.

Конец режима, занимаемая высота 9000 метров, температура за бортом – 23°. Часа четыре над одним районом, бортаэролог давно уже все записал, прикрыл ноги одеялом («режим – а мы лежим»), ребята возятся с лидаром, по очереди утыкаются лицом в обтюратор осциллографа, давят кнопку фотокамеры и кидают в журнал: первый один-два, второй два-три... Дома им предстоит возиться с целой горой отснятых осциллограмм, разбирать авгиевы конюшни, об автоматической обработке можно только мечтать. Летная банда во главе с дедом Шуриковым обнаглела: сам дед даже дела по устройству на ночлег передал веселому человечку, который ведет запись радиации (после посадки стоит, ждет с портфельчиком), а его шурики, лишь погрузились, повыкинули все вещи из заднего салона и улеглись спать, занимают там все восемь мест, а впереди кресла удобны только для работы, отдохнуть в них даже сидя трудно. В стороне от курса М. видит облако, бежит в пилотскую кабину и робко просит подойти поближе, командир отвечает: нельзя, до него 50 км, а нам трасса положена восемь. М. тихо скулит: не везет! Ведь кучевка нужна. Неужели нельзя по-другому составить программу полетов? На хрена лететь в Амдерму или в Среднюю Азию, все-таки час полета – 1400 р. Ловить нужные облачные образования на трассе бессмысленно, это все равно что тыкать пальцем в небо в надежде проткнуть муху, неужели нельзя изучить метеосводки и статистику гроз перед полетом (ну, разумеется, не Шуриков должен этим заниматься!) и добиться-таки разрешения работать в наиболее вероятном квадрате с базированием в одном пункте при одном-двух запасных? Дальше. Аппаратура. Иной раз и попадешь в хорошую облачность, но днем мала ее мощность, а ночью не видно, куда стреляешь... Зато прислали Юру-корреспондента, он больше всех трещит крыльями, и все волнуются, что в погоне за подвигом он настрочит что-нибудь такое, что вызовет недовольство со стороны ГВФ – по инструкции в этой работе мало что сделаешь...

Лицом в стену, немыслимый уровень деталировки: ну вот к чему в такую минуту (не бесконечная же она!) видеть, как ходит Юра – длинный, болтает руками, как плетями. Расспрашивает, заглядывая в лицо и размашисто кивая головой. Додалбывается до экипажа: а если надо пойти в грозу, вы пойдете или нет? Это как минимум бестактно: экипаж узнает т/з только в полете, они гражданская авиация, они любят ясную погоду, и что бередить, как им не повезло. Ну как М. с облаками. Бортпроводники снова спят – чем дальше экспедиция, тем больше они спят, и теперь уже кормят в полете раз в 6-7 часов. Раньше – два. В самолете вонь от их контейнеров, грязь, оклад у них небольшой, но с полетными набегает, через десять лет полетов они получат право выхода на пенсию в 45 лет (для женщин – семь лет полетов), еще, может быть, нападут на рейсы в загранку... А Юра заслышит, что в иллюминатор видно красивое облако (имеется ввиду, что оно хорошо согласуется с классическим определением – например, четко оформленная наковальня над ним) – так немедленно восхищается и утверждает, что облако великолепно. Юре нравятся девушки, а он им нет, он страдает, что шурики видят его затруднения...

Прибежал штурман – справа облачность. Вам такие не нужны? Эх, жаль, Юра сошел (ненадолго в Москву и потом снова в командировку, в Терскол, освещать восхождение на Эльбрус) – вечно путался под ногами, а сейчас без него скучновато: кто еще сможет оценить такой успех! Штурман сам предлагает! Выискивает облака! Очень обидно, но надо ему объяснить, что для нас они низковаты: генераторы установлены под углом 18° вверх, нужно лететь в самой облачности, лучше б иметь иллюминатор пониже... Да и настроение у ребят уже нерабочее. Вчера полетела головка. Это уже второй раз. В первый довольно быстро отыскали вышедший из строя транзистор. Вчера предположительно на кристалл попала влага. Шуриковский народ уже бегает и суетится: бреются, меняют рубашки (Адлер, пляж, выходной, надо кадриться), жалуются, что у них нет денег, и норовят занять – не отдать...

Распятый меж дрелью и батареей, как юродивый меж двух воров, он теперь знает все, видит все: и зачем нужна Амдерма (серыми пятнами снег, ветерок, море забито льдом, навигация еще не открылась, спирт уже кончился, белого хлеба ждут сутками, белая ночь, даже сумерек нет, сплошь военные, офицер в морской форме униженно просит: возьмите с собой двух солдатиков, отпуск короткий, неделю сюда с островов добирались, иначе им не успеть; Шуриков хорохорится: куда я их посажу, у нас лаборатория; офицер: да они постоят... или в гальюн их заприте), и зачем нужна Средняя Азия, зачем такая программа полетов: в Амдерме суточные три с полтиной, в Ленинабаде базар – яблоки 40-50 коп., виноград, не очень сладкий, по 50 коп., дыни маленькие 30 коп., помидоры 25 коп., арбузы – 1 р. за четыре штуки.

Игорь Мандель – статистик, доктор экономических наук, родился и жил вплоть до отъезда в Америку в Алма-Ате, хотя публиковался главным образом в Москве; преподавал статистику в Институте Народного хозяйства; работал в американских инвестиционных компаниях в 90-е годы, занимая должности от консультанта до директора предприятий. С 2000 года в Америке. Занимается статистикой в применении к маркетингу. Публикует научные работы. На русском языке вышли три книги иронической поэзии (в соавторстве с коллегами), статьи о художниках и на другие темы и стихи в интернетных альманахах *www.Lebed.com* и *www.berkovich-zametki.com*. Живет в *Fair Lawn, NJ*.

Марк Тенси: close reading

Предварительные замечания

Марк Тенси (*Mark Tansey*, 1949 г.р.) представляет собой редкостный феномен современного американского интеллектуала, который самым серьезным образом пытается выразить в живописи проблемы, волнующие наиболее утонченных культурологов, с одной стороны, и наиболее продвинутых ученых – с другой. Он не просто читает соответствующие тексты, но и пытается вникнуть в проблему настолько глубоко, насколько это вообще доступно непрофессионалу. Яркий пример: он провел несколько недель в знаменитом Санта Фе Институте в 90-х годах, общаясь с ведущими физиками и специалистами по теории сложных систем. На другом конце спектра его персональных знакомств – основатель «нового романа» Алан Роб-Грие или известные философы. Он думает о многом, внедряясь в разные сферы самым активным образом. Соответственно, критиков разного рода у него хватает.

Наиболее серьезное исследование, пожалуй, предпринял известный философ (отнюдь не арт-критик!) М. Тэйлор, написавший целую книгу о художнике [1]. Альбом с достаточно полным собранием своих работ на то время [2] Тенси снабдил собственными довольно обширными комментариями. В другом издании [3] он принимал непосредственное участие как автор. В целом творчество Марка Тенси – это, безусловно, не только его живописные работы, но и собственные тексты, равно как и тексты критиков, на которые он непосредственно влиял.

В упомянутых книгах и многочисленных статьях [5, 9, 10 и др.] прокомментировано множество работ Тенси. Я обычно согласен с существующими трактовками, но часто добавляю что-то еще; кроме того, я несколько систематизировал его работы. Но главным мне казалось – подчеркнуть нечто общее и наиболее для меня привлекательное в творчестве Тенси: его глубокую *ироничность*, которая присутствует даже в самых серьезных работах. Часто критики, увлеченные философией его (или своих) сложных построений, упускают ее из виду.

Для развернутого понимания работ Тенси, вообще говоря, необходимо знание слишком многого из того, что выходит за рамки «обычного интеллигентного человека» – например, глубокое понимание разногласий между Полем де Маном (*Paul de Man*) и Жаком Дерридой, или знание особенностей арт-критики 60-х годов по обе стороны океана, или знакомство с теорией катастроф в ее первой версии Рене Тома, и т.п. В частности, надо просто хотя бы разбираться в том, кто именно изображен на картине, – а Тенси очень часто изображает там известных личностей. Без этого, так сказать, получить удовольствие весьма затруднительно.

Однако можно ли сказать, что Тенси исключительно элитарен и доступен лишь крайне узкому кругу людей? Лишь частично. Любая работа может быть как-то понята одними, глубже – другими, и совсем глубоко – третьими. Но уровень глубины не коррелирует ни с индивидуальными намерениями автора, ни с «объективной ценностью» данной работы – которая, естественно, просто не существует.

Работы блестящего Марка Тенси так же «легко понятны», как и работы шарлатана (на мой, конечно, взгляд) Дэмьена Хёрста – но до какой-то точки, дальше которой требуется либо очень специальное знание и (часто) тонкий вкус, как в случае с Тенси, либо очень большая самоуверенность и легкость в мыслях, как в случае с Хёрстом. Многоплановость в восприятии работ Тенси зависит, иными словами, от развитости зрителя, а таковая в восприятии работ Хёрста и тысяч ему подобных художников – от его неразвитости и, соответственно, способности легко поддаваться произвольной интерпретации критиков или собственным вымыслам. Вот такой уровень *приемлемой доступности* я и буду пробовать искать.

Если очень кратко сказать, что есть главный предмет всего творчества Марка Тенси, то это – *парадоксы человеческого познания окружающего мира*. Можно попробовать разбить его творчество на крупные блоки:

Искусство как способ отражения действительности (1980 – 1990).

Внутренние проблемы искусства и искусствоведения (1980 – 1994).

Наука как способ отражения действительности (1986 …).

Предлагаемая классификация выглядит слишком серьезно, примерно как взятая из учебника философии. Недаром самого Тенси часто, особенно поначалу, упрекали в «дидактичности» и «иллюстративности» – он, действительно, рассматривает названные выше проблемы почти с доскональностью учебника. Но, взятые вместе с его бесподобным юмором и умением переворачивать вещи с ног на голову, эти серьезные темы превращаются в парадоксы, имеющие и эстетическое, и научное значение.

В данную статью, из соображений экономии места, я не включаю примеры на тему «искусство для искусства». Не включены также репродукции обсуждаемых работ автора (которые мною только пронумерованы) по причине возможного, по мнению редакции, нарушения копирайта. Все это можно увидеть в более широком обзоре, который начал выходить в альманахе «Семь искусств» (*http://7iskusstv.com/*). Картины также легко найти в интернете по их названиям.

И что искусство, по вашему мнению, отражает?

Начнем с двух тестов – на «невинность» (Работа 1) и на «чистоту» (Работа 2); с этих же работ начинается замечательная книга [7].

Работа 1 (1981). *"The Innocent Eye Test"* («Тест – невинный взгляд»)

Вот несколько моментов разного уровня понятности, говорящих об этой работе.

Несколько людей, явно ученого вида, пытаются понять, как живая корова отреагирует на изображение нарисованных коров. Это сразу смешно, поскольку глупо. Само изображение исключительно реалистично, что повышает степень занимательности всей композиции.

Юмор усиливается, когда замечаешь человека со шваброй в левом углу: наука наукой, но корова может и опростоволоситься на глазах у публики самым неприятным образом.

Чуть приглядевшись далее, можно заметить другую картину на стене; на ней стог сена. Может, корову и к знакомому ей сену подведут, когда она разберется с товарками?

При некоторой культурной подготовке можно сообразить, что это не просто стог сена, но работа Клода Моне, какая-то из его знаменитой серии стогов сена. Следовательно, вообще мы находимся в музее, и картина перед коровой – тоже, наверно, музейного качества.

Так как это музей, «храм искусств» (да еще и хранящий супердорогого Моне, то есть хороший музей), то факт появления там коровы подчеркивает огромную значимость эксперимента, что делает все происходящее еще более абсурдным, а присутствие уборщика – еще более оправданным.

При еще большей художественной эрудиции кто-то (один из 100,000, наверное) может вспомнить, что картина – не что иное, как «Молодой бык» Паулюса Поттера (Голландия, 1647), весьма известная работа, где художник неожиданным образом показал бычка в монументальном виде, почти как героя эпоса. Корове, иными словами, предлагают взглянуть на секс-символ своего рода, то есть экспериментаторы, как часто бывает, стремятся зафиксировать эффект в его крайнем проявлении (уже если на такого быка она не среагирует, тогда чего уж еще проверять...).

Покрывало, скинутое с картины, говорит о том, что корову сначала подвели, а уж потом предъявили полотно к обозрению, то есть имел место элемент внезапности. На что был расчет? Что она издаст радостное «муу»? Похоже, этого не случилось – все люди стоят в выжидательной позиции, то есть в первый момент эффекта не последовало. А что, он может случиться и позднее?

Генеральная идея эксперимента (и, соответственно, весь юмор ситуации) в том, что корова – идеальное воплощение «невинного потребителя искусства», то есть человека, ни с чем не знакомого, но, тем не менее, как-то на искусство реагирующего. Таковой зритель, однако, невозможен – и Тенси это прекрасно понимает. Далее можно рассуждать сколь угодно долго. Б. Берштейн, например, ссылается на Д. Раскина, который как раз призывал к невинному, неиспорченному взгляду при рассмотрении первых работ импрессионистов (может быть, не случайно висит на стене именно Моне, как намек на это со стороны сверхэрудированного автора); Тейлор ассоциирует такой «незамутненный взгляд» вообще с реализмом, который Тенси, предположительно, здесь высмеивает [1, с. 16], и т.д. А я просто остановлюсь на этом – кажется, достаточно сказано, чтобы почувствовать, как много можно извлечь из работы, снимая с возможных коннотаций слой за слоем. Лишь ирония присутствует тут практически во всем.

Работа 2 (1991). "*Purity Test*" («Тест на чистоту»)

Работа 2 как будто бы раскрывает примерно эту же тему: группа индейцев (с тем же, предположительно, «невинным взглядом», по крайней мере на современное искусство) смотрит на некий объект, а именно – на знаменитую «Спираль Жетти» Р. Симпсона (1970) – самый, наверно, известный пример «лэнд-арт». Но, однако, можно ли уподобить корову индейцам, а спираль – изображению коровы в работе 1? Конечно, нет. Б. Бронштейн показывает принципиальную разницу: в отличие от 1, в 2 изображенное никакого смысла, кроме как самореференции, не имеет. Индейцы, безусловно, смотрят на спираль не так, как задумал Симпсон, то есть как на предмет «созерцания», но интерпретируют ее в духе своей культуры. И – заключает Бронштейн: «... Тенси ... предложил для обдумывания две провокационные ситуации. В одной художник посылает зрителю некое образное послание — послание нехитрое, ясное и легко читаемое. Но увы — 'зритель', лишенный какой-либо культурной оснастки, не в состоянии опознать в нем образ реальности. Во втором случае та же ситуация вывернута наизнанку. Художник предлагает зрителю не образ чего-то и вообще 'не послание', но вещь без значения, 'чистую вещь', рассчитанную на стерильное смотрение, созерцание. Но вот появляется зритель с определенным культурным запасом, и он начинает извлекать разветвленные значения из ничего не значащей фигуры...» [7, с. 13].

Работа 3 (1981). "Robbe-Grillet cleansing every object in sight" («Роб Грие, очищающий каждый объект в зоне видимости»)

А вот другой поворот темы «искусство познает мир». Знаменитый автор «Соглядатая», создатель «нового романа», где главную роль играл «вещизм» (не в смысле мании потребления, а в смысле «незамутненного использования слов», «вещей как они есть»), воплощает свою концепцию в жизнь: сидит и с помощью щетки, мыла и воды из тазика «очищает» вещи от наслоенных значений, дабы придать им «первоначальный смысл». Вещи показаны как некие камни в пустыне, его работа кажется совершенно непосильной по своему объему. Стоит приглядеться, как видно, что это не просто камни, а «символы цивилизации», от исторических (сфинкс) до природных (пик Маттерхорн в Альпах). Ирония этого образа великолепна, но она, похоже, совсем не обидна для героя картины (по крайней мере, он снабдил книгу о Тенси [3] своим эссе).

Работа 4 (1984). "*Action painting II*" («Живопись действия II»)

Еще одна работа на тему «искусство как средство отражения мира» приведена. В ней показана невозможная ситуация «мгновенного» запечатления очень быстрых событий в столь медленном медиуме, как живопись.

Стартует ракета. А у художников уже фактически закончены работы аж через 8 секунд после старта (что можно видеть на часовом табло). Это неожиданно, это смешно и это – первое, что бросается в глаза и справедливо обеспечивает, наверно, 80% удовольствия. Но, по размышлении, вскрываются новые аспекты.

Представим, что изображены не художники, а фотографы, причем все они пользуются аппаратами типа Полароид. Тогда не так удивительно, что у всех были бы более-менее одинаковые изображения, полученные в данный момент времени. Но автор заменяет фотокамеру мольбертом, тем самым ставя проблему «точного воспроизведения данного момента действительности» с ног на голову. Когда хороший художник рисует портрет, он вынужден, несмотря на долгое время работы, привязать свою модель к какому-то моменту времени. Это было и остается делом очень сложным (вспомним «Мику Морозова» В. Серова). И, по мнению Тенси, столь же недостижимым, как и то, что у него изображено.

Изображения у всех художников буквально совпадают друг с другом. Кто-то мог бы сказать о триумфе некоего мастера-учителя, который вбил им всем в голову совершенно идеальные «объективные» правила живописи – а они, как прилежные ученики, строго им следуют. Это – очень острая сатира на «принципы реализма».

Помимо самоочевидных парадоксов изображенного, само ее название глубоко иронично. "*Action painting*" – термин, предложенный в 1952 году арт-критиком Х. Розенбергом, давно ассоциируется в истории искусства с очень определенным содержанием. Он призван отражать те действия, которые герои абстрактного экспрессионизма, в первую очередь Д. Поллок и В. де Кунинг, выполняли в процессе изготовления своих картин – то есть брызгали на холст из ведра, мазали широкой кистью не глядя и тому подобное.

Вся идея критиков была – отразить этим термином тот факт, что важен не столько результат, сколько «экстатическая деятельность творца», – идея, которая, как мы знаем, вполне себе расцвела в творчестве многих и многих и цветет до сих пор (она далее развилась в хепенинг, в банки с законсервированными экскрементами П. Манзони и во многое другое). Назвав свои сугубо реалистические по исполнению работы именно так, Тенси издевательски перевернул значение уже устоявшегося термина. Вы хотите «живопись действия»? Ну вот она – вот действие (да еще какое: запуск ракеты – это не кляксы на холсте!), а вот живопись, которая его отражает. Это – блестящий пример выворачивания значения наизнанку, показ абсурдности как самого термина, так и всей такого рода живописи. И одновременно – яркая иллюстрация того, что названия работ у Тенси – неотъемлемая часть произведения, что уже отмечалось критиками ранее.

Работа 5 (1987). *"Triumph over Mastery II"* («Триумфальное преодоление мастерства»)

Эта работа, пожалуй, лаконичнее всех других работ мастера, но не менее многослойна. Атлетически сложенный персонаж смело закрашивает нечто, в чем легко разглядеть «Страшный суд» Микеланджело, используя при этом грубый прибор маляра. То есть первый мгновенный уровень восприятия – старое искусство полностью отвергается, переписывается набело.

При некоторой памяти и напряжении взгляда ясно, что «маляр» подозрительно напоминает своей фигурой самого полустертого Иисуса-творца – тот тоже показан на фреске мощным обнаженным мужчиной. Возникает идея не просто «стирания», но и «стирания с позиции силы», равномощного стираемому.

Однако, при всей энергии «стирателя», его лестница ни на что не опирается и не имеет наклона; так обычно не бывает. Намек на «зыбкость опоры» того, кто на ней стоит?

Более того – тень от лестницы оказывается неожиданно так же стертой магической краской, как и фреска! И не только от лестницы – точно так же стерта тень от руки. Стирание фрески до конца, стало быть, приведет к полному уничтожению следов и самого героя, и подпорок его деятельности. «Победа» над мастерством прошлого оборачивается полнейшим крахом; первоначальный героизм выбеливания иллюзорен; остается одна мускулистая фигура с бессмысленным валиком в руках, которым уже нечего «побеждать».

Игра смыслов, показ противоречий и абсурдности теорий «прогресса в искусстве», равно как и торжества абстракции или минимализма, доводятся в «Триумфе» до высшей, поистине триумфальной степени.

А что вообще понятно, когда все так запутано?

Уже ясно из всего рассмотренного, что проблема понимания действительности, ее «репрезентации» разными средствами, является доминирующей во всем творчестве Тенси. Но существует достаточно много его работ, где эти темы выявлены с особенной остротой и особенно парадоксально. В них искусство или отсутствует, или отступает на второй план, а познание как таковое – посредством ли чувств, приборов или логики – на первый. Тенси был под большим влиянием работ Р.Тома (теория катастроф), М.Фейгенбаума (теория хаоса), Б.Мандельброта (фракталы), С.Кауфмана (теория сложных систем) и других ученых; кроме того, и без всяких теорий его мысль постоянно вдохновляла его, так сказать, кисть в попытках ответить на вопросы о сущности познания – что, повторюсь, уникально в мировом искусстве.

Работа 6 (1986). "*Doubting Thomas*" («Сомневающийся Томас»; «Фома неверующий»)

Мужчина, вышедший из автомобиля, рассматривает глубокую трещину на дороге. Это одна из ранних чрезвычайно характерных работ такого типа. Ее можно понимать по-разному. Обычная интерпретация (см. [1, 3]): непризнание того, что в современной отлаженной цивилизации (представленной красивой машиной) вдруг еще встречаются такие странные вещи, как геологические катаклизмы; противопоставление человеческого и природного, их конфликт.

Однако, по моему мнению, есть не менее серьезная интерпретация этой работы: проблема проверки очевидного – или того, что кажется очевидным. В конце концов, что мужчина делает? На основе показаний одного чувства (зрения) применяет другое чувство (осязание) – то, что по-английски четко называется *double check*. Масса вещей в нашем мире нуждается в подобной проверке. Недавно стали появляться вполне сенсационные работы на тему воспроизводимости опытов, в которых большое число исследователей вторично проверяют экспериментальные выводы, полученные ранее и опубликованные в наиболее престижных научных журналах в психологии и, совсем недавно, в экономике *http://www.sciencemag.org/news/2016/03/about-40-economics-experiments-fail-replication-survey*. Результаты обескураживающие – от 40% до 60% работ тест не проходят; с вероятностью, близкой к 0.5, можно про каждую статью сказать, что она просто не верна, результат не стабилен.

Заметна резкая разница в выражении лиц героев – изумление и сосредоточенность у Томаса и терпеливое (или нет?) ожидание у его спутницы, держащей руку на рычаге коробки передач и готовой немедленно тронуться с места. Для нее все происходящее – типичный мужской заскок, который она готова терпеть, но явно совсем недолго. И уж меньше всего ее волнует дурацкая трещина на дороге, будь она вселенской или местной природы, коли проезду она не мешает. Конфликт «познания» и «потребления», интереса к необычному и «мещанства», и т.д. – можно продолжить.

Работа 7 (1986). "*White on white*" («Белое на белом»)

Это другая замечательная работа автора, в которой проблема «правильного восприятия действительности» ставится еще более остро.

На первый взгляд, изображена некая буря и люди, которые сейчас будут что-то делать, чтобы ее пережить.

Но, вглядевшись, понимаешь, что люди странные: слева – жители севера (чукчи? иннуиты?) с собаками, справа – бедуины (арабы?) с верблюдами. Такая встреча невозможна в «естественных условиях».

Следующий вопрос – а что за буря, собственно? Выходит, слева – снег, а справа – песок, чтобы соответствовать своим героям? Ну да, только так. Тогда нейтральное название «Белое на белом» маскирует две полярные субстанции – снега и песка.

Более тога, ветер для северян дует слева направо, а для южан – наоборот (видно по разному направлению флажков). Они, может, потому и встретились, что подгонялись «своими ветрами» (глубокая мысль, между прочим, если она была у художника в голове)?

Название, собственно, звучит как-то подозрительно знакомо. Уж много их было, в таком стиле. И тут, конечно, есть прямая ссылка – на одну из работ К. Малевича 1918 года. Если, однако, «шедевр супрематизма» подразумевал полную беспредметность и «затерянность одного белого на другом», то Тенси говорит, что под типичным чисто абстрактным названием могут скрываться абсолютно противоречащие друг другу вещи – так, как скрываются вечно движущиеся молекулы под спокойной поверхностью воды в стакане.

Работа 8 (1987). "*Coastline measure*" («Измерение береговой линии»)

Эта работа для меня является неким шедевром, в котором с максимальной ясностью сконцентрировано несколько идей, связанных с важнейшей для науки идеей измерения.

Скалистый берег океана. Люди пытаются что-то измерить. Судя по веревке, в первую очередь – расстояние между двумя выступами скал на переднем плане.

Но приглядевшись, можно обнаружить две фигуры на левом и на правом краю, обе также вовлеченные в измерения. Стало быть, измеряется все, что мы видим, и более того – вся «береговая линия».

Но где она, собственно? Волны захлестывают камни; при отливе или приливе все изменится; человек, держащий веревку справа, находится на середине гребня (почему не на краю?), а другой, слева – на его конце. То есть даже методология измерения не вполне ясна.

И верно. Двое с теодолитом находятся в спокойной задумчивости – куда бы еще направить взгляд, чтобы «измерить» поточнее? Вряд ли есть ответ на этот вопрос. Причина неясности «проста»: береговую линию нельзя измерить «точно», ибо она имеет фрактальную природу. И именно об этом картина.

Надо отдать должное Тенси – первая популярная работа Мандельброта о фракталах появилась в 1983 году, а уже в 1987-м художник (не ученый!) отразил суть его идей самым блестящим образом.

Люди рискуют собой, буквально занимаются акробатикой для того, чтобы выполнить свою (заведомо бессмысленную, как мы уже знаем) работу и не быть смытыми мощными волнами. Отсюда следует как минимум, что о фракталах они ничего не слышали, а если и слышали, был приказ «измерять». Не буду дальше комментировать; каждый, наверно, бывал в подобной ситуации. Грань между невежеством и слепым подчинением, и так тонкая, тут показана чрезвычайно визуально.

Я бы поместил эту работу на обложку учебника по статистике, а затем в течение курса лекций, возвращаясь к ней снова и снова, комментировал бы различные аспекты теории «измерения береговой линии», как и измерения чего бы то ни было.

Работа 9 (2000). "*The Language of Inquiry*" («Язык запроса»)

Здесь другая тонко спародированная идея процесса познания. Как и ранее, на первый взгляд, это некая карикатура – ученый пытается «взять интервью» у древней статуи с помощью микрофона. И это смешно само по себе. Но куда более глубокое понимание придет, если знать, что это почти буквальное воспроизведение работы Е. Веддера "*The Questioner of the Sphinx*" (Вопрошающий Сфинкса), 1863. На ней изображена подобная скульптура, а человек, приставив свое ухо к ее губам, «вслушивается» в сакральные речи. Но если в оригинале прислушивание к статуе – ритуал наивного аборигена, то здесь – стандартная практика современного ученого, «делающего запрос» на новом техническом уровне. Суть дела не меняется, голова нема, то есть прогресс не помог...

Чтобы не попадать в подобную идиотскую ситуацию, ученый должен точно знать, что применение новых технических средств заведомо ничему не поможет. А как это точно узнать? В огромном числе случаев помогает. Но далеко не всегда. В этом и ирония Тенси – сам по себе «прогресс в измерении» может быть бессмысленным, если прилагается к неизмеримым вещам – фракталам (как в работе 8) или статуям (как в работе 9). А дальше уж надо думать, куда этот прогресс девать.

Дополнительный уровень иронии тут в том, что выспрашивание идет именно у Сфинкса, традиционного символа величественной немоты и безответности. То есть тут заведомо ясно, что «объект» неподходящий – а вот поди ж ты, давай попробуем. Это как современные попытки построить вечный двигатель с помощью новейших средств, которые отнюдь не прекратились – на такие вещи прогресс влияет очень слабо.

Еще один уровень иронии – отсутствие коммуникации с прошлым, глухота истории к любым попыткам ее понять. В этом контексте важны не средства задавания вопроса, а сам смысл вопроса, который всегда, независимо от средств, останется без ответа (что в середине XIX века, что в начале XXI века).

Работа 10 (1986). ***"Achilles and the Tortoise"*** **(«Ахиллес и черепаха»)**

В этой работе уровень концептуальной сложности нарастает. Знаменитая апория Зенона, согласно которой Ахиллес никогда не догонит черепаху (активно дебатируемая до сих пор), приобретает тут несколько измерений.

Высокая ель. Стартует ракета, след от которой повторяет очертания ели.

Идея «недогоняния» неожиданно выражена в сравнении двух вещей: ели (скорость роста которой несколько сантиметров в год) и запущенной только что ракеты, скорость которой – сотни метров в секунду. То есть контраст оригинала многократно усилен, хотя суть его осталась той же.

То, что след от ракеты повторяет собой очертания ели, это – тонкое решение, выполняющее две функции: а) сближения двух процессов, что, собственно, и позволяет сравнивать ель и ракету (а то зритель будет долго еще искать черепаху и Ахиллеса), и б) демонстрации фрактальной природы обеих вещей (что не сразу очевидно).

Множество наблюдателей в бинокли следят за происходящим. Это очень комично: если они знают, что ракета быстрая, то без бинокля будет видно, что она елку мгновенно опередит. Но они, видимо, не знают («делают эксперимент») – вот и смотрят, пытаясь понять, прав Зенон или нет. То есть предполагают – что? Что у ракеты очень маленькая скорость? Да, иначе бинокли точно не нужны. Иными словами, ведут себя в полном противоречии со здравым смыслом, который говорит об обратном. Сила парадокса не в том, что его требуется опровергать экспериментом («Другой смолчал и стал пред ним ходить»), а в логической противоречивости. У Тенси же люди вернулись с важным видом к абсолютно очевидному – проверке на практике, то есть они ломятся в открытую дверь.

Еще комичнее – события на переднем плане. Там группа людей ученого вида явно затевает другой эксперимент – не про ракету, а про ель; ее маленький росток в горшке виден возле лейки и готовится быть посаженным в вырываемую ямку. Видимо, новый сорт ели (более быстрый? более медленный?) должен принципиально помочь в решении древней загадки зломудрого Зенона.

Но это, как обычно у Тенси, не конец истории, ибо персонажи там собрались отнюдь не случайные, а эксперты первого класса: лично Зенон Элеатский (справа, в галстуке и с сигаретой...); Митчелл Фейгенбаум, один из пионеров теории хаоса (слева); Альберт Эйнштейн и Бенуа Мандельброт, открыватель фракталов. Наверное, он расскажет, почему след от ракеты так похож на контур ели и как это поможет разгадке парадокса (?!). А другие дополнят. Самое ироничное здесь, что все собравшиеся – теоретики чистой воды, но заняты они именно экспериментом, заведомо бессмысленным в силу логической природы парадокса.

Более того, совмещение идеи фрактальности с идеей объяснения парадокса Зенона абсолютно непродуктивно, это просто смешение совершенно разных концепций. Хаос только усугубляется появлением автора теории хаоса, которая тоже здесь не при чем. Теория относительности – вещь тоже очень сомнительная в данном контексте (хотя и используется одним из авторов для объяснения парадокса). Мне трудно сказать, то ли юмор Тенси шел так далеко, что он понимал несовместимость всех этих теорий в одном месте, то ли просто он ограничился констатацией противоречия между теорией и экспериментом. Но, как бы то ни было, получилась прекрасная иллюстрация пустого научного высоколобия, не имеющего никакого отношения к делу.

Похоже, что ракета застряла там, в положении «ниже ели», навеки, точно так, как ее более крупный аналог (в работе 4) – на картинах художников. Если в работе 4 парадоксально уничтожалось время, то здесь парадоксально уничтожается пространство.

В целом работа 10 – блестящая иллюстрация бессмыслицы такой науки, которая эклектично смешивает логику и эксперимент, теорию и практику, здравый смысл и точные наблюдения и так далее. Примерно за четверть века до написания картины уже было, вообще говоря, предупреждение: «Мы, конечно, стираем противоречия... Между умственным и физическим... Между городом и деревней... Между мужчиной и женщиной, наконец... Но замазывать пропасть мы вам не позволим...». Ну вот Тенси как-то Выбегалло не послушал – замазал.

Начиная с 1990 года или несколько ранее, Тенси стал интенсивно разрабатывать идею «мир – это текст», одну из очень популярных в кругах мыслителей-постмодернистов. Как обычно, он рассматривал ее с разных сторон и под разными углами. Но что бы он ни делал, получалось очень ярко, иронично и глубоко. Приведу лишь несколько примеров из куда большего количества работ. Все картины такого рода содержат какие-то тексты на различных природных объектах, часть которых можно разобрать, а часть – нет.

Работа 11 (1990). "*Reader*" («Читатель»)

Самая образная и близкая мне работа. Тут почти нет вторых смыслов, что даже странно для Тенси. Но, впрочем, кое-что есть. А именно – да, читатель, «вбегая» в текст, погружаясь в чтение, растворяется в тексте, вплоть до потери идентичности. Это главная идея, и она точно передает испытанные миллионами людей чувства, когда «забываешь себя» с хорошей книгой. А вторая идея – погружается он все-таки в темноту. Ведь могло и лучезарное сияние поглотить счастливого бегуна – но нет. Тут можно много рассуждать, но отмечу лишь одно: да, погружайся, но не поддавайся. Тексты – вещи опасные. Могут и поглотить. И проглотить. Не раз в истории случалось, случается и до сих пор.

Работа 12 (1990). "*Close Reading*" («Внимательное чтение»)

«Читатель» взбирается по тексту, как по скале. Это другая работа «с текстом» является ярким примером обыгрывания двойного значения некоего выражения, в данном случае прилагательного *close*. Прямой смысл "*Close Reading*" – чтение с повышенным вниманием, но *close* обычно означат «близкий», то есть название можно перевести буквально (и неправильно) как «Чтение с близкого расстояния». Носители языка так не сделают, но они, конечно, поймут пародийное перевертывание: для того, чтобы читать внимательно, надо читать с близкого расстояния. Но с *такого* близкого расстояния, как в работе, ничего разобрать нельзя, так что какая уж тут внимательность... Конечно, на втором плане имеются в виду тексты, где без внимательного чтения вообще ничего не поймешь – и вот, повышая внимательность, то есть становясь все ближе и ближе к тексту во втором смысле, смысл теряешь полностью.

Странно, что все комментарии, которые мне попадались, останавливаются лишь на очевидной идее, что «большое видится на расстоянии», но не обращают внимания на то, что чтение еще предстает и как смертельно опасный номер. Девушка движется одна, без всякой страховки, по отвесной скале. Каждая ошибка может стать последней. Тенси делает громкое предупреждение об опасности как «глубокого чтения» (в работе 11), так и «близкого чтения» (в работе 12), – очень своевременное, должен заметить, особенно для некоторых «литературоцентричных» стран.

Работа 13 (1995). "*The Raw and the Framed*" («Сырое и Обрамленное»)

Достаточно долго играя с постмодернистами и «борясь» с авангардом (тема, которая раскрыта в полной версии статьи), Тенси не мог, видимо, пройти мимо такой ключевой фигуры XX века, как один из основоположников структурализма, Клод Леви-Стросс.

В этой работе только что добытая руда проходит некие стадии обработки и превращается в элегантно обрамленные картины; соответственно, опоры шахты становятся колоннами салона, в котором почтенного вида человек разглядывает картину. В этом смысле работа напоминает детские картинки, показывающие, как из пшеницы делают муку, тесто, хлеб и т. п. Но два обстоятельства резко меняют восприятие.

Разглядывает картину именно Леви-Стросс. Он проверяет ее «на подлинность», глядя на оборотную сторону, – и, кажется, удовлетворен. Работа «подлинна», то есть уникальна. То, что она только что сошла с конвейера, ускользает от его внимания. Тут, возможно, намек на генеральную парадигму антрополога: «все культуры равны», просто надо на них смотреть с позиций их собственной эволюции; именно она, получив потом развитие в либерально ориентированной литературе, создала Леви-Строссу всемирную славу не только ученого, но и «защитника общекультурных ценностей» и т.д. Но уникальность-то и под вопросом, – говорит Тенси, – равно как и проницательность ценителя живописи в данном случае...

"The Raw and the Framed" – это название есть не что иное, как парафраз знаменитой книги Леви-Стросса *"The Raw and the Cooked"* (Сырое и вареное) 1964 года, открывающей его «Мифологии» в четырех томах, где автор подробно развивал идею генезиса культуры через первичные оппозиции (противоположности) типа сырое-вареное, свежее-гниющее и т.д. Такого рода оппозиции, как и противоречия, – вообще одна из излюбленных тем Тенси, в чем можно было не раз убедиться выше. Но здесь он сделал блестящий ход: сырое и обрамленное есть *ложная* оппозиция; она точно не могла возникнуть в головах индейцев Южной Америки (на материале культуры которых Леви-Стросс публиковал свой труд). Это, скорее, злая шутка насчет того, как «сырая руда» превращается в «картину в дорогой раме», где главное – рама, а не картина. Ирония тем более сильная, что «найтивизм» Леви-Стросса противопоставляется «искусственности» заключения картин в раму, то есть жизненно важное (вареное) – несущественному (раме).

Вопрос о «раме», то есть о границах какого-то объекта, есть вопрос о том, как вообще познание функционирует. Важно осознавать, а где вообще проходят границы чего бы то ни было, и разумно сделанное ограничение есть обычно единственный способ что-то понять. В том числе – в «сыром» материале, с которого все начинается.

Работа 14 (2009). *"EC 101"* («Начальный курс экономики»)

Такое впечатление, что Тенси год за годом продвигается от одной науки к другой и в последние годы уделяет больше внимания экономике.

Две фигуры у подножья горы. Восхитительно красивый вид грандиозной вершины обманчив. Английское название на русский буквально перевести нельзя, но смысл я передал. Начальный курс экономики представляется как вершина, на которую страшно даже смотреть, не то что одолеть. Две тени внизу вроде означают молодых людей, которые, с опаской глядя наверх, все же готовы туда взобраться. Если это «начальный курс», то что же тогда есть «серьезный» курс экономики?

Однако перевернутое изображение вершины на что-то намекает – на русский взгляд, идеально соответствует «зияющим высотам» А.Зиновьева; но вряд ли Тенси вдохновлялся этим образом (хотя кто знает?). Он говорит, впрочем, о двух ориентациях картины.

Но главное не это. Приглядевшись, можно увидеть, что гора покрыта изображениями людей так же плотно, как поверхности ранее были покрыты изображениями текстов (в работах 11 и 12). Там можно разглядеть «родные» образы Ленина и Сталина вниз головой, портрет Анны Рэйд, Рональда Рейгана и, вроде, Милтона Фридмана (лауреата Нобелевской премии по экономике).

В таком случае можно долго рассуждать, почему тот или иной экономист или политический деятель находится в одной ориентации внизу, а в другой – наверху. Их там много, где-то 25 – 30, по моей грубой прикидке. Можно найти людей на любой вкус. То есть для одоления начального курса предлагается:

а) подняться на вершины экономической теории и встретить там, скажем, Адама Смита, Рикардо или Хайека;

б) опуститься до низин экономической практики и увидеть там, например, Сталина, Ленина и Мао Цзедуна;

в) или наоборот.

Это круто. Особенно для начала.

Работа 15 (1994). "*Landscape*" («Пейзаж»)

«Пейзаж» — нагромождение различных предметов, в основном, деталей памятников — отличается от всего (из мне известного), что Тенси делал. Обычно он отстраняется от крупных социальных или исторических задач вообще. Это, пожалуй, наиболее прямое высказывание художника, в котором его обычная интеллектуальная ирония превратилась в мрачную сардоническую усмешку.

Грандиозность собрания символов былой мощи в одном месте вызывает, в первую очередь, чувства в духе «Озимандиаса» Шелли – о бренности власти: «И сохранил слова обломок изваянья: —'Я — Озимандия, я — мощный царь царей! / Взгляните на мои великие деянья, / Владыки всех времен, всех стран и всех морей!' / Кругом нет ничего… Глубокое молчанье… / Пустыня мертвая… И небеса над ней…» (пер. К. Бальмонта). Тенси воспроизвел все это буквально, но многократно усилил эффект путем, так сказать, ассамбляжа многих таких царей.

Если после развала Советского Союза во многих городах можно было увидеть памятники неугодным персонажам коммунистического прошлого, снесенные в одно место или сваленные в кучи (я сам такое видел в Усть-Каменогорске), то это объяснялось резким изменением политической конъюнктуры (а отнюдь не изменением мнения народа насчет этих героев, что особенно ясно стало видно сейчас). Что, по аналогии, могло бы привести к сбору монументов самых разнообразных политических лидеров прошлого, от фараонов до Ленина, в одну пирамидальную кучу? Ведь даже Джордж Вашингтон там пристроился, вроде бы в очень неподходящей компании. Неужто случится такое общечеловеческое изменение конъюнктуры, что **все** окажутся непригодны? Ну, это уже фантазии, такого не может быть никогда. А что же тогда?

Если возможна метафора «мир – это текст», то почему не быть метафоре «мир – это кладбище идей»? В данном случае – идей исключительно политических, воплощенных в лицах (бюстах) лидеров, когда-то их воплощавших в жизнь. Кладбище – это не обязательно обширные поля с линейно расставленными крестами, это может быть, как известно, и просто яма с тысячами трупов. Или гора, напоминающая и кучу мусора (символ бренности), и пирамиду (символ вечности) одновременно. Эта идея «кучи», где крупные объекты наверху, а мелкие обсыпаются по краям, ясно просматривается при вглядывании в детали (полузасыпанные мелкие головы в стороне от основной массы. Как будто некоей колоссальной метлой (истории?) их всех подгребали, а они (идеи?) вели себя в соответствии со своими физическими свойствами.

История человечества, хоть и есть, конечно, сплошное движение к тем самым *сияющим* высотам, – вещь очень и очень мрачная. Угрозы возникают откуда угодно и длятся неизвестно как долго. Ведь подумать только – в том самом 1994 году, когда статуи обрушивали в Союзе (образ чего, может, и навеял Тенси идею сего милого «Пейзажа»), никто всерьез и не думал об «исламской угрозе человечеству» – ан глянь, она уже есть. А статуи в России, наоборот, аккуратно восстанавливают. Так что легко понять минутное (надеюсь) отчаяние художника, когда он всех, кого знал, собрал в одну большую кучу. Тогда это – антивластная утопия, мечта о том, что все само образуется, что благородное человечество забудет упоение властью и останется лишь с «Культурой», от власти очищенной. На этой оптимистичной ноте лучше остановиться, ибо, вообще говоря, число интерпретаций «Пейзажа» нетрудно умножить – гора большая.

* * *

Рынок – все же удивительная вещь. Почему работы Марка Тенси, не только элитарные (это еще ладно), но и идущие против общего нефигуративного тренда, были и остаются чрезвычайно дорогими? Может быть, он смог задеть уже в первых своих огромных полотнах какой-то нерв – не только у зрителей, но и у арт-критиков, очень влиятельной прослойки, а через них – и у покупателей?

Частично на это может дать ответ анализ популярности его работ. Косвенной оценкой таковой обычно является число ссылок в интернете (я давно установил довольно высокую связь между числом ссылок и важностью, измеренной совсем другим способом [11]). В данном случае я просто посмотрел, как много изображений появляется в *Google* на название картины. Это существенно точнее, чем просто количество ссылок, так как можно визуально проверить, что именно изображено (я учитывал и полное, и частичное воспроизведение картины). С очень большим отрывом лидирует «корова» (работа 1) – 194 образа; затем «ракета» (работа 4) – 100; для сравнения: «Пейзаж» (работа 15) – 5; «Читатель» (работа 11) и «Внимательное чтение» (работа 12) – 2 ...

Для представления о шкале популярности: 200 воспроизведений – это очень много, примерно столько же имеет... «Тайная вечеря» Леонардо да Винчи, а его же «Джоконда» – всего около 1000 (!). Понятно, что этим популярность «Джоконды» не исчерпывается (предполагается, что ее и так все знают – зачем еще делиться в сети?), но тем не менее, как я говорил, корреляции с «истинной» оценкой качества высоки. То есть самые популярные – очень ранние работы Тенси; недалеко от них – другие работы первой половины 80-х годов (работы 5 и 6 – по 60; работа 2 – 56 и т.д.). Возможно, необычность художника была такова, что его просто немедленно заметили, потом он «попал в обойму» и не выходит из нее до сих пор. Детально я этот вопрос не изучал.

Мнения критиков о Тенси, однако, никогда не были однополярными. Вот одно из них: «Это отдаленное чувство холодной, просто поразительной отстраненности (*bemused disengagement*) может быть названо только академическим, и это фатальная слабость искусства Тенси. Его творчество сокрушается о современном состоянии живописи, но ничего не предлагает взамен, кроме беззлобного развлечения. Картины исключительно пассивны». – *C. Knight* (1993) http://articles.latimes.com/1993-06-22/entertainment/ca-5547_1_tansey-s-art. Это – серьезное обвинение, которое так или иначе варьировалось многими.

Мне оно не кажется оправданным, однако. Тенси, действительно, не создает новую школу (как в свое время делали авангардисты, минималисты и т.д.), но по очень простой причине: все его работы настолько индивидуальны, каждая настолько хорошо продумана, что это и не может быть предметом интереса более чем для одного человека. Можно заявить, что он «предлагает использовать монохром как метод» (так обычно и делаются «новые стили»), но это будет абсурдом – дело в тонкой игре аллегорий и смыслов внутри каждой работы, а не в технике монохрома. Талант не может быть тиражирован, так чего Найт ожидает: что именно Тенси может предложить «взамен» отсутствия таланта?

То, что Найт называет «холодностью», – классическая маска невозмутимости на лице любого настоящего комика (который всегда по совместительству трагик), с которой он произносит свои самые убийственные остроты. Игра ума и демонстрация парадоксов не нуждаются в «вовлеченности и страстности» – они будут смешны. «Пассивность» Тенси (какая, кстати, пассивность, в работах 11 или 12?) – той же природы, что невнятность уравнений Ньютона для тех, кто не видит в них законов движения. Тенси находит такую точку обзора, с которой открываются внутренние противоречия, но не идет дальше в своих комментариях – приводит зрителя туда, откуда он может увидеть все сам, если сможет и захочет. Вот собственные слова художника: «В чем я заинтересован – так это в моменте между буквальной (*literal* – литературной, в данном случае – И.М.) и фигуративной (живописной – И.М.) интерпретацией. Это может быть трагедия, это может быть обман, но истина – это нечто, что можно найти только между интерпретациями» (из http://www.nytimes.com/2004/12/12/arts/art-close-reading-find-the-hidden-philosophers.html?_r=0)

Такая трактовка очень точна, если знать его творчество, и абсолютно аморфна, если его не знать. Любой художник очень любит говорить об интерпретациях, но в подавляющем большинстве случаев за этими словами скрывается совершенно тривиальное и неистребимое желание выдавать любые субъективные порывы и любой выверт за искусство. Как-то интерпретировать можно абсолютно все: я помню, на выставке Джеффа Кунса (одного из самых дорогих современных художников, наряду с Дэмьеном Хёрстом) целый зал был заставлен только пылесосами (настоящими, фабричными). Естественно, каждый из них отдельно и все они вместе были проинтерпретированы подобающим образом. А уж до какой глубины проинтерпретированы сотни «бычков» (потушенных сигарет) Хёрста на стеклянных полках – даже не пробуйте вообразить. Но вот то, что сказал Тенси, – это на самом деле так и есть. Ибо к его словам примешиваются его дела – о чем и весь мой текст.

Главная черта полотен Тенси – постепенное «снимание покровов», обнаружение новых и новых смыслов изображения. Будучи найденными, они становятся понятны и вызывают глубокое удовлетворение, как всегда после решения какой-то неочевидной задачи. Такая процедура «очистки капусты» вплоть до обычно несъедобной кочерыжки полностью имитирует процесс научного мышления, где тоже при переходе от одного слоя неясностей к другому постепенно открывается «истина», которую часто трудно или политически некорректно принять. В этом отношении Тенси нащупал такую зону в общем поле человеческой культуры, куда, по-моему, никто до него не ступал. Он апеллирует не только к эмоциям, но и к интеллекту, и делает это совершенно естественным образом. Он также «точно измеряет»: его работы взвешенны и сбалансированны, каждая деталь в них – на своем месте, ее изъятие тут же понизит качество восприятия. Поэтому в графике трех культур [6] его творчество должно занять необычное место чуть ли не в середине всего поля – его полотна можно уподобить почти точно измеренным «схемам демонстрации парадоксов».

Я не ожидаю, что странное творчество Марка Тенси когда-либо получит всенародное признание – подобно Ван Гогу или Ренуару. Но что, мне кажется, случится – его все выше и выше будут ценить представители того расширяющегося класса людей, которые уже сейчас вступают в довольно фантастическую эру научно-технически-биологически-компьютерной революции и способны как легко расставаться с наивными совсем недавними универсалистскими толкованиями мира, так и делать это с надлежащим запасом *концептуальной иронии*, ибо несть числа новым парадигмам. И тут одного взгляда на перенасыщенные смыслами метафоры Тенси может быть достаточно, чтобы почувствовать, что на этом пути ты не одинок.

* * *

Я очень благодарен Илье Липковичу за ценные комментарии.

Литература

1. M. Taylor. The picture in question. Mark Tansey and the ends of representation. *The University of Chicago Press, 1999.*

2. A. C. Danto. Mark Tansey: Visions and Revisions. Harry N Abrams, 1992.

3. J. Freeman (with contribution by Alain Robbe-Grillet, Mark Tansey). Mark Tansey. *The Los Angeles, country Museum of Art, 1993.*

4. Mark Tansey. Gagosian Gallery, 2013.

5. R. Sullivan. A Response to «The Picture in Question» (2010) http://robsullivanartnotes.blogspot.com/2010/11/picture-in-question.html

6. И. Мандель Двумерность трех культур (2015) http://7iskusstv.com/2015/Nomer9/Mandel1.php

7. Б. Бернштейн. Беседы о зрителе. С.-П., Изд-во им. Н.И. Новикова. 2015.

8. Hockney Secret Knowledge: Rediscovering the Lost Techniques of the Old Masters, 2006, Avery.

9. J. P. Binstock, Mark Tansey http://americanart.si.edu/exhibitions/online/kscope/kscope-noframe.html?/exhibitions/online/kscope/tanseybk2text.html (1996)

10. F. Rocha da Silva. Painting the truth (2012) http://studylib.net/doc/6914645/painting-the-truth---universidade-de-%C3%A9vora

11. И. Мандель. Реквием по всему с последующим разоблачением (2010) http://lebed.com/2010/art5677.htm

Юрий Окунев – ученый в области теоретической радиотехники. Окончил С.-Петербургский государственный университет телекоммуникаций. С 1993 года работает в телекоммуникационной индустрии США. В 2007 году Институт инженеров электроники (*IEEE*) присудил ему награду имени Чарльза Гирша «за выдающийся вклад в теорию фазовой модуляции и разработку мобильных систем радиосвязи». Юрий Окунев опубликовал несколько книг и большое число очерков на русском и английском языках. Книга «Ось всемирной истории» в английском переводе получила награду *USA Book News – "The National 2008 Best Book Awards"*. Многочисленные очерки Юрия Окунева опубликованы в интернет-изданиях; его вебсайт: *www.yuriokunev.com*.

Рассказы *

Найт

Моему сыну Сенечке
в день шестилетия.

Он вытянулся на скамейке, на теплой и широкой скамейке у самого берега моря, уложил поудобнее больную ногу, прикрыл безобразную рану на боку, сладко потянулся навстречу доброму солнцу всем своим тощим, грязным и замерзшим телом, зажмурил глаза и улыбнулся.

Напрасно некоторые думают, что собаки не улыбаются. Собаки улыбаются редко – это верно. Редко – потому что добрым собакам мало что в жизни улыбается, а у злых собак, как и у злых людей, улыбка не получается. Но если собака улыбается, то уж всем, чем может, от кончика носа до кончика хвоста.

Вот он и улыбался, греясь на нежарком осеннем солнце, хотя улыбаться ему, честно говоря, было нечему. Замкнутый круг его жизни включал еду и быстрый бег: чтобы есть, нужно было быстро и много бегать, а чтобы бегать, нужно было хотя бы немножко поесть. Эту простую истину Черноглазый знал очень хорошо, это было одно из немногих его твердых убеждений. Но последние дни злополучный круг собачьей жизни начал все чаще прерываться и стягиваться в точку – непонятную и пугающую точку полной неподвижности. У него не было сил бегать за едой, а без еды сил становилось все меньше и меньше.

Две последние попытки достать еду закончились для Черноглазого полной катастрофой. В первый раз он заметил большую колбасную кожуру прямо у задней двери большого дома, от которого всегда вкусно

---

* *Рисунки Вольдемара Крюгера.*

пахло. Чтобы съесть кожуру, нужно было быстро подбежать к двери, схватить лакомство и еще быстрее убежать. Но у Черноглазого при виде кожуры так закружилась голова и так потянуло живот, что он сел перед открытой дверью и тупо уставился внутрь. Из-за этого его заметил толстый человек, разжигавший огонь в плите. И когда пес, совсем потеряв голову, схватил колбасные очистки, толстый ловко и сильно припечатал ему бок раскаленной железной кочергой. Черноглазый взвился от невыносимой боли – у него сгорела шерсть, обгорела кожа, и паленое мясо выступило наружу безобразной красной раной. Пес бегал по берегу моря, пытаясь зализать рану, но от этого становилось еще больнее – и он завыл на волны морские от боли и обиды.

Едва рана стала заживать, как новая, еще более страшная и совсем уж непоправимая беда обрушилась на обожженного пса и сокрушила его – теперь он знал, что беда не приходит одна. Черноглазый рылся в мусорной куче – вот до чего он опустился, – когда ватага мальчишек стала швырять в него камни. Они радовались, когда попадали в него, – ведь жалеют и любят только красивых и чистых собак, а у Обожженного и осталось-то красивого – только большие черные глаза, да и то, если смотреть в них прямо и долго. Мальчишкиных камней он не боялся, но тут один чубастый кретин, побольше других, схватил железную трубу, сильно швырнул и сломал Черноглазому ногу. Пес взвизгнул от боли, отпрыгнул, споткнулся, перевернулся через голову и побежал прочь. Побежал он очень смешно, одними задними ногами, неуклюже прыгая при этом единственной целой передней ногой. Мальчишки весело улюлюкали ему вслед.

Собаке очень плохо с тремя ногами – хуже, чем человеку с одной. Черноглазый этой истины не знал и не понимал, он вообще никогда не сравнивал себя с человеком. Но Черноглазый был отнюдь не глупой собакой – он не мог не видеть, не мог не чувствовать, что случившееся резко ухудшило его и без того скверное положение, что голод и холод неотвратимо надвигаются на него...

И все-таки он улыбался. Он улыбался, хотя последняя ночь была самой холодной и голодной из всех, пережитых им. Он улыбался, хотя боль в ноге была страшнее голода и холода, хотя даже взобраться на скамейку он сумел только с четвертой попытки – и это было жалкое зрелище, и он понимал это.

И все-таки он улыбался. Это была нелепая улыбка обездоленного и доведенного до крайности существа, у которого нет никакой надежды, у которого вообще ничего нет, кроме жалкой, а поэтому такой незабываемой крохи воспоминаний.

Черноглазый улыбался потому, что в его короткой и безрадостной жизни было очень долгое, ослепительно яркое, заполнившее и переполнившее его, бесконечное и ни с чем не сравнимое счастье.

Черноглазый не знал, как долго длилось его счастье, но поскольку оно было единственным светом в его жизни, поскольку ни о чем другом хорошем невозможно было вспомнить, то ему казалось, что это счастье было всегда – всегда, кроме данного момента, когда его уже не было. На самом деле, его счастье длилось почти целый месяц, ибо целый месяц, да к тому же целый теплый летний месяц, у Черноглазого был хозяин, настоящий хозяин, который ласкал и ругал его, который кормил его и приказывал ему, который водил его на веревочке и называл красивым заграничным именем Найт.

Счастье Найта началось самым обыкновенным утром, когда он, переночевав в незнакомом дворе под старой лодкой, вылез, как всегда голодный, на свет и внезапно увидел вблизи черноглазого мальчишку с вьющимися светлыми волосами, в коротеньких штанишках. Некоторое время они смотрели друг на друга, а потом мальчишка сказал: «Песик, песик, иди сюда!»

Черноглазый опасался людей, особенно мальчишек, поэтому он на всякий случай отпрыгнул назад. Но черноглазый мальчишка не стал его преследовать и не стал швыряться камнями. Он присел на корточки и еще раз ласково позвал собаку, протягивая конфету. Черноглазый почему-то поверил светловолосому мальчишке, подошел и взял конфету, а тот погладил его по голове и потрепал за ушами. Черноглазого никто никогда не ласкал, даже в детстве, которого у него вовсе не было – его только били, – и от этой неожиданной ласки псу вдруг захотелось умереть за мальчишку. Но поскольку он не знал, что такое умереть и как это сделать, то просто сунул свой нос ему в колени и замер, удивленный непонятным новым чувством к Хозяину. И только хвост его, совершенно выйдя из повиновения, быстро-быстро захлопал по бокам.

– Бабушка, – позвал мальчик, – посмотри, какой красивый песик, у него черные глазки. Это Найт, бабушка, я буду звать его Найтом.

– Не трогай грязную собаку, – сказала бабушка.

Пес с мальчиком одновременно вздрогнули от бабушкиной несправедливости: Найт был тогда отнюдь не грязной, а напротив, очень чистой и красивой собакой, он каждый день купался в море, и его шерсть блестела от чистоты и молодости.

Так началась для Черноглазого новая жизнь. Теперь он не болтался целыми днями по всему курортному поселку, как какая-нибудь бездомная дворняжка. Теперь у него был Хозяин, и вся жизнь Черноглазого сфокусировалась на Хозяине. Когда Хозяин был дома, Черноглазый, который назывался отныне Найтом, охранял его дом и двор. Впрочем, если уж быть совсем честным, то днем пса во двор не пускали, но это его отнюдь не обескураживало, и он стал охранять двор Хозяина снаружи. Найт рычал и лаял на всех, приближавшихся к забору Хозяина. Бездомный пес преобразился. Прежде готовый взять любую подачку от любого незнакомца, теперь он не подпускал к себе никого, кроме Хозяина, не брал пищу ни от кого и не вилял хвостом никому, кроме Хозяина. Он теперь считал себя частью Хозяина, на которую никто посторонний не имеет никаких прав.

Едва светало, а Найт уже сидел у хозяйской калитки и неотрывно смотрел на дверь дома. При каждом скрипе двери, при каждом шорохе внутри дома он на всякий случай быстро-быстро вилял хвостом – а вдруг это Хозяин. И наконец наступало радостное мгновение – Хозяин выбегал из дома, Найт подпрыгивал к нему, и они быстро, пока не видела бабушка, облизывали друг друга.

Потом бабушка тащила Хозяина за руку на пляж или в магазин, и Найт бежал сзади, стараясь не упустить ни одного хозяйского взгляда или движения и в то же время не слишком приближаясь к нему, чтобы бабушка не заругала Хозяина за «грязную собаку, которая вечно тащится за ребенком».

Найт был совершенно счастлив, но как-то раз, благодаря одному неожиданному событию, счастье просто переполнило его до краев.

Это случилось на широком песчаном пляже, когда Хозяин, убегая от бабушки, внезапно оказался один на один с огромной лохматой собакой – такой огромной, что он мог пройти у нее под брюхом не наклоняясь. Несколько мгновений Хозяин растерянно смотрел вверх на собаку, а потом отчаянно закричал и побежал к бабушке. Собака в два прыжка догнала его. Поблизости никого из взрослых не было, и до бабушки еще далеко – положение складывалось ужасное. Но вдруг какой-то маленький черный комочек, издавая немыслимое рычание, обрушился на лохматое чудовище, морально сокрушил его и обратил в бегство. Черным бесстрашным комочком был Найт. Беспредельная отвага и ярость распирали его маленькую грудь, изгоняя из закоулков сознания инстинкт ужаса перед страшным зверем. Маленький Найт гнал по пляжу струсившего гиганта, и это было так смешно и так прекрасно, что все вокруг зааплодировали и закричали: «Браво, песик!»

А затем Найт-победитель пришел к своему Хозяину, которому бабушка вытирала слезы и сопли, лег рядом с ним и скромно уткнул свой нос в хозяйскую пятку, всем своим видом показывая, что только что совершенный подвиг – в порядке вещей и ничего ему не стоил. Но бабушка наконец-то оценила Найта и сказала Хозяину: «Какая смешная, отважная собачка – можешь пойти с ней погулять».

И Хозяин, оправившись от испуга, приказал: «Найт, пошли на охоту. Рядом!» И Найт пошел рядом, счастливо виляя хвостом и ни от кого теперь не скрывая, что у него есть Хозяин, которого он обожает.

Сначала они охотились на барса. Хозяин приказывал Найту взять барса, и Найт с лаем бросался в кусты, и они вместе гнали барса через кусты вдоль всего пляжа, и Хозяин стрелял из ружья. А когда барс, очень похожий на испуганную кошку, выскочил наконец-то из кустов, Хозяин и Найт, восторженно улюлюкая и рыча, погнали его в лес.

Но тут, на опушке леса, в большой и глубокой луже Хозяин обнаружил крокодила, очень похожего на бревно, и они решили охотиться на крокодила. Сначала они залегли на краю лужи – Хозяин стрелял в крокодила из ружья, а Найт громко лаял на него. Но поскольку крокодил никак не реагировал на вызов, Хозяин, зажав в зубах нож, пополз на животе к середине лужи, и Найт последовал за ним. Они неожиданно напали на крокодила, вонзив в него зубы и нож, вытащили бездыханное бревно из лужи и устроили радостный победный танец. Ох, и досталось им от бабушки за перемазанные в грязи штаны и рубашку Хозяина.

А вечером того радостного дня, который долго-долго не кончался, Хозяин впервые повел Найта по городу на веревочке, как настоящую собаку при Хозяине. Идти на веревке было неудобно и шею натирало, но что это могло значить по сравнению с чувством полного слияния с Хозяином, которое распирало Найта. А завистливые взгляды бездомных дворняжек! Нет, Найт был счастлив беспредельно. Он бежал впереди и натягивал веревочку, чтобы все время чувствовать руку Хозяина, а еще – то и дело оборачивался, чтобы убедиться в своем полном счастье.

Но в каждом большом счастье таится частица несчастья, и чем полнее и безоблачнее первое, тем тяжелее второе.

Счастье Найта оборвалось так же внезапно, как и началось. Как-то вечером во двор приехала большая машина. Из нее вышли большие люди и стали обнимать и целовать Хозяина. Найт тут же разнервничался, стал бессмысленно бегать по двору, а потом поднял вверх свою мордочку, закрыл черные глаза и завыл тихонечко и жалобно. Все обступили его, и Хозяин стал что-то быстро говорить большим людям. Найт не понимал человеческого языка, но он угадал, что Хозяин просит о чем-то у больших людей и говорит им про него – Найта. Пес всеми силами старался помочь Хозяину – он вилял хвостом и показывал себя примерной собакой. Но большие люди что-то сказали Хозяину, и Хозяин заплакал и стал ласкать Найта. Потом Хозяина посадили в машину, погрузили вещи и уехали.

Не понимая, что произошло, Найт сначала весело бежал за машиной через весь город, потом он, выбиваясь из сил, мчался за ней с лаем по шоссе, а потом совсем отстал и едва не попал под другую машину. Отупевший от шума и усталости, растерянный, вернулся он к дому Хозяина и стал ждать его. Сначала он смотрел на дверь дома и днем и ночью, вскакивая и подвывая при каждом ее скрипе, потом стал приходить к дому Хозяина только ночью, потому что днем его прогоняли палками и камнями. Так и потекла его новая жизнь в постоянном ожидании возвращения Хозяина, в которое он верил сильнее, чем верующий в пришествие Мессии.

Между тем лето кончилось, а вместе с ним кончились пища и тепло. Черноглазому становилось все труднее и голоднее, но окончательное его падение началось однажды на рассвете, когда, сидя у забора дома Хозяина, он увидел большую свору псов, бежавших за черной сукой. Черноглазый был очень одинок – Хозяин все не возвращался, и он решил побегать вместе со всеми. И он побежал с ними, но так случилось, что вскоре он оказался рядом с огромным рыжим кобелем, который возглавлял свору и не допускал никого к суке. У Черноглазого, право же, не было намерений конкурировать с рыжим, но тот или по злобе, или чтоб другим было неповадно, вдруг набросился на Черноглазого, свалил его и вырвал губу и кусок щеки.

После этого положение Черноглазого стало совсем скверным – он стал безобразным, а безобразных не жалеют и не любят. Изменение в себе он почувствовал по тому, как люди стали к нему относиться. Прежде он был красивой собакой, он нравился многим людям и знал об этом по интонациям их голоса. «Какая миленькая собачка!» – говорили прежде люди. Теперь же, если кто и подходил к нему, то, заметив безобразную рану на морде, тут же брезгливо отдергивал руку со словами: «Фу, какая гадость!» К этому нужно добавить, что разорванная губа обнажила зубы пса, придав ему злобный и отталкивающий вид. Черноглазого теперь отовсюду гнали, везде били и ругали.

Вот так и начал стягиваться в точку злополучный круг собачьей жизни: быстрый бег, еда и снова быстрый бег.

Теперь Черноглазого терзали не только голод, холод и недоброжелательность окружающего мира, но и, может быть в первую очередь, – постоянная тоска по Хозяину. Он старался почаще ковылять мимо дома Хозяина, а проковыляв, внезапно останавливался в самом неподходящем месте, и ничего не замечая вокруг себя, вдруг начинал жалобно выть. И тогда люди говорили: «Сумасшедшая собака – наверное, бешеная». Но Черноглазый не был ни сумасшедшим, ни бешеным псом. Просто-напросто неожиданное счастье, которое он познал, коварно лишило его способности и желания сопротивляться невзгодам и приспосабливаться к окружающему.

Начинались холода, а тут еще обожженный бок, да еще сломанная нога …

И вот Черноглазый лежит, греясь под последними солнечными лучами поздней осени, лежит и улыбается. Улыбается потому, что у него, убогого, было счастье, которое достается не всем.

И еще он улыбается, потому что не умеет задумываться о будущем и не знает, что это последнее солнце в его жизни, что этой ночью начнутся заморозки, что холодный ветер будет рвать его тело, что распухшая нога будет болеть нестерпимо, что пищу никто ему не даст и что последний его жалобный вой растворится в пустой и холодной темноте над морем, не дойдя ни до Хозяина, ни вообще до чьего-либо слуха или сердца.

Смерть велижского резника

Ветер взвыл, обжег холодом лицо и швырнул горсть сухого снега в щель между воротником пальто и ушанкой. Дрожь прошла по телу, и он испугался, что это конец. Он знал за собой эту слабость – неудержимую дрожь. Едва начавшись от холода снаружи, с плеч вздрогнувших, она вдруг уходила вглубь и сотрясала все тело, безудержно нарастая. Все внутри как будто леденело, и заледенелое, мелко содрогалось, и казалось, что вот-вот остановится сердце. И ничто, кроме тепла, не могло остановить эту дрожь. Только потоки тепла, мягкие теплые потоки, теплое облако вокруг могли унять эту дрожь.

Но тепла нет и никогда уже не будет, тепло ушло куда-то из этого города, покинутого Всевышним. Тепло и хлеб ушли из этого города, отринутого Всевышним. Он напряг, как мог, свое легкое тело, наклонил его вперед, чтобы потянуть санки с ведром посильней, и сделал несколько шагов. Ведро с водой примерзло к санкам, и он не боялся, что оно опрокинется. И в воду он положил деревянные рейки, чтобы не расплескалась, но мороз уже прихватил и рейки. Он часто задышал в воротник и сделал еще несколько поспешных шагов по узкой тропинке между высокими слежавшимися сугробами.

Дрожь внезапно ушла, и он увидел, что темнеет. В январе в Ленинграде темнеет рано. Значит, уже четыре вечера. Нужно успеть домой, пока совсем не стемнело, но до дома еще двести тридцать шагов.

Он знал это точно – двести тридцать шагов, потому что в этом месте по дороге с Невы, на бывшем Конногвардейском, напротив Дворца труда, всегда приходила слабость, и колени начинали дрожать. Там, у Невы, еще были силы, и он вытаскивал ведро с водой по отлогому обледенелому спуску на четвереньках, как собака, помогая себе зубами удерживать за веревку санки. Но здесь, на Конногвардейском, напротив бывшего царского дворца, приходила слабость. И еще приходило безразличие. И тогда он считал каждый шаг и старался прогнать безразличие, которое было страшней, чем слабость. Он считал, сколько еще осталось до дверей на темную лестницу, по которой нужно было пройти вверх ровно 23 ступени – три, потом десять и потом еще десять.

Главное – дойти до лестницы. Там придется тащить вверх ведро с водой и санки, но там нет ветра и поэтому кажется теплее. Не надо было сегодня идти за водой – корил он себя. Все силы ушли еще с утра на хлебную очередь, не надо было идти вечером за водой. Вот-вот придет темнота, и тогда можно случайно споткнуться о мерзлый труп и упасть, и никогда не подняться. Он сделал еще несколько шагов. Тридцать четыре, тридцать пять, тридцать шесть – считал он мысленно на идиш, а вслух шептал благословение на древнееврейском:

Барух Ата, Адонай, Элохейну, Мелех Гаолам… Благословен Ты, Господь, Бог наш, Властелин Вселенной…

О, Господи, где Ты… Эта страшная тьма безжизненных улиц, тьма полная, тьма кромешная, без единого огонька, тьма холодная без звуков жизни, тьма холодная со звуками смерти – далекой канонадой и близкими разрывами снарядов. Тепло ушло, хлеб ушел, вода ушла, жизнь уходит из этого города. Второй день погасло электричество и молчит радио … Пришло наказание Господне за неверие, за поругание, пришло наказание за идолов сотворенных, пришла Казнь Египетская.

Пятьдесят один, пятьдесят два… Барух Ата, Адонай, Элохейну, Мелех Гаолам…

По утрам он ходил за хлебом в булочную у Почтамта. Прежде, когда жена еще могла ходить, она занимала очередь за хлебом, а он ходил за водой на Неву. Но теперь жена уже не может ходить. За хлебом нужно было идти затемно, чтобы хватило. Чтобы, упаси Господь, не услышать от продавца – «хлеб кончился, остальные карточки будут отоварены завтра». По утрам он легко шел в булочную, привычно выбирая путь в полной темноте, потому что по утрам это была другая, утренняя темнота, не такая жуткая, как вечером. Это была темнота дороги к хлебу, темнота, за которой вскоре приходит рассвет. И он шел упорно, пока черные тени очереди не проступали из темноты. Когда бы он ни приходил, черные тени уже стояли. И тогда он шел так быстро, как мог, чтобы поскорее встать в конец. Очередь казалась бесконечной, но страшное безразличие уходило совсем, и он волновался, что ему не достанется хлеба.

В очереди тихо говорили о разном. Сегодня утром говорили о температуре и о радио. Говорили, что ночью было минус 40 – такого никто не припомнит – и что без радио перед немцем не устоять. Еще говорили – Сталин послал генерала Кулика освободить Ленинград, генерал Кулик с целой армией идет от Москвы к Ленинграду. И еще говорили – якобы на Мойке органы поймали людоеда, который убил соседку и варил ее мясо. О людоеде сипло говорил старик-дистрофик с выпученными глазами и жутким оскалом на обтянутом почерневшей кожей лице.

В очереди он старался не думать о еде. И еще – в очереди он пытался не думать ни о чем плохом, чтобы хлеба хватило. В очереди он старался думать о своем велижском ремесле. О далеких молодых годах, когда он целыми днями разделывал свежие куриные и говяжьи туши.

О, он был когда-то настоящим шохетом, признанным мастером своего дела. Теперь думают, что шохет – это простой мясник. Но тогда считали: шохет – это глубоко религиозный и благочестивый человек, советчик и наставник, почти что рабби, к тому же хорошо знающий законы шхиты. Великий Маймонид включил шхиту в число 613 заповедей, обязательных для еврея, а процедура шхиты детально разработана в Талмуде. Он знал и безукоризненно исполнял все правила своего ремесла. Главное в искусстве шхиты – не допустить страдания убиваемого животного. «Закон предписывает, чтобы смерть животного была как можно более легкой и безболезненной» – писал Маймонид. Очень острым ножом без малейшей зазубрины, неуловимым двойным движением слева направо и справа налево, нисколько не нажимая на шею, нужно моментально и почти одновременно рассечь трахею, пищевод, сонную артерию и яремную вену. Животное при этом теряет сознание мгновенно, и боль не успевает прийти. Малейшее нарушение этого правила лишает убитое животное кошерности. И список нарушений он тоже хорошо помнил: шхийя – любая задержка или прерывание процедуры; драсах – любое давление ножом на шею животного вместо быстрого движения вдоль; хаграмах – разрез в неположенном месте; иккур – разрыв тканей животного вместо разреза. А еще важно было, чтобы кровь быстро и полностью покинула тело животного.

В половине десятого начинало светать, и черные тени очереди превращались в грязных, изможденных, безобразно замотанных в зимнее людей. Больше было женщин, потому что мужчины скорее слабеют и раньше умирают. Женщины – в мужских брюках и платках поверх пальто – покачивались перед ним в безжизненной предрассветной стуже, медленно продвигаясь вдоль окон булочной. Окна были заделаны мешками с песком и забиты поверх досками, чтобы не было видно, что внутри, и чтобы воры не проникли в неурочный час слизывать крошки с пола за прилавком. По мере того как он продвигался к дверям булочной его волнение нарастало, и когда он наконец входил внутрь, в теплый запах хлеба, подступала дурнота, и он должен был держаться за прилавок, чтобы побороть слабость. Приготовив платок для завертывания, он смотрел, как продавец нарезает буханку черного хлеба: сначала медленным движением вдоль, а затем быстрыми движениями поперек. Вот продавец взвесил на две карточки восемь кусочков и еще крошечный довесок и положил все в протянутый платок. Довесок он сжует по дороге домой... Он старался не думать о хлебе и смотрел на нож продавца.

Он знал толк в ножах. Нож шохета – это орудие мастера. Нож шохета должен быть чистым – без единого пятнышка, гладким – без единой зазубринки или вмятины, и острым, как бритва. Нож шохета делается из самой лучшей стали длиной по крайней мере в два раза больше ширины горла животного, без заострения на конце. Он знал толк в ножах, он знал, как поддерживать совершенство ножа. И он знал, как измерить это совершенство, мягко пропустив лезвие ножа туда и обратно между кончиком пальца и ногтем.

Семьдесят, семьдесят один… Барух Ата, Адонай, Элохейну, Мелех Гаолам…

Дойти домой и лечь в постель, лечь не снимая пальто, закрыться с головой одеялом, согреться собственным дыханием. Не согреться, но хотя бы унять дрожь. Совсем согреться невозможно – голодное тело не вырабатывает больше тепла. Возгнушался Господь душами заледенелыми и истребил хлеб, подкрепляющий человека, загасил тепло в теле его. Холод – вот наказание Господне пришло.

О, Господи, где Ты… Этот страшный, изматывающий, постоянный холод, холод без перерывов, холод везде и всегда. Облако беспощадной стужи спустилось с черного неба и накрыло город. Облако стужи проникло в каждый дом, в каждую постель, под одежду и внутрь тела. Холод снаружи и еще более страшный холод внутри. Внутренний холод – как будто тебя щекочут изнутри, щекотка, охватывающая все тело от головы до пальцев ног. Постоянный внутренний холод, не дающий забыться и уснуть.

Сначала он согреет воду и даст жене попить теплой воды. И согреет руки о теплую кружку. Раньше по вечерам он варил студень из столярного клея. У жены чудом сохранилось немного горчицы – с горчицей удавалось проглатывать вонючее месиво. В месиве были спасительные белки, спасительные калории. До войны он работал переплетчиком, и ему казалось, что запасенного клея хватит надолго. Но это только казалось. Так было со всеми запасами. Картошка и крупа кончились еще в ноябре, черные сухари и рыбий жир из аптеки – в декабре, столярный клей и горчица – в январе. Прежде зачем-то выбрасывали картофельную шелуху, раньше почему-то не закупали на все деньги рыбьего жиру, пока он был в аптеке. Почему? Потому что Господь помутил разум.

Он заметил, что жена стала опухать от голода, и опухшее лицо ее налилось какой-то синеватой водой. Сосед, еще нестарый человек, научный работник, тоже сначала распух, а потом спал с лица и почернел, и почерневшая кожа, истончившись, иссохнув, обнажила зубы во рту, из которого все время вытекала слюна. Но когда он нашел соседа мертвым, лица у него совсем не было – крысы объели все до костей. Казалось, он уже безразличен к мертвым – смерть была везде вокруг, смерть являлась на каждом шагу в самом безобразном обличье. Но сосед без лица ужаснул его. Теперь, возвращаясь домой, он опасался найти жену мертвой, и он проверял, нет ли на ее лице вшей – когда человек умирает, вши выползают наружу.

Сосед без лица так и лежит в своей комнате. Только бы прийти домой и лечь в постель …

Длинными черными вечерами и ночами он лежал неподвижно, в полузабытьи. И когда были силы, чтобы думать, когда тошнотворное безразличие чуть отпускало, он вспоминал город своей молодости – Велиж. Не блистательный довоенный Ленинград – бывшую столицу великой империи, в которой ему посчастливилось жить больше десяти лет, а крошечный провинциальный Велиж с его деревянными домишками, криво сбегавшими к берегам тихой Западной Двины. Он видел своего отца – велижского резника, с седыми пейсами и бородой, в круглой меховой шапке и очках на кончике носа, с раскрытой Торой в руках. Отец, да будет благословенна его память, не дожил до Революции, отец не узнал, что его внуки забыли Закон и стали коммунистами. Ему виделись печальные глаза отца из-под очков. Нет, отец не осуждал его и внуков. Нельзя требовать от всех праведных подвигов библейского Иова – говорили печальные отцовские глаза. Страдание и жалость к сыну и внукам излучали печальные отцовские глаза – не по своей воле пришли они в царство Амана, не по своей воле стали поклоняться идолам. Но он-то знал, что по своей!

Он родился в Велиже в 1879-м, в тот же год, что и Великий Вождь – они с Вождем ровесники, обоим пошел 63-й год. И оба поначалу избрали путь служения Богу. У велижского резника Мовше и его жены Двойры было трое детей – два сына, Гершен и Исаак, и дочь Бася. Профессия резника считалась наследственной. Он был младшим сыном, но отец передал ему свое место велижского резника. Старший брат Гершен не захотел быть резником и пошел учиться на провизора, и тогда отец научил его своему ремеслу и передал ему свою профессию. Ему пришлось осилить Талмуд и Шульхан Арух, чтобы знать все тонкости шхиты и кашрута и чтобы сдать экзамен строгим раввинам в Любавичах. Ему пришлось много тренироваться, прежде чем он научился не нарушать кошерности убиваемых животных. Когда он впервые взял в руки нож шохета, в Велиже было почти 6000 евреев – половина всего населения, и все 6000 соблюдали Закон и кашрут. В Велиже была синагога и пять молельных домов, и все шли к нему, чтобы готовить пищу по законам Торы. А еще приезжали из местечек Ильино и Усвят. Работы хватало, и его семья не знала бедности.

О, эти благословенные годы начала века – вспоминал он. После Велижского дела евреи жили здесь относительно спокойно. Их миновали погромы после убийства Александра II – царя-Освободителя. Даже еврейские ремесленные училища открылись – казенное мужское и частное женское. Отец часто бывал в Любавичах, чтобы потолковать с мудрецами любавичской ешивы – центра еврейской учености всей Белоруссии. Там отец и сосватал ему невесту Ривку – дочь любавичского раввина Давида Якобсона. Обручение и свадьба проходили в Любавичах – родители невесты несли все заботы. А потом он с отцом и матерью увозил жену к себе в Велиж. Ему тогда только что минуло 19 лет. В последний год уходящего XIX века Ривка родила ему дочку Иду, а потом появились Пиня, Абрам, Минна, Рахиль, а в девятом году – маленький Бенчик.

Сто два, сто три… Барух Ата, Адонай, Элохейну, Мелех Гаолам …

Маленький Бенчик... О, Господь, Бог наш, будь милостив… Бенцион опять на фронте. Воевал на Финской, потом пошел воевать против немцев, лежал раненный, теперь опять где-то воюет. Писем нет...

Пока почта ходила, Абрам из госпиталя писал. Господь милостив, Абрам ранен в грудь и руку неопасно. Теперь, наверное, уже вылечился.

Дети… Только Минна умерла ребенком, все остальные, Господь милосерден, выросли, в большие люди вышли. Старшая, Ида, стала ученой, историком, замужем за московским адвокатом, за самим Хавинсоном. Пиня – завмаг, Абрам – на партийной работе в самом Смольном. Рахиль – тоже образованная, педагог. Влюбилась в русского, родила от него дочку, а потом Господь покарал – в тюрьму попала, как жена врага народа, расстрелянного, хотя и не жена ему никакая. Сослали в Казахстан, а дочку Наташу – в детдом. Господь милостив, выпустили Рахиль – Хавинсон доказал, что не жена... Жили все в Москве и Ленинграде. Теперь всех судьба и война разметала…

А более всего разметала всех революция и новая жизнь. Жили все вместе, одной семьей, в Велиже. Сначала старшая дочь, Ида – еще совсем девчонка – пошла к социалистам в Бунд, а после революции записалась в большевики, уехала в Москву. Потом Абрам пошел в комсомол, уехал в Ленинград, стал коммунистом. Дети атеистами стали, Закон давно забыли. Бога нет, говорят, большевики дали евреям то, что Бог тысячи лет обещал; большевики строят рай на Земле, а не на Небесах; и построят, дадут счастье всем людям на Земле, всему Интернационалу. И нечего было ему детям возразить, потому что поначалу все, о чем они говорили, чудесным образом сбывалось. И не было рядом отца, в вере неколебимого. И нетвердым стал он сам в своей вере. И сомнения размывали его веру, но ведь и Пророки сомневались…

Вот оно, «счастье обещанное», вокруг… Господь разгневался и навел на всех меч вражеский в отмщение за Завет, в отмщение за богохульство, в отмщение за неверие и сомнение, за поругание Закона...

Внезапно начался артобстрел. Он остановился без сил и стал слушать, где рвутся снаряды. Снаряды взрывались севернее, в районе судостроительных заводов на Неве и за Невой, на Васильевском острове. Он не пугался артобстрела, он привык к нему. Артобстрелы стали обыденными в этой жизни. Как начался голод, никто уже не боялся бомбежек и артобстрелов. Ничто не могло сравниться со страхом и мукой голода. Голод затмевал все, голод подавлял все мысли и все другие страхи. Голод начался в ноябре, когда дали по 125 грамм хлеба на иждивенцев. Но тогда, в ноябре, это был не настоящий голод – у них с женой еще были кое-какие припасы. Настоящий голод начался в конце декабря, когда все было съедено. И когда жмыхи и столярный клей подошли к концу, пришло наказание Господне, пришел голод лютый и раздался вопль великий, какого не бывало и какого не будет, и стали люди есть плоть ближних своих.

Сто двадцать, сто двадцать один… Барух Ата, Адонай, Элохейну, Мелех Гаолам…

Когда дети разъехались из Велижа, он с женой Ривкой тоже решил покинуть бывшую черту оседлости, родной город, где предки жили целое столетие. Профессия его оказалась совсем ненужной и даже вредной для новой жизни – он стал последним шохетом в Велиже. Куда поехать – в Москву или в Ленинград? В Москве жили две дочери, в Ленинграде – три сына. Поехали в Ленинград. В Ленинграде потребовалось заполнить анкету на прописку. Трудным оказался вопрос: «Род занятий до 1917 года». Его профессия резника подпадала под название «Работник культа». С таким «родом занятий» о прописке думать не приходилось. Думали всей семьей, как поступить, и придумали. Он написал: «Культработник». Пронесло – прописали. Потом он устроился в артель переплетных работ, и как трудящийся пролетарий, получил для жилья комнату в коммунальной квартире на улице Чайковского.

Это было для них с Раей неплохое время. Пошли внуки. Сначала подряд три девочки – у Иды, Пини и Рахили, потом два мальчика – у Абрама и Бенциона. Рая была счастлива, да и ему казалось – Господь с детьми заодно, Господь смилостивился, Господь терпим к отступникам, Господь не против большевиков. Но счастье это продолжалось недолго. В 36-м Рая заболела раком груди и вскоре умерла – он остался один. В

37-м арестовали и сослали Рахиль, а внучку Наташу определили в детдом. Он поехал в Москву забирать внучку. Никто другой не решался это сделать – дочка врага народа. Привез одичавшую девочку в Ленинград, поместил ее в семью Абрама. Тоскливо было ему одному в комнате на Чайковского. Он женился второй раз и переехал к жене на Почтамтскую, поближе к синагоге. Ленинградская синагога – не чета велижской, построена самим бароном Гинцбургом. Настоящий Храм Иерусалимский, да будет благословен Господь, Бог наш, Властелин Вселенной… Только вот молящихся в маленькой велижской синагоге было больше, чем в огромном ленинградском храме. Да и те немногие, что приходили по субботам, все были старики, молодых не было.

Сто сорок, сто сорок один… Барух Ата, Адонай, Элохейну, Мелех Гаолам…

От Пини никаких вестей. Как записался добровольцем в июле, так и сгинул – ни письма, ни извещения. Может быть, Эмма, жена его, какую-то весть имеет, но как добраться до нее через весь город на улицу Марата. Да и жива ли сама… А если умерла, где теперь внучка Сарочка… Только старший сын Пиня послушался отца – дал дочке еврейское имя. Всем другим внукам дали гойские имена – Майя, Наталья, Роальд, Юрий. Жена его Рая, да будет благословенна ее память, нарадовалась внуками при жизни. Только младшего, Юрочку, не дождалась. Роальд и Юра эвакуированы. Увезли их невестки в Галич, потом еще куда-то далеко – Абрам писал. Одна Сарочка осталась в Ленинграде. Жива ли? Не уехали, всё вестей от Пини ждали, а потом уже поздно стало. Не успели уехать…

Сто пятьдесят, сто пятьдесят один… Барух Ата, Адонай, Элохейну…

Снаряд разорвался где-то совсем близко, и было слышно, как стена дома рушится на землю. Он потянул веревку, оступился и неловко присел на краешек санок, обхватив руками заледенелое ведро с водой. Дрожь снова вернулась, вошла внутрь и мелко, неудержимо затрясла его, приближая муку последнюю. Господь дал, Господь взял, да будет имя Господне благословенно!

Огонь пожара от разрыва фугасного снаряда высветил на мгновение в черном безжизненном провале улицы скорченное, дрожащее живое существо между снежных сугробов… И если кто-нибудь мог бы услышать, что шептали в последней судороге его холодеющие губы, то услышал бы вечный призыв, с которым уже больше трех тысяч лет идут на смерть иудейские мученики: «Шма, Исраэль!»…

Зоя Полевая – родилась в Киеве. Окончила Киевский институт инженеров гражданской авиации. По профессии авиаинженер. Работала на заводе в районе аэропорта Жуляны. Стихи писала с детства. В 90-е годы посещала поэтическую студию Леонида Николаевича Вышеславского «Зеркальная гостиная» и в течение двадцати лет была членом клуба «Экслибрис», руководимого Майей Марковной Потаповой, при Киевской городской библиотеке искусств. В 1999 году в Киеве вышел поэтический сборник «Отражение». С сентября 1999 года живет в США. Печатается в литературных журналах на Украине и в зарубежье. В 2002 году, продолжая киевские традиции, организовала в Нью-Джерси литературный клуб, которым руководит и поныне. Мать двоих сыновей.

Стихотворения

А.

Ах, оклад-то темен,
Да светел лик.
О своей старухе
Пекись, старик.
Ты стели ей мягче,
Смотри нежней,
Сколько боли было
Меж тобой – меж ней.
Там, за ветхой дверью,
Сквозят небеса.
Ты погрей ей руки
Еще полчаса.

1995

* * *

С затянувшейся прогулки
Мы бредем поодиночке.
Темный тюбик переулка
Дном прилип к фонарной точке.
Сверху морось, снизу сырость,
Пахнет старою травою.
Дома будем чай пить, сыр есть,
Укрываться с головою,
Видеть сны и жить, как в сказке,
С разделенною душою,
И стоять, зажмурив глазки,
Пред дырою пред большою.

1998

* * *

Я вас люблю.
Моя любовь невинна.
М. Цветаева

Обняться, и застыть, и замереть...
И дальше – только звезды, только ветер...
Вот сон мой. Он несбыточен и светел.
И жизни не хватает досмотреть.

Стою, а за спиною ветер стих,
Творца творенье, мира половина.
Летит сквозь сон душа моя и стих.
«Я вас люблю. Моя любовь невинна».

Я говорю, как маленькие дети.
М. Цветаева

Ах, что я сказала и что вы услышали?
Все было по-детски, без фальши и лжи.
Вот окна открыты – на них витражи,
Вот небо сквозит над прозрачною крышею.

А стены? Сквозь стены проходит любой,
Ворча, топоча, улыбаясь иль плача.
А дверь? В нее редко входила удача,
Но часто – смятенье, смиренье и боль.

И нынче, в чужом и угарном дыму,
Стою на виду, ветер выстудил спину,
Во всем виновата, ни в чем не повинна,
С подаренным сердцем не знаю кому.

Друг! Все пройдет!
М. Цветаева

Что наши откровенья и пророчества,
Привязанности, сны – они мгновенны.
А жизнь – лишь восхожденье к одиночеству,
Лишь ожиданье встречи со вселенной.

2000

* * *

Я еду, и тысячи мыслей разных
Кругом беличьим вертятся в моей голове.
И вдруг краем глаза
На внезапно открытом пространстве улавливаю
Грациозную шею лошади,
Вытянутую к зеленой траве,
И бока ее блестящие коричневые,
И черную гриву, и чудесную позу ее.
И расширяется на мгновение
Смерзшееся, плотно сжавшееся сердце мое.

Так деревья старые,
Уходящие глубоко в темную землю корнями,
Первыми ростками опушены
Новой, еще не возникшей листвы.
Как контрастны они
Светло-серыми, свежими днями
И как коротко время, когда так прекрасны они.
Это только весна в самом раннем своем приближении,
Дождик крошечный сыплется,
Тоненько, еле внятно звеня.
И внезапная нежность еще не окрепшим движением
Шлет в пространство волну:
Я люблю вас – любите меня.

2003

* * *

Оставаться собой –
в этом мука и смысл.
Г. Фалькович

Как высоко и празднично звучит...
Но вот представь, что ты один в ночи,
И лишь к вопросам сводятся вопросы.
Ты ищешь свет. Надежда на окно.
Но в темноте и белое черно,
И добрые предвестья безголосы.
Мой друг, такая странная игра
Затеяна не нами, не вчера:
Подброшен грош и снова выпал нечет.
Утраты жгут и им потерян счет.
И вот уж нет реакции на чет –
Он попросту тобою не замечен.
Что время с нами делает, мой друг,
Меняя очертания вокруг,
В седые небеса врезаясь мысом.
И все же остаемся мы собой,
И мука в том, и непрерывен бой,
И не всегда понятно, в чем же смысл.

2003

* * *

Что чужая земля,
Что родимый приют –
Одиночество, друг,
Все равно неизбежно.
То ли звери съедят,
То ли птицы склюют,
То ли вьюга обнимет
Прощально и нежно.
Остывает сентябрь,
Кружится листва,
А в природе опять
Ожидание чуда.

Неужели та нота,
Что в сердце жива,
Уходя в никуда,
Не придет ниоткуда?
Или явится снова
Желтеющий сад,
Воздух свеж и горчит
От прохлады и дыма,
Остановится время,
Качнувшись назад,
И пройдет светлой тенью
Сквозь прошлое мимо.

2003

* * *

Ах, друг мой болезный,
Строка – не рука,
И даже полезно,
Что я далека.
Как эхо, послушна,
Как точка, мала,
И след мой воздушный:
Была – не была.

Блуждают огни
В предрассветном дыму,
Мигают они
Неизвестно кому.
И катятся годы,
Мелеет река,
И талые воды
Прогоркли слегка.

Ах, друг мой любезный,
Строка – не рука,
За нею лишь бездна,
Над ней – облака
Плывут равнодушно,
Сияньем дыша...
А след мой воздушный
Не стоит гроша.

* * *

Романтика весны
И летняя жара
Сменились голубым
Мерцанием рассвета.
Здесь веет холодком,
Здесь осень со вчера
И где-то впереди –
Зима длиннее лета.

Осмысленно, не вдруг
На несколько минут
Опять нас жизнь свела,
Но все как прежде будет.
Не сомневайтесь, друг,
Нас снова разведут
Судьба или дела,
Сомненья или люди.

* * *

Ах вы, осени-сестрички,
Холодает, холодает,
По заведенной привычке
Лист от ветки отпадает.
Сумрак стелется как вата,
Неуверенней светает –
То ли силы маловато,
То ли воли не хватает.
Цвет рождается и тает,
Переменчивы картины,
Кто по осени считает –
Не сочтет и половины.
Разлетаются сыночки,
Сильный ветер дует в спину –
Остаются одиночки,
Руки в стороны раскинув.
Не прельщаются сыночки
Тихим домом, теплым хлебом –
Остаются одиночки
Под сквозным открытым небом.
Нынче – дождик моросящий,
Завтра – снежная пороша.
Жаль, что не был настоящим
Мой любимый, мой хороший.

* * *

Скажу я вам, странные вещи
Хранятся в моем тайнике.
И выглядят даже зловеще,
Как голая шашка в руке.
Зачем не забыть мне все это,
Зачем не вернуться туда,
Где солнце на фоне рассвета
И почки блестят, как слюда.
Где, словно птенец озаренный,
Трепещет сердечко мое,
И ты, молодой и влюбленный,
Влюблен не в меня, а в нее.

И пишется строчка за строчкой
Роман, но не тот – а иной,
И я в белоснежной сорочке,
И в Киеве пахнет весной.

* * *

Под Ниагарским водопадом
Кораблик, брызги и веселье.
Над Ниагарским водопадом
Две ярких радуги висели.
Попутчик мой с лицом Пьеро
Обворожителен собою.
На небе облака перо
Одно, как знак для нас обоих.
А что на сердце у меня –
Представить даже невозможно.
Там, вдалеке, моя родня
Болеет тяжко, безнадежно.
Уже Канада позади.
Мой сын лицом припал к окошку.
Ах, сколько ты ни уходи –
Душа домой крадется кошкой.
А что на сердце у меня –
Оно привязанности просит.
А вдалеке моя родня
В груди своей погибель носит.
Обида, страх, бессилья злость,
Такая боль, такая жалость,
И все смешалось, все слилось
И роковой петлею сжалось...

Был Ниагарский водопад
Три осени тому назад.

* * *

А звезды – как четки
На нитке прозрачной,
И контуры четки
Той местности дачной,
Где пахнет дождем
И туман над рекою.
Друг друга там ждем
Мы и машем рукою.

Что там, дорогие,
За лугом, за полем,
За той ностальгии
Тяжелым запоем,

За горьким смиреньем,
За бунтом жестоким,
За поздним прозреньем,
За тягой к истокам.

Что там, за той далью,
Напрасно желанной,
Что там, за той данью,
Сторицею данной,
За сгустками боли,
За верою в небыль,
За счастьем, за долей,
За жизнью, за небом?..

2010

* * *

Ничто не продлится навеки:
Ни боль, ни любовь, ни вражда.
Ах, сколько сплелось в человеке,
Чему ни научит нужда.

Как коротко время. Пропажи
Впечатаны жестко в него.
Так, в каждом втором экипаже
Из двух уже нет одного.

И кто-то блуждает по свету,
А кто-то по небу скользит.
Лишь лету, беспечному лету
Неведом извечный транзит.

Воинственно вскинуты руки,
Решительно поднята бровь –
Идст постиженье науки
Про жизнь, и вражду, и любовь.

2006

* * *

О.С.

Вот день колосится,
Вот вечер в пожаре,
Вот девочек стайка
Танцует на шаре,
И шар, разгоняясь,
Несется в пространство,
Где ветры и бури,
И нет постоянства.

День длинен – он тянется,
Жизнь – коротка же,
И дождик рыдает
О каждой пропаже,

И тянется – тянется –
Тянется нить
Меж городом тесным
И садом небесным,
Меж буднями и
Между утром воскресным,
Меж лугом пречистым
И словом пречестным,
Чтоб все это соединить.

Вот день колосится,
Вот вечер в пожаре,
Вот девочек стайка
Танцует на шаре,
Где ветры и бури,
И нет постоянства.
И шар, разгоняясь,
Несется в пространство.

* * *

Когда океан своей теплой лапой
Неуклюже касался моего живота,
И луна, желтая, как соломенный лапоть,
Свисала с неба, как крыжовник с куста,

Тогда я подумала, и тому был повод,
Что сыновья у нас общие и улица тоже одна,
И у общего океана, гудящего как медленный овод,
Прохожу я, твоя первая, а рядом с тобой – вторая жена.

И вот иду я, не ускоряя шага и глядя в сторону,
Поравнялись – и дальше: лица не видно, а только спина...
Что же я чувствую? Что жизнь раскололась не поровну,
И странную, неспешную радость, что осталась одна.

2013

* * *

Круговороты в природе, когда
Из рек поднимается в небо вода
И снова дождем и росой опускается в реки;
А во времени – сквозь полуприкрытые веки
Сползает слеза
И впадает в открытое море
Вселенского горя.

Мой супервайзер Ганс
На службу ездит на мотоцикле.
И я – в непроходящем зацикле
На мысли о газе и об угаре,
О моей бабушке в Бабьем Яре.
И смех его заставляет меня содрогаться,
Но в ответ стараюсь я улыбаться

И думать, что урок истории мной усвоен,
Но он молод – и, следовательно, невиновен.
Его жена миловидна и белокура.
У него хорошая выправка и фигура.
Он не приземист, строен и взгляд его весел.
У него милые детки.
В своем кубике он их портреты повесил.

Мне он даже нравится: все-таки европейские корни.
И притяженье с отталкиванием борется все упорней.

Май, 2016

* * *

Я это растенье кормила с руки,
А выросла дичка всему вопреки.
Баюкала к ночи, поила водичкой,
А выросла – дичка.

И горьким, и терпким сыта я сполна.
Но листья и птицы, и тень у окна...
И новый побег, молодой и прекрасный,
Надежду внушает, что всё не напрасно.

2016

Колибри

Она повторяла: – Я – птица, я – утро,
Река я, вода я!
Оставим колибри блистать перламутром,
Пока молодая.

Пока напряженье невнятно маячит
Не рядом, а где-то.
И солнце восходит, и день только начат,
И жарко, и лето.

Пока в симметричном и радостном мире
Нет места печали,
Трепещут серебряным веером крылья,
Дрожат за плечами.

Август, 2016

Наталья Резник – Родилась в Ленинграде, с 94-го года — в США, в штате Колорадо. Пишет стихи и короткую прозу. Публиковалась в периодике, выходящей как в России, так и за рубежом.

Рассказики

Рыбалка

Случайно познакомились в торговом центре с супружеской парой средних лет. Они недавно переехали в Колорадо из Калифорнии. Работают в этом же торговом центре, она – в магазине, он – охранником. Ей в Колорадо не нравится – скучно. Он спрашивает:

– Ребята, а что вообще здесь можно поделать? Пойти куда-нибудь?

– А вы в горы ездили?

– В горы? А что там?

– Красиво.

– За красотой в горы ехать?!

– Ну, вы можете съездить в Колорадо-Спрингс, там тоже много красивых мест. Сад Богов, например.

– Да что я, один поеду?

– Почему один? С женой.

– С женой? Да с ней скучно. А еще что есть?

– А вы в университете были?

– Да, был, конечно! Мимо проезжал раз.

– Ну… здесь театр есть.

– Не, ребята, в театры я не ходок.

– Музеи…

– Да что я, музеев не видал!

– А что вы любите?

– Что люблю? Ну, рыбалку.

– Но мы про рыбалку ничего не знаем, ничем вам помочь не можем.

– Да на что мне ваша помощь с рыбалкой! Я про рыбалку и сам тут уже все знаю. А вот делать в вашем Колорадо нечего.

Так и разошлись.

Мы, женщины

На литературном фестивале после турнира поэзии ко мне подошла женщина и начала жать руку со словами:

– Спасибо, спасибо вам! Жаль, не помню, как вас зовут, но мне так понравились ваши стихи!

Я сказала:

– Да что вы!

– Да, да! Они мне так близки. Просто как будто я писала. Вот если бы я писала, я бы то же самое и написала. Но я не пишу. У меня другие дела. А вы вот молодец, не ленитесь. Не ленитесь – и пишете! А другие ленятся. Мне очень понравилось. Вы точно прочли мои мысли.

– А что же вам так понравилось?

– Как – что! Ваши феминистические стихи. Больше всего – феминистические.

– Феминистические? Но у меня не было никаких феминистических стихов.

– Как же не было! А вот это: «Даю, даю, даю!» Очень феминистическое! Очень было приятно. Жаль, не знаю вашего имени.

Напоследок сказала:

– Пишите еще про нас, про женщин. Чтоб все знали, какие мы!

И удалилась.

Детприемник

В колорадском детском приемнике нас было трое: семнадцатилетний новоиспеченный преступник из Киева, следователь и я в качестве приглашенного переводчика. Парень попался глупо. Ходил по ресторанам и просил срочно позвонить. Получив телефон, звонил своей подружке в Киев и часами выяснял с ней отношения по три доллара в минуту. Ошибка его заключалась в том, что ресторанов он не запоминал, зато его там запоминали. Попался, когда пошел по второму кругу. Сидя напротив меня, он плакал и размазывал слезы по лицу. Следователь явно чувствовал себя неловко.

– Вы ему скажите, – говорил он мне, – что у нас тут не Сибирь. У нас хорошо. У нас настольный теннис есть. Бильярд. Телевизор.

Я переводила, но мальчик продолжал плакать.

– Да ему и переночевать-то надо одну ночь всего тут, – говорил следователь. – Завтра его мама заберет.

Я переводила. Мальчик ревел.

Мне очень хотелось сказать следователю, что мальчику страшно в этом чужом месте, что телевизор его не интересует, потому что он не понимает по-английски, что он, возможно, плачет по киевской подруге, денег на разговоры с которой теперь не будет. Но я была всего лишь переводчиком, а переводить с русского на английский было нечего. Парень только плакал и ничего не говорил.

Следователь сказал:

– Вы уж извините, что вам пришлось приехать. Почему-то у нас в штате русского переводчика нет. Испанский есть, китайский есть, даже французский есть, а русского нет. Первый русский подросток на моей памяти.

С тех пор прошло больше десяти лет. Наверно, и парень тот вырос и стал добропорядочным американцем, и русского переводчика уже наняли. Русские продолжают приезжать. А я так и живу с чувством, что рядом следователь, которого я не понимаю, телевизор, который мне не нужен, и мама меня вряд ли утром отсюда заберет.

Ключ

Ключа не было. Веревка, на которой он висел, под одеждой нашлась, а ключа не было. Я прислонилась лбом к прохладной стенке и задумалась о том, куда мог деться ключ. Ключ у меня был здоровый – сантиметров 15 в длину – и тяжелый. Когда висел на шее, время от времени впивался в грудь. Когда же я перестала его чувствовать?

Может быть, когда по дороге домой врезалась во вращающуюся дверь овощного магазина? Из магазина выходил дядька. Внимательно на меня посмотрел. Я была в школьной форме и с портфелем. Меня качало. Дядька ничего не сказал и пошел дальше. Ключа, кажется, уже не было. Может быть, раньше, еще когда у Костика дома ко мне все время приставал друг Костика и говорил:

– Ну, что тебе, жалко, что ли?

Друг был маленький и щуплый. Я его отталкивала, и он откатывался в угол комнаты. Я все хотела спросить, чего он, собственно, хочет, но он так быстро каждый раз откатывался в угол, что я не успевала. Кажется, ключа тогда не было.

Или когда Костик показывал нам свою коллекцию знамен? Он, оказывается, уносил из пионерской комнаты списанные знамена. Знамена списывали часто. Ими у Костика был завален весь пол. На одно знамя я легла. Другим меня накрыли сверху. Кто-то сказал:

– Поднимите ей веки.

Ключа вроде не было.

Или еще раньше? Когда играли в бутылочку, допив брагу... Целоваться было противно. От всех тошнило. Я вышла на лестницу. Ключа не чувствовала.

Или это было до того, в школе, на комсомольском собрании... Катя Федорова, секретарь комитета комсомола, выпучивала глаза и вопила:

– Мы, комсомольцы восьмидесятых, должны быть достойны наших отцов и дедов!

У меня полилась кровь из носа, и я ушла с собрания.

Или утром, на НВП? Военруку не понравилось, как я вышла к доске. Он неожиданно рявкнул:

– Вернуться и пройти опять, высоко поднимая ноги!.

Я вернулась и стояла у парты. Все ждали, как я буду поднимать ноги. Мне повезло: военрук уже забыл, почему я стою. Сказал:

– Сесть и учить иерархию воинских званий!

Был ли ключ? Черт возьми, но ведь из дома-то я ушла с ключом!

Я устала стоять, с трудом оторвала лоб от стены и села на верхнюю ступеньку. Провалившийся в блузку ключ воткнулся мне в живот примерно в районе желудка. И тут меня наконец вырвало.

Толик

Толик еще раз подергал веревку, которой привязал Катьку к стулу – вроде не развяжется. Он аккуратно переставил телефон со стола на подоконник, чтобы Катька не смогла дотянуться, и сказал:

— Посиди, подумай, я скоро вернусь.

Катька сказала:

— Можешь не возвращаться!

Толик подошел, спокойно еще раз подергал веревку и ответил:

— Если я не вернусь, ты же с голоду помрешь. А я тебя люблю. Вернусь, конечно.

И направился к двери. Катька поняла, что он в самом деле уходит и истерически завопила:

— Ты что, с ума спятил! Сейчас же вернись и меня развяжи!

— Ну вот, у тебя не поймешь, то вообще не возвращайся, то вернись сейчас же. Я же тебе сказал: посиди, подумай. Вернусь – поговорим. Обсудим, что ты надумала.

Толик вышел, немножко еще постоял за дверью. Катька в квартире кричала и плакала, но на лестнице слышно было плохо – вряд ли соседи услышат. Он спустился по лестнице, вышел на улицу и тут вдруг ему стало себя нестерпимо жалко, слезы брызнули из глаз. Ну, почему именно он? Почему именно с ним? Почему именно ему приходится так мучиться? И за что? Он не был как другие мужики. По дому все делал, обед готовил, убирал, стирал, ни разу Катьке слова об этом не сказал, ни разу не поставил это себе в заслугу. Он был идеальным мужем, просто идеальным. Он ни разу не посмотрел ни на кого, кроме Катьки. За все пять лет – ни разу. И чего требовал он взамен? Честности и открытости. Только и всего. Если он открывает Катькину почту, то не потому, что за ней следит, а потому, что это почта их общая. Раз Катькина, значит – общая. Разве не так должно быть у мужа и жены? Все общее. Потому что муж и жена – это единое целое. Если он требует, чтобы Катька говорила по телефону в его присутствии, то не потому, что ему интересно выведать ее секреты, да он вообще не слушает ее телефонной болтовни, а потому, что у нее просто не должно быть никаких секретов. Какие могут быть секреты у жены от мужа? Ведь он-то от нее ничего не скрывает: пожалуйста, читай, слушай, спрашивай. А она не читает, не слушает, не спрашивает, не хочет. Но норовит выйти с телефоном в другую комнату. Она выходит в другую комнату, Толик – за ней. Она достает из почтового ящика почту и оставляет свои письма у себя в сумке. Толик вынимает письма из сумки, вскрывает, читает. Ничего такого. Зачем прятать?

А потом вдруг, ни с того ни с сего она заявляет:

— Я от тебя ухожу.

И оказывается, что у нее есть любовник и есть у нее второй мобильный телефон и второй электронный почтовый ящик, и продолжается это все уже несколько месяцев, а он как дурак думает, что она с ним честна так же, как он с ней. И что? Ну, понятно, что уйти после этого она никуда не может. Разве это справедливо? Она его обманывала, она сразу ничего не сказала. А теперь поздно. То есть и сразу бы, конечно, справедливости никакой не было, потому что он-то ее любит, и он бы страдал, а она была бы счастлива со своим любовником. Но тогда бы он еще подумал, они бы обсудили, что делать дальше, у нее было бы право голоса. А так – нет. Она виновата, она врала и врала долго. Значит, все права на его стороне. Тем более, что он-то продолжает ее любить. Значит, он страдает и мучается. А она заставляет его страдать и мучиться. Это неправильно, совершенно неправильно. И сначала он пытался ей это объяснить. Спокойно пытался. А она только кричит и ничего не хочет слушать. Пришлось ее привязать к стулу. Кстати, очень хотелось ее ударить, но он сдержался. Женщин бить нельзя, он в жизни ни на одну женщину руки не поднял, а уж тем более на жену. Но привязал к стулу, потому что иначе с ней разговаривать было невозможно. Вот только когда к стулу привязал, только тогда она его и выслушала. Выслушала, но не поняла ничего, то есть даже не хотела понимать. Это не похоже на Катьку. Она всегда тоже была за справедливость и всегда они раньше разрешали все конфликты, поговорив. Катька всегда была готова признать свою неправоту, если он мог доказать ей, что она неправа. И в этот раз признает. Пусть только подумает. Посидит и подумает. И все поймет.

Тут Толик представил себе, как Катька сидит одна на кухне, привязанная к стулу, и подумал, что, наверно, она сейчас, наоборот, ничего не хочет понимать, а только ненавидит его и обзывает последними словами. Придется выдерживать характер, потому что должно пройти время, прежде чем она перестанет злиться и задумается, кто на самом деле в этой ситуации прав и кто виноват.

Толик пошел в кино, чтобы убить время. На экран, правда, толком и не смотрел. Проплакал весь фильм. Потом подумал, что Катька будет голодная, когда он вернется. Пошел в магазин, купил фарш, картошку и овощи. По дороге домой представлял себе сцену примирения. Что может почувствовать Катька, когда увидит, что он вернулся с продуктами? Стыд и умиление. Он же ее знал: ее так легко было растрогать. Представлял себе, как они просят прощения друг у друга: она за предательство, он за жестокость. То есть понятно, что с его стороны жестокость была вынужденная, но чтобы помириться, конечно, он попросит у Катьки прощения. А она будет просить прощения по-настоящему, потому что ей-то действительно есть за что.

Толик поднимался по лестнице, как-то нехорошо сосало под ложечкой. Дверь в квартиру оказалась открыта. Стул с веревками валялся на полу. Катьки не было. Видимо, она все-таки отвязалась. Сама отвязалась. На столе лежала записка: «А ведь я тебя жалела!» Толик несколько раз прочитал записку, но не понял. Сел на пол и опять стал плакать. Он понимал только одно: что всего этого не может быть, что это слишком несправедливо для того, чтобы происходить на самом деле. Не могла она так с ним поступить. Ведь он же ее любил. Он же ей всего себя отдавал. Тогда он понял, что она вернется, не может она не вернуться. Приготовил ужин, сел ждать. Прождал весь вечер и всю ночь, выпил бутылку водки. Утром она пришла, вся в слезах. Все-таки пожалела. И он ее убил. Задушил. Потому что она все равно бы потом ушла, а он же не мог без нее жить, а раз он не мог без нее жить, значит, это был единственный выход, значит, все было справедливо. А обещаниям ее он бы все равно уже не поверил, так что она сама была виновата. Она и не сопротивлялась, потому что знала, что сама виновата, сама виновата.

Мне снилось, что я счастлива...

Мне снилось, что я счастлива.

Еще мне снилось, что папа сидит на диване и читает книжку, а я ему говорю:

– Ты же умер.

А он говорит:

– Это тебе мама сказала? Слушай ее больше!

И мы с ним смеемся.

Мне снилось, что приехали в гости мои старшие братья. Алеша привез бутылку водки. Мы пьем водку, и Алеша говорит:

– Хорошо, что хоть после смерти встретились.

А я отвечаю:

– Тихо, папе не говори, ведь он только про Андрея знает, он же не знает, что ты тоже умер.

И Алеша говорит: «Не скажу» и подмигивает мне, и мы хохочем все втроем.

Мне снилось, что я иду в школу. На мне белый передник, белые гольфы, в косе белый бант. Мне страшно идти, потому что я не уверена, что сегодня нужно приходить в парадной форме, и я замедляю шаг. Но я вижу на другой стороне улицы Аньку, тоже в белом переднике с двумя белыми бантами, и я ей машу рукой, и она мне машет с той стороны улицы и бежит ко мне. И мне становится легко и хорошо, потому что мы ничего не перепутали и все остальные тоже придут в белых передниках. И Анька смеется и говорит мне:

– Дура ты, Полякова. Тебе уже за сорок, а ты все бант не научишься завязывать.

И мы с ней счастливы.

Мне снилось, что я в институте сдаю экзамен по технологии

конструкционных материалов. Профессор одобрительно кивает головой, пока я говорю: «Абразивная поверхность измеряется поперечным давлением концевой фрезы под углом двести сорок пять градусов». И, пока я говорю, я сама удивляюсь, когда я успела так хорошо подготовиться к этому предмету, которого не понимала никогда. Но я чувствую, что отвечаю на твердую «пятерку», и я счастлива от мысли, что передо мной открывается блестящее инженерное будущее.

Мне снилось, что у меня родился ребенок. Он не похож на моих детей, он темноглазый и кудрявый, как я в детстве. И тут я понимаю, что это я и есть, что я опять родилась.

И все хорошо, и все начинается сначала.

И мне снится, что я счастлива.

...и о патриотизме

Во сне я всегда нахожусь в своей старой коммуналке, в которой прожила двадцать лет. Я знаю в ней каждый поворот и каждый угол, где пальцем протыкала плохо приклеенные обои. С тех пор я сменила кучу адресов, но во сне возвращаюсь в ту квартиру, которую люблю. В моей жизни не было грязнее и отвратительнее жилья, так же как не было учебного заведения хуже нашей школы, самой дрянной в районе, в которую выгоняли двоечников и хулиганов из других школ.

Я любила свою школу, я гордилась нашими хулиганами и до сих пор с тайной гордостью рассказываю, какие мерзкие типы, впоследствии севшие в тюрьму, учились со мной в одном классе. Я любила свой класс, класс «Б», и не понимала, как можно учиться в «А» или в «В». После восьмого класса, когда почти все мои одноклассники ушли в ПТУ, я оказалась в 9-м «А» и полюбила букву «А». Я любила свою улицу, от площади Пролетарской Диктатуры до башни Вячеслава Иванова. Я любила ее и тогда, когда не знала про Вячеслава Иванова и его башню, а потом начала гордиться Вячеславом Ивановым, как будто он не мог поселиться ни на какой улице, кроме моей. Я любила и люблю свой город, люблю отвечать на вопрос, откуда я, втайне усмехаясь над несчастными из других городов. Что может быть хорошего в городах, где нет Исаакиевского собора! Я люблю свою страну, потому что она моя. Я люблю свою планету гораздо больше остальных семи.

На днях я была на футбольной игре своего сына и сидела рядом с родителями детей из другой команды, которые радостно кричали, когда их команда атаковала наши ворота, и я вдруг поймала себя на остром чувстве неприязни к сидевшей рядом со мной женщине – маме какого-то мальчика из другой команды, потому что наша команда должна была выиграть, а не их, потому что наша команда лучше, потому что она наша. Эта неприязнь к чужому человеку родилась из любви к моему сыну, из любви к своему, из этого иррационального, дикого, неизбывного чувства, которому я никогда не позволю контролировать свой разум, из чувства, имя которому – патриотизм.

Стихотворения

Жил человек без походки, лица и почерка,
Без своих поражений, бед своих и побед.
Он в начале анкеты каждой ставил три прочерка,
Да он и не заполнял никаких анкет.

У него не было номера телефона, не было дома,
Не было прошлого, города и страны,
Не было родителей, друзей и знакомых,
Первой жены и уж точно – второй жены.

И этот человек, безликий, безымянный, бездомный,
Которого я придумала, как друзей сочиняют дети,
Он меня любил такой любовью огромной,
Какой не было и не будет никогда на свете.

* * *

Знаю: до последнего вздоха,
До последнего всхлипа мне,
Привередливой, будет плохо
В этой самой лучшей стране.

За дешевый компотец в жилах
Неподъемную дань плачу.
Эту я полюбить не в силах
И другой – уже не хочу.

* * *

Лечу самолетом из Денвера до Нью-Йорка,
Кучевых облаков пронзая торосы,
Думаю: я когда-то была комсоргом,
Собирала комсомольские взносы.

«Две копейки, – говорила Мелентьеву грубо, –
Вылетишь из комсомола иначе».
У него, как всегда, был один рубль,
У меня, как всегда, не было сдачи.

Потом заполняла ведомость кое-как, убого,
Относила в комитет комсомола.
В ведомости сразу искал фамилию Коган
Не-помню-как-звали – комсорг всей школы.

«С кого денег в этот месяц насобирали? –
Спрашивал меня, улыбаясь косо. –
О, Коган-то не уехала в свой Израиль,
Все еще платит комсомольские взносы».

Где это было, в какой идиотской пьесе,
В театре какого провинциального пошиба?
«Спасибо», – на выходе говорю стюардессе.
И она, улыбаясь, по-английски отвечает спасибо.

* * *

С Леной Самсоновой дралась в раздевалке
Классе, наверно, в третьем.
Отличников – сказала она – не жалко
И мы ей за все ответим.
Она сказала, что я уродливая еврейка,
А сама Лена была веснушчатая блондинка.
Она повалила меня на скамейку
И била по голове чьим-то ботинком.
В памяти эта нелепая сцена
Сменяется радостными картинками,
Но где ты теперь, Самсонова Лена,
Кого теперь колотишь ботинками?

Что, думаю, если бы встретиться нам случилось?
Я с тех пор драться так и не научилась.

Ханука

Через сорок-пятьдесят лет,
Если меня «Абсолют» не сведет в могилу,
Я возглавлю семейный обед
Под какую-нибудь «Хаву Нагилу».
Стоя одной ногою у райских врат,
Буду невнятно шамкать родным и близким
Про давно потерянный Ленинград
На плохом полузабытом английском.
И мои веселые юные правнуки,
Освещая менорой праздничный стол,
Прощебечут: «Бабушка, хэппи ханука!»
А я им: «Ленин. Партия. Комсомол».

Юрий Солодкин – родился и всю жизнь до отъезда в Америку прожил в Новосибирске. Прошел все ступени научного сотрудника – от аспиранта до доктора технических наук, профессора. В Америке с 1996 года. Работает в метрологической лаборатории в Ньюарке. Рифмованные строчки любил писать всегда, но только в Америке стал заниматься этим серьезно. В итоге, в России вышло четыре поэтических сборника и три книжки стихов для детей. Кроме того, в интернет-журналах Берковича и в журнале «Время и Место» опубликовано несколько очерков и эссе.

В гостях у Иерусалима

1

«Глаз не насытится тем, что видит, ухо не наполнится тем, что слышит...» – эти слова из кладезя библейской мудрости, книги Экклезиаста, можно, без сомнения, отнести к Иерусалиму, городу с неисчерпаемой историей, полному Божественных чудес, свидетелю удивительных событий, определивших ход нашей цивилизации.

«Ле-шана абаа бэ-Йерушалаим (В следующем году в Иерусалиме)» – как заклинание, как молитву, повторяли из поколения в поколение изгнанные из Земли обетованной евреи. Сколько этих поколений сменилось за две тысячи лет! Рассеянные по разным странам, заговорившие на разных языках и наречиях евреи повторяли на исчезнувшем для общения иврите «Ле-шана абаа бэ-Йерушалаим» и верили, что это раньше или позже случится.

Он решил, что может, наконец, осуществить мечту своих предков. Сразу после войны многим полякам, в том числе польским евреям, оказавшимся в СССР, было разрешено вернуться на родину. Пять семей российских евреев, не сомневавшихся, что начавшаяся борьба с космополитами означает новую волну антисемитизма, надумали воспользоваться ситуацией, подделали документы, указав местом рождения Польшу, и доехали до Львова, откуда рукой подать до Польши, а из Польши, как было известно, нет больших проблем взойти в Иерусалим. Однако бдительное чекистское око не дремало. Кто проговорился, кто донес – история умалчивает, но все пять глав семейств были арестованы.

Передо мной обвинительное заключение по следственному делу от 6 февраля 1948 года. Что может быть интереснее подлинных документов? Цитирую, изменив только имена:

«8-го февраля 1947 года Управлением Контрразведки МГБ Прикарпатского Военного Округа при попытке бежать за границу был арестован некто Рахлин Борух Исаакович».

Далее перечисляются «преступные замыслы и практические шаги» и отмечается, что обвиняемый «действовал не индивидуально, а как участник антисоветской, буржуазно-националистической организации хасидов».

Перечисляются главные задачи этой организации:

«а) обработка евреев в духе привития им антисоветских, религиозно-националистических убеждений и частно-капиталистических стремлений;

б) подготовка и осуществление массовой нелегальной переброски антисоветски, буржуазно-националистически настроенных евреев из СССР за границу – в Польшу, Англию, Америку, Палестину».

Упоминается и «проживающий в США лидер еврейских буржуазных националистов Ицхак Шнеерсон», который руководил организацией хасидов в СССР «нелегально, через зашифрованную переписку и общие директивы».

После упоминания «подпольных комитетов», из которых «наиболее популярным и деятельным являлся Львовский подпольный комитет», делается вывод:

«Таким образом, возникшее во Львове по поводу попытки нарушения госграницы дело на Рахлина приобрело политический, групповой характер».

Думаю, достаточно этого закавыченного малограмотного бреда, растянутого на девять машинописных страниц, в конце которых предлагается мера наказания – 20 лет ИТЛ (Исправительно-трудовых лагерей).

Обратите внимание – от ареста 8 февраля 1947-го до приговора от 6 февраля 1948-го прошел ровно год. Это был год непрекращающихся допросов и выбивания признательных показаний.

– Все мы люто ненавидели наших мучителей-следователей, – вспоминает Василий Васильевич Парин, крупнейший советский физиолог, заместитель наркома здравоохранения во время войны, один из учредителей Академии медицинских наук и ее первый академик-секретарь. Упоминаю его не случайно. Арестованный 18 февраля 1947-го после возвращения из четырехмесячной командировки в США по обвинению в шпионаже в пользу США, он оказался в той же московской тюрьме и в то же самое время, что и Рахлин.

О встрече с академиком Париным, имеющей прямое отношение к Боруху Рахлину, вспоминает Ион Деген. Деловой разговор между Ионом Лазаревичем и Василием Васильевичем по поводу докторской диссертации Дегена неожиданно коснулся одного тюремного воспоминания академика:

« Уже на стадии следствия по тюрьме поползли слухи про какого-то несгибаемого еврея из Подмосковья, после допросов которого следователи сваливаются от нервного перенапряжения. Среди моих сокамерников, интересных интеллигентных людей, не оказалось таких героев, и я воспринимал рассказ о подмосковном еврее как красивую легенду. В камере нередко желаемое принимают за действительное. Оказалось, что слухи имеют под собой основание».

Подследственных можно было разделить на две категории –

слабых, которые признавали все, чтобы избежать мучений и издевательств, и сильных, которые не признавали вину, пытаясь доказать ее абсурдность, терпели побои, орали от бессилия что-то изменить. Борух, а в миру Борис Рахлин, не принадлежал ни тем, ни другим.

Еще во Львове после его ареста местный следователь по фамилии Вайсер, упомянув имя вождя и учителя всех народов, услышал в ответ: «Я не верю никому, только Богу одному». Получив за такое кощунство по отношению к вождю удар кулаком по лицу, он, утирая кровь, добавил: «Не боюсь я никого, кроме Бога одного».

– Дуришь народ своим богом, – и за матом-перематом последовал второй удар, после которого из носа потекла кровь на рубаху.

– Вы на нашей крови спасения не обретете и карьеры себе не сделаете. Не будет вам прощения ни на земле, ни на небе.

Евреи-следователи к евреям-подследственным зачастую оказывались особо жестокими. Им надо было продемонстрировать не только безграничную верность партии и вождю, но и принципиальную беспощадность к соплеменникам – шпионам и врагам народа. А тут еще рядом то ли помощник, то ли начальник, как не отличиться.

Борис смотрел Вайсеру прямо в лицо. До чего же оно мерзкое! Вроде никакого уродства, лицо как лицо, а ощущение абсолютной мерзости. Он вспомнил картинку из далекого детства. Ему было лет семь-восемь, когда он подрался с соседским пацаном, обозвавшим его жидом. Ему удалось повалить обидчика на землю и сесть на него верхом. Тот лежал на спине и извивался как уж. Ребята, собравшиеся вокруг, орали: «Бей!», и он хотел, хорошо помнит, что очень хотел ударить по мерзкой роже. Но руки повисли как плети. Он не мог понять, что случилось. Он встал с обидчика, а тот вскочил на ноги и набросился на него с кулаками. Тогда он плакал от обиды, от своей вдруг возникшей беспомощности. Откуда она взялась?

Много позже он объяснил себе, что это был сигнал свыше. Не надо ему ввязываться в драки, в кулачные разборки. А почему, Ему сверху виднее. Чего это он именно сейчас об этом вспомнил? Может, выражение мерзости на лицах было похожим?

– ...Я тебя спрашиваю! – злобный крик Вайсера и еще одна зуботычина вернули его к действительности. – Был или не был?!

Арестованных отправили по месту жительства в Москву, и допросы были продолжены. Жестоких избиений со сломанными костями и отбитыми органами Борух Рахлин, слава Богу, избежал. Хранил его Господь, и он каждый день возносил Ему благодарственные молитвы. А кулаком по лицу или выбитый зуб – так это ерунда по сравнению с покалеченными людьми, которых приволакивали в камеру после допросов.

Со стороны следователей диалоги постоянно перемежались матерными и оскорбительными словами в таком количестве, что они увеличили бы размер диалога минимум в два раза. Да простится мне лакировка действительности, но матерные слова далее опущены. Уверен, что нет проблемы для русского человека домыслить их самостоятельно.

– Признаешь ли ты, что нелегально хотел пересечь границу?

– А что делать, если легально нельзя?

– Здесь я задаю вопросы. С какой целью ты хотел это сделать?

– Хотел из Польши отправиться на родину предков, в Палестину.

– Какая родина? Какие предки? Там уже давно нет евреев. Это все сионистская пропаганда врагов Советского Союза.

– Есть евреи, нет евреев. Если нет, то почему мне не быть первым. Наши пророки предсказали возвращение к Сиону – горе, на которой царь Соломон построил Первый храм. Кому от этого плохо, если мы вернемся?

– Подожди стучать, – следователь обратился к молоденькой машинистке, печатающей протокол. – А тебе сколько раз говорить, что вопросы задаю я. Что за дурацкая еврейская привычка отвечать вопросом на вопрос!

– Зачем столько гнева, гражданин следователь. Вы честно выполняете свою работу. От вас ни одному врагу народа уйти не удастся. А я глубоко религиозный человек, верю в Божественную силу, и что по сравнению с ней пара зуботычин, которую я могу от вас заработать!

Он говорил спокойным, уверенным голосом, никогда его не повышая. Невысокого роста, плотного телосложения, широконосый, с бородой, как и положено хасиду, он смотрел на следователя своими голубыми глазами, как бы выражая сочувствие его тяжелой работе. Со стороны это могло показаться издевкой, но у хасида и в мыслях такого не было. В этом была непреклонная собственная сила воли и непоколебимая вера в то, что в любом самом последнем человеке, если он не психически больной, Божья искра существует. Правда, зла вокруг столько, что может мест в аду не хватить.

А следователь незаметно для себя втягивался в разговор.

– Какая Божественная сила?! Это опиум для народа, – повторил он заученное определение религии. – Наш народ освободился от попов и раввинов и стал сам хозяином своей судьбы, – почти продекламировал следователь, как на экзамене по политподготовке.

– От человека много зависит, но сила его – от веры. У вас – от веры в коммунизм и в самую демократическую и справедливую страну Советов, а у меня – от веры в Бога, который наказал нас двумя тысячелетиями изгнания, и за это время наша вера в Него не исчезла. Мы выдержали испытание, и Он возвращает нас на землю Израиля.

– Не бог, а сионистская пропаганда. Она пытается внести раздор в братскую семью народов нашей страны.

– А что, братья обязательно должны думать одинаково? Прошу прощения, гражданин следователь, опять вопрос. Пусть будут разные братья. И пусть себе живут в мире и согласии и где хотят. Только зачем насилие? Что поделать, гражданин следователь, если вопросов больше, чем ответов.

– Типичная мелкобуржуазная пропаганда, – следователь злился на себя за то, что выслушал эту тираду.

Машинистка, освобожденная от печатания, с любопытством слушала разговор, который должен быть допросом. Надо поставить этого еврея на место. Иначе где гарантия, что девица не настучит на следователя, который не умеет вести допрос.

– Типичная мелкобуржуазная пропаганда, – повторил он. – Мы единая семья народов. Никакие происки врагов не нарушат наше единство.

Борух-Борис молчал, а следователь решил, что наконец-то этому еврею нечего ответить, и добавил торжествующе:

– Только мракобесы могут верить в существование бога!

– Вы хорошо учились в школе, гражданин следователь. Не знаю про физику и математику, но по истории у вас наверняка были пятерки. Однако история – это история, а не то, что сегодня нужно одной власти, а завтра – другой. Почему из древнего мира исчезло еврейское государство? Не для того ли, чтобы евреи забыли о нем и стали просто советскими людьми, не...

– Опять лекцию читаешь, – перебил следователь, – договоришься, схлопочешь на полную катушку. А что, разве плохо стать одним советским народом, в котором все нации равны?

Спросил и подумал, какого черта он дискутирует с этим сионистом. Все, что надо – получить признательные показания. Да, был связан с хасидским подпольем; да, получал инструкции из-за границы; да, возглавил группу для совершения преступного замысла.

– Хорошо бы так, но не получается, – отвечал тем временем на вопрос следователя хасид. – Все нации, может, и равны, но одна нация равна иначе, чем другие.

– Живите, как все, и будете равны, как все. Все, хватит. Так признаешь, что возглавил группу для нелегального перехода границы?

– Мы с этого начали, гражданин следователь. Границу хотел перейти. Но сами посудите, какой из меня глава?

– На вопрос отвечать! Да или нет?!

– Нет.

– Был членом преступной националистической организации хасидов?

– Хасидом был и есть. И мои друзья хасиды тоже. Мы религиозные люди, исполняющие традиции наших праотцов. Мы никого не притесняем, не калечим. Наша вера помогает нам переносить тяготы жизни. Кому от этого плохо?

– Опять за свое. Был или не был?

– Не был.

– Дети ходили в запрещенную школу, хедЕр или хЕдер, как она у вас называется?

– Это было. Так то же на общественных началах. Хотели, чтобы дети знали историю и веру своего народа.

– Вот и калечили детей. Они, поди, пионерами были, клялись быть верными делу Ленина-Сталина.

– Вожди на Земле, а Бог на небе.

– И кто его видел?

– Так его глазами не увидеть, только душой почувствовать можно. И в вашей душе, гражданин следователь, Он есть. Даже если вы не хотите его признавать. А Он все равно есть. И его Божественная сила творит чудеса. Разве это не чудо – века гонений, издевательств, истреблений не уничтожили мой народ и его веру в свою судьбу.

– Ты брось меня пропагандировать, гнида сионистская, – прервал монолог следователь. Время допроса заканчивалось, а результат нулевой. Где признательные показания? – Не испытывай мое терпение. В твоих интересах не увиливать от прямых ответов, а честно признать себя виновным по всем пунктам. Не хочешь по-хорошему, придется тебя топить.

Как тут удержаться гражданину Рахлину и не вспомнить Талмуд:

– Как сказал рабби Гилель, увидев плывущий по реке череп: «За то, что ты топил, утопили тебя, но те, кто это сделал, будут также утоплены».

Следователь, услышав незнакомое для себя имя, просветлел лицом:

– Ну вот давно бы так. Кто, ты говоришь, сказал?

– Рабби Гилель.

– Отлично. Где он живет? Откуда ты его знаешь?

– Он великий мудрец. Жил в Палестине, но давно умер. Две тыщи лет назад.

Просветление лица тут же сменилось потемнением:

– Ну, мудрец, твою мать. Домудруешься у меня!

Он вызвал конвоира и велел увести подследственного.

Сколько похожих разговоров было за год! Чего только не рассказал Борис Рахлин молодому следователю, наученному непримиримой борьбе с врагами! И про Авраама и его сыновей Ицхака и Исава, и про Якова с сыновьями, и про Моисея, фараона и десять казней египетских, и про царей Давида и Соломона, и про Первый и Второй храмы. И все это вплеталось в ответы на вопросы следователя, постоянно орущего: «Да или нет?!»

И загремел Борух Исаакович Рахлин по приговору на все 20 лет в ИТЛ. 20 не 20, а до 1955 года отсидел, когда после смерти вождя всех народов его верный ученик и соратник развенчал культ личности учителя и освободил невинно пострадавших от репрессий. Но это еще через семь с лишним лет тяжелейших испытаний!

А пока он в «столыпинском» вагоне отправлен к месту отбывания срока, в противоположную сторону от Иерусалима, с которым, увы, пока не получилось. Казалось бы, нет никаких видимых шансов войти ему в святой город, но одержимым людям они и не требуются. Он верит, что раньше или позже это произойдет.

«Столыпин» представляет собой почти обычный купейный вагон,

но со стороны купе – глухая стена без окон, а вместо дверей – решетки. Окна есть только в коридоре, по которому ходит конвойный.

В купе «столыпинского» вагона их было четверо. Сам по себе факт удивительный, поскольку норма – семь человек, а часто набивали до двенадцати зеков.

Кроме академика Василия Васильевича Парина, сохранившего об этом воспоминание, в купе оказались два высокопоставленных военных – генерал-лейтенант и полковник, бывший военным атташе в Канаде.

– Четвертым, – рассказывает В. В. Парин, – был тот самый еврей из Подмосковья, о котором не утихала молва среди арестантов. Нам он представился как Борис Исаакович Рахлин. Внешне он был крепкий, коренастый, но далеко не богатырь. На наш вопрос, правда ли, что он доводил следователей до нервного потрясения, он удивился и ответил, что особых потрясений не наблюдал. Просто возникали разговоры на разные темы, и он, как глубоко религиозный человек, объяснял, что грубая сила граждан следователей – ничто в сравнении с Божественной силой, данной его народу.

Нас позабавил этот рассказ. Ничего особо героического в Борисе Исааковиче мы не обнаружили. Так бы это и было, если бы мы не стали свидетелями действительно чуда.

Начальником охранников, именуемых вертухаями, был в нашем вагоне младший лейтенант. Маленький, тщедушный, с прыщеватым лицом – одним словом, мерзкий тип, обделенный любовью. Как ему было не продемонстрировать свою власть над именитыми зеками и не насладиться своей значимостью. Вот они, генералы-академики, и они полностью в его власти. Он может делать с ними все, что захочет, как полновластный хозяин и герой. Младший лейтенант наказывает генерал-лейтенанта, и тот не может ослушаться. Невежда унижает академика, и тот должен терпеть. Я еще как-то крепился, а генерал был на грани самоубийства.

Однажды это вертухайское чудовище появилось у нас среди ночи. Не спалось подонку, решил развлечься. Он поднял генерал-лейтенанта, уличил в каком-то ему одному ведомом нарушении и заставил быстро ложиться на грязный пол, вставать и снова ложиться. Лицо генерала налилось кровью от бессилия и злобы. Он взмок и тяжело дышал, едва успевая выполнять команду «лечь – встать».

Тут с верхней полки соскочил Борис Исаакович. Слегка раскачиваясь, как будто читая молитву, стоя спиной к подонку, он заговорил своим негромким голосом о том, что глядя на гражданина начальника, можно усомниться, что Господь создал человека по образу и подобию своему. Но каким бы ни было тело, оно всего лишь вместилище души. Друзья, поверьте мне, гражданин начальник, в котором мало что осталось человеческого, еще не полностью завоеван силами ада. Он еще может возродиться для Добра. Товарищ генерал, не мне объяснять вам, что временно превосходящие силы противника еще не решают исход сражения. Уважаемый академик, не все можно объяснить высшей нервной деятельностью и комплексами у гражданина начальника. Душа – это поле сражения Добра и Зла. У гражданина начальника еще есть шанс, и пожелаем ему, чтобы Добро в его душе, очень слабое и подавленное, нашло силы для того, чтобы одолеть Зло, от которого мы сейчас страдаем.

Во время этого монолога «гражданин начальник» стоял не шелохнувшись, тупо уставившись неподвижным взглядом в спину Бориса Исааковича. Он был в полном ступоре и вряд ли понимал, что именно Борис Исаакович говорил. Скорее всего, голос, тихий, спокойный и уверенный, гипнотизировал ублюдка. Неожиданность ситуации усиливала эффект отупения. Промычав что-то нечленораздельное, «гражданин начальник» вышел из купе, и ни разу больше до самого прибытия в зону эта гадина к нам не заходила.

Тут мы окончательно поверили в уникальные способности еврея из Подмосковья, о которых слышали еще в тюремных камерах, а отныне убедились воочию, – закончил рассказ Василий Васильевич, а после небольшой паузы добавил, что и тем, что выжил в лагере, он в значительной степени обязан Борису Исааковичу. Когда хотелось выть от безысходности, когда жизненные силы были на пределе, и казалось, что остается только помереть, Борис Исаакович, который никогда не впадал не то что в депрессию, но даже в уныние, своим оптимизмом, своей верой и верностью помог выжить и ему, и многим другим.

2

Яше Рахлину было одиннадцать, когда арестовали отца. Увидит он его только через восемь лет, девятнадцатилетним юношей, студентом строительного института. Кто бы мог предположить, что строить ему суждено в Иерусалиме!

Связь с отцом не прерывалась – переписка, слава Богу, была разрешена. Но дороже всего были приветы, которые передавали освободившиеся зэки, сидевшие с отцом. Выпив «за нас с вами и за хрен с ними», живые свидетели рассказывали, какой удивительный и всеми в лагере уважаемый человек их муж и отец.

Среди тех многих, которым он помог и примером, и словом, был известный всей стране Эдди Рознер, выдающийся трубач и руководитель джаз-оркестра. Его называли «белый Армстронг», считая не менее великим, чем знаменитый американец. Как и Рахлины, Эдди Рознер вместе с женой и дочерью попытался вернуться в Польшу, но был арестован тем же Львовским управлением МГБ и приговорен к десяти годам лагерей. Оказавшись в лагере, музыкант не просто впал в депрессию, а она превратилась в затянувшуюся болезнь. Интерес к жизни был полностью потерян. Уход из жизни был неминуем.

И Борис Рахлин начал борьбу за его спасение. Он обладал огромной силой убеждения, основанной на непоколебимой вере в единого Бога Израиля, на верности дарованной Им Торе. Адонай Эхад, единый Бог, Ха-Шем, что в переводе с иврита означает просто Имя с большой буквы, неведомое никому.

О чем говорили они вдвоем с Эдди Рознером, можно только догадываться. Не от него ли тот узнал, что значит быть евреем, что он –

звено в цепи поколений, и как важно ему ощутить себя внутри еврейской истории, как важно достойно выдержать испытания, ниспосланные свыше. Какие слова извлекал хасид из своей жестоковыйной души? Как реанимировал почти умершую волю к жизни? Нет ответов, но есть результат: Эдди Рознер дождался реабилитации. После освобождения он создал джаз-оркестр при Мосэстраде. Его оркестр исполнял музыку в знаковой советской комедии «Карнавальная ночь». Его приглашали с оркестром во все «голубые огоньки», он гастролировал по всей стране. Всего этого могло бы не быть, не окажись рядом с Эдди Рознером в лагере никому не известный хасид Борис Рахлин, память о котором и благодарность которому музыкант сохранил на всю жизнь.

А как рассказать о тяжелейших страданиях, выпавших на долю самого Бориса Рахлина? Как передать ту боль, которая на грани между жизнью и смертью, если сам ее не испытал, если сам не прошел через этот ад? Никакого воображения не хватит, любые невыстраданные слова будут фальшивыми. Он чудом выжил, говорим мы в таких случаях, и по-разному объясняем это чудо.

Как ни орали на него надзиратели, приказывая снять ермолку, он отказывался это сделать. Своим негромким и мягким голосом он пытался объяснить, что это религиозный обычай, означающий смирение перед Богом.

– Обычай, говоришь, – осклабился разозленный в очередной раз вертухай. – А помолиться, придурок, не хочешь? У меня, бля, есть для тебя молельня. Всю жизнь, сука, помнить будешь.

Прав оказался вертухай. На всю жизнь запомнилась эта пытка. «Молельню» даже карцером назвать было бы преувеличением. Это была холодильная камера площадью чуть больше метра на метр и высотой примерно метра два с половиной. Потолок был покрыт изморозью, а на стенах с отвалившейся местами штукатуркой застывшими натеками мерцала наледь в тусклом свете маленькой лампочки внутри железной решетки под потолком.

Экспериментально было установлено максимальное время пребывания провинившихся зэков в этой камере – 15 минут. После этого их выволакивали с обморожениями и часто без сознания. Не всех удавалось согреть и отпоить кипятком.

Оказавшись в камере, он, чтобы одолеть пронизывающий насквозь холод, начал быстро ходить на месте, энергично размахивая руками. Идти было легче под хасидскую песню, которую они пели на встречах. Песня была в темпе марша, что было как нельзя кстати:

Не боюсь я никого, кроме Бога одного, кроме Бога одного.

И не верю никому, только Богу одному, только Богу одному.

Хасиды, положив руки друг другу на плечи, смыкались в круг, и этот круг вращался в одну и в другую сторону. А здесь и руки не раскинешь, упрешься в стены.

Нет, нет, не боюсь я, не боюсь я никого, кроме Бога одного.

Ляй-ля, ляй-ля-ля, ляй-ля, ляй-ля-ля,

Кроме Бога одного.

И еще раз:

Ляй-ля, ляй-ля-ля, ляй-ля, ляй-ля-ля,

Кроме Бога одного.

Мороз не унимался. Как бы забыть о холоде, об этих серых, обледеневших стенах, унестись мыслями от этого кошмара в неоглядную даль, где тепло и покой.

Разве это не его девиз – смерти не бояться, за жизнь бороться. Эти слова повторяли все зэки, и это придавало им силы. Сейчас его черед не бояться смерти.

И в воде мы не утонем, и в огне мы не сгорим –

продолжала звучать в нем песня. А маленько огня сейчас бы не помешало.

Он должен жить, всем смертям назло. Он будет бороться за жизнь до последнего вздоха. А что сверх того, то от Бога. Захочет Всесильный – спасет, а нет – присоединимся к праотцам.

Надо бы еще пожить. Сареле (так он ласково по-еврейски называл свою Сару), знаю, как тебе непросто, одной с двумя детьми. Работаешь по две смены, чтобы как-то свести концы с концами. Тоже не первая молодость, как бы не надорвалась... Выдержишь. Должна выдержать. Женщины, они семижильные. В часы испытаний, когда беда с семьей, откуда у них только силы берутся.

Соня, дочка, совсем уже большая, не пропадет. Ей бы только жениха хорошего. А Яша, Янкеле, еще совсем пацан. Каково ему остаться без отца... Почему остаться? Он еще живой. Или не приходилось ему промерзать насквозь на пронизывающем ледяном ветру? И ничего, даже не простужался. Барух Ха-Шем! Ему надо помогать. Шагать надо быстрее и двигать руками энергичнее. И так посмотреть смерти в глаза, чтобы она отвернулась.

Не боюсь я никого, кроме Бога одного, кроме Бога одного...

Мысли вернули его к началу войны. В армии он не служил, был признан негодным по причине жуткой близорукости. Но тут война. Возраст уже за сорок. Он идет в военкомат, просит записать его добровольцем. Над ним смеются: «Ты ж немца перед собственным носом не разглядишь!» А немец прет, уже и от Москвы недалеко. Он – снова в военкомат. Не взяли даже окопы копать. Справку выдали – просьба отклоняется по причине состояния здоровья. Но что ему справка! Не будешь же ее показывать в ответ на косые взгляды. Руки, ноги, голова на месте, да и нестарый еще. А близорукость – кто ж ее видит. Очки с толстыми стеклами, так их каждый нацепить может.

Потом была эвакуация в Ташкент. Перегруженный поезд. Короткие остановки и спринтерские пробежки за кипятком. Надо было наполнить чайник и успеть обратно на поезд. Ох, сейчас бы этот чайник с кипяточком – и руки погреть можно, и изнутри согреться.

В Ташкенте поначалу – жилье с земляным полом, муравьев видимо-невидимо и сортир во дворе. Вместо двери – занавеска, да и зачем дверь? Даже если непрошеные гости пожалуют, красть-то нечего.

Потом переехали в двухкомнатную квартиру с удобствами. Кроме них в этой квартире разместились еще четыре семьи. Ничего, в тесноте, да не в обиде. Главное – победы дождаться.

Как оскорбительно звучало придуманное антисемитами – «евреи воевали в Ташкенте». Его братья были призваны в первые дни войны. Два младших погибли, а старший вернулся в середине войны без правой руки. Но говорить все равно будут, на то они и антисемиты. Им ни объяснить, ни доказать ничего нельзя. Да и сейчас – чего он вдруг про них вспомнил? Из всех детей-беженцев, играющих во дворе их многоквартирного дома, переполненного эвакуированными из самых разных мест, один Яков был евреем...

Ташкент! Как там было тепло! Какое тепло, – жарко! Днем на улицу выйти невозможно – такое пекло. А здесь зуб на зуб не попадает. Никак не согреться. Значит, надо ходить еще быстрее, еще энергичнее. Он уже почти бежал, учащенно дыша.

А Янкеле – энергии через край. Дырку на месте крутит. Целыми днями с ребятишками во дворе. Однажды прибежал с улицы расстроенный. Оказывается, местный узбекский мальчик собрал вокруг себя детей и затеял игру – пусть каждый назовет свою столицу. А во дворе беженцы со всех краев. Один говорит – Кишинев, другой – Киев. Дальше и Минск, и Рига. Янкеле назвал Москву. Но узбекский мальчик возразил: «Москва – это столица русских и всего СССР, а у евреев должна быть своя столица, как у узбеков Ташкент». Янкеле и про его еврейство никто пока не говорил, а тут еще и столицы лишили.

Помню, усадил его за стол. Как умудриться рассказать ребенку правду и в то же время предостеречь, что говорить ее кому-то еще опасно и надо держать в тайне. Да, сынок, мы действительно евреи, и у нас есть своя столица – город Иерусалим. Но много лет назад враги отняли ее у нас, и мы, евреи, оказались в разных странах. Но придет время, обязательно придет, и мы вернемся и отвоюем нашу столицу. Однако пока это тайна. Ни с кем об этом нельзя говорить, даже с близкими друзьями. Сейчас ты узнал об этом, и хорошо, но никому ни слова. Обещаешь?

Пообещал. Но все равно было боязно. Сколько он знал пострадавших, обвиненных в связях с международным сионизмом, в работе на иностранные разведки. Вот и сам получил такой приговор. Только Янкеле тут ни при чем.

Когда же это было? Он уже и счет времени потерял. Где-то перед концом войны они вернулись из Ташкента. Может, год спустя он узнал, что есть путь через Польшу в Палестину. Заиграло ретивое! Как упустить такой шанс! Документов особых не требовалось. А чтобы соседи не догадались, попросил начальство – благо необходимость была – отправить его в командировку во Львов. Всем сказал, что уезжает на неделю и жену с детьми берет – пусть, мол, посмотрят на замечательный город Львов. Взяли пару чемоданов. На неделю-то зачем больше?

Во Львове задание командировочное выполнил – и на вокзал: присмотреться, как люди уезжают в Польшу. Тут его и повязали.

Побег не удался. Но Ирушалаим никуда не исчез. Он остается неизменной притягательной силой. Не получилось в тот раз, получится в другой.

О чем он? Какой другой? Треклятый мороз! Что этому морозу до его мечты? Убьет хладнокровно. Хладно-кровно. Не случайно говорят – кровь стынет в жилах. Не фигурально, от ужаса, а реально – от холода. Застыли пальцы. Сжать – разжать, сжать – разжать. И бег на месте. Выше колени. А руками – как по невидимой груше. Удар! Еще удар! Левой и сразу резко правой. Не дождетесь! Он будет жить. Ха-Шем испытывает его, и он должен достойно выдержать это испытание.

Я не верю никому, только Богу одному, только Богу одному...

Аврааму тяжелей было. Сына в жертву велел принести. Представить жутко. Но крепок был в вере Авраам, уже руку занес с ножом. Остановил его Господь в последнюю минуту.

Силен тот, кто не усомнится в Тебе... Он повторил это шепотом. Затем сказал так громко, что слова, отраженные от стен, зазвенели в ушах. Силен тот... (дай мне силы не остановиться)... кто не усомнится... (а разве сомневался он хоть одну минуту?)... в Тебе... (хоть Ты в неведомых сферах, но Ты есть!). Еще и еще он повторял вслух – силен тот... (молитва не должна быть мысленной)... кто не усомнится... (произнесенные слова молитвы лучше достигают цели)... в Тебе... (услышь и не дай погибнуть).

Иерусалим. Ле-шана абаа бэ-Йерушалаим! Как он желал, чтобы эта его мечта осуществилась! Ни с кем этой мечтой не делился, но верил в нее и себя готовил. От отца и деда унаследовал, как жить. Не унывал даже в самых трудных обстоятельствах. Радовался жизни, несмотря ни на что. Возносил благодарственные молитвы Ха-Шему за то, что просто жил. Танцевал под веселые ритмы так, что небесам становилось жарко.

Жарко... Жарко... Вот что надо ему сейчас. Надо танцевать, чтобы согреться. Зазвучала, застучала в висках такая знакомая и любимая еврейская музыка. Ноги задвигались в такт. Быстрее, быстрее, еще быстрее. Только не упасть.

Ляй-ля, ляй-ля-ля, ляй-ля, ляй-ля-ля,

Только Богу одному...

Где я? Что со стенами? В легкой дымке проступают скалистые породы с каменными натеками. С потолка и из пола каменные сосульки. Что-то из них сталактиты, что-то сталагмиты, легко перепутать. Пещера. Доносится голос: «Йоав, нашли вход!»

Йоав бен-Цруя доволен. Его догадка оказалась верной. Он поделился ею с царем. Давид со своим войском уже не один месяц осаждает крепость евусеев, окружил ее со всех сторон, а взять не может. Перед ними или мощные крепостные стены, или неприступные горные склоны. Взять измором тоже не получается. Похоже, не голодают. Тут как раз Йоав со своей догадкой. Воду они должны откуда-то брать. Наверняка у них есть ход к источнику в долине. Если пройти вверх по ручью, то его можно обнаружить. Похвалил царь смекалистого воина и пообещал в случае успеха сделать его главой будущей столицы.

И вот этот вход! Он вместе с Йоавом и другими воинами медленно поднимается по пещере, круто уходящей вверх. Его охватывает радостное чувство. Он оле, он поднимается в Иерусалим. Вот они в крепости. Враг застигнут врасплох. Короткая схватка. Он падает, теряя сознание. Его подхватывают чьи-то руки.

– Смотри-ка, живой! А мы про тебя, бля, забыли. Считай, сорок минут прошло. Ну, ты, бля, даешь! Семижильный, что ли? Или слово какое знаешь? Поделился бы!

– Ха-Шем!

3

Мы стоим в Иерусалиме на том самом месте, где была евусейская крепость. Мы – это я с женой и Яков Рахлин, тот самый Янкеле, но уже приближающийся к восьмидесяти. Никакого намека на старость. Энергичен, подвижен, остроумен. Об Иерусалиме знает все и вдоль, и поперек, и вглубь, и любит этот город, в котором прошла половина жизни, может быть, больше, чем те, кто в нем родился и вырос.

Об Якове Рахлине речь еще впереди, а пока мы с ним здесь, откуда начинался город. Это место в Иерусалиме и сейчас называется Ир-Давид – город Давида. С одной стороны – городская стена намного более поздних веков, над которой возвышается черный купол Аль-Аксы, с другой, по склону противоположной горы, – арабская деревня. Обращаю внимание на израильский флаг, развевающийся на флагштоке посреди деревни. Поймав мой взгляд и не дожидаясь вопроса, Яков пояснил, что всегда найдется кто-то, кто, рискуя собственной жизнью, пытается чего-то добиться. Эти хотят показать, что они на своей земле. Разве это не так?

– Поговорим о другом. Смотрите сюда. Раскопки обнажили самые древние стены. От них начинался город Ир-Давид, в котором мы находимся. Он еще называется нижним городом. Если есть нижний, то быть и верхнему. Верхний Ир-Давид в километре отсюда, там, где Мигдаль Давид – цитадель, или башня, Давида. Вершину, на которой был нижний город, евусеи назвали Сион, а саму крепость – Евус. Некоторые считают, что верхний город еще до взятия Евуса был в руках Давида и уже назывался Ир-Давидом. И с Сионом не все однозначно. Гора Мориа, которая после построения Храма стала называться Храмовой, именуется еще и Сионом, и дала название движению евреев за возвращение на Землю обетованную – сионизм.

Сион, Мориа, Храмовая гора – все эти названия Яков остроумно объединил, обыграв слово «синонимы» – сионимы. А для меня, не историка и не археолога, какое имеет значение, здесь это было или в километре отсюда, так это называется или иначе. Мне интересны события и люди, которые вершили историю. Когда перед глазами камни – свидетели прошедших тысячелетий, начинаешь ощущать свою причастность к давно минувшей истории.

...Вот и свершилось пророчество Самуила о следующем после Саула царе Израиля. Закончилась гражданская война. Убит глуповатый и простодушный Ишбошет, сын Саула, взошедший после отца на царство. Он, Давид, который более семи лет был царем только Иудеи, отныне признан царем всего Израиля. Ему только тридцать с небольшим, но есть что вспомнить на пути к сегодняшнему дню.

Совсем мальчишкой он был умелым пастухом и придумал пращу, из которой научился метать камни в цель. А каким героем он стал, когда из этой пращи убил Голиафа! Бывалые воины воздавали ему честь, и сам царь Саул удостоил высшей похвалы и взял к себе на службу. Старший сын царя Йонатан стал ему близким другом. По вечерам на царских застольях все восхищались игрой Давида на арфе и песнями, которые ему нравилось сочинять. Что там говорить, не обделил его Бог умелыми руками, быстрым разумом, отчаянной смелостью. А в придачу к ним еще и поэтической душой.

Все бы хорошо, но... Знал он о пророчестве Самуила, хотя и в мыслях у него не было что-то предпринимать, чтобы оно свершилось. Будет – не будет, Бог сказал Самуилу – пусть сам и вершит. А вот Саул, узнав о пророчестве, был взбешен. Есть Йонатан, любимый старший сын. А Давида убить – и нет проблемы. Побеждает не тот, кто прав, а тот, кто остается жив.

Спасибо Йонатану – настоящий друг, предупредил. И началась безрадостная жизнь в бегах. Сначала Иудея, потом филистимский Геф, и снова Иудея уже после гибели Саула и Йонатана. Иудейские мужи провозгласили его своим царем, а правая рука Саула Авнер, его давний враг, ставший, по сути, единоличным правителем при царе Ишбошите, объявил его, Давида, самозванцем, заслуживающим смертной казни. Все решила победа в кровопролитной битве при Гаваоне.

Теперь он царь, помазанник Божий, и сделает все, чтобы Бог был им доволен. Первое – ничего в отместку тем, кто не поддерживал его или воевал против. Второе. О втором он думал уже давно. Если он станет царем страны Израиля, где будет ее столица, в которой ему жить? Хеврон, где он сейчас, или один из главных городов какого-то другого надела? Любой выбор делал неравными наделы, давая преимущество тому, чья столица. А что, если... Неожиданно пришло нестандартное решение.

К югу от надела Беньямина на горе Сион располагался евусейский городок-крепость, который еще в авраамовы времена назывался Шалем, а затем стал известен, как Евус. Неоднократные попытки его штурмовать заканчивались безуспешно, и Евус остался независимым посреди израильских колен. Идеальное место для новой царской резиденции. И Давид, не знавший поражений, решает завоевать Евус.

Кто сказал, что история учит, что история ничему не учит. Кое-чему, все-таки, учит. Разве Вашингтон не появился на территории, не принадлежащей ни одному штату? Случайно? Думаю, что нет. Отцы-основатели знали Библию, а значит, и историю Иерусалима.

Давид после десяти с небольшим лет изгнания вернулся и создал мощную державу со столицей в Иерусалиме. Страна Израиля, рассеянная по всему свету, через две тысячи лет вернулась к своим берегам. Случайно? Нет больше ничего похожего в истории.

Необъяснимое чудо. А на необъяснимые чудеса способен только Господь Бог. Мы стоим на смотровой площадке посреди того, что осталось от первого дома царя Давида. Вот оно, путешествие во времени, не фантастика, а реальность. Это действительное прикосновение к истории, несравнимое с тем впечатлением, которое оставалось от прочитанных книжек.

Вот здесь была крыша, гуляя по которой царь Давид увидел купающуюся Батшеву. Взыграло ретивое. Неодолимое, страстное желание с первого взгляда. Нормально. И жен может быть сколько угодно, а царю отказать кто ж посмеет. Но одна загвоздка: от живого мужа жену увести – великий грех прелюбодейства. А Батшева замужем, и Урия – один из славных воинов Давида. Будь Урия на месте, никто бы никогда не узнал о вспыхнувшей внезапно царской страсти. Но как на грех, именно на грех, Урия оказался в военном походе.

И Давид не сдержал свою похоть, позвал Батшеву во дворец и овладел ею. Верный слуга не проболтается, Батшеве и в голову не придет рассказать мужу об измене, а Бога он умаслит жертвоприношением, еще и храм построит для ковчега, тот и простит ему это маленькое прегрешение. Но... Батшева понесла. Тут уж грех никак не скроешь. Надо срочно что-то делать. Что? Призвать Урию с поля боя, а после этого кто разберет, чей ребенок? Урия явился с докладом, был радушно встречен царем и отпущен повидаться с семьей. Довольный, что проблема решена, царь наутро вдруг узнает, что Урия в свой дом не пошел, а ночевал во дворце.

– Как, ты не захотел порадовать красавицу-жену?

– Прости, царь, но негоже мне воспользоваться твоей добротой, когда мои товарищи в походе, далеко от дома.

Выхода нет. И Давид пишет записку командиру своего войска с приказом в очередной битве использовать Урию там, где он точно будет убит.

Комментарии излишни. Узнав о гибели Урии, Давид берет его вдову в жены. Теперь это законно. Ребенок, зачатый во грехе, почти сразу после родов умирает. Но тут же Батшева зачала уже без греха и через положенное время родила будущего царя Соломона.

Вот такая история. Ее вам могут рассказать, когда вы будете на вершине цитадели Давида. Ее ведь тоже считают первым домом Давида, и сверху вы можете увидеть прямоугольник пустого бассейна, поросшего травой. Его называют бассейном Батшевы, уверяя, что именно в нем она купалась, когда ее увидел Давид. Скорее всего, это придумано, зато прекрасный повод вспомнить реальную историю, которая разыгралась в ближайших окрестностях.

– Теперь, – приглашает нас Яков, – у нас есть возможность спуститься к источнику Гихон, от которого нам навстречу поднимались воины Йоава бен-Цруя для захвата крепости Евус.

Грубо вырубленный в скале ход ведет вниз. Идем гуськом, осторожно ступая по неровному полу, местами покрытому резиновыми ковриками. Подходим к почти вертикальной глубокой шахте. Внизу шумит вода. Здесь черпали воду защитники крепости. Здесь проявили себя скалолазами воины Давида.

В обход, по проделанному много лет спустя акведуку, мы спускаемся к самому источнику. Стоим на площадке для туристов, а рядом бурлит и шумит поток. Много воды утекло, но она и сегодня ничем не отличается от той воды, которая поила когда-то воинов царя Давида.

4

Гробница царя Давида находится недалеко от Сионских ворот. Это несколько тихих прохладных комнат со сводчатыми потолками. Каменное надгробие покрыто синим бархатом с вышитыми золотом текстами на иврите. Гробница почитается святыней. Мужчины подходят к надгробию с одной стороны, женщины – с другой. Перед надгробием стулья. Кто-то сидит и читает давидовы псалмы и молитвы, кто-то делает это стоя, качаясь в такт своему бормотанию. Подхожу и прижимаю ладони к бархатному покрывалу:

– Шалом, Давид! Как ты там, среди праотцов? Нелегкая у тебя судьба! Я уже вспоминал о ней, когда стоял рядом с твоим домом в Ир-Давиде. Сколько силы, ума и благородства было в тебе с юных лет! Царь Саул, ставший твоим смертельным врагом, дважды оставался в живых только благодаря твоей милости и великодушию. Воин, поэт, арфист и певец – все тебе одному, во славу Израиля и Господа. Живи и оправдывай доверие. Но чем выше поднимается человек по служебной лестнице, тем труднее и труднее ему оставаться безгрешным. Что тогда говорить про царя!

Как же ты не мог совладать с безумной страстью к Батшеве?! И так далеко это зашло, что пришлось убить ни в чем не повинного Урию, который был твоим преданным и смелым воином. Знаю, мучила тебя совесть, хотел ты искупить свой грех и построить Храм для Ковчега Завета вместо шатра-скинии. Но через пророка Натана Господь сообщил, что не может дать прелюбодею добро на возведение Храма.

А сколько пролито крови! Можешь, конечно, утешать себя, что не по твоей вине, что ты этого не хотел. Кровавая битва при Гаваоне между Иудеей, где ты стал царем, и остальным Израилем, где после Саула царем стал его сын Ишбошет. Да, Ишбошет был недалеким властолюбцем. Да, тебя нарек царем пророк Самуил. Но сколько евреев погибло с обеих сторон, чтобы ты стал единым царем всего Израиля!

А трагедия с твоим родным сыном Авишаломом?! Сколько народу, включая Авишалома, погибло в битве, и ты сохранил трон. Внизу, в Кедронской долине, заметно выделяется высокое надгробие с куполом, удлиненным кверху. Это могила убитого Авишалома, которого ты с почестями похоронил и оплакал горькими отцовскими слезами.

На каких весах взвешивать твои добродетели и пороки? За всё – свой ответ на Божьем суде. А здесь, на Земле, вот оно, людское признание твоих заслуг. Ты герой и святой, и поклониться твоей могиле едут евреи со всего мира. И я склоняю голову перед твоей славой и величием.

Сказав Давиду все, что хотел, я убрал руки с надгробия и отошел от него пятясь, как положено отходить от святого места.

На следующий день мы с Яковом подошли к другому надгробию на кладбище по склону Масличной горы. Оно ничем не отличается от сотен надгробий, сделанных как под копирку. Это как бы говорит о том, что все равны перед Богом. На плите ивритскими буквами написано «Борух бен-Исаак Рахлин». На соседнем надгробии – «Сара бат-Ноах Рахлин».

Я кладу камешки на могильные плиты. Давняя традиция – приносить на могилы не цветы, а камешки. Цветы красивы, но они быстро завянут и погибнут. Они – символ временного и смертного. А камни – символ вечности, в которую ушли те, кто жил.

Замечаю на торцах надгробия какие-то написанные имена. Оказалось, что это близкие к родителям люди, которые ушли вслед за ними.

Яков вынимает камень, закрывающий небольшое углубление в надгробии, достает оттуда то, что осталось от предыдущих сгоревших свечей, и зажигает две новые. Поместив их в углубление, возвращает камень на место. Немного помолчали.

– Незадолго перед смертью отец сказал: «У меня нет претензий к Всевышнему. Я прожил достаточно большую жизнь. И хотя эта жизнь была полна трудностей и невзгод, Он всегда был рядом, чтобы помочь их преодолеть. А сколько было счастья и радости, так и не счесть! Мы взошли в Иерусалим, Янкеле. Слава Богу и спасибо Ему за все. Барух Ха-Шем!». Совсем на пороге смерти, когда отец уже не мог говорить, он написал записку, которую закончил прощальными словами молитвы на иврите: «Шма Исраэль! Адонай элохейну, Адонай эхад» (Слушай, Израиль! Бог наш, Бог один).

– А когда он эмигрировал в Израиль?

– Это произошло только в конце 1969 года. А весной того года отец снова явил миру свою удивительную силу. Он пережил тяжелейшую операцию по поводу аппендицита. Накануне он почувствовал боли в животе, вызвали «скорую помощь». Врач определил боли в районе печени и «прописал» грелку. Грелка привела к резкому усилению боли, поднялась температура, и отца срочно госпитализировали. Операция проходила в сельской районной больнице. Не особенно доверяя местным врачам, отец попросил присутствовать на операции своего знакомого хирурга, даже фамилию его помню – доктор Ципнис.

Дали наркоз, и папа уснул. Он потом вспоминал, что видел во сне Любавичского Ребе. Сначала на глазах у Ребе он присутствовал при внесении нового свитка Торы в синагогу, а потом очутился с ним в одной комнате, хотел ему что-то сказать, но проснулся – и слышит разговор хирургов между собой.

Оказывается, они никак не могут найти этот проклятый аппендикс. Бывают атипичные случаи. Что делать? Ципнис говорит, что надо срочно зашивать, иначе – не забывайте, что больному за семьдесят, он проснется, и его сердце не выдержит. А оперирующий хирург возражает – если воспалившийся отросток не удалить, то больной неминуемо умрет от перитонита. И тут оба абсолютно онемели, услышав с операционного стола голос: «Делайте всё как надо. Я выдержу».

В этот момент за печенью нашли то, что искали. Отрезали и зашили по живому, без наркоза. Отец вынес, казалось бы невыносимую, боль. Чудо? Чудо! Присматривались, нет ли нимба вокруг головы. Не обнаружили, но к святым причислили. «Святой» выздоравливал в больничном коридоре, поскольку в палатах свободного места не было. Люди толпились в коридоре, чтобы подивиться на героя, просили у него благословения. И никого из них не интересовало, в какого Бога он верит. Способен на необъяснимое чудо – значит, Божий человек.

В конце 1969 года папу вызвали в ОВиР.

– Вы просили о разрешении на выезд в Израиль. Ваше ходатайство удовлетворено. Вам дается неделя на сборы.

Отец взорвался:

– Ну почему все нужно делать так, чтобы вас ненавидели? Что можно успеть за неделю? Мы же не сидим на чемоданах!

Дали месяц.

В Израиле их поселили в хабадской общине. Район в городке Кирьят-Малахи так и назывался – Нахлат гар Хабад. По слухам, сам Любавичский Ребе активно содействовал строительству этого района для своих хасидов-иммигрантов.

Отцу шел восьмой десяток. О работе и речи не было. Но разве может Борух Рахлин сидеть без дела?! Он активист в местной синагоге, добровольный помощник местной полиции и заведует кассой взаимопомощи в своей общине.

Уже из Израиля, в канун не помню какого Нового год, родители полетели в Америку по приглашению Любавичского Ребе.

– По приглашению?! – удивляюсь я, прерывая рассказ Якова. – Глава Хабада, живущий в Америке, приглашает в гости незнакомого российского хасида, недавно совершившего алию со многими такими же, как он?

– В том-то и дело, что знакомого. Они почти одногодки. Их семьи жили в Екатеринославе неподалеку друг от друга. Отец Менахема-Мендла, будущего Любавичского Ребе, был раввином, да и мой дед был не последним человеком в общине. Учились они в одной ешиве, и отец вспоминал, что с виду обыкновенный мальчишка удивлял своими способностями, памятью и познаниями. Вся его последующая жизнь говорит о его незаурядности, чтобы не сказать – гениальности. Его даже пытались признать Мошиахом. Но это другая песня. А друг для друга Ребе Менахем Шнеерсон и Борух Рахлин были друзьями детства.

В гостях родители пробыли две недели. На прощание Ребе уверил отца, что вся наша семья, часть которой жила еще в России, соединится в Израиле. Для отца это было очень важно, так как он доверял предсказаниям Ребе.

Мы с женой встречали их в аэропорту. Самолет опоздал на шесть часов. Пассажиры выходили уставшие и измученные. Но вот появляются родители. Отец просто бежит со счастливой улыбкой и сияющими голубыми глазами, шляпа набекрень. Едва завидев нас, он кричит: «Барух Ха-Шем, мы снова в Израиле. Какой воздух! Такой только в Эрец Исраэль!»

Папа умер 27 числа месяца Тамуз, между двумя трагическими датами в истории еврейского народа – 17 Тамуза, когда враги проломили иерусалимскую стену, и 9 Ава, когда был разрушен Храм. Я написал в письме Любавичскому Ребе, что его хасид пал, как один из бойцов при защите Храма и Иерусалима.

– Кстати, – прервал минутное молчание Яков, – здесь, на Масличной горе, я получил свою первую работу в Израиле.

– После первой работы было еще тридцать лет строительного труда?

– Да, много чего было. Сначала комплекс зданий в Маале-Адумим, а потом Иерусалим – различные объекты в Иерусалимском университете, в Яд ва-Шеме, в Старом городе. Всего более сорока объектов.

Если будете в Яд ва-Шеме, то увидите над входом в Детский мемориал металлические штыри, торчащие из скалы. Посетители – да и гиды – начинают искать в этом какой-то символ, художественный смысл. А я смеюсь. Все дело в том, что скала над входом очень мягкая, склонная к разрушению, а архитектор во что бы то ни стало хотел ее сохранить. Для укрепления скалы через просверленные отверстия ввели специальный раствор, а в отверстия вставили арматурные стержни. Они должны были послужить анкерами для дополнительного крепления, но оно не понадобилось, а торчащие штыри так и остались. Я всегда с удовольствием рассказываю своим группам, что являюсь одним из авторов этой «абстрактной скульптуры».

– Не могу не спросить: как ты стал профессиональным гидом?

– Мне всегда была интересна наша история. Я с большим удовольствием ходил на различные экскурсии, сам много читал, а поближе к пенсии поступил на двухгодичные курсы экскурсоводов, сдал экзамен и вот уже полтора десятка лет вожу экскурсии.

5

За две с половиной тысячи лет кто только не завоевывал Иерусалим! Вавилонский царь Навуходоносор и персидский царь Кир, Александр Македонский и римские императоры, арабские халифы и египетские султаны, турки-сельджуки и турки-османы, крестоносцы и мамлюки. Огнем и мечом вершилась история.

Евреев то угоняли в плен, то разрешали вернуться, то просто выгоняли на все четыре стороны. После завоевания Иерусалима Римом изгнанные евреи в большинстве своем оказались в Италии. Римляне не препятствовали этому. Они лишь запретили им иметь землю и заниматься ремеслами. Было только два выхода: или рабский труд, на что и рассчитывали победители, или придумать что-нибудь новенькое. И наши предки придумали. Они начали заниматься торговлей. Почти весь торговый флот в древнем Риме был еврейским, и пришлые евреи стали более зажиточными людьми, чем коренные жители. Как же это можно выдержать! Начались еврейские погромы, горели корабли. И побежали кто куда, и многие оказались в Испании. Начался их вклад в Европейскую историю. Схема повторялась: переселение, усиление влияния, высокие должности и звания, погромы, переселение. Испания, Германия, Польша и дальше на восток – Украина, Белоруссия, Россия.

Прошу прощения за такой поверхностный экскурс в историю, но по большому счету всё так. Однако во все времена рассеяния всегда находились такие евреи, которые, несмотря ни на что, оставались в Иерусалиме. Даже тогда, когда римский император Адриан дал Иерусалиму другое название и запретил евреям под страхом смерти входить в город, они селились в разрешенной близости от него. А те, кто волей судьбы оказывался вдали, продолжали молиться в сторону Иерусалима и ждали момента, когда можно будет вернуться.

Мы с Яковом идем по району Иерусалима, который называется Нахлаот – Наследия. Этим словом именуют то, что переходит по наследству. Сейчас Нахлаот – в самом центре Иерусалима, в пешем пути от Старого города. А полтораста лет назад, когда этот район начали заселять, это была малопривлекательная окраина. Рядом с домиками вековой давности – всплески новых многоэтажных домов. Вижу маленький патриархальный домик с небольшим двориком, притулившийся к бетонной громадине. Спрашиваю у Якова, как он смог уцелеть. Оказывается, его хозяина не устроили никакие компенсации. Дом предков и память о них для него дороже любых денег, а насильно его переселить не позволяет закон.

Современный Нахлаот – большой район, но его старинная часть очень невелика. Говорят, быстрым шагом ее можно пересечь вдоль и поперек за десять минут. Но мы ходили по ее узким улочкам несколько часов, глазея по сторонам и слушая Якова. Ширина улочек когда-то определилась тем, чтобы могли разойтись два навьюченных верблюда.

На заборах, окружающих дома, можно увидеть фотопортреты тех, кто ушел из этого дома в мир иной. Казалось бы, зачем прохожим разглядывать незнакомых людей? Но не хотят ли нынешние жильцы призвать нас так же помнить о своих предках, как помнят они?

Район Нахлаот состоит, в свою очередь, из большого количества крохотных кварталов – микрорайонов. Их примерно тридцать, и каждый имеет свое название: Нахалат Ахим (наследие братьев), Нахалат Цион (наследие Сиона), Мазкерет Моше (квартал Моше). В отдельных кварталах, не смешиваясь друг с другом, живут евреи курдские, йеменские, иракские, турецкие – евреи любой национальности, как шутит Яков.

Имя Моше не единожды увековечено благодарными потомками. Это Мозес Монтефиори, богатейший британский финансист и преданный делу сионизма еврей, который задолго до сионистских конгрессов вкладывал свои немалые средства, чтобы улучшить условия жизни палестинских евреев и привлечь новых поселенцев. Сегодня музеем является огромная Мельница Монтефиори, которую он построил, чтобы у евреев была работа и мука. В Нахлаоте на деньги Монтефиори построено много домов, которые бесплатно раздавались поселенцам.

Сейчас даже самые невзрачные дома оборудованы всеми удобствами, а поначалу вода черпалась из колодцев и туалеты были во дворе (иногда – один на несколько одноэтажных «семейных единиц проживания, представлявших, как правило, автономную составную часть длинного строения» – цитата из описания старого Нахлаота). На фасаде одного из домов в квартале Мазкерет Моше был вывешен призыв, содержание которого красноречиво говорит о быте тех времен. В переводе на русский этот призыв гласит:

«Сим мы призываем всех жителей квартала со всею тщательностью следить за своими домами, и за домами почтения, и за свободным пространством перед домами и блюсти их в чистоте и приличии. И пусть не выносят они мусор свой и не выплескивают помои свои нигде, кроме тех мест, которые для того специально отведены, и не дают детям своим справлять нужду перед домами, и не оставляют двери домов почтения открытыми! Как говорится, дай Бог и нам, и детям нашим».

«Домами почтения» называли приюты для инвалидов и немощных стариков.

Нам повезло. Мы идем по Нахлаоту в канун праздника Пурим. Улочки полны разряженных ребятишек, да и взрослые не отстают – и роскошные парики под Эстер, и страшные маски под Амана. Задерживаемся около детского садика. Двор по-праздничному украшен, на столах напитки и сладости. Дети что-то говорят друг другу, поют песенки на иврите. Слов не понимаю, но догадываюсь. О чем еще можно петь в праздник Пурим, как не о чуде спасения евреев и не о гибели их врагов. И вот они, благодарение Ха-Шему, счастливые дети в своей стране.

– И все эти дети останутся в Нахлаоте? – спрашиваю Якова.

– Конечно, нет. Жизнь берет свое. Кто-то уезжает, но какая-то часть остается, и она верна времени и месту. Надеюсь, что Нахлаот не опустеет. Это наша история. Надо помнить о прошлом, жить настоящим и доверять будущему.

Вечером мы с Рахлиными идем в синагогу, где сегодня с заходом солнца читают Мегилат Эстер – Свиток Эстер. В нем вся история, отмечаемая в праздник Пурим, что переводится как Жребий. Счастливый жребий выпал на долю евреев, и они были спасены от полного уничтожения.

Разделяемся с женами, которые уходят на балкон, а мы проходим в зал, где Яков садится на отведенное ему постоянное место, а я рядом. Народу не очень много, а зал большой, поэтому свободных мест хватает. Яков достает Свиток, перешедший к нему от отца. Не знаю, сколько этому Свитку лет, но выглядит он как старинный, с пожелтевшей бумагой и выцветшим местами текстом.

Молодой кантор хорошо поставленным голосом читает Мегилат, и Яков отслеживает чтение, постепенно разворачивая Свиток. Как только упоминается имя Амана или его сыновей, возникает невообразимый шум. Трещотки, барабанный бой, удары палками, выстрелы из игрушечных пистолетов. Особенно неистовствуют дети – мальчики внизу и девочки наверху. Я сам стучу крышкой откидного столика. Пусть слышат все наши враги, что с ними будет то же самое, что с Аманом и его сыновьями, если они замыслят зло против евреев.

После окончания службы Яков провозит нас на машине вдоль границы района Гило. Напротив, через долину, светится множеством огней Вифлеем. Чужая территория. Чья? Двух новых государств рядом не получилось. Одно состоялось и стало одним из лидеров в современных высоких технологиях, другое превратилось в странное образование, живущее на содержании мирового сообщества. Одно... Другое... Многое можно противопоставить. Может, надо не освобождать Палестину от евреев, а поучиться у них и вместе с ними устремиться к тому, чтобы все палестинцы, к которым по праву – и человеческому, и Божескому – относятся евреи, стали достойными и мирными людьми.

– Видишь, на этом доме следы от пуль, – прерывает мои размышления Яков. – Какие достойные?! Какие мирные?! Аллах акбар – и умри, неверный! Пули прилетели из Вифлеема, не прицельные. Куда попадут, туда и попадут. А мир глотает сказки о сионистских агрессорах, об убийцах палестинских детей.

А вон, видишь, новый многоэтажный дом. Сколько было крику во всем мире – оккупированные территории, запретить стройку, обуздать оккупантов. Пошумели несколько недель и затихли. А дом стоит, и люди в нем живут. Будем сильными – значит, будем. Разговорами-переговорами проблему не решить. Много лет с ней придется жить. Но раньше или позже... Барух Ха-Шем!

6

Мы идем по Мамилла Авеню к Яффским воротам Старого города. Авеню – только для пешеходов. По сторонам – шикарные бутики, кафе и кафешки, сувенирные магазинчики. Но главным украшением улицы являются выставки-продажи картин и скульптур – как правило, в стиле «модерн». Часть скульптур выставлена наружу, и ощущение, что идешь по музею современного искусства.

На момент Яков задерживается у дома, сложенного из сплошь пронумерованных камней.

– Обычно камни нумеровали, когда старые дома надо было сохранить, но переместить и собрать на другом месте. Когда работа была закончена, и осталось только стереть номера, кто-то посоветовал оставить их – как свидетельство уважения к старине. К совету прислушались, и гиды теперь с удовольствием об этом рассказывают.

Через Яффские ворота входим в Старый город и направляемся к Западной стене – Стене Плача.

«И вознесем Иерусалим во главу нашего веселья» – с этой фразы, которую произносят все женихи, стоя под хупой, Яков начинает свой рассказ у Стены Плача. – Но даже свадьба не располагает к полному веселью, потому что Храм разрушен, и жених, напоминая об этом, разбивает ногой стакан на полу.

Все же почти пятьдесят лет назад произошло событие, которое дало повод для полного, безграничного веселья и полной, безудержной радости. Это случилось во время Шестидневной войны, 7 июня 1967 года, когда весь Израиль услышал в эфире знаменитые слова генерала Моти Гура «Гар ха-Баит бэядейну!» (Храмовая гора в наших руках!) Этот день стал Днем Иерусалима.

Сколько раз я слушал, читал и не уставал рассказывать о том, как наши парашютисты ворвались в Старый город через Львиные ворота, как в первых рядах был Шломо Горен, главный раввин Цахала, со свитком Торы в руках.

Глаза Якова светились гордостью. Казалось, что он участник события или по меньшей мере его живой свидетель.

В глубине Марокканского квартала они увидели Западную стену – Стену Плача, то, что осталась от разрушенного Храма. Они молились и плакали, пели и танцевали. Свершилось! Свершилось! Вот оно, чудо! Барух Ха-Шем!

Правда, в бочке меда не обошлось без ложки дегтя – или даже без ведра. Храмовая гора – как же не совершить благородный жест – была передана арабам. Мол, посмотри, мир, какие мы хорошие. Посмотрел мир, и все вернулось на круги своя – «агрессоры, преступники, злодеи». Ладно, не будем о грустном.

Расскажу еще замечательную историю, случившуюся в тот день.

Когда наши бойцы передвигались по узкой улочке к Стене Плача, в переулке неподалеку от Храмовой горы военврач Ури Френд принимал роды у арабской женщины. Все прошло благополучно, и Ури удостоился благодарственных приветствий.

Через некоторое время стало известно, что роженица, ее звали Лейла, оказалась еврейкой, то ли насильно выданной, то ли по доброй воле вышедшей замуж за араба. Корреспондент газеты «Маарив» Мордехай Элькан, бывший свидетелем этих родов, рассказывает, что через несколько лет случайно встретил Лейлу и узнал, что после смерти мужа она вернулась к еврейству и к своему прежнему имени Иегудит. Она умоляла Мордехая устроить ей встречу с доктором Ури Френдом, которого называла не иначе как ангелом, сошедшим с небес в стальной каске и с автоматом «Узи», чтобы поднести ей самый дорогой подарок – красавицу дочь. Встреча была очень трогательной. Ури вручил Иегудит «Свидетельство о рождении» дочери Хульды.

Через год после этой встречи Ури Френд погиб в войне Судного дня. В 1984 году, когда Хульде исполнилось 17лет, Мордехай Элькан привез ее к Стене Плача, неподалеку от которой она родилась в тот исторический день – День Иерусалима.

В этой истории все правда. Может быть, какие-то детали домыслены репортерами, но разве это имеет значение. История замечательная!

А теперь, прежде чем спуститься в туннель Западной стены,

отрытый археологами, и вдохнуть воздух самой древней старины, молча подойдем к Стене со своими словами и молитвами.

Ежегодно я бываю в Израиле, и каждый раз обязательно прихожу к Стене. Постоять около Стены, прижать к ней ладони, коснуться лбом, ощутить себя внутри необъяснимой ауры, внутри удивительной истории своего народа, которая сегодня продолжается в тебе. У меня ощущение, что от Стены исходит поле, проникая через ладони в самую глубину, еще не совсем осознанную, но реально осязаемую. Что выше этой вышины и этой бездны что бездонней!

Я не пишу Богу записки, не обращаюсь с просьбами. У меня есть к Нему только один вопрос: «Кто я и зачем?» Вдруг на этот раз Он ответит. Но Он повторяет каждый раз один и тот же ответ: «Если бы ты это знал, то ты был бы Богом, а не Я».

На этот раз мы пришли к Стене с одним из сыновей и шестилетней внучкой. Внучка была у Стены впервые, хотя она уже слышала о разрушенном Храме, о святости этого места для евреев. Сын обратил ее внимание на многочисленные бумажки, торчащие из расщелин между камнями.

– Это записки, в которых люди обращаются с просьбами к Богу в надежде, что Он им поможет. Хочешь, мы тоже можем написать записку. О чем бы ты хотела попросить Бога?

– Хочу, чтобы построили новый Храм.

Март, 2016

Аркадий Шпильский

– родился в 1949 г. в Киеве. Стихи начал сочинять еще подростком. С 1963 г. посещал киевский литературный клуб старшеклассников «Джерело» («Родник»), закрытый в 1965 г. партийными органами. В 1972 г. окончил Киевский политехнический институт по специальности теплофизика. Там же в 1980 г. получил второе высшее образование по теории информации и прикладной статистике. Работал в Ленинграде и Киеве. В 1992 г. эмигрировал в США, где специализировался в области биостатистики. Работал в научно-исследовательских институтах при Пенсильванском университете, а затем в фармацевтической промышленности (*Pfizer, Sanofi, Novartis*). Пишет малую прозу, стихи, стихотворные переводы и пародии. Переводы из лирики Сергея Жадана публиковались в литературных альманахах и журналах «Этажи», «Связь времен», «Слово*Word*», «Новый свет», «Чайка», «Зеркало» и «Вестник Пушкинского Общества Америки». Рассказы опубликованы в альманахе «Егупец» (Киев).

Унижение Сальвадора Альенде

В первых числах сентября вызвал меня начальник нашего отдела Ястребов.

– Садись. Слушай, Аркаша, тут такие дела... Ты ведь в Одессу едешь, на конференцию, так?

– Да, я и Фрид.

– То-то и оно, что Фрид... – с досадой протянул Ястреб, поглаживая свою голову, лысую, как бильярдный шар. – Просто не знаю что делать, – вторую неделю якобы болеет!

Фрид, он же Фридланд Владлен Семенович, был моим начлабом. Обсуждать его запой с его же боссом мне никак не хотелось. К тому же в отсутствие Фрида формально за лабораторию отвечал наш ведущий инженер Раймонд Иванович Петерс, но, так как он был химиком, почти все дела шли ко мне. И нареканий не было.

– Ты мне должен помочь. Я боюсь отпускать его в таком состоянии, хрен его знает, что он там еще накуролесит. Звонили из первого отдела – в шалмане, где он на днях выпивал, нашли его портфель с секретным отчетом... И как это ему удалось вынести за проходную?!! В общем, езжай один.

– Даниил Николаевич, это невозможно: три доклада на одного, плюс два из них одновременно на разных секциях! Что же мне, раздвоиться прикажете? И потом, главный обещал Штилю, что Фрид будет участвовать.

Штиль, он же Тихий Виктор Самойлович, был главным инженером одесского института «Буря», головного по тематике нашей лаборатории и фирмы – устроителя всесоюзной конференции. Между собой мы шутили: институт – шторм, главный инженер – штиль. И в самом деле, полноватый, выше среднего роста, с вьющимися каштановыми волосами, всегда спокойный и улыбчивый, Тихий был самим воплощением того, что Бабель называл «жовиальный мужчина». Между ним и главным инженером нашего ленинградского НИИ «Пионер» было договорено, что в вопросах стратегии Фрид будет периодически информировать одесситов – по сути, дарить им наши идеи. Лаборатория встретила эту установку на «сотрудничество» с возмущением и упорно ее саботировала – очень уж отличались наши одесские коллеги длинными руками. Но неявка на конференцию – это было бы расценено как открытое неповиновение и вызов.

– Ну ладно, ты прав, – подумав, сказал Ястреб. – Тогда так: не оставляй его одного хотя бы до его выступления, ну и вообще – как сможешь.

Я пожал плечами. Что я мог сказать – что я не сторож брату своему? Что человека, которому за сорок, не удастся уберечь от собутыльников? Тем более, мне, его подчиненному, да еще и на двадцать лет моложе...

Долго и муторно шло оформление «документов на вынос». Листы ватмана с моими формулами и картинками, текст доклада, слайды – все должно было пройти проверку на секретность, а точнее – на ее отсутствие. Иначе пришлось бы запускать это секретной почтой, и я бы не успел к отъезду. Трудно было себе представить, как это делал Фрид, находясь за пределами «конторы». Хорошо, что наш соавтор, технолог Инна Геннадьевна, хоть зарегистрировала его рукопись. Об остальном мы могли только гадать и надеяться на чудо. Впрочем, в первом отделе, отделе секретности, у Фрида были собутыльники.

В Одессу я прилетел днем 10-го сентября. Было по-летнему тепло. Я любил Одессу. Это был первый город, где я увидел Черное море, когда семилетним мальчиком отдыхал с родителями на 13-й станции Большого Фонтана. В те времена по пляжу разгуливали мужчины в ночных пижамах и узбекских тюбетейках и женщины в домашних ситцевых халатиках. Я купался в море, загорая и постепенно превращаясь в шоколадку, хулиганил с местными мальчишками. Всем нехорошим словам я научился именно тогда...

«Буря» сняла для конференции Дом офицеров. Регистрируясь в вестибюле, я поинтересовался, не прибыл ли Фридланд. Девушка Светлана (жгучая брюнетка, пышный перманент) строго посмотрела на меня из-под очков и с некоторым укором ответила:

– Как раз именно это мы хотели бы услышать от Вас: Виктор Самойлович заказал для него номер в «Черном море», завтра истекает срок брони.

Недавно построенная финнами интуристовская гостиница «Черное море» была мечтой любого командировочного, и размещение в ней надо было понимать как знак особого расположения. Обычно Тихий обеспечивал приезжающих койкой в двух-, трех-, четырехместных номерах старинной гостиницы в стиле арт-нуво, со странным названием «Большая Московская». Своим расположением в самом центре Дерибасовской она с лихвой компенсировала отсутствие удобств в номерах, и я всегда терялся в догадках, какими борзыми щенками расплачивался Штиль с администрацией. На этот раз мне дали место в гостинице «Пассаж», тоже на Дерибассовской, расположенной внутри одноименного торгового заведения. По дизайну оно было чем-то средним между киевским и ленинградским пассажами: внутренний двор – проходной, как в Киеве, но с крышей, как в Ленинграде. Именно это обстоятельство делало гостиницу, выходящую окнами во двор, малопригодной для жилья. В ее окна залетали и многократно усиленный гул покупателей, и пыль, поднятая их шарканьем по тротуару в тот все еще по-летнему жаркий день. «А ведь могли бы наслаждаться прелестями интуристовской гостиницы, – подумал я, раскладывая на обшарпанной тумбочке слайды своего доклада, чтобы лишний раз пройтись по основным пунктам перед завтрашним выступлением. – Фрид, где ты? Аууу...».

Кое-как переспав ночь в духоте, я рано проснулся, подгладил свежую рубашку и, принарядившись для выступления, отправился в Дом офицеров. Началась сессия, один за другим шли унылые сообщения, во многом повторявшие друг друга. Наконец подошла моя очередь. В теме я ориентировался как рыба в воде – занимался перспективными системами еще с третьего курса института, в научной лаборатории кафедры, по ним же писал курсовую. С первых слов я пошел в наступление. Обвинил коллег в топтании на месте, показав, как далеко ушли в своих разработках наши потенциальные противники за рубежом. «Пора, наконец, понять, – жег я, – что стыдно предлагать для магнетрона объемом с яблоко систему его термостабилизации, напоминающую автомобиль 'Запорожец'. Как говорил великий Горький, в карете прошлого никуда не уедешь! Тем более, в инвалидном драндулете». Дальше в ход шли фотографии, результаты испытаний, собственная теория процесса, проблемы и их решения. Я опять и опять повторял, что наш подход – это заставить прибор справляться со своим побочным эффектом силами самого же эффекта, обращая таким образом негатив в позитив... Я увлекся и не заметил, что вышел из регламента, поглотив часть времени, отведенного на дискуссию. Председательствующий спохватился. Посыпались вопросы:

– А что скажут военпреды?

– А кто будет разрабатывать нормативные документы?

– Это че у вас – вечный двигатель или че?

– А если спирт выпьют?...

На вопросе «А это Ваша кандидатская? Нет? Хммм» обсуждение закончилось. Начинался обеденный перерыв. Я вышел в холл и... о боже! У столика регистрации стоял Фрид. В первую секунду это было как фата моргана, мираж, призрак. Но призрак повернулся в мою сторону и, заметив меня, пророкотал:

– Аркаша! Какая встреча! Где ж ты пропадаешь?!!

– Ну я-то при исполнении, вот только что отчитался, залечиваю раны от укусов...

– Молодец, старина, держись за весло, чтоб в море не снесло!

Фридланд, родившийся и выросший в Ленинграде, у Балтийского моря, любил показать, что он, мол, морская душа, хотя вряд ли бывал где-нибудь на флоте, кроме экскурсии на «Авроре». Пожимая руку боссу, я мгновенно зафиксировал в сознании бросающиеся в глаза детали. Рыжая нечесаная шевелюра. Такие же рыжие пятна грязи на некогда шикарном импортном плаще. Грязная рубашка. Траурные каемочки на ногтях. И, конечно, коронная, всегда обезоруживающая улыбочка, блуждающая, как у юродивого, на небритом лице. Когда б вы знали, из какого сора!..

– Ну что, направление в «Черное море» получили? Значит, Вы сейчас туда?

– Так ведь и тебе туда же – на хрен твой «Пассаж», я только что договорился. Только давай сперва отобедаем, мужики говорят, на берегу классная шашлычная – по канатной дороге отсюда 10 минут.

– Хорошо, Вы идите, я только в туалет заскочу, встречаемся внизу, – соврал я, так как краем глаза увидел приближающегося Тихого. Не хватало еще, чтобы он увидел Фрида в таком виде!

– Поздравляю Вас! – сказал подошедший Штиль, пожимая мне руку. – Я успел на вторую часть Вашего выступления – все очень по делу! Ну а как же Фридланд? Его доклад завтра.

– Да-да, он опоздал из-за болезни, но уже здесь и, конечно, завтра выступит.

– Прекрасно! Надеюсь, вам обоим понравится наша интуристовская гостиница: одесское гостеприимство – для ленинградского творчества!

– Большое спасибо – не подкачаем!

«Ага, – подумал я, – быстро сказка сказывается», – и поспешил на выход. Через 15 минут я уже был в шашлычной на берегу моря. За одним из столов стояла большая компания наших оборонных инженеров, вооруженных пивными кружками и свежими шашлыками. Солировал, как всегда, Фрид:

– Когда я делаю на испытательном перехватчике три маха...

Вряд ли кто-нибудь из этих переучившихся конструкторов и технологов понимал, что «мах» здесь – не тот, что «махну серебряным тебе крылом», а критерий Маха, отношение скорости летательного аппарата к скорости звука, или, как его называли в 40-е годы патриоты, чтобы подчеркнуть российский приоритет, – число Маевского. Было видно, что, превысив скорость звука, Фрид уже готов к штопору и аварийному катапультированию – и это всего-то за 15 минут моего отсутствия. Я был юн и неопытен и не понимал, как быстро хмелеют алкоголики. Наспех съев свой шашлык и поймав такси, я повез Фрида в отель. Уже сидя в машине, я вдруг спохватился, что у него, кроме портфеля, ничего с собой не было.

– Владлен Семеныч, а где же ваши плакаты для доклада, да и сам доклад?

– Не дрейфь, – пробормотал Фрид, – русские умирают, но не сдаются, – и, расстегнув плащ и пиджак, вытащил из-под брюк пачку чего-то, завернутого в «Ленинградскую правду». Я развернул пакет –

это были фотографии из секретных отчетов. Текста не было – значит, Фрид, как всегда, будет импровизировать. В полупустом портфеле валялись электробритва, зубная щеточка и смена белья. Мы заехали в Пассаж за моими вещами и заодно купили Фриду рубашку – местного производства, топорно сработанную, но все же лучше, чем грязная.

В «Черном море» все ласкало глаз современными формами, блеском никеля и стекол и какой-то легкостью. Этакий островок заграницы. В скоростном бесшумном лифте поблескивали кнопки и светились лампочки. Название одной из них, «Перегруз!», явно свидетельствовало, что и в этом иностранные дизайнеры обошлись без участия русских. В номере я предложил Фриду принять ванну и прийти в себя, а сам пока что наслаждался видом спокойного, с едва заметной зыбью, моря, открывшимся с балкона нашего последнего этажа. Собственно, это был не балкон, а скорее балконные двери с решетчатым ограждением – что ж, спасибо и на том. Вскоре из ванной вышел Фрид – чистый, свежий, бритый и уже более-менее вменяемый – и включил телевизор. Показывали сюжет, о котором я на днях прочитал в заметке «Известий». В Доме журналистов в Москве в присутствии иностранных корреспондентов шла пресс-конференция по результатам суда. Экран вдруг дохнул удручающе-могильным, из Достоевского: в своей антисоветской деятельности каялись диссиденты Петр Якир и Виктор Красин. Повеселевший было Фрид сразу помрачнел:

– Ну вот, Аркадий Борисыч, опять твои евреи отчудили!

– Владлен Семеныч, извините, при чем тут евреи?

– Ну, ты же знаешь, что Якир – это сын Ионы Якира. Мало ему, что отца реабилитировали! В политику полез, б*я!.. А Красин – тот, ясно, внук соратника Ильича, Леонида Борисовича Красина. Это так его зовут в курсе истории КПСС. А на самом деле его звали Лейба Борухович – вот!

– Ха! Ну насчет Лейбы – это Вы явно с Троцким спутали. И потом, они мои евреи не больше, чем Ваши.

– Да, мой отец, Семен Григорьевич, он же по паспорту Соломон Гиршевич, – конечно, еврей. Но, как ты знаешь, моя покойная мама, Марья Ивановна Горюнова, была густопсовой русачкой!

– Ну хорошо, они на пятьдесят процентов Ваши – договорились!

– Слушай, Аркаш, не лезь в бутылку, выключи на**р этот ящик, идем прогуляемся.

Мы вышли на Малую Арнаутскую и побрели в сторону набережной. Похоже, Фрид совсем протрезвел. Закурили: он – «Беломор», я – «Стюардессу».

– Понимаешь, старина, все это – плохо. Да, конечно, они борются за идеалы, но на самом деле, никому, кроме них, это не нужно. Народ их не знает и знать не хочет. Ты с чем в цех идешь, когда аврал, и тебе позарез нужно макет сварганить?

– Ну, со служебной запиской в жидком виде, – так, с легкой руки Раймонда, у нас называли порцию спирта, налитого в бутылочку, почему-то из под детского питания.

– Вот-вот. Им бы только выпить. Усатый сдох, Никитку спровадили на пенсию, а Леня-бровастый никого не беспокоит, и народ доволен. А эти раскачивают лодку. Как эти два героя варежки распустили – не знаю, но что из тех, кого они сдали органам, большинство – евреи, не сомневайся. А тут еще Израиль, эмиграция, охренели все, так что будут – да, будут – затягивать гайки твоим соплеменникам. Ну, и таким, как я, конечно, рикошетом достанется...

– Значит, Вас устраивает наше болото? Чехи-то ничего плохого не хотели, зачем их надо было давить? Социализм ведь разный может быть. Вон Альенде в Чили нас ведь устраивает.

– Да, Альенде мы уважаем, но только мы не латиносы. А что русскому хорошо, то для немца – смерть... Ну, ладно, пошли спать.

– Да, неплохо бы выспаться – завтра у нас доклады.

– Кстати, а какое сегодня число? Одиннадцатое сентября, говоришь? Ох, не люблю я эту дату! Последнее письмо от дяди Коли было датировано одиннадцатым сентября. Запомни эту дату, черная дата. Никогда ничего не планируй на одиннадцатое сентября.

Дядя Коля, он же генерал-лейтенант Николай Иванович Горюнов, излюбленный персонаж семейных преданий Фрида, чей портрет маслом я видел у Владлена на даче, погиб в киевском котле в сентябре 41-го года вместе с командующим фронта и его штабом.

Придя утром в Дом офицеров, мы разошлись по своим секциям, договорившись встретиться в полдень возле столов оргкомитета и обменяться впечатлениями – участники были заинтригованы нашими докладами, и ожидались баталии. Мой доклад, подготовленный совместно с Инной Геннадьевной, содержал много технологических нюансов. Некоторые из них, наиболее важные, были оформлены заявками на изобретения, но патентами еще не стали. Получив слово, я об этом сразу предупредил и повел свой корабль между Сциллой и Харибдой, рассказывая о наших чудо-трубках как о палочках-выручалочках в сложных случаях конструирования аппаратуры, но избегая деталей того, что на самом деле внутри. На какое-то время фотографии причудливых блоков с торчащими ершиками наших суперпроводников захватили внимание аудитории. Но вскоре посыпались вопросы: о марке стали, методе формирования структуры, типе сварки и так далее. Мне пришлось слегка приоткрыть «черный ящик», но публика жаждала подробностей. Особенно распалился отставной капитан первого ранга Юлий Маркович Пинчук, бывший подводник, начальник отдела, с которым Фрид раз и навсегда порвал всяческие отношения, когда он переманил нашу сотрудницу к себе в аналогичную «контору». С тех пор всякий раз, когда речь заходила о наших судпромовских коллегах, Фрид саркастически замечал: «Какие только чудеса не рождают пинские болота – местечковых подводников с древнеримскими именами!». И вот Пинчук шел на штурм:

– А скажите, прошли ли ваши трубки госиспытания?

– Мы не считаем, что подобные испытания необходимы, – они часть аппаратуры, с ней трубки и должны проходить испытания.

– Хорошо, а аппаратура – прошла? Какая именно?

– Юлий Маркович, Вы отлично знаете, что данный вопрос – за пределами секретности для этой аудитории.

– Что Вы мне тут шары закручиваете?!!

– Готов раскрутить обратно, если покажете, где и какие...

Зал грохнул смехом, а я поспешил на выход – попытаться успеть хотя бы на часть выступления Фрида в соседнем зале. Приоткрыв дверь, я быстро прочесал взглядом аудиторию – ни на трибуне, ни среди слушателей Владлена не было. В этот момент ко мне подошла женщина из оргкомитета.

– Уже прошел час, как Ваш начальник попросил присмотреть за его вещами. – Мы подошли к столу, и она достала из-под красной скатерти знакомый портфель. – Сказал, на минутку, а свое время выступления пропустил, мы вынуждены были сдвинуть программу...

– Я попытаюсь поискать его – он мог с кем-то разговориться в кулуарах и просто забыть. Но никаких гарантий дать вам не могу – мне самому надо вернуться на свою секцию для общей дискуссии, и времени у меня очень мало. Так что, знаете, я бы посоветовал перенести его выступление на завтра.

– Вы такое говорите, что в куче не держится!

– Подождите, Света, не кипятитесь, – услышал я знакомый голос за спиной. Я и не заметил, как к нам подошел Тихий. – Товарищ дело говорит – лучше позже, чем никому. Попробуйте найти окно в завтрашней утренней сессии. – Штиль, приобняв меня, отвел в сторонку и продолжал тет-а-тет доверительным тоном: – Я боюсь, эта ситуация может иметь неприятные последствия для Вашего шефа – с Вашим главным все было договорено, и потом – мы же вас так принимаем...

– Виктор Самойлович, все, что я могу сделать, – это попытаться найти его. В худшем случае – освободить номер в «Черном море» и вернуться в Ленинград.

– Ну, ничего-ничего, не обижайтесь, мы Вас уважаем, попытайтесь сделать больше.

На этом мы расстались, я быстро обошел Дом офицеров, заглядывая в разные комнаты и даже в туалеты. Фрида нигде не было, и я вернулся на свою секцию. Через два часа, прихватив его портфель и получив новое окно для завтрашнего доклада, я поспешил в сторону знакомого шалмана – один из участников сказал мне, что видел его в компании, двигавшейся в сторону моря. Вот и знакомая шашлычная, и компания та же – пожилые трепачи, и в центре – слегка покачивающийся Владлен, романтик моря, душа нараспашку. И свежие кровавые пятна на ней самой, на душе, – томатный соус на еще недавно свежей рубашке из Пассажа. Увидев меня, Фрид слегка смутился:

– Аркадий Борисыч, слушай, тут дискуссия вышла с этими рыцарями меча и орала, в общем, я им кое-чего растолковал...

– А про доклад что – забыли?

– Хммм... да, а который час? Может, еще успеем?

– Поздно, спасибо Тихому – перенесли на завтра. Так что давайте уже отдыхать.

В вестибюле гостиницы пришлось долго ждать лифта – был очередной заезд интуристов. Рядом стояла пожилая пара, слышна была немецкая речь. Мы вошли в лифт, пропустив вперед гостей. Фрид вдруг начал декламировать:

– Ихь вайс нихьт, вас золь дас бэдойтэн, дас ихь зо траурих бин, айн мэрхен аус уральтен цайтэн... – Фрид запнулся, слегка покачнувшись.

– Яаа! Яаа! – обрадовались немцы, – Лореляй... Хайне... дас комт мир нихьт аус дэм зин... Давай-давай!

– Ди люфт... ди люфт... – Фрид окончательно сбился.

– Ах, майн гот, боже мой! – огорчился немец, русским жестом щелкнул себя по шее и показал пальцем на красную кнопку. – Яаа! Яаа! Перегруз!

– Ух, немчура, – пробормотал Фрид, – мало им было Сталинграда.

В этот момент лифт остановился, и притихшая пара с недовольными лицами вышла на свой этаж.

– Ну вот, Владлен Семеныч, Гейне Ваш чуть до беды не довел, только международного скандала нам не хватало! Забыли, какую подписку давали в первом отделе? Никаких контактов с иностранцами!

Заходя в номер, я вспомнил пикантную подробность: даже в случае непроизвольного контакта следовало явиться в отдел режима и доложить на самого себя компетентным лицам.

Шутки шутками, но надо было что-то делать с одеждой Фрида. Отстирать кровавые пятна ткемали так и не удалось. Тут я вспомнил о своем стратегическом запасе – рубашке, сделанной в Венгрии, из ткани со странным тиснением, напоминавшим тюлевые занавески.

– Что ж, товарищ начальник, одалживаю Вам свежую новую рубашку, подарок родителей, Вы уж не подкачайте, на Вас смотрит все прогрессивное человечество!

– Спасибо, старина, не подкачаем!

Фрид расслабился на диване, а я включил телевизор. Передавали новости. «По сообщениям иностранных агентств, вчера утром, одиннадцатого сентября, в Чили произошел антигосударственный переворот... Атакован президентский дворец Ла Монеда… Президент Сальвадор Альенде арестован… В Сантьяго бои… Самолеты сбрасывают ракеты на жилые районы Сантьяго… Переворот организован военными… Командующими всеми родами войск и карабинерами… Образована военная хунта…»

– Чего?!! – задремавший было Фрид подскочил на диване. – Вот дела! Да кому же он мешал, доктор этот, – поди не Фидель.

– Ну, Фидель у него в лучших друзьях, положим. Да и у нас его любили.

– Да, только две недели назад с Леней встречался. Нет, ясно, каких гусей он раздразнил!

Фрид задумался.

– Знаешь, я вот вспомнил, как мы симпатизировали американцам. В шестьдесят девятом, когда начались переговоры по Вьетнаму, Штаты приехали к нам с выставкой. Ну, всех ведущих инженеров и выше, и не только в нашей конторе, а по всему Питеру, подговаривали в виде рейдов дружинников устраивать заторы на подходе к выставке и вынуждать людей поворачивать оглобли. Ну, мы у себя втихаря решили, что сделаем все наоборот. Я, Вова Петренко, Толя Зоненберг, – в общем, все, кого ты видишь у нас на кофейных сборах, договорились сделать все наоборот. Шуму было потом – ведь сорвали акцию КГБ и комсомола! Только один Митя Котеночкин не явился, захворал то есть – ну, мы с ним месяц не здоровались... Эх, чует мое сердце – не обошлось без американцев, новый Вьетнам затевают, только теперь у латиносов.

– Да, интересно, что сейчас скажут Вова с Толей.

Владимир Николаевич Петренко и Анатолий Владимирович Зоненберг, бывшие коллеги Фрида, тоже завлабы, любили зайти в нашу лабораторию и поболтать на послеобеденных посиделках. Вова, зять известного ученого-медика, друга знаменитого филолога и диссидента, вытесненного из страны на кафедры Сорбонны, и Толя, скрытый поволжский немец, родители которого чудом избежали депортации, часто проезжались по патриотизму Фрида.

...Утром 13-го Фрид, отутюженный и сияющий свежей рубашкой, но сам какой-то притихший и погруженный в свои думы, явился в моем сопровождении на последнее заседание конференции. После нескольких докладов подошла его очередь выступать. Он прошел слегка разболтанной матросской походочкой – пятки вместе, носки врозь – к трибуне и бросил на нее пачку фотографий, завернутых всё в ту же «Ленинградскую правду».

– Чернышевский, – прохрипел голос Фрида в микрофоне. Зал затих. Фрид прокашлялся. – Чернышевский, – повторил он и добавил для пущей ясности: – Николай Гаврилович, написал роман «Что делать»...

По залу прошел шорох. Сзади, справа от меня, четко прозвучал чей-то наполненный обидой голос: «Что они там, в Питере, совсем охренели, один про Горького, другой про Чернышевского – какой-то пединститут, а не лаборатория!»

– Так вот, – продолжал Фрид, – он сказал нам, что делать, но не сказал – как. Как делать – вот ключевой вопрос современной радиоэлектроники. Мы пытаемся поспеть за американцами и делаем большие интегральные схемы, но знаете, в чем они большие? Только в размерах! – Тут я со страхом вспомнил недавнюю шутку Толи Зоненберга: «Советский прогрессирующий паралич – самый прогрессивный в мире» – о нет, только не это! Я взмахнул правой рукой, якобы прочесывая пятерней шевелюру, и, похоже, на мгновение «переключил» Фрида. – Представьте себе, что сейчас, в этот теплый солнечный день, вы напялили себе на голову зимнюю шапку – как, будет вам прохладно? А ведь именно это делают наши конструкторы и технологи, запихивая полупроводниковые структуры в коробки, якобы защищающие их от вредного воздействия черт знает чего, где они и парятся, как в русской бане. Что же мы предлагаем? Вместо бани сделайте для них бассейн с целебной органикой – жидкой средой, отводящей тепло и улучшающей физические свойства кристаллов... Ндаа... Хммм.... О техническом воплощении наших идей доклад продолжит наш ведущий специалист Аркадий Борисович, а у меня тут срочный разговор с министерством. – С этим Фрид вышел из-за трибуны, подошел ко мне и, вручая пакет, прошептал на ухо: «Аркаш, выручай, рискни – кто не рискует, тот не пьет шампанского!»

Я посмотрел в президиум – жовиальный Штиль сейчас напоминал одного из персонажей картины Репина «Не ждали». Он умоляюще смотрел на меня, и в моем сознании зажглась табличка над дверями автобуса «Икарус»: «Нет выхода». Фрид вышел из зала, я заступил на его место.

– Уважаемые коллеги, – начал я, разворачивая пакет Фрида, – Владлен Семеныч нам тут наполнил бассейн, а плавать в нем придется мне. – Я услышал легкий смешок, как мне показалось – дружелюбный. – Так что, если вы мне поможете не утонуть, получите шанс узнать кое-что интересное. Вот мощный передатчик – в контейнере, заполненном фторорганической жидкостью. – Я вытащил первую фотографию из пачки и положил на стекло проектора. – Недавно Моторола опубликовала аналогичную конструкцию, но у них жидкость прокачивается насосом, а мы применили супертрубки, те, о которых я вам докладывал вчера. Вот, – положил я следующую фотографию, – модуль с полупроводниковым генератором размером с игольное ушко. Эта песчинка выделяет столько тепла, что мы никогда не смогли бы даже снять его характеристики, он просто сгорел бы, не заполни мы весь этот пенал фторорганикой...

Я вытаскивал фотографию за фотографией, отвечал на вопросы, чертил мелом графики на доске, извлекал из памяти рабочие параметры и сыпал цифрами. До махов, которыми покорял Фрид своих собутыльников, не дошло, но они всплыли в другом контексте. «Так что, – спросили из дальнего угла зала, – вы жидкостью прямо по обнаженным кристаллам?» «Ну да, – ответил за меня кто-то из другого угла, – Маха одетая – Маха обнаженная, чего уж там...» Так прошли 20 минут, отведенные Фриду. Я закончил выступление, поблагодарил за внимание и вернулся на свое место в первом ряду. Меня можно было выжимать, хотелось пить, но я досидел до конца сессии. Конференция закрылась. Еще был обед для участников, коллеги за столом пытались выведать у меня какие-то подробности, но все свелось в конце концов к общему трепу – импровизация выкачала из меня все силы.

...В гостиницу я возвращался пешком, спустившись к берегу, – впервые за эти дни можно было смотреть на море, ни о чем не думая. Я зашел в номер и увидел такую картину. За круглым столиком, спиной к открытому балкону, сидел Фрид. Перед ним – початая бутылка «Столичной», кофейная чашка, открытая банка сайры в масле и коробка спичек. Фрид, орудуя двумя спичками, вытаскивал кусочек сайры, стараясь не очень расплескать масло на стол. Я молча подошел к столу, взял бутылку и пошел в ванную, которую под углом мог наблюдать Фрид. Я вылил водку у него на глазах в унитаз и вернулся к столу с пустой бутылкой. Фрид вдруг подскочил и рванулся к балкону. Не знаю, какая сила бросила меня на него, – прыжками в длину я на физкультуре никогда не отличался. Но каким-то чудом я успел вцепиться в ту самую мою кружевную рубашку, как раз в последний момент, когда Фрид уже занес ногу над фальшивым балкончиком. Мгновение – и я был бы свидетелем еще одного маха Владлена, на этот раз – последнего. Я повалил его на пол, скрутив руки за спиной и прижимая своим весом. Так прошло несколько минут. Он вдруг прохрипел:

– Вы можете унижать меня, но я не дам вам унижать президента Альенде!

«Что это? – пронеслось в голове, – ах, да, ну конечно – белая горячка!», – и я со страху сжал его руки еще сильнее. Фрид застонал. Прошло еще какое-то время. Фрид перешел на шепот:

– Отпусти, больно... Я не буду...

Я помог ему встать с пола и отвел на диван. Только сейчас я заметил, что телевизор был включен, и по нему показывали Альенде в каске и с «калашниковым». Теперь уже говорили, что по непроверенным данным, он убит. Я выключил телевизор. Фрид выглядел каким-то сдувшимся, как автомобильная шина, напоровшаяся на гвоздь.

– Владлен Семеныч, как Вы? Может, «скорую» вызвать?

– Ты че? Я в норме, – Фрид прилег на диване, – вот только вздремну...

Я накрыл его одеялом и дождался, пока не услышал ровное сопение. Затем закрыл балконную дверь, забаррикадировал ее тумбой с телевизором и пошел принимать душ, оставив дверь ванной открытой. Ночью я просыпался несколько раз, но было тихо. На следующий день мы вылетели в Ленинград.

* * *

Я вспомнил эту историю 28 лет спустя, сидя поздним вечером перед экраном телевизора во Франкфуртском международном аэропорту. На экране опять и опять возникали страшные кадры кинохроники: боинги, входящие, как нож в масло, в стеклянные башни «близнецов» в Нижнем Манхэттене. Было 11 сентября 2001 года. Самолет «Люфтганзы», на котором я возвращался с каникул на Французской Ривьере, достигнув середины Атлантики, был развернут обратно в Европу. Пассажирам сообщили, что неизвестные бомбили Нью-Йорк и Вашингтон, воздушное пространство США закрыто, дан приказ возвращаться на основную базу. В цокольном этаже аэропортовского «Шератона», в его гигантских конференц-залах, были организованы шелтеры с походными брезентовыми раскладушками, на которых лежали свежая постель, полотенце, зубная щеточка и паста; по аэропорту ходили спецназовцы с овчарками – немцы, как всегда, оказались на высоте в организации лагерей!..

Я пытался заснуть, но шорохи, храп и постанывания – дыхание шелтера – вытолкнули меня наверх, к телевизору. Я вспомнил слова Фрида: «Запомни эту дату, черная дата. Никогда ничего не планируй на одиннадцатое сентября». Впервые за долгие годы я вспомнил о нашей «конторе» и моей юности, оставленной там, в далеком Ленинграде. Я еще не знал, что все, что осталось от некогда суперсекретной фирмы, – это игривое маскирующее название «Пионер». Теперь там гнали какой-то ширпотреб по китайским шаблонам. Я не знал, что Фрид вдохнул было жизнь в этого умирающего монстра советской военки, придумав ракету, работающую на энергии трения в плотных слоях атмосферы, – как же, как же, ему всегда нравилась моя фраза «заставить прибор справляться со своим побочным эффектом силами самого же эффекта». Я не знал также, что дальше этой фантазии, пары публикаций и случайного госбюджетного гранта дело не пошло, но имя Фрида было вписано теперь золотыми буквами в историю мирового ракетостроения, рядом с Королевым и фон Брауном. Все это, как и то, что Фрида уже нет, я узнал потом, а сейчас в оцепенении глядел на превращающиеся в пыль небоскребы, символ моей осуществленной мечты и ее крушения, и думал о фатальной закольцованности времени, о причинах и следствиях, о том, что ничто не проходит даром, об унижении Сальвадора Альенде.

Ньютаун, США, 2016 г.

Лирика Сергея Жадана. Переводы

Сергей Жадан – украинский поэт, прозаик, эссеист, переводчик. Родился в 1974 году в г. Старобельск Луганской области. Окончил Харьковский национальный педагогический университет имени Сковороды. В 1996 – 1999 годах обучался в аспирантуре университета; кандидат филологических наук (диссертация «Философско-эстетические взгляды Михайля Семенко»). С 2000 года — преподаватель кафедры украинской и мировой литературы ХНПУ. В 2004 году закончил преподавательскую деятельность. Автор романов «Депеш мод», «Ворошиловград», «Месопотамия», поэтических сборников «Цитатник», «Эфиопия» и др. Литературные произведения Сергея Жадана получили многочисленные национальные и международные награды, были переведены на тринадцать языков, сделав автора одним из самых известных украинских писателей. В октябре 2015 г. за книгу «Месопотамия» награжден ежегодной премией «Ангелус», которая вручается лучшему автору из Центральной Европы. Живет и работает в Харькове. Регулярно выступает со своими произведениями в различных городах Украины и Западной Европы — в том числе в сопровождении украинских музыкантов (в частности, группы «Собаки в космосе»).

* * *

С чего началось все?
Она заговорила о мужестве на поле боя.
У нее даже не голос – многоголосье.
Поэтому мне показалось вовсе,
что она разговаривает сама с собою.

Так складывая свои буквы и звуки,
что каждое слово вспыхивало стоваттно.
И даже когда говорила о чудесах науки,
казалось, что пересказывает Христовы муки,
напевая там, где было совсем непонятно.

Она хотела напомнить из истин забытых,
что неотъемлемая отвага у нас имеется в каждом,
что история – это лишь мертвые города и могильные плиты,
что будущее – это черная земля и красные метеориты,
что любовь – тренировка дыхания,
полдневная жажда.

Так что нужно сражаться за право засыпать в объятьях,
вражий строй ломать за право вместе проснуться утром,
оставлять вместе с ней приют, не боясь расплаты,
ранить кожу ладоней о стальные канаты,
ценя способность любить,
будто наивысшую мудрость.

Даже в ее неправде была своя мера.
Ее впереди ожидали радость и верность,
кровь, запекшаяся на рукаве офицера.
Что держит птиц в вышине? Очевидно, вера.
Что держит рыбу в реке? Очевидно, нежность.

* * *

Черная, зимняя, ломаная, зловещая
тишина, как смерть, стоит за порогом.
От этой зимы останется речь твоя –
слова, которыми говорила в тревоге.

Ее попрекнут еще всеми лихами,
еще растащат на лозунги громкие.
А я попросту буду любить ее,
любить – это прежде всего помнить.

Помнить небо с его высотой,
помнить города, встревоженные эхом.
История будет доходчивой и простой,
если ты сам наполнял ее смехом.

Помнить снег у тебя на ресницах,
помнить солнце – резкое после ночи.
Кому довелось в эти бури родиться,
будут узнавать свою землю на ощупь.

Будут узнавать на вкус ее воду,
узнавать по цвету ее пшеницу,
любить даже в засуху и непогоду,
даже за тюрьмы любить и больницы.

Помнить холод, что въедался под ногти,
помнить жар, что сушил гортани,
помнить движения твои полночные –
легкие, недоверчивые, прощальные.

Дети, рожденные такими днями,
которых назовут именами убитых,
говоря с преступниками и врагами,
вложат мудрость в каждый свой выдох.

Словно до них не было смерти,
словно за ними не будет неистовства.
Будут уверенными и цепкими,
будут хранить все забытые истины.

Проложат дорогу в метели и вихри,
одолеют трудности и препоны.
У тебя выйдет, попробуй, научи их
любить, прощать, верить и помнить.

Помнить все, что несли с собой,
черную траву под хрупкими снегами,
небо над выжженной головой,
землю под замученными ногами.

* * *

Я так и не понял каких-то вещей –
слегка угловатых ее плечей,
твердой стали ее обид,
того, что было до нашей любви,
того, что ломало наши хребты,
того, что надо укрыть от беды.

Я в конце концов ничего не нашел.
Еще один шанс, еще один шок.
Еще один всплеск на ночной реке.
Что можно вспомнить потом вдалеке?
Тяга в венах, снег в глазах.
Учись разбираться в простых азах.

Я хотел давать всему имена.
Родная речь всегда одна.
И имя всему всегда одно.
Меня волновало как раз оно.
Сколько вещей – сложных, простых.
Я все назвал. Ничего не достиг.

Я забыл сказать ей, что берега
не играют роли – была б река,
не имеют следствий и первопричин,
что сходит на нет любой почин,
что ее следы на ночном снегу –
единственное, что я сберегу.

Я не стал твердить, что в каждом сильна
привычка к собственным именам,
чтоб в одиночестве не горевать.
Так много всего, не найти слова –
упрямство твое и участье твое.
Мне просто нравится имя ее.

Не понимая букв и слов,
слабых ключиц и нервных узлов,
влажных лугов и черных волн.
Важно каждое из имен,
каждая из выветренных ночей,
каждая из вещей, каждая из вещей.

* * *

Зима приносит веру и безмятежность,
стихает осенних дождей разгул.
Буквы имени твоего нежного
глубоки, как первые следы на снегу.

Они теперь четкой зарубкой
ломают его беззащитный покров,
из наших имен и наших поступков
сотворяя свежую кровь,

меняя в корне и уверенно,
сбивая из троп, дорог и вех.
И каждая буква, будто дерево,
черным чернилом выжигает снег.

Все, что познано и прочувствовано –
читать деревья, будто псалмы.
Пишется, пишется без устали
книга полей этой зимы.

Солнце густеет в горячем инее,
обожжена кожа, за дымом слепым –
светлая грамматика твоего имени,
которой пишут благодарность святым.

Не зная, где эти слова, проклюнувшись,
в речь собираются, как ручейки,
пишут «спасибо» лихие юноши
и пишут хмурые мужики.

Приходят в церкви, стоят как сироты,
радуются надежде любой,
и поют, не зная, что такое ноты,
любят, не зная, что такое боль.

Пучины рек и спасительный берег,
серебряный луч среди веток и скал.
Подпевают те, кто любил и верил.
Удивляются те, кто ничего не знал.

* * *

С утра в корабли загружают зерно.
При деле грузчики и портовые краны.
Женщина выносит холодное вино
и переливает его в стаканы.

Льет, озираясь на мужские басы,
не спеша – словно само льется.
И вот птицы прилетают с косы,
и спят над лиманом овцы.

Сыплется, сыплется спелое зерно.
Не останется места для кривды.
Женщина всматривается в окно,
вслушивается в шорохи и крики.

Ожидает, что придет он сюда,
придет днем или придет под вечер.
Овчарки, лая у воды как всегда,
вынюхивают следы овечьи.

Сумрак впитан сухим вином.
Вечера в августе – ни конца, ни края.
Она ждала его ночью и днем
и будет ждать, молясь и гадая.

Покуда будут грузить зерно,
покуда будут везти его к морю,
а божья рыбка, покинув дно,
будет плыть, не ведая горя,

покуда измученные рыбаки
будут возвращаться с добычей,
находя нужные звезды и маяки
и правя путь домой как обычно,

покуда есть возможность прийти,
а земля и небо смыкаются горизонтом,
покуда Азовского моря грунты
обрываются черноземом.

Длится, длится долгий поток.
Стихают деревья ночного сада.
Солнце прокачивается, словно сок –
легкими винограда.

* * *

Столько дождя не вместит ни одна весна.
Было б не грех запомнить все имена.
Было б не грех вовремя выйти – и без причин.
Было б не грех уметь.
Я не умею.
Ты научи.

Но пока что ночи размокшие, как спички в реке.
И обжигает прикосновение к твоей руке.
Ожоги от уличных листьев и ночных огней.
Объясни, как ты дышишь на такой глубине.

Было б не грех радоваться, что все такое, как есть,
чувствовать жизнь, понимая, что просто твоя она, здесь.
Чувствовать ее, просыпаясь утром и засыпая в ночи.
Было б не грех о тебе не думать.
Я не умею.
Ты научи.

Но этот воздух в мае – резкий, будто стекло.
Я знаю – тебе мешает то, что уже прошло.
Я знаю, как сердца боишься ты своего.
Я знаю – ты этого хочешь больше всего.

Столько дождя – а его несет и несет.
Я знаю все, что нужно тому, кто знает все.
Деревья над головою. Тьма за плечом.
Я знаю все.
Я готов учиться.
Учи еще.

* * *

Так легко дрожат небесные этажи.
Середина года важна своей тишиною.
Если ты впрямь планируешь мою предстоящую жизнь,
я бы советовал тебе посоветоваться со мною.

Хотелось бы снова видеть, как фонари светят с террас,
высвечивая, будто души, чужие пенаты.
В будущей жизни сведи меня с ней еще раз –
я вновь хочу мучиться и умирать с закатом.

Я хочу опять почувствовать, как отогреваются и болят
под ледяными бинтами потоки мартовских речек.
Даже если ее голосом я стократно клят,
пусть проклятия эти звучат моей родной речью.

Я хотел бы удачу похлопывать по плечу,
я хотел бы, чтоб кончилась тишина без края.
Я б охотно послушал ее еще – авось различу
упущенное и пойму, откуда она такая.

Каждое неверное ударение в речи ее живой –
будто прикосновение ночного бриза.
Чего бояться? Смерть – зеркало в душевой:
я вижу ее каждое утро, держа бритву.

Светится месяца фонарное стекло.
Небо над головой отворяется, творится.
Все закончилось – не начавшись, прошло.
Все снова потом повторится

* * *

В переливаниях кровь вытекает без боли.
Чтобы быть понятым, мало язык мозолить.
Слова, они как вина: всегда убивают память –
хоть красные, хоть белые – своим алкоголем.

Пять лет проживал я в этом спальном районе.
Пять тысяч мирян здесь утром бьют поклоны Мамоне.
Пьют кровь Господнюю, заглядывают в бездну,
на государственной границе кормят драконов.

Господь был рядом, он заходил в гости.
Мы попали с ним на необитаемый остров.
Он имел при себе все тома «Капитала»,
я – кильку в томате и игральные кости.

Но Господь мне сказал: «Для чего консервы?
Главное, – сказал он, – наши внутренние резервы».
За неделю он задолжал мне своих талонов
и плюс десятину от каждой церкви.

Он твердил: «Все потерянное – не безвозвратно.
Мы не можем влиять на доходы или затраты.
Удача – это убийца, что ломает наши суставы.
Плюс заряженные для нас игральные автоматы.

Попробуй спрятаться от своей удачи.
Каждый круг ада нестерпимо горячий.
Не так уж важно, кто сидит в радиорубке.
Главное – какие ты сам выберешь передачи.

Одиночество – время нежданных прозрений.
Живым возвращусь – буду пить до озверения.
Злой и живучий, буду биться в падучей,
напуганный тишиной и тьмой погребения.

Не будь осторожным, здесь выручает беспечность.
Нами движет зависимость, нами владеет вечность.
Ни одна из конфессий не спасет от депрессий,
если ты видел место, где свертывается бесконечность.

Вернемся домой, к трудам и свершениям.
Худшую судорогу вылечивают внушением.
Наше прошлое – это любовь и болезни.
Жизнь ценит отважных и бесполезных.

Никто никого не ждет и не кличет.
В будущем мы – пыль элементарных частичек.
Наша любовь – словно листики зверобоя.
Наибольший соблазн – это остаться собою».

Бен-Эф (Ёся Коган) – родился и всю жизнь прожил в Москве, пока в 1992 г. не переехал в Штаты. По образованию математик, кончил мехмат МГУ и позже защитил кандидатскую диссертацию. Приехав в Нью-Йорк, читал вводные курсы лекций по статистике в Курантовском институте, потом работал в Чикагском и Иллинойском университетах, а затем – статистиком в фармацевтических компаниях. Участвовал в трех сборниках «Страницы Миллбурнского клуба».

Стихи с комментариями и без

Овчарка Овчинникова
(Воспоминания о Второй школе)

Сереже Васильеву

I

Ты помнишь овчарку Овчинникова?
Она охраняла нас,
пока мы – овечки, не чинные,
щипали науки *grass*.

Учителя – не пастыри
и даже не пастухи –
давно уже были не красными
и нам отпускали грехи.

Особенно Жоре Пасторе,
который тогда был Мильграм,
хоть он не силен был в Торе
и отчеством был не Абрам-

ыч, но в коммунизм не верил,
лишь в «кузькину мать» Хруща –
в Италию пионерил,
не схлопотав леща.

(Все были немножко гениями
в «16 девических лет» –
мозги перепачканы Лениным:
– Берешь «Кукурузника» след?..)

II

Уже подмерзала оттепель
и к ночи очнулись сычи –
на улочке узенькой, Фотиевой,
журчать продолжали ручьи,

и волки завыли в горкоме,
под носом узрев Луну:
лицей сионистский в... «Хевроне»
поставили Шефу в вину,

овчарню загрызли и голову –
овчарка гулять ушла:
кабак там был рядом «Молодость» –
никто не шепнул ей: «Шма!..»

III

...Мы пели: «Союз нерушимый»
в конце с ударением на Русь,
но все проржавели пружины –
прощай, мой украинский гусь!..

Мечта отцвела и увяла:
болтливый, пустой управдом –
партийная челядь развала
в куски распилила дом.

IV

Ты вспомнил овчарку Овчинникова? –
Она защищала нас!
Тебя, и меня, и Раскольникова,
Филиппыча – про запас.

Кенгирский степлаг – «география»,
не контурной карты раскрас –
Гэбэшная чертова мафия –
Овчарка была в самый раз!

V

Эпилог печальный...

...Рождаются гении редко,
России они не нужны:
сломают привычную клетку
свалившиеся с Луны,

и снова завоют волки,
нам новую мастеря –
как старой им склеить осколки,
всех умников матеря?!

И почти смешной

Звезда загорится иль свечка?
В их детках Природа спит:
ученье им – горше, чем редька,
мед школы ее подсластит?..

Но нужен всегда подлесок,
чтоб в небо ушла Сосна –
на ней всех волков бы подвесить
за... хвост – чтоб смеялась Луна!

* * *

О Второй школе бывшими ее учениками и учителями написано много интересных воспоминаний. Некоторые были собраны и опубликованы в виде книги в 2006 году; частично они, а также более поздние представлены на сайте школы. Поэтому я решил ограничиться только комментариями к именам в стихах и «общей диспозицией».

Овчинников Владимир Федорович (школьная кличка «Шеф») – основатель и директор знаменитой Второй московской физико-математической школы – лицея, с 1957-го по 1971 год, пока ее не разогнали по решению горкома партии в связи с началом новой антисемитской кампании «по борьбе с сионизмом». До прихода в школу – «восходящая звезда» ЦК ВЛКСМ, откуда он, по его собственному выражению, «принципиально ушел», не подчинившись требованию «железного Шурика» (тогдашнего первого секретаря ЦК ВЛКСМ Шелепина) развестись со своей молодой женой – еврейкой. В 2000 году был приглашен вновь возглавить школу.

Жора Пасторе – мой одноклассник, сын Леонида Мильграма (народного учителя СССР, многолетнего директора другой знаменитой, английской школы – гимназии номер 45, приятеля Овчинникова. У него, пока не ушла в «Известия», работала учителем литературы жена Овчинникова, Ирина Григорьевна) и внук Оттавио Пасторе – главного редактора итальянской коммунистической газеты «Унита». Еще в те времена (начало 60-х) Жора, всем нам на зависть, ездил на каникулы в Италию.

Раскольников Феликс Александрович считался в те времена одним из лучших словесников, после разгона Второй школы перешел в «мильграмовскую» 45-ю школу. В 1979 году, под угрозой лишения права преподавания, эмигрировал в Канаду, жил в Торонто, работал рабочим на фабрике и одновременно учился в докторантуре Торонтского университета, получив там ученые степени магистра и доктора философии (*PhD*). С 1986-го — в США: работал в нескольких университетах, включая Мичиганский (1990—2006), профессором русского языка и литературы. Автор ряда статей в российских и иностранных журналах и книги «Статьи о русской литературе». Привел в школу Анатолия Якобсона (известного правозащитника конца 60-х —начала 70-х гг.).

Филиппыч (Алексей Филиппович Макеев) – учитель географии по прозвищу Фантомас (из-за гладкого, как бильярдный шар, черепа).

Имел два высших образования (экономическое и географическое) и рассказывал поинтереснее, чем в учебнике (с большим упором на контурные карты). Кроме преподавания географии приобщал ребят к туризму (был начальником летних лагерей), ездил с ними по всей стране, чем им весьма импонировал. Запомнились его совершенно неукротимые и непонятные нам тогда вспышки гнева, которые, безусловно, были связаны с его прошлым. (Как я узнал много лет спустя после окончания школы, он был трижды осужден за «антисоветскую агитацию» — в 1941-м, 1942-м, 1947 годах.) Один из руководителей известного Кенгирского восстания заключенных в 1954 г., описанного Солженицыным в «Архипелаге Гулаг», где Макеев, перешедший на сторону администрации лагеря, характеризуется как предатель. Макеев в своих воспоминаниях (которые, прочитав «Архипелаг», вроде бы сжег) объяснял такое поведение многолетним лагерным опытом и пониманием бессмысленности вооруженного сопротивления регулярным войскам (как и некоторые новые комментаторы этих событий). К сожалению, несмотря на то, что Овчинников взял его в школу «на свой страх и риск», Макеев в сложное для школы время начал на него «стучать наверх». Уйдя из школы, он вскоре повесился.

* * *

Я учился во Второй школе в 9 – 11-м классах в 1962– 65 гг. К слову сказать, это была уже моя пятая школа, но несмотря на мой «большой опыт», она приятно удивляла. В первую очередь – очень хорошими учителями, которых Шеф подбирал, не обращая внимания на «пятый пункт» и другие «пробелы» биографии. Что еще сразу бросалось в глаза на фоне «повального матриархата» всех моих предыдущих школ – большинство учителей были мужчинами. Уже одно это создавало намного более спокойную, без мелких придирок атмосферу.

В то время, да и потом, во Второй учились дети многих известных советских ученых – в частности, сын Гельфанда (на год младше меня) и дочка Дынкина (на два года младше). Овчинников договорился с Гельфандом, Дынкиным и некоторыми другими учеными, чтобы они вели спецкурсы по математике и другим предметам в этих классах. На лекции Гельфанда по проективной геометрии приглашали и наш класс, и они, как и сам лектор, произвели на меня незабываемое впечатление. Приходили также в школу и вели занятия их аспиранты и преподаватели университета. Как-то, по-моему Дынкин, привел к нам Арнольда и Гирсанова; какое-то время к нам в класс приходил и вел семинар сотрудник Гельфанда, Аркадий Шапиро. На базе Второй школы Гельфандом была организована Заочная математическая школа (ЗМШ), директором которой после разгона Второй многие годы был Овчинников, поскольку его никуда больше не брали.

«Гуманитарщики» там тоже были как на подбор. Литературу, например, вели такие известные в то время словесники, как Раскольников, Фейн, Збарский, Анатолий Якобсон (он вел также историю) и др. Многие из них потом эмигрировали и преподавали в США, Германии, Израиле. Работал популярный школьный театр, которым руководил Исаак Семенович Збарский, впоследствии доктор педагогических наук (отец поэта и публициста Георгия Ефремова).

Довольно часто у нас выступали многие известные поэты, драматурги, критики. Так что в школе в те далекие времена было много интересного, и ученики, да и учителя тоже, нередко засиживались после уроков и, уходя, часто встречали высокого молодого Шефа в толстых роговых очках – в самом деле, скорее похожего на шефа разведки, чем на директора советской школы, – идущего в свой кабинет на первом этаже с большой немецкой овчаркой.

* * *

Русский чай со звездой Голливуда

Кинотеатр «Стрела» на Смоленском бульваре,
где я ленты глядел и душой отдыхал,
где сюжет закипал, как вода в самоваре,
и заварочный чайничек – зал – замирал.

(Кипяточком крутым не пакетик бумажный
«Коммунист – Председатель» мозги заливал
и, на подвиг подвигнув заварочкой красной,
сахарочком Урбанского наживлял.

Чай не водка – без пряника много не выпьешь,
но за 30 копеек – чего ж не гульнуть?
Поперхнулся – не кашляй, так сразу не вырвешь
из гортани сглотнувшей серпастую суть.)

...Так глядел и глядел про Ивана да Марью,
самоварный дымок до слезы прошибал.
Голливудской не ведал еще кино-вари,
и никто мою душу навзлет не стрелял.

В заэкранное небо она улетала,
в жизнь чужую без стука влетая тайком,
и не надо ей было ни Вен, ни Италий,
чтобы мне приземлиться назад дураком

в кинотеатр «Стрела» на Смоленском бульваре,
самоварный дымок с «перепою» глотать –
заэкранное небо с хрущевскою хмарью...
вдруг ковбой из «Семерки»[1] подкрался как тать.

Я за ним поскакал, полетел я стрелою,
кинотеатр «Стрела» позабыв в темноте,
в кино-варь Голливуда влетел головою,
Юло-Бриннеровской присягая звезде.

---

[1] Юл Бриннер (Юлий Борисович Бринер) – известный американский актер, родившийся во Владивостоке. Сыграл главную роль в «Великолепной семерке» – знаменитом культовом фильме начала 60-х годов. Прежде чем стать звездой Голливуда, стал звездой Марлен Дитрих, с легкой руки которой и приобрел свой знаменитый имидж «Короля лысых», побрившись по ее совету наголо.

Это было как чудо-юдо –
в расступившиеся холода
русский чай со звездой Голливуда
не забуду теперь никогда!

Чаепитие, русское, знаменитое,
самоварное, дачное, позабытое –
не бумажный пакетик, стаканчик пластмассовый, –
и кино то ковбойское, старое, кассовое.

* * *

Заклятый «Совок» у тебя за спиной
остался в туманной дали
и памяти старой плывут корабли
из Нового Света домой.

А там не осталось уже никого –
ни старых друзей, ни подруг,
ни дома там нету давно твоего –
плетет паутину паук –

воспоминаний призрачных *ghost* –
всё в розовом, всё в голубом –
носить – не сносить на том свете вдвоем,
чикагский под носом «погост».

Куда твоя память плывет по ночам –
не ждет на причале никто,
прискачет из детства один дед Пихто,
под ним конь в пальто на плечах.

...Но снится, все снится мне ночью пустой
заклятый «совок золотой».

* * *

Еврей не может быть русским поэтом. Немецким может, французским может, итальянским или там американским может, а русским – нет, не может.

Сергей Клычков

Еврею быть русским поэтом
никак невозможно – нельзя!
Свидетели: Бродский при этом
и Пастернак – за глаза.

Стиха не спасет «мандельштамство»,
ни Троя, ни Парфенон,
ни ласточки, ни лютеранство –
пера обрезанья закон

эпохи глухой Москвошвея –
у страха глаза велики,
буграми голов большевея,
последних гусей косяки,

в потемки российские тычась,
летят в темноту, трепеща,
в надежде пустой сотен тысяч
правопорядка сообща.

Не имать бы этого сраму –
но не вырвать у гуся пера –
послать бы их всех к Мандельштаму
и ждать топора,

чтоб весь иудейский хаос
на русскую удаль сменить,
как Рунька Ковригин, раскаясь,
слепым в православье уплыть.

Эпиграф к стихотворению – из воспоминаний Семена Липкина (Квадрига. М., «Аграф», 1997). Клычков – известный в 20-30-е годы прошлого века поэт и прозаик, расстрелянный в 1937г.; был приятелем Есенина, Клюева и московским соседом Мандельштама, который и привел к нему Липкина, чтобы представить ему и его друзьям своего ученика. Клычков произнес эту тираду, услышав стихи Липкина, прочитанные тогда в гостях у Клычкова в присутствии Клюева, Мандельштама и Павла Васильева, чьи стихи перед этим были приняты с восторгом. Липкин, однако, добавляет: «Пусть читатель... не подумает, что Клычков был антисемитом. Он никогда не страдал национальной нетерпимостью. Думаю, что если выразить его мысль наипростейшим образом, то это надо сделать так: русский писатель не может быть не православным».

Эзра, сын Гомера, или Паунда тонны

Стихо-сложение,
Рифм умножение,
Птичек китайских кипение – пение,
Равенства знаки меж строк –
Ямбы, хореи, анапесты, дактили,
Дольники всякие и амфибрахии –
Дьявол придумал, не Б-г?
Преданные анафеме,
Римского праха вздыхателями
Вымрут, как птеродактили, –
Дай только срок.

Изобретатель великий верлибра,
Где уравнений забытая лира
Древнего мира –
На ней как сыграть?
Бедный любитель, чеши свой затылок,
Где же запрятал он «паунда» унцию?
Как ни старайся, тебе не понять
Пра-математику высшую ссылок,
Оды Проперцию и Конфуцию –
Реминисценций сплошную конфузию,
Темных аллюзий не разгадать.

Маска за маской –
Вавилонская башня *Cantos*
С головой из Прованса,
А туловом Данте
(Кифаред Вознесенский, убивший поэму, встаньте!)
Сына Гомера
Химера
Гордыни помешанной.
Языки перемешаны:
Амальгама китайского.
Греческого и латыни –
Даже *Vin santo's* райского
Литр
Не поможет их развязать.
Вьется вьюнком бесконечный верлибр:

Что же вам снится на третьей странице?
Подпись на письмах: «Хайль Гитлер!» –
Сделал себе имя
Мрачный подарочек Хеллоуина[2]:
«Виноваты во всем Моисеи!» –
Новая песня из Одиссеи.

Разослал их не паунд, а тонну,
Пока не попал на зону –
В клетке палящего зноя
Чашу изгоя –
Вечным пророчил Козлам
Искупленья –
Испил, помутившись, сам
Без смущения.

---

[2] Не дай Б-г родиться или умереть на Хеллоуин. Так что мать Эзры, конечно, постаралась родить его накануне (30 октября), а уйти обратно в преисподнюю его дух сумел днем позже, 1 ноября.

Небожественная Комедия
Нового Данте:
«*Melopeia*, *Phanopeia* и *Logopeia*»?[3]
Патриотам России подстрочник отдайте.
Пусть подпевают английским бардам
Старым *Кентерберийским* фартам,
Мальтийским вслед подвывают Вараввам,
Шейлокам венецианским кровавым,
Томми подтянет из туалета
Новым наветом –
Пизанских Песен тюремное гетто
Старой отравой:

«Все врачи вокруг – вредители евреи:
Отравить 'Проперция' хотят.
Маску Сталина надев, сослать в 'Гиперборею',
В Колыму под лед столкнуть бы как котят».

Имя еврейское антисемита –
Чем еще было «оно» знаменито?
Ретрансляции гений, придурок чуть-чуть,
Друг Муссолини Бенито.
Римских поэтов проделавши путь,
Тело на «острове мертвых» зарыто,
На кладбище – черт подери! – позора,
Бродский там рядом лежит в «дозоре» --
Вроде еврей был и антифашист:
Замкнулось кольцом
Начало с концом –
Модернизма прощальный твист.

(Позабытые *Cantos* –
Римского пафоса пыльный задачник.
Новых метров поветрие
И новых «загадок» веселый загашник:
Неевклидовой геометрии
Третьеримские дивные дивы,
Конца перспективы
Мокрый *Cosmos*.

Как там, в нобелевской патетике,
Эстетика – мать этики?!)

---

[3] Три вида поэзии по Паунду: *Melopeia* («это когда слова заряжены, помимо своего прямого смысла, какой-то музыкой, которая углубляет их значение, включая эмоциальные корреляции через звук и ритм речи», *Phanopeia* (это имажизм, или визуальное воображение) и *Logopeia* («танец интеллекта между слов», наиболее новый вид поэзии, по Паунду).

* * *

Нам диссертаций не сочинять –
Грыжи профессорской не надрывать,
Поднимая Паунда тонну
На Нешехову[4] колонну
Поэзии Принципала –
Глухого провинциала.

«От 'них' ведь одни невзгоды,
Сильные должны повелевать слабыми» –

Открыл «непреложный закон природы»
(для крыс?)
И Вечным Жидом колесил по Европе –
Старушке безмозглой стонать под арабами,
Хлынувшими по *Пизанским* тропам
Вниз!

* * *

Стихи слагать умение –
Пришло бы вдохновение
Эмоций уравнения
Решения искать,
Прочтя маэстро лекции
На кладбище в Венеции.

Но сказано когда-то
(Забыв про пиетет)
Рифмованных овечек стадо –
Поэзия должна быть глуповата.
Подсобником СС не может быть Поэт.

* * *

Эзра Паунд (сын Гомера Паунда) – известный американский книжный поэт – эрудит XX века, один из отцов модернизма, редактор и издатель. Сравнивал поэзию с вдохновенной математикой, стихи – с «уравнениями человеческих эмоций».

За исключением небольшого числа ранних произведений, читающей публике почти недоступен (что было, впрочем, результатом сознательной установки автора: «...я не пытаюсь писать для публики. У меня не такой интеллект»). Примеряя маски Гомера и Данте, лет 50, если не больше, сочинял свой Эпос – *Cantos* (песни), написав около 117 почти «непроходимых» поэм, которые можно читать, только постоянно заглядывая в многочисленные примечания и пояснения или – нынче – с помощью Гугла.

---

[4] Нешех (*иврит – укус*) – процент на ссуду или ростовщичество.

Большую часть жизни прожил в Европе, в Италии. Был убежденным фашистом и ярым антисемитом. Заряженный и здесь сумасшедшей энергией, Паунд (претендуя на роль советника тогдашних лидеров) только писем написал и разослал около 300,000 (!), и все это в старые, докомпьютерные времена. С середины 1930-х годов начал подписывать свои письма «Хайль Гитлер!», состоял в личной переписке с экономическими советниками Гитлера. В годы Второй мировой войны, борясь против «мирового еврейского заговора» еврейских банкиров (ростовщиков – «нешехов»), вел на английском языке передачи итальянского радио антиамериканского и антисемитского толка, называя президента Рузвельта жидо-янки, Франклином Финкельштейном и Рузвельтштейном. Вот один из образчиков его знаменитых «Пизанских Песен» (*Canto LXXXIV*):

жид – стимулятор, а гои – стадо,
в брутто/пропорции, которое покорно идет
на бойкую бойню.

(*Перевод Я. Пробштейна*)

В конце войны Паунд был арестован итальянскими партизанами и доставлен затем в штаты. Чтобы спасти его от суда по обвинению в государственной измене и пожизненного тюремного заключения, был признан недееспособным и помещен в психиатрический госпиталь, где провел двенадцать с лишним лет. Однако благодаря хлопотам своих знаменитых друзей и пользуясь глубоким расположением начальника этого госпиталя, получил там со временем отдельную комнату, где мог каждый день по несколько часов видеться с женой, а также имел возможность продолжать работать и даже развлекать своих друзей и принимать гостей, настоятельно рекомендуя им читать «Протоколы сионских мудрецов» и решительно отказываясь от любых контактов с работающими там психиатрами, если их фамилии казались ему еврейскими (вот бы оказаться ему в это время в Советском Союзе да помочь Сталину с разоблачением еврейских врачей – вредителей!).

В госпитале он закончил и опубликовал свои Пизанские Песни и ряд других произведений и переводов. В 1949 г., стараясь вызволить его из госпиталя, Элиот и другие его старые друзья и поклонники, входившие в жюри только что учрежденной Болингенской премии, присудили ему первому эту высшую в те времена поэтическую награду за Пизанские Песни, что привело к громкому скандалу и последующему слушанию в Конгрессе.

После долгих хлопот видных поэтов и литераторов был освобожден и отбыл в Италию: 30 июня 1958 г. Паунд, его жена Дороти и Марселла Спанн, техасская учительница, ставшая секретарем и очередной любовницей Паунда, сели на теплоход с символическим названием «Кристофор Колумб» и 9 июля прибыли в Неаполь.[5] Прощаясь с

---

[5] Из статьи Я. Пробштейна, Русский Гулливер, 2012, № 2.

родиной, Паунд отдал ей фашистский салют. В Италии он и умер в 1972 г., пережив своих знаменитых друзей – Джойса, Йейтса, Хемингуэя, Элиота и др.. Похоронен в Венеции на Сан-Микеле («Остров мертвых»), на протестантском кладбище, прозванном в старой католической и еще неполиткорректной Италии «кладбищем позора».

Набоков как-то заметил: «В отличие от многих моих современников, в двадцатых – тридцатых годах я избежал влияния отнюдь не первоклассного Элиота и несомненно второсортного Паунда» и подшучивал, что несравненный *T. Eliot* оборачивается *toilet*, если читать с конца.

Wild loves matter!

Любовь не знает передышки
от человека до мартышки.

И даже маленький кузнечик,
зеленый, знает: он не вечен!

Весна пришла. Природы книгу
прочел – прыг-скок на кузнечиху,

клубничный лист иль виноградный
постелью станет им прохладной...

И бабочка, и носорог
умрут, чтобы продлить свой род.

Осел веселый и кобыла –
любовь их, жаль, в песок уплыла.

Все счастья своего кузнечики,
зеленые, как человечки...

Для умников, для дураков –
для тварей всех закон таков:

за половодьем – ломкой льдов
от жарких не спастись оков!

Когда же человечий гений
покончит с этой дребеденью?..

Политкорректность пистолета
пришлет посылкой с того света

несчастный Вертер:
– *Wild loves matter*!

Небинарная логика [6]

А.М. – Логику

Логику бинарную –
одиозную –
заменил банальную
на Грандиозную.

Лапидарно-мрачную,
но точную –
на многозначную,
но порочную.

Надоевшую,
обветшавшую
обменял на грешную –
радость обещавшую!

– Кто кричит – подонную,
нос заткнув, – навозную?
– Гендерно-свободную,
сексуально-грозную!

Нам не надо чойса два –
нужен целый спектр.
Догоняй Нью-Йорк, Москва,
направляя вектор.

Туалетов стало три,
ой, не заблудиться
бы. Заскочил... за фри –
кончил блицем...

Благодарны тебе все –
и Кейтлин, и «Лидер»:
Логика во всей красе!
Ты это предвидел?

Никогда б и не узнал,
кто ты в самом деле –
век тоскливо б коротал
в опостылом теле...

---

[6] Нью-йоркская комиссия по правам человека недавно заявила о признании не менее 31(!) гендерной идентичности, включая гендерквир, гендерфлюид и пр., и ввела штрафы до 250,000 долларов за неправильное обращение к трансгендерам.

К черту Чет –
Даешь Нечет!
Только он и лечит.
Черт срамной теперь не в счет,
мелкий бисер мечет
пташкам на затраву:
небинарнику – браво!

(...От науки спасу нет,
но в расставленную сеть,
в радужную *Fuzzy net*
не лети на склоне лет.)

www.ingramcontent.com/pod-product-compliance
Lightning Source LLC
LaVergne TN
LVHW091028080826
845145LV00002B/404